DEMÔNIOS DO PARAÍSO

Outras obras da Blizzard Entertainment publicadas pela Galera Record:

World of WarCraft – Marés da guerra
World of WarCraft – A ruptura
World of WarCraft – Sombras da horda
World of WarCraft – Alvorada dos aspectos

Diablo III – A ordem
Diablo III – Livro de Cain

StarCraft II – Ponto crítico
StarCraft II – Demônios do paraíso

WILLIAM C. DIETZ

DEMÔNIOS DO PARAÍSO

Tradução de
Fernanda Dutra
Gabriel Ninô
Larissa Salomé

1ª edição

GALERA RECORD
RIO DE JANEIRO • SÃO PAULO
2014

CIP-BRASIL. CATALOGAÇÃO NA FONTE
SINDICATO NACIONAL DOS EDITORES DE LIVROS, RJ

Dietz, William C.

D566s   Starcraft: demônios do paraíso / William C. Dietz; tradução Fernanda Dutra, Gabriel Ninô, Larissa Salomé. – 1ª. ed. – Rio de Janeiro: Galera Record, 2014.
(Starcraft)

Tradução de: Starcraft: Heaven's Devils
ISBN 978-85-01-40233-2

1. Ficção americana. I. Dutra, Fernanda. II. Ninô, Gabriel. III. Salomé, Larissa. IV. Título. V. Série.

13-06823   CDD: 028.5
                                                                              CDU: 087.5

Título original em inglês:
Starcraft: Heaven's Devils

Copyright © 2010 by Blizzard Entertainment, Inc.

World of Warcraft: Dawn of The Aspects, Diablo, StarCraft, Warcraft, World of Warcraft e Blizzard Entertainment são marcas ou marcas registradas de Blizzard Entertainment, Inc. nos Estados Unidos e/ou em outros países. Outras referências a marcas pertencem a seus respectivos proprietários. Edição original em inglês publicada por Simon & Schuster, Inc. 2013 Edição traduzida para o português por Galera Record 2014.

Texto revisado segundo o novo Acordo Ortográfico da Língua Portuguesa.

Todos os direitos reservados. Proibida a reprodução, no todo ou em parte, através de quaisquer meios. Os direitos morais do autor foram assegurados.

Composição de miolo: Abreu's System

Coordenação de Localização
ReVerb Localização

Direitos exclusivos de publicação em língua portuguesa somente para o Brasil adquiridos pela
EDITORA RECORD LTDA.
Rua Argentina, 171 – Rio de Janeiro, RJ – 20921-380 – Tel.: 2585-2000, que se reserva a propriedade literária desta tradução.

Impresso no Brasil

ISBN 978-85-01-40233-2

Seja um leitor preferencial Record.
Cadastre-se e receba informações sobre nossos lançamentos e nossas promoções.

Atendimento e venda direta ao leitor:
mdireto@record.com.br ou (21) 2585-2002.

*Este livro é dedicado ao meu editor, Jaime Costas,
que do início ao fim me deu um apoio incrível,
solucionou problemas incansavelmente e acabou sendo
a inspiração para algumas falas fenomenais!*

CAPÍTULO UM

"Ataques kel-morianos em três das cinco áreas contestadas do setor Koprulu pressionam as forças confederadas a oferecer uma resposta à altura das táticas de guerrilha que as corporações de mineradores vêm adotando recentemente. O consequente aumento nos gastos militares tem sido catastrófico para outros setores da economia, com o apoio à agricultura sofrendo os maiores cortes dos últimos anos. O impacto mais forte é sentido por agricultores independentes, e o número de pedidos de falência nos mundos agrários continua a subir."

Max Speer, *Jornal da Noite* da UNN
Novembro de 2487

PLANETA SHILOH, CONFEDERAÇÃO DOS HOMENS

O sol da manhã era uma bola de fogo ofuscante no céu enquanto o ar tremia ao subir da longa fila de caminhões-tanque que serpeava pela estrada até o outro lado da colina. Apertando os olhos por trás dos óculos escuros, Jim Raynor parou o caminhão, desligou o motor e recostou o corpo no banco. A hora já perdida na fila fora mais que suficiente para memorizar até os menores riscos e manchas da traseira do veículo parado à frente.

Pela janela da cabine, seus olhos miraram a paisagem familiar. Já havia mais de um mês que a terra estava completamente seca, e o pior da estiagem ainda estava por vir. Depois de um breve interlúdio, o inverno cairia como um martelo para cobrir a terra com uma espessa camada de branco. "O vento sopra quente e frio", dizia o pai de Raynor, "mas de todo jeito Shiloh é dureza".

Acostumar-se à tediosa rotina era difícil para um jovem como ele, com 18 anos e transbordando energia, mas as primeiras semanas do racionamento de gás vespeno passaram sem que ele fizesse uma só reclamação. Seus pais já tinham preocupações demais.

A Guerra de Corporações consumia os recursos destinados ao planeta e, segundo seu pai, à maioria dos outros mundos também. Como resultado, fazendeiros eram obrigados a lidar com racionamento de combustível, a população nas cidades tinha que enfrentar a falta de alimentos e todos pagavam mais impostos. Mas se resignavam e faziam o que tinham que fazer, sabendo que o sacrifício ajudaria a protegê-los da União Kel-Moriana.

O fone de Raynor tocou sobre o console, e o rosto de Tom Omer surgiu. O outro jovem estava ao volante do caminhão-plataforma do pai, três veículos atrás.

— Olha isso — disse Omer. Sua imagem então desapareceu, e, ao mesmo tempo, um holograma surgiu no banco do passageiro. Peças flutuantes de um quebra-cabeça surgiram às centenas; montadas corretamente, formavam uma figura tridimensional. Omer havia encontrado a figura em algum lugar e usado um aplicativo do fone para recortar, misturar e exibi-la. — Vou começar a contar o tempo. Vai!

As peças eram minúsculas, nenhuma maior que 2 centímetros, e vinham em todos os formatos possíveis, mas ele logo reconheceu padrões de cores e estendeu rapidamente o indicador direito para interagir com elas. Mesmo cometendo alguns erros — prontamente corrigidos —, uma imagem de Anna Harper com o uniforme de torcida logo começou a se formar.

— Que beleza — disse Jim em tom de aprovação.

— Mais que isso. É a minha futura esposa — respondeu Omer. — Uma pena que ela nem saiba que eu existo.

— Ah, você não está perdendo nada. Anna não tem conteúdo.

— Conteúdo? — contestou Omer. — Quer saber, Jim? Só você mesmo pra dizer algo assim. De qualquer maneira, você terminou em quarenta e seis segundos. Nada mau para um bitolado em motor de carro. O que tem pra mim?

Raynor percorreu várias imagens armazenadas na memória do fone, abafando a gargalhada que quis escapulir quando encontrou uma de Omer vestido de palhaço na sexta série.

— Essa é tão fantástica que você nem vai lembrar quem é Anna — disse, sorrindo. Usando o aplicativo de edição de imagens, picotou e enviou a foto. — Vou dar meia hora, e você vai precisar de cada segundo. — O silêncio indicava que Omer já trabalhava no quebra-cabeça.

Raynor voltou a atenção para a estrada, mas sua mente estava distante. Quanto mais a formatura se aproximava, mais o futuro o assombrava. Ele havia passado a vida inteira na fazenda, e, mesmo que a terra não fosse da melhor qualidade, ela seria dele algum dia — isso se seus pais não acabassem tendo que vendê-la para pagar os impostos, que continuavam a aumentar.

Jim pensou que se trabalhasse o suficiente para ajudar a família a passar pelas dificuldades e a Confederação ganhasse a guerra, a situação melhoraria e ele poderia se concentrar nos próprios objetivos por algum tempo, quaisquer que fossem eles. O corte no suprimento de gás, no entanto, não contribuía em nada com seu plano — como a cota de sua família não era suficiente para produzir uma colheita rentável, o horizonte tornava-se nebuloso.

A tosse seca da ignição de mais de cem caminhões interrompeu o silêncio e os pensamentos de Raynor, que girou a chave e engatou a primeira marcha. Mais ou menos 30 metros percorridos e era hora de parar de novo, então ele desligou o motor para economizar combustível e voltou a esperar.

— Muito engraçado — disse Omer ao terminar o quebra-cabeça. — Você vai ver, vou *hackear* seu fone e apagar esse arquivo.

Raynor gargalhou.

— Então é melhor eu fazer um backup. Nunca se sabe quando um pouco de chantagem pode ser útil.

— Ei, Jim, você ainda está aí? — Uma voz estalou no fone de ouvido que Jim usava.

Ele estendeu a mão para ativar o microfone.

— Oi, Frank. Sim, ainda falta um bocado.

Frank Carver era colega de Jim na equipe de demolição de Centerville, um esporte de alta octanagem praticado nas partes menos refinadas do setor Koprulu, bastante parecido com as antigas corridas de demolição. Veículos eram construídos e corriam com o duplo propósito de chegar primeiro e destruir os veículos adversários. Desde o início da guerra, no entanto, o esporte definhara, principalmente devido ao racionamento de combustível e outros materiais.

— Pra mim também. Parece que as coisas hoje estão mais lentas que o normal. Você vai até a cidade hoje à noite?

— Não. Não posso — respondeu Raynor. — Temos que colher o trigo.

A voz de Omer zumbiu na frequência.

— A colheita já vai ter terminado quando você sair dessa fila.

Raynor viu uma nuvem de fumaça preta sair de debaixo do caminhão à frente, que começou a se mover.

— Ei, Omer — disse um homem ao fundo da transmissão —, ouvi dizer que você vai mesmo se alistar nos Fuzileiros. Não sabia que a reserva deles tinha uma reserva também! Parabéns, rapaz!

Um coro de gargalhadas soou enquanto os caminhões davam a partida outra vez.

— Muito engraçado — retrucou Omer. — Quando me vir no desfile da vitória, vai beijar minhas botas por ter salvado sua vida!

Raynor riu, mas o sorriso logo desapareceu de seu rosto. A despeito de tudo pelo que sua família passava, a guerra ainda parecia uma coisa distante. Ver os próprios colegas se alistando era o primeiro sinal de que algo realmente estava acontecendo. Na cidade, histórias de soldados que nunca voltaram para casa se tornavam cada vez mais comuns. Mas Tom tinha razão — talvez voltasse como um herói, enquanto Jim ainda estaria no mesmo lugar, preso à sucata de um robô ceifador, sonhando com o dia em que a monotonia seria interrompida. Nos últimos dias, Jim se pegou realmente sentindo inveja do garoto.

Com uma das mãos, Raynor limpou o suor do rosto, sentindo-a roçar na barba que crescia em seu queixo. Esticando o pescoço, fitou a própria face no retrovisor. Por anos sonhara com o dia em que ostentaria uma barba como a do pai, e finalmente ela começava a dar o ar da graça. Enquanto examinava seus traços joviais, o rosto bronzeado se contorceu para um lado, depois para o outro.

Subitamente, houve um ronco. Um poderoso motor o arrancou de seus pensamentos.

— Jim, fica esperto! — berrou Omer pelo comunicador.

Pelo retrovisor do passageiro, Raynor viu um imenso caminhão-tanque de nariz abaulado encostar ao seu lado, pronto para se enfiar no pequeno espaço que o separava do caminhão à frente. Na porta do caminhão havia um adesivo da HARNACK CAMINHÕES.

Raynor engatou rapidamente a primeira marcha e avançou, mas era tarde demais; o outro motorista manobrou e, ao embicar o caminhão, pisou bruscamente no freio. Com isso, Raynor e os outros foram obrigados a fazer o mesmo no último instante; bastaram alguns segundos para que estrondos e o som de metal se retorcendo ecoassem mais atrás.

— Merda! — vociferou Raynor, unindo-se ao coro de xingamentos no comunicador.

A frustração acumulada injetou uma alta dose de adrenalina em sua corrente sanguínea. Raynor precisou de apenas alguns segundos para desligar o motor, puxar o freio de mão e saltar para fora da boleia, produzindo um estampido seco ao bater as botas no asfalto quente. A passos largos, ele cruzou a carroceria do caminhão atravessado na pista enquanto outros motoristas desciam das cabines.

— Pega esse fidumaégua! — esbravejou um dos caminhoneiros, apoiado pela maioria da multidão que se reunia.

Um dos fazendeiros locais tentou impedi-lo, mas Raynor o empurrou e, sentindo o sangue arder nas veias, postou-se ao lado da porta do motorista. No instante em que estendeu o braço para escancarar a porta e arrancar o canalha, ela se abriu abruptamente.

Usando shorts desfiados e uma camiseta, um jovem ruivo parou no degrau do caminhão com um sorriso sacana estampado na cara e mascando chiclete. Raynor o reconheceu imediatamente — era o astro da equipe de demolição de Bronsonville. Em um segundo, a explosiva partida em que Harnack atirara o veículo sobre o seu no meio de uma curva, quase arrancando-lhe a cabeça, emergiu em sua memória. A multidão foi ao delírio, e Harnack se tornara uma lenda naquele instante.

— Qual é o seu problema? — urrou Raynor, tentando vencer o clangor cacofônico da música que emanava de dentro do caminhão.

— Meu problema? Estou olhando pra ele.

— Você é um idiota. E vai pagar pelos estragos que causou lá atrás!

— Tá bom, caipira, vou pagar com estrume fresco. Junta as mãos aí, vai.

Tomado pela fúria, Raynor agarrou as pernas de Harnack para desequilibrá-lo, mas o garoto se agarrou à porta do caminhão. Raynor saltou para evitar um chute no rosto, mas Harnack se jogou da cabine com a clara intenção de cair sobre ele e atirá-lo no chão.

Antecipando o movimento, Raynor conseguiu se esquivar bem a tempo de se regozijar com a visão do adversário se estabacando no asfalto.

— Pisa nele! — gritou um dos espectadores, mas Raynor balançou a cabeça e esperou o outro motorista se levantar.

O moleque tinha colhões, isso Raynor tinha que admitir, e se levantou em um pulo com os punhos levantados. A testa e o antebraço direito sangravam, mas nada nele indicava que estivesse intimidado.

— Pode vir, seu viadinho — atiçou o ruivo. — Quero ver o que mais você tem pra mim além dessa cara de idiota!

— Quantos anos você tem? Cinco? — Como seu pai lhe ensinara, Jim mantinha os punhos erguidos, em guarda, enquanto ambos se encaravam à espera de uma oportunidade.

— Quebra a cara dele! — gritou Omer do meio da multidão. — Arrebenta ele!

Harnack desferiu alguns socos rápidos, forçando-o a recuar, e Raynor percebeu que não seria tão fácil. A resposta veio à altura, com um golpe que resvalou no rosto do adversário, mas o ruivo revidou com um soco na boca do estômago.

Raynor ouvia as pessoas gritarem, a maioria para incentivá-lo, mas os sons se fundiam num zumbido indecifrável. A primeira onda de fúria já havia passado, e o cérebro agora retomava o controle. *Pense*, disse ele a si mesmo, *encontre uma fraqueza pra encaixar uns golpes fortes e acabar logo com isso.*

Harnack avançou mais uma vez, com outra sequência de socos, mas Raynor se esquivou sem dificuldade. Então, do nada, enquanto evitava os punhos do adversário, Jim sentiu uma pancada violenta atingir sua nuca. Como assim? Ele girou rapidamente para confrontar o novo oponente, mas deu de cara com uma peça de metal quente. Harnack o empurrara contra o retrovisor do caminhão!

Enquanto Raynor se virava novamente para encará-lo, o ruivo abriu um sorriso exultante e desferiu vários socos, a maioria dos quais Raynor conseguiu bloquear com os punhos e antebraços, ao mesmo tempo em que colava o queixo ao peito e se afastava com um movimento quase de dança.

— Volta aqui! — ordenava o jovem de cabelos vermelhos. — Vem lutar, seu boia-fria do caralho!

Foi então que Raynor viu Harnack apertar os olhos e percebeu que o sol o ofuscava. Com movimentos curtos e precisos, deslizou até ter certeza de que a luz estava nos olhos do adversário, plantou os pés no chão e desferiu um soco rápido. Vendo que algo se movia ligeiramente em sua direção, Harnack ergueu os braços para se defender, expondo o diafragma. Raynor aproveitou a oportunidade. Uma sequência de três socos, potencializados pelos braços fortes do trabalho na fazenda, atingiram a boca do estômago do ruivo feito britadeiras.

Harnack grunhiu enquanto o ar fugia de seus pulmões, curvou-se com as mãos sobre o estômago e, ao atingir o chão, vomitou no asfalto. Os habitantes da região vibraram com a vitória de um dos seus, e alguns adultos vieram tirar o valentão do meio da turba de jovens que gritava xingamentos e ameaças.

Raynor começou a andar na direção de seu caminhão — tudo o que queria agora era entrar na boleia e fechar a porta antes que alguém percebesse como aquilo o havia balançado — mas Omer apareceu diante dele.

— Cara, que briga! — disse, apertando a mão de Raynor. — Foi muito maneira.

Raynor balbuciou alguns palavrões e cuspiu saliva rosa no chão quente e empoeirado. Vários de seus amigos vieram cumprimentá-lo, e, depois de uma rodada de saudações e tapinhas nas costas, um Raynor muito mais sorridente se virou com os amigos para ver o desfecho da cena.

Um dos fazendeiros entrou no caminhão de Harnack e ligou o motor, lançando uma nuvem de fumaça preta dos escapamentos duplos enquanto manobrava o veículo para o acostamento. Apoiado pelos cotovelos por dois homens, o jovem de cabelos vermelhos foi levado até o caminhão, onde lhe disseram que esperasse até que toda a fila terminasse de abastecer ou voltasse para casa. Harnack escolheu a segunda opção.

Os amigos de Raynor gargalhavam espalhafatosamente e berravam obscenidades enquanto o perdedor se arrastava de volta para o banco do motorista. Em disparada pelo acostamento, Harnack afundou a mão na buzina; no primeiro espaço que encontrou, cortou dois caminhões e guinou na contramão, gerando uma nova balbúrdia. Em seguida, seu caminhão invadiu a pista da direita e rumou para o norte, na direção de Bronsonville, e ele se despediu com um cumprimento de um só dedo pela janela.

A fila avançava novamente, e houve alguma correria enquanto os motoristas voltavam aos seus veículos. De volta à cabine, Raynor avançou com o caminhão e esticou o pescoço para examinar o rosto no retrovisor. Foi só então que percebeu que um dos socos de Harnack acertara seu olho esquerdo, que já escurecia e, em breve, estaria totalmente fechado. Ele praguejou. Aquilo era impossível de esconder. Sua mãe não ficaria nada feliz.

Raynor entrou na estação vinte minutos depois, onde foi recebido com acenos e sorrisos pelos outros caminhoneiros. Parecia que enfrentar o jovem Harnack havia lhe angariado respeito, e aquilo era bom.

Com o tanque pela metade — tudo o que sua família podia pagar —, Jim ligou o motor do caminhão, esperando que o combustível fosse suficiente para colher a maior parte da safra, se não toda Era melhor que nada.

CAPÍTULO DOIS

"Ah, claro, nós temos armas maiores. Maiores e mais numerosas. Mas eu acho que o problema é não termos mãos suficientes pra segurar todas. Precisamos de mais soldados, pra ontem. De que adianta um arsenal maior que o do inimigo se ele só serve pra juntar poeira no armário?"

Cabo Thaddeus Timson, Forte Brickwell, Shiloh
Fevereiro de 2488

PLANETA SHILOH, CONFEDERAÇÃO DOS HOMENS

Se mais cedo estava quente, agora durante a tarde o clima era absolutamente infernal. Dentro da cabine do enorme CSX-410 que Raynor guiava para o sul do campo devia fazer pelo menos uns quarenta graus. Há anos, muito antes de Jim nascer, a máquina trabalhava automaticamente. Mas o sistema de navegação do robô ceifador pifara antes de sua família comprá-lo já de segunda mão, o que o obrigava a se sentar na boleia e operar manualmente a máquina, cujas lâminas abriam caminho pelo campo de trigo.

Raynor chegou ao fim do terreno e girou o robô para continuar em outra direção. Subitamente seus pensamentos foram interrompidos pelo que parecia um redemoinho de poeira ao norte. Como a sujeira no para-brisa impedia a visão, ele meteu a cabeça para fora da cabine, uma manobra ainda mais penosa com o olho esquerdo tampado pelo inchaço e dolorido de verdade. Jim percebeu, então, que não se tratava de um redemoinho, mas de algum tipo de máquina vindo em sua direção. *Mas que porra...?* Será que era algum dos vizinhos? Não, todos já tinham terminado suas colheitas, não havia razão para andarem por aí com um robô ceifador.

Jim manteve os olhos fixos na coluna de poeira enquanto rumava com a colheitadeira na direção do rio. Na metade do caminho ele se virou outra vez. O que viu era surpreendente e assustador — a máquina que avançava em sua direção era um Golias da Confederação.

Como todas as crianças de Shiloh, Jim crescera assistindo aos vídeos dos imensos robôs andarilhos de quase 4 metros de altura. Eles montavam guarda no quartel-general do Conselho em Tarsonis, marchavam pelas ruas em desfiles, abriam caminho em meio a rajadas de fogo inimigo enquanto mandavam os opositores da Confederação para o inferno com os canhões braquiais.

Mas Jim jamais vira um Golias em plena zona rural e sentiu uma pontada de medo. Os impostos imobiliários tinham subido vertiginosamente nos últimos anos — alguns fazendeiros chegaram a ser expulsos de suas terras. Era por isso que aquela máquina estava lá? Para tomar a fazenda? Talvez, mas Jim não via nem sinal das tropas terrestres que normalmente acompanhavam um andarilho. *O que seria, então?*

No instante em que ativou o microfone para avisar o pai sobre o Golias, a voz de Trace Raynor surgiu nos alto-falantes da cabine:

— Estou vendo, Jim. Já estou indo.

Olhando por cima do ombro direito, Jim viu a coluna de poeira que a caminhonete do pai levantava, e se acalmou. Mesmo sendo um aluno exemplar, capaz de operar todo o maquinário da fazenda, havia muitas coisas que ele não sabia fazer. Lidar com o governo era uma delas.

Mas como a curiosidade era ainda maior, Raynor parou o robô e desligou o motor, a fim de economizar combustível, enquanto o reluzente Golias revolvia a água do rio com seus passos pesados e avançava até o meio do campo. Era possível ouvir o hino pomposo da Confederação cada vez mais claramente à medida que o robô se aproximava, portando bandeiras nas duas antenas.

Quando o pai se aproximou, o garoto bebeu um gole da água morna que restava no cantil atirado no chão da cabine e saiu. O trigo estava tão esparso nas leiras que a cada passo uma nuvem de poeira se formava atrás dele. A mais ou menos 20 metros dali, o Golias interrompeu sua marcha e permaneceu imóvel. Sob a sombra comprida que projetava, mesmo usando pesadas botas de trabalho, Jim sentia a vibração sutil que a máquina produzia enquanto um cheiro acre — que ele reconheceu como ozônio — inundava o ar.

O robô andarilho tinha uma cabine atarracada onde ficavam o piloto, suportes para dois conjuntos de lança-mísseis e braços articulados equipados com pás, em vez dos canhões automáticos que costumavam aparecer nos vídeos. A blindagem do chassi e as grandes pernas, contudo, eram exatamente como ele se lembrava de ter visto.

Com exceção da nacele, pintada de azul-marinho, o resto do robô era vermelho. O número da unidade era visível dos dois lados da cabine, e, logo abaixo do canopi frontal, a silhueta pintada de quatro módulos de transporte fazia companhia à de um Urutau (o equivalente kel-moriano do Vendeta, o caça da Confederação). O robô estava relativamente limpo, exceto por uma fina camada de pó, mas as bandeiras que há pouco flamulavam orgulhosamente agora pendiam, como se tivessem perdido o espírito.

O motor da caminhonete de Trace Raynor desligou ruidosamente, a porta se abriu e ele saltou para fora. Tinha o cabelo grisalho e uma barba cuidadosamente aparada, que emoldurava um rosto tão desgastado quanto um mapa topográfico. Seu corpo não tinha um grama de gordura. Quando caminhou para perto do filho, seus olhos faiscavam de fúria.

— Primeiro os canalhas aumentam os impostos até não conseguirmos pagar, agora mandam máquinas para pisotear nossas plantações! Por que não atiram logo na gente e acabam de uma vez com a nossa desgraça?

Jim compreendia o ressentimento do pai, mas pensou consigo mesmo se era uma boa ideia dizer aquelas coisas em voz alta, principalmente se o Golias estivesse equipado com captadores de áudio. O zumbido dos atuadores interrompeu seus pensamentos. O canopi se elevou sobre uma área pintada para parecer uma boca arreganhada com dentes afiados à mostra, revelando a nacele. Um fuzileiro uniformizado se levantou e acenou para eles:

— Bom dia, minha gente! — A voz amplificada ribombava nos alto-falantes duplos. — Meu nome é Farley... Sargento de infantaria Farley. Desço num segundo.

Com um comando de voz, uma das enormes pás do Golias se ergueu. Farley subiu nela e se ajeitou para ser transportado suavemente até o chão. Assim que o piloto terminou de descer, os atuadores zumbiram novamente, e o robô assumiu a mesma posição de descanso que se via sempre nos desfiles.

— O senhor deve ser Trace Raynor — disse o fuzileiro, adiantando-se para apertar a mão do fazendeiro. — E, se eu não estiver enganado, esse deve ser Jim, seu filho, membro da turma de 2488. Parabéns, meu jovem.

— Obrigado. — Enquanto apertava a mão do fuzileiro, Jim ficou impressionado com sua personalidade energética e com a firmeza de seu cumprimento. Era inegável, no entanto, que havia algo incomum em seu olhar: o fuzileiro parecia muito jovem para a idade que seu comportamento acusava, além de exibir um movimento estranho no queixo enquanto falava. Histórias sobre as técnicas de implante facial da Confederação eram comuns; talvez algum ferimento terrível tivesse sido corrigido com um rosto mais jovial. Era impossível saber com certeza, mas Jim achou aquilo extraordinário.

A farda de Farley mal estava amarrotada, o que era surpreendente, considerando o quão apertada era a nacele de um Golias. Duas fileiras de medalhas adornavam-lhe o lado esquerdo do peito, um cinto brilhante enlaçava-lhe a cintura e seus sapatos eram reluzentes feito espelhos. O que contrastava com a aparência de Trace e Jim Raynor, que pareciam desleixados em comparação.

Mesmo sendo comum ver recrutadores em planetas como Shiloh, o fato de que esse vinha num Golias dizia algo a respeito dessa guerra. Àquela altura ela já vinha se arrastando por anos, e, ainda que porta-vozes da Confederação aparecessem vez ou outra para dizer que estava tudo bem, as metas de recrutamento aumentavam tão rápido quanto os impostos. Assim que jovens como Tom Omer e Jim Raynor terminavam a escola superior, tornavam-se alvos imediatamente.

Percebendo que não corria o risco de ser jogado fora de sua terra — não agora, pelo menos —, Trace Raynor se tranquilizou.

— É um prazer, sargento — disse. — Mas eu agradeço se você não pisar no meu trigo quando estiver de saída.

— Não se preocupe, senhor. Seguirei pelo rio até a estrada quando estiver partindo.

— Obrigado — respondeu Trace Raynor calmamente.

— Não há de quê. — Assim que terminou de falar, Farley se virou para o adolescente. — Bela maquiagem, filho. Como ficou seu adversário?

Jim esperava que os óculos escuros escondessem o olho roxo, mas Farley podia ver as bordas do inchaço. Com algum esforço, o jovem respondeu, sorrindo:

— Com certeza bem melhor que eu.

Trace ensinara ao filho o valor da modéstia, mas não era do tipo que deixava as pessoas fazerem pouco da honra.

— Houve uma confusão na fila do abastecimento. Um garoto tentou furá-la, e Jim o mandou pro chão — contou o pai, deixando transparecer uma ponta de orgulho.

Farley assentiu com a cabeça.

— Muito bem, rapaz. Não deixe que pisem em você. Quando terminar a escola... Você já tem algum plano para depois que se formar?

— Não — respondeu Jim com honestidade, fitando os olhos que pareciam capazes de fuzilar alguém. — Trabalhar com meu pai, acho — acrescentou, dando de ombros. As palavras saíram tão sorumbáticas que ele imediatamente sentiu uma pontada de culpa. Ao trocar olhares com o pai, o jovem Raynor percebeu que não havia surpresa em sua expressão. Jim suspeitava que Trace já sabia que o futuro não lhe soava exatamente como uma promessa de felicidade.

Farley concordou, sacudindo a cabeça.

— Faz sentido. Tenho certeza de que seus pais vão ficar muito agradecidos. Claro que existem outras formas de ajudar. O bônus de alistamento, por exemplo. O governo atualmente paga uma generosa quantia a quem decide se juntar a nós! Um bom dinheiro poderia ajudar a manter as contas em dia por um longo tempo.

Um bônus *generoso*? Aquilo capturou a atenção de Jim. Um bom dinheiro poderia resolver a vida de seus pais, os problemas da fazenda, talvez até seu futuro. Era por isso que Tom Omer tinha se alistado? A bem da verdade, os Omer passavam por uma situação ainda pior que a deles.

Ao fazer menção de perguntar ao sargento de quanto exatamente falavam, Jim viu o pai franzir o cenho e menear a cabeça quase imperceptivelmente, sinal de que era melhor ficar de boca fechada.

Se viu algo, Farley não deu nenhum sinal ao se virar para gesticular na direção do Golias.

— Outra coisa importante é o treinamento — disse ele. — Você pode aprender a pilotar um Golias, voar num Vendeta, talvez guiar um tanque de cerco. Como sou mais do tipo pé no chão, prefiro a infantaria. Isso significa que uso um dos novos trajes de combate. Não existe nada igual, filho... Quando entra num deles, você está pronto pra conquistar um mundo! Vamos lá, suba naquela pá. Vou lhe mostrar a nacele.

Foi só enquanto subia até a nacele que Jim percebeu o quão habilidosamente o pai fora apartado da conversa. Quando a pá finalizou o movimento, a 4 metros do solo, Jim Raynor enfiou a cabeça na nacele do Golias e observou o revestimento interno.

— Está vendo ali? — perguntou Farley, apontando para baixo. — Quando você se conecta, tudo o que tem que fazer é se mover da forma como quer que o robô se mova. Os comandos são enviados para o computador de bordo, que repassa as instruções para a máquina e permite que ela reproduza todos os seus movimentos. Requer algum treino, claro, e fica mais difícil com gente atirando em você, mas e daí? Você pode atirar de volta!

"Essa belezinha agora está aposentada — prosseguiu Farley —, mas os pilotos que a usaram conseguiram alguns abates espetaculares. E não é só de infantaria que estou falando. Robôs, tanques, Abutres, Urutaus... Com um currículo assim, essa gracinha merece um bom descanso."

Inclinando-se para dentro da cabine, Jim viu um painel de controle curvado, o espaço para o piloto, e sentiu um cheiro que misturava suor, óleo e fumaça velha de charuto. Tudo evocava visões de como seria cruzar um campo de batalha dentro daquela coisa, marchando lado a lado com bravos companheiros.

Seria demais, pensou Jim, *mas meus pais nunca me deixariam ir*. O jovem meneou educadamente a cabeça e ficou apenas ouvindo o que Farley dizia enquanto retornavam ao chão. A visita terminou logo em seguida, e rapidamente Farley estava de volta à nacele, marchando com o robô na direção do rio. Sua última observação saiu do alto-falante:

— Lembre-se do lema dos Fuzileiros, filho... "Pela família, pelos amigos e pela Confederação." Há pessoas contando com você.

Os imensos pés do Golias espalharam água, e o andarilho partiu rumo à estrada. Trace Raynor cuspiu numa pedra e condensou todas as suas impressões e observações numa só palavra:

— Canalhas.

Sem dizer mais nada, o fazendeiro entrou no caminhão, deu a partida e se foi. Não mais que alguns segundos depois, o veículo percorria a estrada poeirenta que se estendia até o domo. O sol estava alto no céu, havia trabalho a fazer, e um tempo valioso fora perdido.

Os olhos do jovem Raynor acompanharam o Golias até ele sumir ao longe. Subitamente, sua cabeça estava abarrotada de pensamentos.

O sol era pouco mais que uma mancha vermelha no horizonte quando Jim Raynor estacionou o robô ceifador, atravessou o terreno empoeirado que sua família usava como estacionamento e desceu a rampa. Como a maioria dos lares em Shiloh, oitenta por cento da casa ocultava-se sob a terra, onde ficava relativamente imune tanto ao calor escaldante do verão quanto ao frio rigoroso do inverno. O piso superior do domo era protegido por uma membrana semitransparente, uma pálpebra que absorvia energia solar durante o dia, armazenando-a nas células de energia da fazenda, e abria-se durante a noite. Era nessa hora que Jim se deitava de costas na espreguiçadeira e fitava as estrelas.

Mas isso era para mais tarde. Antes, um banho sônico, roupas limpas e uma passagem pela cozinha, onde sua mãe preparava o jantar. Os cabelos negros de Karol Raynor ganhavam suas primeiras mechas acinzentadas, seus olhos verdes começavam a ficar rodeados de pequenos vincos, mas ela ainda era uma bela mulher. E inteligente também — recebera uma bolsa da Smithson, onde estudara na escola agrícola, e, como Trace adorava dizer, era o "cérebro da família".

Karol mantinha-se atualizada em relação à maioria dos avanços recentes em tecnologia agrícola, ao mesmo tempo em que procurava constantemente formas de incrementar a renda da família — inclusive negociar com credores, uma tarefa que o temperamento de Trace não permitia que ele realizasse. Suas habilidades na cozinha também eram de primeira classe, e, graças à horta cuidadosamente cultivada, além do suprimento quase regular de carne fornecido pelos fazendeiros locais, os Raynor sempre tinham o que comer. E Jim estava sempre comendo.

— Oi, mãe — disse o jovem, entrando pela cozinha e parando para dar um beijo em seu rosto. — O que tem pro jantar? Estou morrendo de fome.

Karol se virou, abriu a boca para responder, mas se conteve.

— O que houve com seu olho?

— Nada demais — respondeu Jim evasivamente. — Foi só uma confusão aí.

— Uma confusão, é? — observou Karol. — Você sabe o que acho de brigas. Vamos conversar sobre isso no jantar. E vá pôr gelo nessa coisa.

Com a família sentada à mesa e servida, Jim teve que contar à mãe sobre a briga com Harnack e inevitavelmente ouvir um longo sermão sobre a importância de resolver diferenças com as palavras em vez dos punhos.

— Sua mãe está certa, Jim — ressaltou Trace. — Brigar não é a solução. Mas é importante se defender, especialmente dos valentões. O segredo é saber quando se envolver e quando cair fora, pois você nunca sabe em que tipo de confusão está se metendo até estar nela até o pescoço.

— Você está certo, pai — respondeu Jim. — Daqui pra frente vou pensar nisso.

Virando-se para Karol, o jovem forçou um sorriso e acrescentou:

— E você, mãe, como foi seu dia?

Jim sabia que a tentativa descarada de mudar de assunto não passaria despercebida, mas sentiu-se aliviado ao ver a satisfação com que a mãe deixava o assunto de lado. Karol desatou a contar novidades como se fosse a hora do noticiário local: uma nova variante de trigo resistente à seca estava prestes a ser disponibilizada, os Laughlins na verdade não estavam se divorciando, e a lavadora de roupas sônica estava dando defeito outra vez.

Quando a conversa mudou de rumo e o recrutador no Golias veio à baila, Jim e Trace se revezaram para narrar o encontro inusitado. Ao fim do relato, Karol meneou a cabeça.

— Nossa, eles estão ficando realmente agressivos, não é? Dizem o tempo todo que está tudo bem por lá, e, no segundo em que Jim se torna apto ao alistamento, alguém já está esperando na nossa porta. E seus amigos? Alguém mais está sendo perseguido desse jeito?

— Não sei — respondeu Jim com sinceridade. — Só sei que Tom Omer está embarcando logo depois da formatura.

— Espero que ele saiba onde está se metendo — observou Trace. — O exército não é lugar para decisões levianas.

— Não, ele está levando a sério mesmo. E... Não sei... Também andei pensando sobre como seria me alistar. Quero dizer, eu nunca saí do planeta, e o bônus de alistamento pode ser suficiente para pagar todos os impostos. Quem sabe? Talvez vocês pudessem dar um jeito na fazenda, arranjar um comprador e se mudar para Smithson. Depois de servir aos Fuzileiros, eu poderia ir para aquela universidade em Korhal, do jeito que a mamãe queria.

Seu discurso entusiasmado foi recebido com um silêncio fúnebre. Ele não sabia o que esperar; mesmo tendo ensaiado mentalmente inúmeras vezes desde que Farley mencionara o bônus, nada minimizaria o choque de seus pais.

— De jeito nenhum — decretou Trace. — Os impostos são problema nosso, não seu... Além disso, não temos nada a ver com a guerra com os kel-morianos. Quem se importa que vá até lá...

— Trace, você sabe que a guerra é problema nosso, quer você goste ou não — interrompeu Karol. — Mas concordo com seu pai, Jim, não há motivo para você se preocupar com as nossas contas. Também não me lembro de você falar em exército antes. Aquele soldado deve tê-lo impressionado de verdade.

— *Sargento de infantaria*, mãe — respondeu Jim pacientemente, terminando o ensopado. — E sabe, andei pensando... — acrescentou. — Tom despertou meu interesse pelos fuzileiros muito tempo atrás, mas... — Jim fitou os pais, evidentemente preocupados, e se sentiu um pouco culpado. A verdade é que sua mãe estava certa: até aquela tarde, alistar-se jamais passara pela sua cabeça. O discurso do recrutador sobre como poderia ajudar sua família era só o que precisava ouvir; se ele não os ajudasse, quem ajudaria?

"Olha, eu quero ir lá acabar com aqueles desgraçados. Porque as coisas... as coisas vão piorar antes de melhorar. Não é, pai? Quero dizer, e se os kel-morianos vencerem? Aí todo mundo vai ter que se juntar em corporações profissionais, fazer só o que os líderes das corporações mandarem."

— É mais complicado que isso — disse Karol. — As pessoas que lideram as corporações são eleitas, mas depois que assumem o cargo, é impossível tirá-las de lá. E as corporações querem a guerra. Se puderem controlar todos os parcos recursos disponíveis, poderão controlar tudo.

— Por isso pagamos impostos altíssimos e somos obrigados a viver num eterno racionamento — acrescentou Trace. — Eles estão acumulando recursos estratégicos e tentam enfiar seu sistema político corrupto goela abaixo de todos nós.

— É, então, é sobre isso que estou falando — respondeu Jim, em tom severo. — Talvez me alistando eu possa fazer algo para acabar com as imensas filas de combustível, com o racionamento de comida. Eu poderia ajudar muita gente, inclusive vocês.

Karol franziu o cenho.

— Não é um pouco apressado? Não entendo de onde tudo isso surgiu. Você nunca falou nada a esse respeito.

— Sua mãe está certa, Jim — concordou Trace. — Acho que você não entende totalmente o que está acontecendo. Aquele cara que veio aqui mais cedo é um recrutador! O trabalho dele é fazer parecer uma aventura emocionante, mas guerra é guerra, não importa o que digam. Você conversou por quinze minutos com um panfleteiro e de repente já sabe o que quer da vida?

— Não é do seu feitio, Jim, agarrar algo assim, sem pensar — continuou Karol. — Não pode nos culpar por nos chocarmos com...

— Sabia que não podia ir antes, foi por isso — irrompeu Jim. — Sei que não era o que esperavam de mim, por isso nunca disse nada! Mas agora, com o bônus e tudo mais, talvez dê certo! — Quando percebeu que estava gritando, o jovem respirou fundo e prosseguiu calmamente: — Além disso, mesmo amando muito a fazenda, seria ótimo poder visitar outros planetas. Então, depois de dar essa volta, eu poderia voltar e me ajeitar por aqui.

Dizendo aquilo tudo em voz alta pela primeira vez, Jim se sentiu verdadeiramente excitado com a possibilidade de fazer parte dos Fuzileiros; ao mesmo tempo, a total falta de apoio dos pais era nada menos que frustrante. Na verdade, estava claro que isso poderia acontecer. Ele era filho único — o menininho da casa — e nunca tinha passado mais que um fim de semana longe dos pais.

O peso do silêncio preencheu a sala outra vez. Jim observava os pais com olhos inquietos. Karol fitava o prato enquanto meneava a cabeça, remexendo o resto de ensopado com a colher; Trace encarava as próprias mãos cruzadas sobre a mesa, mergulhado em pensamentos. Sem saber se deveria sair ou se alguém diria algo, Jim passou os minutos seguintes aplicando gelo cuidadosamente sobre o olho inchado.

Por fim, Trace limpou a garganta e declarou:

— Só tenho uma coisa a dizer. Se Jim quer mesmo sair do planeta e dar uma volta por aí, essa seria uma boa oportunidade. — Antes de se recostar novamente na cadeira, o olhar de Karol cruzou o seu.

Ela não parece nada feliz, pensou Jim.

— Você vai ter que esperar. Sua mãe e eu precisamos pensar, certo, Jim?

— Tudo bem, pai — respondeu Jim, sem deixar de se perguntar se estava mesmo fazendo a coisa certa ou se era tudo um grande erro.

Sem dizer nada, o garoto se levantou, limpou a mesa e saiu para o quarto. Pelo que lembrava, era a primeira vez que o pai não lhe oferecia palavras sábias. Jim se sentia terrivelmente sozinho.

Em meio a discussões, três dias se passaram enquanto argumentos iam e voltavam dos dois lados. Na terceira noite, Jim ouviu uma batida na porta do quarto. Virando-se de costas para o computador, respondeu:

— Sim?

— Venha aqui, sua mãe e eu queremos falar com você — chamou Trace.

Ao abrir a porta, Jim deu de cara com um sorriso carinhoso. Pai e filho caminharam juntos pelo corredor.

Assim que se sentou à mesa, Jim sentiu que sua mãe estivera chorando. Era o pior sentimento do universo, e ele quis desistir de tudo. Da viagem, do bônus, dos Fuzileiros... Tudo. Então seu pai começou a falar:

— Jim, sua mãe e eu nunca o pressionamos a seguir nossos passos, mas até agora você jamais tinha dito nada. Como precisávamos de você, apenas achamos que ficaria, mas isso não é justo.

Karol estendeu as mãos para segurar a do filho. O coração de Jim disparou. Será que realmente o deixariam ir? O garoto se virou para o pai outra vez e encontrou uma expressão suave.

— Se quiser se alistar, filho — prosseguiu Trace —, a escolha é sua. Nesta vida, você é quem escolhe ser. Não é nenhuma surpresa pra nós que nosso filho queira ser um herói.

CAPÍTULO TRÊS

"Mudanças recentes na hierarquia militar da Confederação forçaram diversos braços das forças armadas a encontrarem formas de se adaptar. Incumbida de dar fim ao crescimento de atividades ilegais entre as tropas, a Divisão de Segurança Interna relatou a falta de uma polícia militar para lidar com a crescente população de recrutas. Analistas apontam que essas falhas na segurança podem acabar revelando que áreas das forças armadas são mais vulneráveis a abusos criminosos."

Max Speer, *Jornal da Noite* da UNN
Março de 2488

PLANETA RAYDIN III, CONFEDERAÇÃO DOS HOMENS

Grandes nuvens de tempestade assomavam a sudoeste, no céu acinzentado de um dia quente e úmido no Poço de Prosser. Mesmo tendo certeza de que choveria, Tychus Findlay não se incomodou, pois a chuva talvez ajudasse a remover a camada de poeira que deixava tudo com aparência suja. Como as armas da corporação, por exemplo.

Com um estrondo, uma esquadrilha de Vendetas deu um rasante e estremeceu todas as janelas, mas ninguém se incomodou em olhar para cima. Coisas assim eram comuns por ali.

A cidade estava movimentada. Muitas pessoas ainda comemoravam o fato de as forças kel-morianas terem sido expulsas da área três dias antes e agora recuarem para o leste. O combate dizimara a parte mais ao norte do acampamento, mas o resto, inclusive o distrito central de negócios, permanecia relativamente intacto.

Mesmo com as dezenas de variações, todos os edifícios da cidade tinham um aspecto de caixotes, pois haviam sido construídos inteiramente com componentes produzidos por uma única fábrica, pousada na cidade desde sua fundação. Domos, arcos e muros pintados em várias cores foram adicionados ao longo dos anos, conferindo ao Poço de Prosser um caráter único.

O projeto colonial da cidade permitia que visitantes se movimentassem sem dificuldade, uma conveniência que Tychus apreciava enquanto marchava atrás de um trio de fuzileiros meio bêbados, seguindo-os pela rua principal na direção do distrito dos armazéns, do outro lado da cidade.

Ser um oficial dos Fuzileiros da Confederação tinha contratempos, como a falta de tempo livre para roubar coisas, por exemplo. Mas havia exceções, claro, entre elas a presente atividade. Um civil jamais poderia imaginar uma oportunidade como essa. Talvez ser sargento tivesse vantagens, no fim das contas.

Um depósito inteiro abarrotado de armas, blindagem e outros equipamentos kel-morianos. Só alguém como ele, com posição para monitorar todas as comunicações que passavam pela central de comando, poderia se beneficiar da situação. O segredo era agir rápido, fechar negócio com o sargento responsável pelas instalações e remover a maior quantidade de equipamento capturado possível antes que um inventário oficial fosse feito. Na cabeça dos Fuzileiros, se não está na lista, não existe, e o que não existe não pode ser roubado.

O pensamento desenhou um sorriso sinistro na mandíbula quadrada de Tychus, que parou sob uma marquise para observar a vitrine repleta de calçados femininos. Para observar a área, na verdade, pois sua visão periférica era extraordinária e ele queria saber se alguém o seguia.

Sem nenhum PM ou civil suspeito à vista, Tychus dobrou a esquina e seguiu pelo beco até a rua transversal. Uma curva acentuada à esquerda levava direto para o perímetro do distrito dos depósitos, de onde bastaria uma caminhada de três minutos para chegar até o depósito — baixo, metálico e absolutamente trivial, exceto pelas sentinelas postadas do lado de fora.

Tychus caminhou até o guarda mais próximo e viu o jovem estufar o peito, na tentativa de compensar a menor estatura. Não era a primeira vez que via essa reação; com quase dois metros e meio de altura, ele era um gigante comparado à maioria, e seu comportamento deliberadamente imponente, até então, intimidara quem quer que cruzasse seu caminho. O cabelo castanho era cortado rente, e vincos ligavam suas feições cinzeladas, coroadas pela testa proeminente. Como a concentração de metano na atmosfera do planeta pairava acima dos limites seguros, todos em Raydin III eram obrigados a portar plugues nasais, uma mangueira transparente para troca de ar e um tubo de oxigênio reserva. O enorme sargento não era exceção. Usando o uniforme camuflado básico, ele trazia também uma pistola e um rifle Gauss.

— Boa tarde, sargento.

— Se você diz... — resmungou Tychus. Sua voz soava como um trator velho dando a partida. — Estou procurando pelo sargento de infantaria Sims. Ele está aqui?

O soldado balançou a cabeça.

— Ele está lá dentro, mas preciso checar sua identidade antes, sargento.

Tychus grunhiu, esperou a sentinela passar o scanner em seus olhos e já caminhava na direção da porta quando o indicador verde acendeu. O soldado falou no microfone preso à lapela do uniforme, esperou uma resposta curta e virou as costas para o depósito, soltando a respiração finalmente.

Caminhando na penumbra do depósito mal iluminado, Tychus viu uma luz a distância e rumou em sua direção. No ar frio e bolorento, pilhas de módulos de carga kel-morianos empilhavam-se contra as paredes, enquanto outras tantas se isolavam como ilhas no piso encerado. Agora que estava mais próximo, era possível ver a mesa estrategicamente posicionada sob uma lâmpada, onde um sargento de infantaria repousava com os pés sobre a mobília puída. Se Tychus fosse um oficial, isso poderia ser perigoso, portanto era óbvio que Sims já o esperava.

Sims ocupava uma posição superior à de Tychus, mas existem posições e posições. E como todo fuzileiro sabia, passar de terceiro-sargento a sargento de infantaria envolvia uma série de responsabilidades, autoridade e respeito adicionais. Além disso, o fato de que estava no seu território, deixava Sim confortavelmente no controle da situação.

A cabeça coberta por nada mais que um tufo castanho e ornada por orelhas que se projetavam quase perpendicularmente concedera ao sargento o apelido de "cabeça de pote". Não que alguém se referisse assim em sua presença, claro, diante dos olhinhos de lasca de carvão e do queixo duplo. Em vez dos plugues que a maioria das pessoas usava, Sims preferia uma máscara minúscula, que, presa por um elástico, cobria-lhe somente o nariz. Tychus meneou a cabeça.

— Sarja Sims? Meu nome é Findlay. Você tem um minuto?

Sims deu de ombros.

— Claro, sargento. Pode se sentar. Qual é o seu problema?

Tychus deixou o rifle deslizar pelo ombro, repousando-o onde poderia alcançá-lo rapidamente, e se sentou. A cadeira rangeu e desapareceu debaixo dele.

— Nós dois temos um amigo em comum — iniciou Tychus cautelosamente —, alguém que acredita piamente na relevância do livre mercado para o capitalismo.

— E que amigo é esse? — inquiriu Sims, sem hesitar.

— O indivíduo ao qual me refiro é o primeiro-sargento Calvin.

Sims assentiu.

— Eu conheço Calvin. Servimos como cabos juntos. Um cara legal. Por onde tem andado?

— Ele é o responsável pela companhia de transporte do 2º Batalhão.

— Interessante — retrucou Sims. — Então, como eu disse, qual é o seu problema?

Agora não havia mais volta. Se Tychus dissesse qual era o seu problema e o sargento resolvesse criar um problema de verdade, sua próxima refeição seria num campo de trabalho militar nas montanhas. Por outro lado, se não arriscasse, não ganharia nenhum tostão. Como fizera diversas vezes, decidiu ir fundo.

— Você tem um monte de coisas paradas aqui, Sarja... Talvez eu possa ajudar a tirar esse peso das suas costas.

Sims tirou os pés da estação de trabalho, abriu uma gaveta e enfiou ali uma das mãos. Tychus sentiu todos os músculos do abdome se retesarem — o outro homem poderia estar sacando uma arma —, mas Sims abriu uma caixa de charutos sobre a mesa.

— Você fuma?

Tychus sorriu como um lobo.

— Pode ter certeza, Sarja. Agradecido.

O próximo minuto foi destinado exclusivamente a cortar as pontas e acender os charutos com um isqueiro dourado que Tychus roubara de um tenente morto. Quando ambos ficaram satisfeitos com a queima do tabaco, era hora de falar de negócios.

— Espera aí, não diz ainda — soltou Sims. — Vou tentar adivinhar. O transporte vai ficar por conta do... Calvin!

— Esse é o plano — confirmou Tychus. — Com os kel-morianos caindo fora e nossa gente nos calcanhares deles, o alto escalão tem que desovar dois comboios por dia do Porto Haaby. Mas depois que a entrega é feita, a maioria dos caminhões volta vazia, o que é um desrespeito para com o dinheiro do contribuinte. Sem falar no gás vespeno.

Sims soprou uma coluna de fumaça na direção da lâmpada e riu:

— Quando vamos receber nossa parte? Com o que vão nos pagar?

— Recebemos no momento da entrega — respondeu Tychus. — Cristais de sílio. Pequenos, leves e podem ser vendidos em qualquer lugar.

— Gostei — disse Sims em tom de aprovação. — Quero dizer, vou gostar, se a partilha for interessante.

Tychus sabia que a próxima jogada seria aquela, sentindo que o outro homem também tinha plena consciência de que tinha a mão mais alta. Sua posição não era favorável para barganhas.

— Cada um de nós fica com um terço dos lucros — respondeu —, menos três por cento de cada, para pagar os guardas e os motoristas.

O sargento de infantaria balançou a cabeça de um lado para o outro.

— Bela tentativa, sargento. Calvin merece um terço, pois é essencial pro plano, e eu também. Mas e você? Por que você merece um terço? Pelo sorriso bonito?

— Minha aparência é um recurso inestimável — retorquiu Tychus secamente —, mas os meus contatos são muito mais. Conheço o comprador, por isso fico com trinta por cento.

Sims ficou em silêncio por um instante enquanto as fumaças dos charutos se enroscavam para formar uma única nuvem. Depois de alguns cálculos mentais, ele concordou.

— Certo, sargento, temos um acordo. Mas é importante ser rápido. Uma equipe de logística deve chegar em três dias para contar, etiquetar e registrar cada um dos itens que você está vendo. Diga a Calvin para mover logo o rabo e trazer aquele caminhão aqui.

— Farei isso — garantiu Tychus, levantando-se para partir.

— É melhor mesmo — disse Sims rispidamente, estendendo a caixa para Tychus. — Tome, pegue alguns.

— Não repara, mas vou aceitar, sim. — Tychus ajeitou a correia do rifle no ombro, abriu a mão e a enfiou na caixa com os charutos perfeitamente organizados. Ao puxar de volta, Sims percebeu que ela estava praticamente vazia. Quando cogitou protestar, Tychus já estava a alguns metros, rumando para a saída. O acordo estava selado.

CAPÍTULO QUATRO

"Afirmo solenemente meu dever de servir e defender os planetas da Confederação Terrana contra todos os inimigos, interestelares e domésticos. Afirmo ainda que manterei intactas minha lealdade e obediência, e que lutarei contra toda e qualquer ameaça ao progresso contínuo da humanidade neste setor."

Juramento do Soldado da Confederação

PLANETA SHILOH, CONFEDERAÇÃO DOS HOMENS

A cerimônia de admissão de Jim Raynor seria celebrada em Centerville, onde todos conheciam sua família. Assim que Trace estacionou a caminhonete e a família rumou para a rua principal, toda a gente veio apertar a mão de Jim e trocar algumas palavras com seus pais. A mão de Trace jamais abandonava o ombro de Jim, que resplandecia de tanto orgulho.

Cerca de cinquenta pessoas compareceram para prestigiar a ocasião, número que aumentou drasticamente quando um ônibus fretado pelo governo estacionou em frente ao tribunal colonial para o desembarque de quinze recrutas. A maioria se alistara naquela manhã, mas isso não os impedia de desfilar pela praça central com a fanfarronice de verdadeiros veteranos de guerra, para diversão dos poucos veteranos de verdade sentados nos bancos.

A despeito de todos os votos de boa sorte, certa tristeza pairava na sala empoeirada, na faixa de tecido surrada usada para cobrir a frente da bancada do Juiz Guthrie, na bandeira que pendia imóvel da haste. Guthrie fez o seu melhor, declamando o juramento como se lhe tivesse sido entregue por uma força superior, pontuando pausas a intervalos regulares para que Raynor, Omer e os outros recrutas repetissem as palavras que proferia.

Em vez da excitação que esperava sentir ao partir de casa, Raynor se deparou com um estranho, vago presságio, mas fez um esforço deliberado para deixá-lo de lado, considerando que aquilo era apenas o medo que o campo de treinamento dos fuzileiros inspirava. Um lugar infernal, contavam, onde instrutores brutais mandavam e desmandavam, enquanto recrutas sofriam abusos diários. Mas era tudo por um propósito maior, fora o que lhe dissera o sargento Farley, afinal "campos de treinamento produzem fuzileiros! E nós somos os melhores entre os melhores, filho".

Muitos abraços e cumprimentos depois, Raynor conseguiu ir para a entrada do tribunal, onde se postou na escadaria para se despedir dos pais. Para seu total e absoluto embaraço, a mãe lhe preparara uma marmita para o almoço, entregue sob lágrimas que rolavam profusamente enquanto ela o beijava.

— Não se esqueça de escrever... Vamos sentir tanto sua falta.

Trace Raynor não disse uma só palavra — tudo o que queria falar estava em seus olhos e na força com que apertou a mão do filho. Jim sentiu o coração se encher, mas trincou os dentes e forçou um sorriso amarelo. *Chegou a hora*, pensou, e no instante seguinte estava sob as ordens de um suboficial chamado cabo Timson, que, se tinha um primeiro nome, preferiu não revelá-lo.

Timson usava um uniforme razoavelmente limpo pelo menos um número abaixo do seu. Raynor contou quatro broches de cinco anos na manga esquerda, o que indicava um serviço de pelo menos vinte anos junto aos Fuzileiros. Ou ele fora demovido de um cargo superior ou jamais fora capaz de ascender além da função de cabo — nenhuma das duas opções depunha a seu favor.

Qualquer que fosse o caso, o suboficial parecia exausto e ansioso para partir.

— Certo — anunciou Timson —, hora de voltar pro ônibus. E andem logo. Não temos o dia todo.

Raynor acenou para os pais pela última vez e embarcou no ônibus carregando uma pequena bolsa e o almoço. Fileiras de bancos se estendiam ao longo de um corredor central, com um bagageiro logo acima.

Alguns dos outros recrutas já estavam a bordo, uns jogando conversa fora, outros concentrados em seus fones. Como o fundo do ônibus parecia vazio, foi onde Raynor decidiu se instalar. Acomodando-se no último banco, que se estendia como uma bancada por toda a traseira do veículo, Jim começou a procurar por Omer.

Instantes depois, um ruidoso grupo irrompeu na cabine. Detendo-se no caminho para dar a uma das garotas recrutas alguma atenção indesejada, os jovens moveram-se para o fundo com o líder, um fanfarrão de cabelo avermelhado, à frente. Maldição! Raynor sentiu o estômago revirar no instante em que reconheceu Harnack, e uma frase de seu pai lhe veio à mente: "Problemas são feito bumerangues — quanto mais forte se atira pra longe, mais rápido eles voltam pra você". Por que o velho tinha que estar sempre certo?

Sabendo ou não, Harnack se tornara a piada preferida da cidade nas últimas semanas graças a Jim e seu punho de ferro. Enquanto fingia olhar casualmente pela janela, o jovem Raynor sabia que o desgraçado estava atrás de confusão e vinha em sua direção. Quando as batidas das botas de Harnack cessaram no meio do corredor, Jim soube o que aconteceria.

Harnack fingiu que cheirava o ar.

— Droga! De onde vem esse cheiro? — Como se estivesse vendo Jim pela primeira vez, Harnack estendeu o dedo em sua direção. — Aqui está o problema... Cagaram no fundo do ônibus!

Os puxa-sacos que o acompanhavam explodiram em gargalhadas.

— O que temos aqui? — indagou Harnack, apanhando o almoço de Jim do banco. — É seu? — Depois de atirá-lo no chão, o ruivo pisou com toda a força no embrulho. — Ih, foi mal. Deve ter escorregado. Pena que não tem caipiras pra te proteger agora.

Raynor sabia que não podia permitir que pisassem nele daquela maneira, e, quando fez força para se levantar, Timson surgiu e parecia irritado:

— Que merda vocês dois idiotas pensam que estão fazendo? — berrou o suboficial. — Isso não é encontro de comadre, porra. Sentem logo, senão vão ter que sentar com minha bota enfiada no rabo!

Com a advertência, só restava se sentar novamente ou reclamar dos outros recrutas, o que certamente tornaria tudo ainda pior. Timson não estava lá para protegê-lo — estava se certificando de que não houvesse problemas em seu ônibus. *Onde diabos Omer se meteu?*, pensou Jim com seus botões, avistando-o no mesmo instante. Como acabava de entrar na cabine, Omer fingiu não ter percebido o tumulto e se sentou o mais rápido que pôde na fileira mais à frente que conseguiu encontrar. Isso sim era lealdade...

Harnack se endireitou e acenou com a cabeça.

— Desculpe, estávamos nos ajeitando, só isso. Estamos prontos pra zarpar. — A deferência do baderneiro surpreendeu Jim.

Os olhos redondos de Timson saltavam de um rosto para o outro:

— Não quero nenhum problema aqui atrás. Vocês vão se arrepender se eu tiver que voltar aqui.

O suboficial então se virou de costas e, enquanto seguia pelo corredor, contou quantas cabeças havia no ônibus, dando permissão para a partida logo depois de conferir a lista. Antes de se sentar algumas fileiras à frente, Harnack fez questão de encarar Raynor com um sorriso perverso.

O motor roncou, e o ônibus começou a se mover. Enquanto os últimos espectadores observavam, uma nuvem de poeira subiu ao longo da rua principal na direção da rodovia, onde começava a jornada para a próxima cidade. Com duas paradas adicionais de aproximadamente uma hora cada, a noite já avançava quando o ônibus parou em Burroughston.

Em vez de um hotel, como Raynor esperava, os recrutas receberam ordens para sair do transporte diante da escola superior local, onde o zelador aguardava para levá-los até o ginásio. *Vão nos fazer dormir aqui?*, perguntou-se Jim. O pé-direito erguia-se alguns metros acima do piso de madeira sintética, uma arquibancada dominava a parede ao sul, e o placar eletrônico marcava zero a zero. O jovem Raynor quis estar de volta em Centerville.

— O que acharam? — perguntou Timson sem disfarçar o sarcasmo. — Horrível? Ainda não viram nada. Isso é um paraíso, comparado a qualquer quartel.

O burburinho de respostas que se ouviu, a julgar pela expressão de Timson, representava nada menos que um insulto dirigido diretamente a ele. Com as mãos apoiadas na cintura, o suboficial acrescentou:

— Que merda foi essa? — questionou retoricamente. — Se um ou dois de vocês tiverem a sorte de passar pelo treinamento básico, um dia vão me chamar de cabo. Até lá, se esse dia chegar, todos se dirigirão a qualquer oficial ou suboficial como senhor ou senhora, dependendo do tipo da área de lazer. E é bom que dê pra ouvir vocês em Tarsonis. Estão entendendo, seus vermes?

Vermes? Era tão melodramático que Raynor teve que se esforçar para conter uma risada enquanto gritava "SIM, SENHOR!" com os outros recrutas. A resposta ainda saiu um tanto fragmentada, mas muito mais alta e com as palavras certas.

— Bem melhor — aprovou Timson. — Não perfeito, mas melhor. Peguem suas tralhas, escolham um canto e venham se reportar a mim. Hoje à noite vamos jantar ratazana, também chamada de "lavagem na embalagem", e nem sonhem em tentar aquecer a comida. Se esse monturo pegar fogo, o conserto será descontado do soldo de vocês. Estão entendendo?

Desta vez, a resposta veio quase em uníssono: "SIM, SENHOR!"

— Certo, imbecis — grunhiu Timson —, mexam esses rabos!

Rapidamente Raynor conseguiu um colchonete, cobertores e uma toalha, e logo se deparou com o problema de não ter onde guardá-los. Várias amizades, pelo menos temporárias, foram forjadas no ônibus, mas depois de ser alvo de Harnack e seus puxa-sacos, Raynor tinha sido condenado ao ostracismo. Até mesmo Omer o abandonara. Não como parte da conspiração, mas pelo desejo relativamente comum de não estar na mira do valentão ou de seus apoiadores com cabeça de titica.

Por fim, Jim atirou o colchonete a cerca de 5 metros do recruta mais próximo, junto à parede norte, onde poderia dormir com as costas apoiadas em algo sólido. Se tudo desse certo, e com um pouco de sorte, Harnack — Raynor descobriu que seu primeiro nome era Hank — acabaria voltando sua atenção para outra coisa, qualquer coisa.

Com isso resolvido, Raynor caminhou até a fila que se formava diante do cabo Timson e dos três caixotes de ração tipo A — contêineres com refeições para serem consumidas quentes ou frias —, onde além de pastilhas térmicas que não deveriam usar, os recrutas também recebiam uma barra energética e dois preservativos.

Não mais que dois minutos depois, Harnack apareceu, furou a fila e sorriu ameaçadoramente:

— Aí, viadinho, se importa se eu entrar na sua frente? — Era a situação da fila de abastecimento acontecendo outra vez.

Sentindo a raiva crescer por dentro, Raynor tomou o cuidado de canalizá-la e arremessou a cabeça para a frente. Seu pai, que tinha sido brigão na juventude, ensinara-lhe aquele movimento — quando sua mãe não estava vendo, claro. "Não deixe os valentões pisarem em você", dissera Trace. "Lute para vencer e acabe com a briga o mais rápido possível." A cabeçada funcionava perfeitamente bem — um crânio sólido atingiu o nariz de Harnack, quebrando cartilagens e cobrindo o queixo do valentão de sangue.

Enquanto Harnack ainda tentava entender o que acontecia, Raynor atingiu sua virilha com o joelho. Foi nesse instante que o garoto ruivo emitiu um doloroso grito, caiu de joelhos e levou as mãos até a área atingida.

— Por favor — arguiu Raynor. — Pode entrar na minha frente sempre que quiser.

Ouvindo a balbúrdia, o cabo Timson soltou uma longa sequência de palavrões e se aproximou. Seus olhos saltavam de Harnack, no chão, para Raynor.

— Foi você quem fez isso?

Raynor estava prestes a responder quando Harnack se equilibrou sobre os pés, tentando se recompor. Aquela seria a primeira lição de Jim Raynor sobre os militares: o código implícito de que fuzileiros jamais delatam fuzileiros.

— Não, senhor — mentiu o ruivo. — Eu escorreguei e caí.

— É mesmo? — inquiriu Timson num tom absurdamente cínico. — Caiu em cima das bolas?

Todos em volta se desfizeram em risadas, exceto os companheiros de Harnack, que se agitaram e fitaram Raynor furiosamente.

— Sim, senhor — respondeu Harnack rigidamente, os olhos voltados para a frente.

Timson sacudiu a cabeça e suspirou.

— Tudo bem, mas tenha mais cuidado. Agora se levante, vá limpar isso e venha falar comigo. Vou guardar uma caixa de Ração A pra você.

Harnack assentiu com a cabeça, soltou um "sim, senhor!" e saiu mancando. Timson fitou Raynor dos pés à cabeça.

— Qual é o seu nome?

— Raynor, senhor. Jim Raynor.

— Bem, recruta Raynor — disse Timson em voz baixa, para que ninguém mais ouvisse —, sei que Harnack tem estado no seu pé, mas o que vai quase sempre volta, e por isso é melhor ficar de olhos abertos.

Raynor sabia que Timson não o estava ajudando, apenas evitando maiores problemas.

— Sim, senhor.

— E mais — acrescentou Timson ameaçadoramente —, se fizer isso de novo, vai me deixar irritado. E isso é uma péssima ideia. Você me entendeu?

— Sim, senhor.

— Muito bom. Vá arrumar algo para limpar esse sangue, entre na fila e não apronte de novo. Estou de olho em você.

Jim Raynor saiu em busca de um almoxarifado e logo encontrou um. Com um pano na mão, em poucos instantes ele estava de volta para limpar o sangue de Harnack, mas algo havia mudado. Recrutas que antes se recusavam a dirigir-lhe a palavra, agora queriam ser seus amigos — o que significava se sentar com um grupo para abrir a ração.

As duas camisinhas do pacote dispararam uma série de comentários engraçadinhos, assim como a propaganda política em cada embalagem de lavagem, convocando "todo e cada membro das forças militares da Confederação a lutar contra a ameaça de Arbellan até o último suspiro". Estaria tudo bem, não fosse o fato de que os rebeldes de Arbellan tinham sido derrotados havia pelo menos dez anos! As rações aparentemente tinham ficado em algum depósito por um longo, longo tempo.

Ao fim da refeição, Raynor voltou para o colchonete, pegou o fone na bolsa de viagem, consultou os resultados dos jogos recentes e leu as últimas notícias.

Depois de preparar o kit de barbear, Jim deu início a uma longa vigília do banheiro masculino. Aparentemente, o conselho de Timson — e também o de Trace — fora bem compreendido, e ele sabia que havia uma grande chance de alguém como Harnack voltar em busca de vingança. Que lugar pode ser melhor para um ataque que o banheiro?

Enquanto esperava, Raynor abriu um dos digilivros que tinha gravado para a viagem. A história era complementada por uma trilha sonora completa, ilustrações que mudavam de forma continuamente, e a possibilidade de descobrir mais informações sobre os personagens e suas origens. Pelo canto do olho, Jim observou Harnack e cada um dos seus capangas entrarem e saírem do banheiro, e só então seguiu um grupo de três recrutas para o iluminado lavatório, onde tomou o banho sônico mais rápido de sua vida. Então, com uma toalha amarrada à cintura, caminhou até um dos espelhos e sacou a escova de dente sônica. Repentinamente, o entusiasmado recruta que dava um show no chuveiro parou de cantar.

Raynor se virou, mas não rápido o suficiente. Um punho ossudo atingiu a lateral de sua cabeça. Enquanto ainda estava esparramado no chão, Harnack veio e pisou em seu peito com uma bota tamanho 44. O séquito do ruivo formou um semicírculo para cercá-lo, e, a julgar pela ausência de outros sons, o resto dos recrutas recebera ordem de esvaziar o lugar.

Uma casca preta cobria o nariz quebrado de Harnack, um de seus olhos começava a ganhar um contorno roxo, e não havia nenhum traço de humor no sorriso que se formou em seu rosto.

— É isso aí, viadinho, nos encontramos de novo. Você me surpreendeu, eu admito. Achei que não fosse ter coragem. Mas existe uma grande diferença entre dar uma cabeçada de surpresa e lutar como um homem. Levanta, idiota, vamos ver como se sai numa briga de verdade.

Jim cogitou mencionar a fila de abastecimento e a surra que dera em Harnack, mas achou melhor não. Naquele instante, o pé de uma pessoa tomada pela fúria pressionava seu diafragma. Não era hora de proclamar verdades incômodas.

Tanto a situação quanto o papel que lhe restava eram compreensíveis para Jim. Depois de apanhar no ginásio e ser desmoralizado na frente dos seguidores, Harnack tinha que ter sua desforra. Ou pelo menos era o que parecia, apesar de as chances de haver uma briga justa serem ínfimas.

Não que fizesse diferença, claro, pois o que está feito está feito, e só restava aceitar a situação e dar o melhor de si. Por isso, na primeira oportunidade, Jim logo iniciou a disputa desleal desferindo um soco no valentão mais próximo. Depois de sentir o punho golpear a maçã do rosto do recruta, Jim assistiu ao jovem cair e encheu-se de satisfação.

Fora uma vitória, de certa forma, mas uma que só durou até os outros três saltarem em sua direção. Raynor ainda conseguiu acertar o rosto de Harnack com outro soco, mas uma saraivada de murros e chutes o jogou no chão.

Enquanto golpes atrás de golpes eram desferidos com toda a força, tudo o que lhe restava era se encolher em posição fetal e proteger a cabeça, principal alvo dos pés dos recrutas.

— O idiota não parece tão valentão agora, não é? — perguntou Harnack de algum lugar distante, enquanto Raynor começava a afundar num poço de escuridão.

E finalmente, quando a surra acabou e a dor se foi, Raynor se sentiu em paz.

CAPÍTULO CINCO

"A reunião histórica deste ano, uma assembleia interplanetária dos representantes das Famílias Antigas originais, terá lugar em Tarsonis, uma semana após o início das cerimônias e celebrações. Mais de um século depois da chegada das primeiras supertransportadoras vindas da Terra ao setor Koprulu, os descendentes daqueles intrépidos pioneiros deverão discutir vários tópicos acerca da economia e da administração do espaço terrano. Reuniões entre os representantes e membros do governo Confederado já foram agendadas, para garantir que os conselhos sejam levados a cabo da maneira mais tranquila possível."

Max Speer, *Jornal da Noite* da UNN
Abril de 2488

PLANETA TARSONIS, CONFEDERAÇÃO DOS HOMENS

A luz do sol passava timidamente por entre as cortinas, que farfalhavam suavemente ao vento. A cama de Ark Bennet tremeu um pouco, e o console ligado à cabeceira cantarolou baixinho.

O adolescente bocejou, girou na cama, pousando os pés sobre o carpete grosso, e começou a se preparar para um novo dia. A porta dupla da sacada de seus aposentos se abriu. Tarsonis era tão vasta que cobria completamente o horizonte; a distância, os detalhes se perdiam sob a neblina da manhã. O complexo metropolitano era ao mesmo tempo a capital da Confederação dos Homens e sua maior cidade, servindo de lar para milhões de pessoas — e bem poucas delas tinham o privilégio de vê-la da sacada de uma mansão de 63 cômodos toda manhã.

Como parte de uma Família Antiga, esse era um direito de Ark. Enquanto examinava arranha-céus de escritórios, complexos de apartamentos feito platôs e favelas escabrosas, ele podia sentir a energia da cidade fervilhar, o estranho encantamento de suas ruas labirínticas, o canto de sereia dos prazeres sobre os quais tanto ouvira falar, mas jamais tivera a oportunidade de experimentar. O simples fato de pertencer a uma família tão abastada o tornava alvo de ladrões, sequestradores e paparazzi. Raras vezes ele tivera a oportunidade de se aventurar do lado de fora sem um pequeno exército de guarda-costas armados até os dentes, que produzia e entregava aos seus pais relatórios sobre cada uma de suas atividades. *De que adianta o dinheiro*, perguntava-se, *se você é prisioneiro dele?*

A única resposta da cidade foi o ronco monótono do trânsito. O garoto fechou a porta, voltou para o quarto e cruzou uma grande extensão de carpete até seu lavatório particular, grande o suficiente para acolher pelo menos quatro pessoas. Mármore requintado cobria as paredes, e pelo menos uma dúzia de toalhas felpudas estavam dispostas para serem usadas. Ark observava seu reflexo emoldurado por adornos suntuosos num imenso espelho.

Sua mãe sempre lhe chamava de "um rapazinho muito bonito", mas ele sabia que não era verdade. Seus olhos eram separados demais, os lábios, muito finos, o queixo, excessivamente pontudo. Algumas garotas se interessavam — ou fingiam muito bem —, mas aquilo era mesmo pra valer? Ou tinha a ver com o dinheiro da família?

Conversas sobre um casamento arranjado já haviam começado com os Falco; apesar de menos proeminente que a sua, a família Falco controlava uma das companhias de transporte menores. Era questão de lógica: viagens interestelares, a construção de espaçonaves e o desenvolvimento de transportes atmosféricos militares resultariam numa forte integração horizontal. O casamento permitiria que os Falco mantivessem certa independência. Se fossem parte da família maior — por assim dizer — teriam mais voz, e isso poderia fazer uma diferença importante. No entanto, a perspectiva de se casar com Hailey Falco, de 16 anos, não era recebida com entusiasmo por Ark.

Como o curso na escola superior terminara duas semanas antes, a pressão agora era para escolher entre duas visões opostas de quem se tornaria. Seu pai queria que aprendesse a lidar com os negócios da família; sua mãe, que se tornasse um acadêmico. Ark tinha certeza absoluta de que não seria bom em nenhuma das duas coisas.

O interfone tocou enquanto passava uma navalha sônica no rosto. Era seu pai:

— Ark, partimos em vinte minutos.

O garoto suspirou e respondeu:

— Sim, pai. — Observando o espelho, viu que um rosto jovem o observava de volta. *O que devo fazer?* O outro Ark ficou calado.

Membros de uma Família Antiga se locomoviam de duas formas, cada qual com suas próprias vantagens: poderiam atravessar o trânsito à força num comboio fortemente armado ou se mover com discrição em veículos que não pareciam especiais, mas eram. Ark e seu pai entraram num carro terrestre preparado com o que os vendedores chamavam "pacote urbano". O pacote incluía janelas com filme, uma película à prova de balas e pneus sólidos, que não esvaziavam, tudo para garantir a privacidade e a segurança da família Bennet.

Ao contrário de outras Famílias, que claramente se divertiam com os paparazzi falando nelas o tempo todo, os pais de Ark fizeram um grande esforço para que ele e a irmã fossem preservados. Em parte porque desprezavam as Famílias que se dispunham a participar do circo midiático e consideravam-nas grosseiras, mas havia também uma razão prática: sequestradores frequentemente procuravam os alvos mais visíveis. Andando pela cidade, pulando de uma boate para outra, os jovens se tornavam presas fáceis. Por isso Ark acostumara-se a evitar ao máximo a atenção que advinha de seu status, e estava profundamente satisfeito com isso.

Abrindo caminho, um veículo disfarçado como um táxi velho ia à frente, ocupado por dois guardas armados. Na retaguarda seguia uma van de entregas coberta de grafites equipada com painéis falsos. Quando os lados se abriam, dois ex-fuzileiros em trajes de combate podiam avançar pelo tráfego disparando rifles Gauss AGR-14, poder de fogo mais que suficiente para repelir sequestradores e assassinos.

Os três veículos pararam, aguardando um sinal abrir. Esse era o problema da abordagem discreta: a necessidade do comboio se misturar, em vez de simplesmente disparar pelos cruzamentos com as luzes acesas e as sirenes a mil.

O velho Bennet tinha uma testa larga, os olhos juntos e uma mandíbula avantajada. Vestia um terno de seda de dois mil créditos, que resplandecia com a luz que passava pelo teto solar. Ark não conseguia nem se imaginar usando algo parecido; ele preferia se vestir como a maioria das pessoas da sua idade, com uma jaqueta que mudava de cor de acordo com o ambiente, uma camiseta da banda *Thump* e os últimos tênis da *Street Feet*.

— Então — disse Errol Bennet secamente, lançando o olhar sobre o filho —, essa é sua primeira conferência. Sua primeira oportunidade de ver o que o aguarda.

O tom do comentário transparecia que Errol Bennet tinha certeza de que, no fim das contas, Ark veria as coisas como ele. Os negócios — um império, na verdade, erguido basicamente sobre viagens interestelares, mas com ramificações em diversas indústrias relacionadas — eram uma fonte de fascinação infinita para Tara, a irmã mais velha de Ark, preparada desde sempre para seguir os passos do pai.

Em Ark, contudo, os negócios não despertavam interesse nenhum fato que expôs ao pai numa discussão familiar particularmente virulenta. Errol respondeu mandando a mãe e a irmã saírem para que tivesse uma conversa de homem para homem com o "filho querido" Pronunciada como foi, com um matiz de hostilidade, Ark sentiu a frase atingi-lo feito um chute no estômago. Depois que Errol efetivamente convenceu o adolescente de que não lhe restavam opções — sem talento natural e com uma inteligência mediana, o que mais ele poderia tentar? — o trato foi selado: Ark participaria da reunião.

— Quem vai estar lá? — perguntou Ark, no momento em que o sinal mudou de cor e o comboio prosseguiu.

— Representantes das várias Famílias, como eu disse — respondeu o pai. — Nós competimos umas com as outras, mas também precisamos cooperar ou corremos o risco de despedaçar o sistema.

Com "sistema", Ark sabia que seu pai se referia às intrincadas relações entre as Famílias Antigas, o governo e o público — um amontoado de tédio. A perspectiva de ir a reuniões diariamente, tentar descobrir as verdadeiras intenções de todos os participantes, forjar alianças, executar estratégias, cortar custos e aumentar os lucros enchiam-no de pavor. Ele esperava mais que isso da vida.

— Preste muita atenção hoje — acrescentou Errol. — Não quero que meus sócios pensem que você é um ignorante só porque acha "um saco" escutar.

— Sim, pai.

Depois de adentrar o campus, o comboio foi obrigado a parar diante de um portão blindado, onde recebeu permissão para prosseguir. Com grande satisfação, a universidade, uma instituição privada que devia sua existência à generosidade de famílias como os Bennet, oferecia um local de reunião para a oligarquia no poder. Dez minutos mais tarde, os veículos estavam estacionados numa garagem subterrânea, onde permaneceriam até o fim da conferência.

Ark acompanhou o pai até o andar superior, onde o velho Bennet foi rapidamente cercado por simpatizantes, inimigos obsequiosos e sicofantas esperançosos. Errol sacudiu a cabeça, e o filho respondeu com um sorriso, partindo em seguida para procurar seu assento — e encontrar um que se esperaria destinado a alguém sem nenhum status, na última fileira.

A forma circular da Sala da Razão era uma piada, diziam alguns gaiatos, pespegada na universidade desavisada por um arquiteto cínico. Ark estava impressionado com o teto alto e abobadado, e com a maneira inusitada como as cadeiras se distribuíam em volta da plataforma principal. Assim que as cerimônias de abertura findaram, Ava Holt, a encarquilhada matriarca das Empresas Holt, levantou-se para apresentar seu pai.

A multidão ficou de pé para aplaudir Errol Bennet e continuou aplaudindo até ele chegar à plataforma. O empresário abraçou Holt e acenou para que todos se sentassem. Seus comentários começaram com uma reiteração da necessidade de harmonia e da "obrigação de oferecer apoio e orientação à Confederação".

O processo era explicado assim nos digilivros que Ark e milhões de alunos estudavam na escola. Esperava-se que as Famílias Antigas oferecessem conselhos ao governo eleito democraticamente, que poderiam então ser acolhidos ou rejeitados.

Mas, no decorrer da reunião, Ark se lembrou de que a realidade era, na verdade, bem diferente. Especialmente quando chegou o momento de seu pai comentar as Guerras de Corporações.

— O conflito com o Combinado Kel-moriano tem sido lucrativo sob todas as perspectivas. — Errol Bennet impostava a voz, sentindo a plataforma sob seus pés girar lentamente. — Aqueles que produzem uniformes, armaduras pessoais, armas, munições, veículos, tanques, aeronaves, embarcações militares, sistemas de comunicação, plataformas de defesa orbital, além de todos os outros incontáveis itens fornecidos às nossas forças armadas, têm lucrado com a guerra. Isso inclui todas as Famílias representadas nesta sala, ainda que possa me investir da mais absoluta certeza de que cada um de nós também sofre profundamente com o terrível custo que recai sobre os bravos soldados da Confederação e suas famílias.

Isso era verdade. As Famílias lucravam como nunca, e o resumo de Bennet fez os representantes se erguerem das cadeiras. O barulho era ensurdecedor, mas ao mesmo tempo em que aplaudia, Ark se perguntava o que exatamente estavam aplaudindo. O dinheiro que ganharam? Ou os "bravos soldados" do discurso de seu pai? Considerando que nenhum de seus amigos privilegiados planejava se juntar ao exército...

— Contudo, a despeito de toda a dor, o conflito uniu nossa população — prosseguiu Errol Bennet, e os representantes retornaram aos assentos. — E o tempo que a UNN gasta cobrindo os combates, é tempo que não estão falando sobre nós!

Como esperado, houve risadas com a última parte — todos os presentes em algum momento tiveram que lidar com a sede insaciável da imprensa por histórias das Famílias Antigas. Grande parte eram matérias de coluna social, falando sobre quem ficava noivo de quem, festas de debutantes e outras futilidades, mas coisas graves começavam a despontar, como uma série de acusações de que alguns oficiais estavam enriquecendo ao receber dinheiro das Famílias Antigas por contratos governamentais sem licitação, decisões favoráveis e diversas sonegações fiscais. Por serem potencialmente perigosas para o *status quo* que todos ali tinham motivos para proteger, as histórias incomodavam.

Ark começava a compreender por que sua mãe não queria que ele viesse à reunião, e por que seu pai insistira tanto. Lisa Bennet queria que o filho seguisse a carreira acadêmica para "contribuir com alguma coisa", como dizia, para afastá-lo dos assuntos financeiros da família. Seu pai jamais permitiria isso.

— Precisamos de um herdeiro e um substituto — dissera Errol Bennet. — E se algo acontecer a Tara?

Era compreensível, mas Ark não queria ser um "substituto".

Errol Bennet cedeu a plataforma a um convidado, que deu início ao que prometia ser uma palestra profundamente entediante sobre a elevação dos impostos coloniais com o objetivo de agilizar a recuperação dos gastos com proteção militar. Numa base per capita, era muito mais caro defender um mundo periférico esparsamente colonizado que um planeta de população densa como Tarsonis. Esse era o tipo de visão que tinha enorme potencial para encontrar todo o apoio necessário entre os presentes.

Assim que a palestra começou, Ark se levantou da cadeira e rumou para as escadas. Uma olhada rápida confirmou que os guarda-costas de seu pai não estavam por perto. Com a segurança no perímetro da universidade, fazia sentido; e, se necessário, Errol Bennet poderia convocá-los em questão de segundos.

Assim, a fuga para tomar um ar fresco foi bastante facilitada. Voltar seria bem mais difícil, claro, mas como tinha sua identificação, não havia razão para se preocupar. Depois de sair do campus impecável, Ark sentiu o coração bater mais rápido ao se esgueirar para dentro da cidade que via de longe todas as manhãs.

O que estava fazendo era arriscado, ele sabia disso, mas o perigo de andar sozinho pelas ruas foi vencido pelo prazer de estar lá. Além disso, Ark pretendia se limitar a não mais que uma hora de liberdade roubada antes de voltar à universidade.

Enquanto se afastava, as suntuosas moradias ao redor do campus gradualmente deram lugar a blocos de pequenos apartamentos com não mais que quinze andares, parte da vizinhança proletária conhecida como Baixada da Picareta, herança de um tempo em que a área era ocupada por várias fazendas.

No nível da rua, o espaço estava tomado por pequenos negócios familiares que vendiam de tudo, de empanados de carne a eletrônicos de última geração, alguns provavelmente roubados. Rachaduras cobriam as calçadas, as vielas fediam a urina, e todas as superfícies visíveis estavam cobertas por camadas e camadas de pichações.

Além de pessoas engajadas em suas próprias atividades, um pequeno grupo de robôs flutuantes pairava por ali, cada um equipado com um pequeno holoprojetor e inteligência artificial suficiente para exibir anúncios de acordo com seu alvo — era relativamente comum ver uma Inteligência Artificial Publicitária que se parecia com uma lavadora de roupas sônica se transformar em uma jovem seminua enquanto disparava pela rua para exibir uma nova mensagem a um homem de negócios.

No tempo que levou para caminhar um quarteirão, Ark foi abordado por um tubo de desodorante com quase 2 metros de altura, um homem que queria lhe fazer "algumas perguntas" e uma IAP pedindo donativos. As máquinas eram importunas, mas ele as evitava facilmente, circulando-as e seguindo seu caminho.

Tudo era usado como transporte terrestre: *hoverskates*, táxis surrados, caminhões de entrega. Muitos estavam estacionados em fila dupla e eram multados por um batalhão de sensores de tráfego.

Ark estimava ter caminhado pouco mais de 1 quilômetro e percebeu que jamais se aventurara tão longe na cidade sem uma escolta armada. Então, para se certificar de que não estava perdido, parou e abriu um mapa no fone. Para seu alívio, sua posição não só estava marcada na grade da Baixada da Picareta, como bastariam algumas curvas e estaria de volta. Depois de espiar rapidamente e comparar o lugar à imagem no fone, enfiou o aparelho de volta no bolso.

Era algo pequeno. Em outro contexto, como num shopping aéreo, aquilo teria passado totalmente despercebido, mas nas ruas encardidas de Tarsonis, com predadores eternamente à espreita de um sinal que identificasse a próxima vítima, um mapa ganhava um significado especial.

Três habitantes locais perceberam o momento de incerteza do jovem — e sua jaqueta incomum —, mas só um decidiu segui-lo. Seu nome era Camy, uma garota de longos cabelos negros, olhos de corça maquiados para parecerem ainda maiores e lábios carnudos. Seus seios eram tão grandes que pareciam de mentira, e o colete de couro acinturado com ornamentos prateados parecia quase incapaz de contê-los. As calças de couro eram tão apertadas como se tivessem sido pintadas nas pernas firmes e longas. Botas na altura do tornozelo completavam o visual, estalando enquanto a garota passava pelo alvo, dando-lhe a oportunidade de apreciar seu belo traseiro.

Tendo chegado à esquina quinze segundos antes do adolescente, Camy examinou um pedaço de papel e, antes de enfiá-lo de volta na bolsa, franziu a testa. Quando o jovem se aproximou, ela se virou e sorriu.

— Com licença... Acho que estou perdida. Pode me dizer onde fica o terminal de ônibus mais próximo?

— Sim — respondeu a presa simpaticamente —, acho que posso, sim. — E sacou o fone.

Teria sido mais que suficiente se ela fosse uma artista da fuga — em segundos estaria no meio do quarteirão, prestes a desaparecer no labirinto de vielas e becos. O fone de última geração seria uma excelente aquisição para sua bolsa, mas o salto alto a impedia de correr. Além disso, tinha um prêmio maior em mente. Assim que o mapa se abriu, Camy roçou o braço no dele, garantindo que o perfume que usava inundasse suas narinas.

— Muitíssimo obrigada! — agradeceu Camy, observando o fone voltar para o bolso do garoto. — Tive sorte de encontrar alguém que conhece a área tão bem.

— Não conheço, na verdade — confessou, modestamente, o jovem. — Também não sou daqui.

— Mesmo? — Os grandes olhos castanhos de Camy flertavam com os dele. — Então acho que não saberia indicar um restaurante. Já é quase meio-dia, estou faminta.

Mesmo não sendo exatamente um grande conhecedor das mulheres, Ark era perfeitamente capaz de reconhecer uma deixa quando ouvia uma e respondeu rapidamente:

— Também estou com fome... Deve ter algum restaurante por aqui. Talvez você possa me conceder a honra de pagar seu almoço.

O rosto da garota se iluminou.

— Que divertido! Que tal aquele lugar? É perto, e nenhum de nós vai ter que desviar demais do caminho.

Fazia todo sentido para ele, profundamente realizado por ter conquistado a companhia de uma garota tão bonita, fazendo o melhor para causar uma boa impressão enquanto cruzavam uma avenida movimentada. Assim que ele ofereceu o braço, ela o tomou alegremente. O pub se chamava *Jake's*, e, quando os dois passaram pelo balcão rumo a uma das mesas no fundo, Ark percebeu que diversos clientes viraram a cabeça para olhar. Nada de estranho nisso: ela era mesmo uma gata.

Quando ela o convidou para se sentar ao seu lado, em vez do outro lado da mesa, Ark quase não pôde se conter.

— Meu nome é Laura — começou ela. — Laura Posy. Como você se chama?

— Ark — respondeu o adolescente, sem jeito e sem saber com certeza se seria seguro dizer seu sobrenome caso ela perguntasse.

Se notou sua falta de atenção aos pormenores da etiqueta, a adorável Laura nem se preocupou em demonstrar, pousando a mão esquerda sobre a coxa direita dele.

— É um prazer conhecer você, Ark — observou calorosamente. — Vamos ver o que tem no cardápio.

Naquele instante, Ark teve certeza de que estava ao lado de uma belíssima prostituta. Se entrasse no jogo corretamente, talvez pudesse ter a mesma experiência sobre a qual outros jovens, mais vividos que ele, tanto se gabavam! Para corroborar sua conclusão, a garota apertou suavemente sua perna.

O sanduíche que escolhera era surpreendentemente bom. Consistia num rolinho de massa fresca com queijo derretido e uma fatia quase invisível de carne de skalet. Ele não se lembrava de ter pedido cerveja, mas (sem ter visto a companheira passar a mão sobre a boca da garrafa) supôs que acompanhava seu pedido.

Dez minutos depois, prestes a terminar o prato e matutando sobre como iniciar o assunto que lhe interessava, Ark sentiu uma leve tonteira. Seria por causa da cerveja? Sim, provavelmente, apesar de álcool não ser exatamente uma novidade para seu organismo.

Na tentativa de se livrar do mal-estar, o jovem abandonou a cerveja e começou a beber água. Enquanto sua mente processava os pensamentos, o mundo à sua volta parecia mais lento. Seus olhos tinham dificuldade para focar, e sua cabeça ficava cada vez mais pesada. Só então ele percebeu: Laura não era prostituta, Laura pusera algo em sua cerveja, Laura tinha outros planos!

Antes de dar com a testa no prato à sua frente, o adolescente se sentiu tomado pela vergonha e ouviu gargalhadas em câmera lenta quando dois homens vieram buscá-lo. Seu corpo foi arrastado por alguns metros e, no instante seguinte, estava estirado sobre uma superfície macia — talvez um catre —, que girou, girou e afundou num poço negro, arrastando-o junto. Sua aventura havia terminado.

CAPÍTULO
SEIS

"'Insubordinação' é só uma palavra bonita pra 'recruta fracassado'."

Tenente Marcus Quigby, Forte Howe, Turaxis II
Maio de 2488

PLANETA RAYDIN III,
CONFEDERAÇÃO DOS HOMENS

Um dia se passara desde o encontro com Sarja Sims. Uma chuva morna começava a cair, e, no caminho para a rua principal, Tychus ouviu o estrondo abafado de trovões. Civis e soldados cobriam a cabeça e corriam para se proteger do dilúvio que se anunciava.

Se pudesse, Tychus faria o mesmo, mas tinha que se apresentar no Quartel-general da Companhia às 16h para, junto a outros membros do Esquadrão de Resposta Tática, ficar de bate-papo até serem rendidos à meia-noite. Para um dia de 26 horas, era um turno bem longo. Mas equipamentos de comunicação existiam aos montes no quartel — uma ligação rápida para o sargento Calvin e o esquema entraria nos trilhos.

Em vez de entrar no primeiro bar para uma merecida folga, Tychus rumou para o norte, até os limites da cidade. Seu oficial-comandante operava no mesmo prédio de escritórios onde uma de suas contrapartes kel-morianas estivera fazendo negócios poucos dias antes. A sentinela na porta da frente acenou com a cabeça, mas não solicitou identificação — ninguém, além de Tychus, se parecia com Tychus.

O suboficial teve que se abaixar para não bater a cabeça na ombreira da porta, que dava numa escotilha e, mais adiante, num escritório esparsamente mobiliado. Oxigênio suplementar era bombeado pelo sistema de ar condicionado, e Tychus retirou os plugues nasais, deixando-os pendurados no peito.

O escritório era decorado com um desenho muito bem-feito de um crânio, a famosa marca da cavalaria kel-moriana, além de dezenas de nomes rabiscados — a maioria de homens já mortos, enterrados numa vala comum fora da cidade. Logo na entrada, duas mesas. Assim que Tychus entrou, a cabo Proctor, que ocupava uma das estações, ergueu a cabeça.

Proctor tinha uma beleza discreta e séria, e seu interesse por sexo casual (a especialidade de Tychus) era zero. Usava uma franja reta, seus olhos eram cinzentos, e neles Tychus viu o que poderia ser um aviso.

— O capitão está procurando você — disse ela, sem inflexão. — Ele está no escritório.

Tychus manteve a expressão impassível, mas, por dentro, sirenes e alarmes dispararam; o "capitão Jack", como os fuzileiros o chamavam, era uma das poucas pessoas na Confederação que realmente o amedrontavam. Não fisicamente, pois não seria páreo para Tychus, mas à sua própria maneira. Além de ruim como o diabo, o capitão Jack Larimer tinha uma inexplicável tendência de oferecer sua unidade para operações suicidas, um risco direto para o bem-estar da pessoa mais importante de Raydin III: Tychus Findlay.

Assim, foi com alguma inquietação que o sargento depositou o rifle no suporte junto à parede e se aproximou da porta, já aberta. Deu três batidas e esperou a resposta, "Entre!", antes de dar os três passos protocolares para dentro. Muitos oficiais teriam abandonado a formalidade em circunstâncias semelhantes, mas não o capitão Jack.

— Sargento Tychus Findlay se apresentando, senhor!

O capitão Jack tinha cerca de 30 anos e adorava correr; a piada no pelotão era que ele "corria mais que juízo de maluco". Além de esbelto, aquilo também o deixava seguro de si. Na verdade, a autoconfiança jorrava de cada poro do corpo delgado do oficial, que se sentava despojadamente atrás da mesa, satisfeitíssimo com o fato de que um homem como Tychus tinha que obedecer às suas ordens. Um sorriso se abriu lentamente.

— À vontade, sargento. Sente-se.

Tychus aceitou o convite e soltou o peso do corpo numa cadeira de metal, esperando descobrir que tipo de merda o oficial-comandante tinha para ele daquela vez. Não demorou nada.

— Vou levar o Esquadrão Tático em missão esta noite — anunciou o capitão Jack. — Quero você lá como meu segundo em comando.

Tychus assentiu rigidamente.

— Sim, senhor. Qual é o alvo?

— Vamos atrás de um civil, um traidor. Um homem que vendeu informações sobre os vizinhos para os inimigos.

— Mamão com açúcar, senhor — gracejou Tychus. — Pra que esperar? Vamos pegá-lo agora.

— Eu disse que era um civil — respondeu o capitão. — O que não disse é que ele vive a pouco mais de 20 quilômetros daqui, num abrigo fortificado no topo de uma montanha. Como houve períodos de tensão civil em Raydin III, a casa foi construída para suportar ataques. Por isso, cautela será necessária. Usaremos trajes e um veículo kel-moriano capturados na cidade. O transporte precisava de alguns reparos, mas nosso pessoal o consertou e agora ele está pronto para decolar.

— Então quando chegarmos lá à noite, o dedo-duro vai achar que nós fomos buscá-lo — divertiu-se Tychus. — Poderemos pousar sem problema.

— É, mais ou menos isso — concordou Jack, vagamente. — Reúna seus homens, diga para se alimentarem e mande o motorista de serviço levá-lo até o depósito onde estão guardados os materiais kel-morianos capturados. Você conhece o sargento de infantaria Sims?

Tychus sentiu o coração bater mais forte.

— Sim... Já nos encontramos. Uma vez.

— Excelente. Ele fornecerá o equipamento certo para sua equipe. Encontre-me na pista de pouso às 20h. Não se atrase, Findlay... Sabe como isso me irrita.

Sabendo que era hora de cair fora, Tychus se levantou. A meia distância da porta, o capitão Jack o parou.

— Mais uma coisa, sargento. Traga um lança-mísseis. Nós podemos precisar.

Depois de algumas horas de preparação, Tychus e o esquadrão chegaram à pista de pouso precisamente às 19h30, assegurando-se de que teriam tempo para uma última verificação antes da decolagem. O caminhão parou, e os soldados desembarcaram enquanto trovões iluminavam o céu a leste.

A cabo Proctor cuidou dos preparativos e tomou todos os cuidados para que nenhum soldado Confederado abrisse fogo no esquadrão da cavalaria kel-moriana que cruzava o antigo parque da cidade rumo à fila de aeronaves pousada do outro lado.

Os trajes de batalha kel-morianos eram muito menos formais que a indumentária da Confederação e seu código de cores. Na verdade, em muitos casos, o equipamento de proteção de cada soldado se resumia a placas de blindagem CFC emendadas com couro sintético. Os uniformes eram cobertos com símbolos de corporações, com insígnias indicando a especialidade de cada um, uma antiga tradição iniciada pelas corporações de mineração originais de Moria. Até mesmo os guerrilheiros, que possuíam os melhores equipamentos da União, preferiam armaduras Confederadas quando conseguiam pôr as mãos nelas; uma demão de tinta preta era o bastante para apagar sua origem e o sangue inevitavelmente derramado no processo de obtê-las.

Os kel-morianos sabiam onde ficava a pista improvisada, claro, mas não havia razão para facilitar a guerra para eles. Com exceção das lâmpadas portáteis e do facho de luz que vinha do módulo de transporte kel-moriano, a área estava tomada pela escuridão. Fora da área sob controle militar direto alguns civis insistiam em burlar o blecaute, mas não havia gente suficiente para cuidar daquilo.

— Certo — disse Tychus, enquanto sua equipe se reunia perto da nave. — Formem pares e chequem os equipamentos uns dos outros. Wasser, você está comigo.

Conhecido pelo resto do esquadrão como "Ogro", o cabo Wasser era um homem extremamente forte, a despeito da baixa estatura. Na verdade era tão forte que, para vencê-lo no braço de ferro, Tychus tinha que se esforçar até o limite.

O que chamava a atenção em Wasser, no entanto, era sua relação com o capitão Jack, comparada por alguns aos laços que ligam um cachorro ao dono. Tychus sabia que se Wasser estivesse por perto, o capitão Jack não estaria longe, uma verdade que se confirmou quando o esquadrão partiu para o compartimento de carga. O capitão Jack, agora supervisor Jack, de acordo com as insígnias kel-morianas em seu uniforme, conversava despreocupadamente com o piloto. Quando o esquadrão embarcou e se acomodou, ele veio se sentar junto ao resto dos homens.

— A hora é agora — disse o oficial, acima do motores, enquanto o módulo de transporte kel-moriano se estabilizava no ar. — Estaremos sobre o alvo em cerca de cinco minutos.

A viagem era tão curta que, se não fosse pelo disfarce, nem haveria razão para usar um transporte. Mas Tychus estava contente — quanto mais rápido completassem a missão, mais cedo estaria de volta para tratar da Operação Aposentadoria Precoce. Os caminhões de Calvin chegariam às 3h, e Tychus queria estar lá.

As portas laterais da nave foram substituídas por uma arma automática de um lado e, do outro, por um lança-mísseis rotatório, ambos manuseados por homens de capacete. As turbinas sopravam vento frio e água da chuva para dentro, mas Tychus preferia assim — pela abertura, podia vislumbrar o terreno lá embaixo cada vez que um relâmpago cortava o céu.

Enquanto a nave ia em direção ao norte, ele discerniu luzes aglomeradas e tinha certeza de ver casas que deveriam estar sem energia. E aquilo levantava uma questão interessante... Se podia enxergá-las, significava que também podiam perceber a nave? Se sim, seria possível identificar o veículo como kel-moriano?

Voando tão baixo, a pouco mais de 200 metros do chão, bastaria o clarão de um raio para que fossem identificados. Tychus sentiu um calafrio. O capitão queria que as pessoas vissem a nave kel-moriana? Se sim, por quê?

Não havia como saber. A nave se inclinou e virou a bombordo. Então, uma casa iluminada apareceu. *A casa*, supôs Tychus.

O capitão Jack estava em contato com o piloto por meio do comunicador no capacete. Tychus via os lábios do oficial se moverem e, sem ouvir o que diziam, perguntava-se por que fora excluído da conversa. Normalmente, como número dois do capitão, seu acesso às interações no canal de comando era total. Então... aquilo era uma anomalia? Ou o oficial escondia algo? Não havia como saber; o transporte perdeu ainda mais altitude.

Sentado de frente para a abertura a bombordo, Tychus viu uma grande casa, anexos e uma plataforma de pouso, onde civis corriam para todos os lados. Depois, ao ver fachos de luz, percebeu que havia uma festa acontecendo. Quando abriu a boca para falar, cravos começaram a estourar contra a fuselagem.

— Era isso que estávamos esperando — disse o capitão Jack, e sua voz inundou todos os capacetes. — Vamos dar o que os bastardos querem.

Montado a estibordo do módulo de transporte, o lança-mísseis apontava para cima. Do lado oposto, contudo, perfeitamente operacional, o canhão Gauss disparava feixes vermelhos de traçantes, alvejando a propriedade. Lá embaixo, homens, mulheres e crianças eram arremessados como bonecas de pano pelos cravos supersônicos. Cápsulas vazias saltavam pelo ar, batiam contra o deque e rolavam para longe.

Mas a batalha não era unilateral. A cabeça do atirador na porta se abriu quando um cravo atravessou seu visor, macerou seu cérebro e saiu pela parte de trás do capacete, espalhando gosma por toda a cabine. Antes que o corpo atingisse o chão, outro fuzileiro ocupava seu lugar.

Tychus, já de pé, correu para confrontar o capitão Jack.

— Sugiro que ordene ao piloto pousar agora mesmo, senhor! O veículo é um alvo fácil demais.

— Daqui a pouco — aquiesceu o oficial soturnamente, no mesmo instante em que um míssil atingiu o casco. — Precisamos ter certeza de que todos na área viram as marcas na nave.

Agora Tychus entendia a real motivação para o uso do módulo de transporte kel-moriano e dos disfarces: os civis Confederados, na verdade, não eram delatores, mas dissidentes, pessoas que o governo planejava eliminar. As marcas na nave levariam as testemunhas a identificar o ataque como kel-moriano, legitimando a propaganda Confederada acerca das atrocidades cometidas pelo inimigo.

E a menos que o capitão Jack matasse todos (uma possibilidade que o fogo inimigo tornava cada vez mais iminente), o plano provavelmente funcionaria. Um fuzileiro urrou quando estilhaços arrancaram-lhe a perna abaixo do joelho, e outro correu para segurá-lo.

— Pouse, senhor! Pouse agora! — insistiu Tychus, encarando os olhos pétreos do capitão.

— Você é um covarde, Findlay — respondeu secamente o oficial, enquanto uma bala entrava pela abertura da porta, acertava o metal e ricocheteava perto de sua cabeça. — Terá acusações para responder no instante em que voltarmos à base.

Furioso, Tychus ergueu a arma e acertou o capitão Jack. Mesmo de capacete, o golpe foi tão violento que quebrou a proteção e atingiu em cheio a cabeça do comandante da companhia. A nave despencou alguns metros, mas o piloto forneceu potência aos motores e recuperou altitude, atirando Tychus no chão.

Vendo o capitão Jack caído, inconsciente, Wasser rugiu, saltou nas costas de Tychus e pediu reforço. Livrar-se do primeiro soldado que o atacou foi relativamente fácil, mas ele sucumbiu quando outros dois seguraram suas pernas. Wasser apertou sua garganta, cortando o suprimento de oxigênio. Tychus sentiu a nave vibrar quando o piloto ativou os retrofoguetes e, enquanto afundava na escuridão, perguntou-se como pudera ser tão estúpido.

CAPÍTULO SETE

"O recrutamento de milhares de novos soldados para as forças armadas da Confederação nos últimos meses gerou dezenas de reclamações a respeito de alistamento compulsório ilegal junto ao Departamento de Pessoal. O departamento afirma que as alegações são infundadas, baseadas em uma onda de 'pânico e inquietação típica de populações em situação de guerra'. Em respeito à nossa audiência, a UNN decidiu interromper as investigações até que as tensões se dissipem para níveis pré-guerra."

Max Speer, *Jornal da Noite* da UNN
Maio de 2488

PLANETA TARSONIS, CONFEDERAÇÃO DOS HOMENS

O jovem estava deitado inconsciente no catre, de olhos fechados e com os braços caídos. Camy limpava seus bolsos enquanto os dois homens assistiam à cena. A carteira estava exatamente onde achou que estaria, num bolso autosselante da jaqueta.

De costas para os espectadores, a vigarista abriu o pequeno bolso de couro e enfiou a mão. Papel-moeda... Excelente. Camy soube no mesmo instante que tinha fisgado um dos bons. Era raro encontrar cédulas — especialmente entre os malandros pés-rapados com os quais topava na Baixada da Picareta.

Depois de esconder o dinheiro no sutiã, enquanto fazia um inventário do resto, viu o nome "Ark Bennet" num holocartão e arqueou as sobrancelhas. Poderia ser ele? O garoto ingênuo e impressionável desacordado no catre poderia mesmo ser herdeiro da famosa família Bennet? Depois de revirar a carteira, ela concluiu que sim. Não porque reconhecia seu rosto, mas pelo nome. Não havia muitos "Ark" por aí, muito menos "Ark Bennet".

Os olhos de Camy cresceram. Quanto a família Bennet estaria disposta a pagar para ter seu filhinho de volta? Cem mil? Um milhão? A ideia de cobrar um resgate era tentadora, muito tentadora. Ao mesmo tempo, causava-lhe medo. Eles eram muito poderosos — no instante em que reportassem o desaparecimento do filho, a Força Policial de Tarsonis varreria cada buraco da cidade atrás dele. Pensar nisso — e no que fariam a ela — fez seu coração disparar.

Contudo, havia mais gente interessada em comprar o garoto. Gente que não pagaria tão bem quanto os próprios Bennet, mas a transação seria muito mais segura e com uma camada extra de proteção entre Camy e a polícia.

— Como é, vai pagar ou não? — questionou um dos homens. — Já passou da hora de começar a beber.

— Não se preocupe — respondeu ela. — Vou pagar. Dez pra cada, mais o que vocês conseguirem pela jaqueta, que vai dar pelo menos umas dez vezes isso. Mas ela pode ser rastreada, então é melhor se afastarem pelo menos umas seis quadras daqui e venderem o mais rápido possível. Isso vale pro resto também. Quero que um de vocês arranque todas as roupas dele, enquanto o outro arruma algo pra ele vestir. Quanto mais rápido, melhor. O que ainda estão fazendo aqui?

O quarto imundo e enfumaçado ficava sobre a antiga garagem que há muito servia de posto de comando para Harley Ross, muito provavelmente o sargento de recrutamento mais desmazelado de serviço em Tarsonis. Isso o orgulhava, pois enquanto outros suboficiais perdiam tempo em escolas superiores, saracoteando e contando mentiras sobre como os Fuzileiros eram maravilhosos, ele peneirava as vizinhanças em que apenas dois de cada dez adolescentes terminavam os estudos e onde era difícil encontrar trabalho. Seus números eram imbatíveis. Só por isso o Capitão Fredricks o deixava em paz.

O recrutador jogava cartas com três de seus capangas quando seu fone tremeu sobre a mesa, no instante em que Dadinho aumentava sua aposta — dando claros sinais de que tinha uma mão cheia. Em vez de aumentar um cacife perdido, Ross primeiro verificou de quem era a ligação, depois abriu o dispositivo.

— Oi, docinho, o que você tem pra mim?

O outro homem observava cinicamente enquanto Ross sacudia a cabeça.

— Já estou indo.

— Não me diga — soltou Dadinho. — Deixe-me adivinhar: eu aumento a aposta e você tem que sair.

Ross sorriu, desculpando-se.

— Sinto muito, mas o dever chama! Tem uma guerra acontecendo, como sabe... Alguém precisa botar os kel-morianos no devido lugar ou logo vão pousar em Tarsonis pra pegar sua mulher.

— Ela provavelmente gostaria de um esquadrão kel-moriano depois de todos esses anos vivendo com Dadinho — observou um dos homens na mesa, recebendo como resposta uma olhar furioso.

— Quem tá a fim? — perguntou Ross, pegando seu dinheiro. — Alguém quer fazer um servicinho de cinquenta créditos? Posso precisar de uns braços a mais.

— Tô dentro — respondeu um homem chamado Vic. — Preciso levantar uma grana.

Dez minutos depois, Ross e Vic estavam a caminho, dirigindo uma van à paisana. O trânsito estava ruim como sempre, por isso a dupla levou vinte minutos para chegar à Baixada e estacionar na área de carga e descarga, nos fundos do bar. Quando os dois homens desceram da van, Camy já os esperava, claramente irritada.

— O cretino imbecil está começando a acordar.

— Isso não é jeito de se falar de um rapazinho que está prestes a se juntar às forças armadas da Confederação — respondeu Ross com uma expressão séria, subindo um pequeno lance de degraus de concreto. — Onde está seu respeito?

Camy bufou para exprimir desprezo, girou na direção da porta e levou os homens até o quarto. Deitado no catre, o garoto tentava se levantar, formar palavras que se recusavam a sair. A jaqueta e os sapatos já haviam sido trocados por roupas usadas, compradas em uma bodega vizinha.

— Bom trabalho! — exclamou Ross, aproximando-se da mais recente aquisição de Camy. — Ele está em boa forma. Onde você arrumou?

A jovem deu de ombros.

— Acho que é universitário. Deve ter se perdido no campus e estava caminhando por aí, até eu encontrá-lo.

Ross começou a encará-la.

— Você *acha* que ele é universitário? Ou *sabe* que é? Vamos ver a carteira. Com certeza vai ter alguma identificação lá.

— Ele não tinha carteira — respondeu Camy vagamente. — Talvez tenha esquecido, sei lá.

O sargento sacudiu a cabeça de desgosto.

— Você já limpou a carteira dele... O que mais tinha lá?

Camy não ficou por baixo.

— Que diferença faz? Até parece que você precisa saber o nome real dele. Uma garota como eu tem que ganhar a vida. O que me lembra... pode ir passando.

Ross, que vestia um uniforme amarrotado, tirou duas doses de craca do bolso do casaco e as estendeu. Craca era o apelido de uma substância poderosa, um narcótico depressor e intoxicante.

— É melhor parar com isso, Camy... Esse negócio vai acabar te matando.

— E é melhor você ir pro inferno, Ross — retrucou Camy, enfiando os pacotes na bolsa.

— Se você for comigo, vou no lugar dele — intrometeu-se Vic, encarando a garota maliciosamente.

— Pode ir sonhando — respondeu ela, com frieza. — Agora é melhor parar com a palhaçada e tirar esse trouxa daqui. Até agora, nem sinal de busca, mas uma hora vão aparecer, e eu quero estar bem longe quando chegarem aqui.

— Sim, senhora — respondeu Ross. — Vic, você pega embaixo dos braços, eu carrego as pernas. Camy, se você pudesse nos fazer a enorme gentileza de ir na frente e abrir a porta dos fundos, eu ficaria eternamente grato.

Reunindo as forças, Ark conseguiu se sentar e expressar suas objeções:
— Shusmbufambgrog.
O homem chamado Ross exclamou um palavrão, soltou as pernas de Ark e ajustou o anel na mão direita. O emblema dos Fuzileiros virou para dentro, e ele pressionou a joia contra o pescoço do garoto, inoculando um poderoso sedativo pelos poros. Ark se debateu convulsivamente, viu o rosto do bandido rodar, perdendo o foco, e sentiu o corpo flutuar.

A BORDO DA EMBARCAÇÃO CONFEDERADA GLADIADOR

A consciência retornava lentamente. Ark ouvia ruídos, trechos de conversas e um ronco persistente. Motores? Ar-condicionado? Não era possível saber com certeza. Alguém abriu seu olho esquerdo para apontar uma caneta de luz. A mulher de meia-idade, vestida com trajes médicos, tinha um rosto agradável.
— Temos um voltando aqui — anunciou. — Vamos tirá-lo da mesa e levá-lo até a área de espera.
Dois homens, também vestidos como médicos, vieram ajudar, puxando e empurrando Ark como se fosse um saco de batatas para sentá-lo.
— Onde eu estou? — questionou Ark, perdido enquanto encarava o equipamento médico à sua volta.
— Você está num levitraz, rumo à nave Gladiador — respondeu alegremente a mulher. — Espero que tenha se divertido na sua festa de despedida... vai ter uma bela ressaca.
Ark queria dizer que não houvera despedida alguma, mas os homens o levantaram e caminharam com ele para fora da enfermaria. Atravessaram curvas e corredores; a cabeça do jovem Bennet doía muito e era impossível prestar atenção no caminho. Uma esco-

tilha se abriu dois minutos depois, e ele foi empurrado para dentro de um compartimento ocupado por jovens maltrapilhos, todos encarando-o com olhos vazios. Quando os homens o soltaram, ele logo se sentiu tonto e desmontou sobre a plataforma.

Ninguém disse nada quando a escotilha se fechou, mas uma garota do outro lado do compartimento chorava baixinho, e um garoto cantarolava uma música pop. O menino parou quando outro, um parrudo, deu-lhe um tapa e ordenou:

— Cala a boca.

Um silêncio desconfortável pairou sobre o grupo e permaneceu até que a pequena nave atracou na Gladiador. Então, quando o espaço cavernoso foi repressurizado, Ark e o resto dos recrutas foram levados do transporte para uma plataforma chamuscada.

Três fuzileiros bem-vestidos surgiram para empurrar e cutucar os recrutas até que formassem três fileiras perfeitamente espaçadas. Quando a tarefa estava completa, um sargento apareceu. De pele escura e com não mais que 1,50 metro de altura, sua personalidade preenchia o lugar.

— Meu nome é Wright... Senhor, pra vocês. Agora estão a bordo da Gladiador, prestes a saírem da órbita rumo a Turaxis II. Quando chegarem lá, serão transformados em guerreiros. Não guerreiros quaisquer, mas os melhores desta merda de galáxia, mesmo que isso acabe os matando... Não dou a mínima. Agora, a chamada. Quando eu disser seu nome, digam "presente". Allen.

— Presente!

— Alvarez.

— Presente!

A chamada continuou até que Wright chamou por "Kydd" e ninguém respondeu.

O suboficial tocou um botão no console de seu terminal remoto, examinou a fotografia que apareceu e, depois, as fileiras, até que encontrou Ark.

— Isso é alguma brincadeira, recruta Kydd?

Ark estava surpreso. Kydd? Quem diabos era Kydd? Obviamente havia algum engano. O jovem sacudiu a cabeça.

— Não, senhor, meu nome é Bennet... Ark Bennet. Se entrar em contato com meu pai, Errol Bennet, ele lhe dará uma recompensa.

— Com certeza — respondeu Wright. — E eu sou o ministro das finanças, mas faço bico como sargento pra ganhar uns trocados. Seu nome aqui consta como Ryk Kydd, então é assim que vou te chamar até você preencher os formulários necessários, obter os reconhecimentos de firma e arrumar um civil no Departamento de Pessoal para te liberar, entendeu?

Era difícil responder com o sargento a apenas alguns centímetros de distância de seu rosto. Seu bafo, em especial, atrapalhava.

— Sim, senhor. Quando posso preencher os formulários que mencionou?

O sorriso longo e lento de Wright tinha pouco ou nenhum humor.

— Depois que terminar o treinamento. Então é melhor dar o melhor de si, ternurinha, porque quem não passa pelo básico de primeira, tem que fazer tudo de novo. Não é nem um pouco divertido! Como você já desperdiçou meu tempo, é melhor cair de cara no chão e pagar trinta flexões. Ah, mais uma coisa, bem-vindo aos Fuzileiros.

CAPÍTULO OITO

"É uma boa ideia passar algum tempo fazendo amigos. Eu costumo levar seis rodadas. Se são seis rodadas de cerveja ou de boxe, depende do dia."

Cabo Jim Raynor, 321º Batalhão de Patrulheiros Coloniais, em uma entrevista em Turaxis II
Julho de 2488

A BORDO DA NAVE DE TROPAS *HYDRUS*, A CAMINHO DE TURAXIS II

A *Hydrus* era uma nave de mais de 50 anos, porém era enorme, dada sua função original de transportar colonos para mundos de periferia como o planeta natal de Raynor. Mas esses dias estavam no passado e a nave havia sido realocada para o serviço militar, sendo usada atualmente pelo esforço de guerra colonial. Era por isso que Raynor e mais de dois mil outros soldados estavam acampados no imenso compartimento de carga da nave. Literalmente "acampados", já que não havia cabines para ninguém além da tripulação e de uns duzentos oficiais uniformizados que estavam viajando para Turaxis II por várias razões. Portanto, com exceção de um trecho do convés que os suboficiais encarregados chamavam de "pista de desfile", o Compartimento Dois era a terra de ninguém dos acampamentos individuais, cada um servindo de casa para até quinze recrutas. A desorganização levou a ocasionais disputas de território que os suboficiais tentavam extinguir rapidamente. Mas apesar da vigilância constante e patrulhas com armas atordoantes para manter as coisas sob controle, o "zoológico", como era chamado por muitos, era um lugar perigoso para se viver.

Tudo isso foi uma grande surpresa para Jim Raynor, que, baseando-se no que via na televisão, sempre acreditou que o exército fosse altamente organizado, perfeitamente integrado e totalmente abastecido. E por isso os impostos eram tão altos. Ou ao menos era o que todos diziam: para garantir que os militares tivessem tudo de que precisavam. O único problema é que eles não tinham tudo de que precisavam. Incluindo um transporte adequado. Isso ficou ainda mais evidente na vez que Raynor recebeu suas rações diárias e as estava carregando em direção à barraca quando uma sirene começou a apitar. Um anúncio oficial se seguiu:

— Aqui é o tenente Freeson. Devido a uma falha de segurança, pessoas não autorizadas tiveram acesso ao Compartimento Dois. A polícia militar está a caminho. Todos os indivíduos no Compartimento Dois devem evitar qualquer contato com os intrusos, assumir posições com as costas para a parede e aguardar instruções futuras. Repetindo, aqui é o tenente Freeson...

Raynor teria escutado a mensagem de novo, mas foi distraído por uma turba que passou correndo. Um deles esbarrou no braço de Raynor, que deixou uma caixa de rações cair no chão. Ele se esforçou para recuperá-las (era isso ou passar fome) quando uma briga começou ali perto.

— É isso aí, coisa feia — ouviu uma voz familiar falando, tá na hora de voltar pra jaula.

Raynor se levantou para tentar olhar a confusão no meio do povo. As suspeitas dele se confirmaram. A voz era de Hank Harnack. A maior parte dos ferimentos de Raynor tinha sarado desde a surra no banheiro, mas a pele em volta do olho ainda estava roxa e dolorida ao toque.

O cabo Timson havia investigado o incidente, é claro, mas ao ouvir a recusa de Harnack em delatá-lo, Raynor fez o mesmo. Isso era algo que os suboficiais aprovavam claramente. Timson foi cuidadoso em manter os dois combatentes separados desde aquele dia, quando os alistados originais foram misturados com outros de partes diferentes do planeta. Pelo menos até agora.

Depois de escaparem do compartimento frontal, centenas de criminosos violentos estavam soltos. Havia boatos de que a *Hydrus* estava carregando prisioneiros para um campo de trabalho prisional ou reformatório. Agora, a maioria dos presos estava tentando se perder no meio da multidão ou roubar itens dos oficiais, mas meia dúzia deles circulava ao redor de Harnack como um bando de cães selvagens.

Tom Omer apareceu ao lado de Raynor.

— Ah, não — exclamou, pesaroso. — Parece que Harnack vai levar uma sova. Uma pena, ele é um rapaz tão legal...

Raynor não pôde deixar de rir, olhando fixo para Harnack, que estava lançando um sorriso para os bandidos e beijando os bíceps.

— É, ele é mesmo uma fofura.

Omer suspirou enquanto o cerco se fechava em torno de Harnack.

— O que será que ele fez para deixá-los nervosos? Pode ter sido qualquer coisa, esses caras são uns animais.

Isso não estava longe da verdade. Os prisioneiros recebiam uma chance de se juntarem ao exército depois de um breve período no reformatório, como uma alternativa à pena padrão na prisão. Mas hábitos antigos permanecem e o ócio fez com que os criminosos escapassem da área designada para eles. Ele tinha pena de qualquer assistente social ou conselheiro designado para transformar aqueles caras em cidadãos corretos. Certamente teriam muito trabalho pela frente.

No entanto, agora Raynor tinha duas escolhas a fazer, gostasse ele ou não. Seria incrivelmente satisfatório ver Harnack provar um pouco do próprio veneno. Mas sabia exatamente o que seu pai diria se estivesse lá: "Lembre-se, meu filho... a gente sabe o verdadeiro tamanho de um homem quando descobre se as outras pessoas podem contar com ele para fazer a diferença."

— Aqui, segura — disse Raynor a Omer, enquanto lhe entregava as rações. — Toma conta delas, viu? Agradeço.

— Não se meta nisso — aconselhou Omer. — Vai se arrepender.

Gritos foram ouvidos à distância, seguidos de três apitos e o barulho de botas no chão.

— É, tô sabendo — concordou Raynor, tirando a jaqueta e colocando-a sobre a caixa de rações. — Vou mesmo.

Alguns dos recrutas já estavam com as costas na parede, mas outros estavam vidrados, ansiosos pelo entretenimento. Começaram a gritar "Sangue, sangue, sangue!" enquanto Raynor caminhava dos acampamentos para a área aberta à frente. O cerco estava mais fechado, e Harnack já desviava de alguns golpes enquanto mais apitos soavam ao longe. Uma das espectadoras estava com o tornozelo torcido e se apoiava em uma muleta, que foi arrancada de sua mão por Raynor enquanto ele passava. A garota xingou ao cair e se agarrou em um recruta à direita, levando-o junto ao chão num emaranhado de braços e pernas.

— Merda. Desculpe, moça — disse Raynor, enquanto corria apressado. Uma pontada de medo o transpassou quando ele entrou na briga com a arma improvisada. Naquela altura, um dos prisioneiros estava dando um mata-leão em Harnack. A muleta fez um som agudo ao cortar o ar e acertou o prisioneiro atrás do joelho, derrubando-o. Livrando-se de um dos atacantes, Harnack deu um chute giratório em outro, jogando-o para trás. Harnack olhou para Raynor e sorriu.

— Tudo bem, você não é viadinho... mas é burro pra cacete!

Não houve tempo para uma resposta, pois Raynor levou um soco poderoso na lateral da cabeça e girou a muleta em resposta. Ela acertou um dos condenados na boca, quebrando os dentes dele e fazendo-o cair no chão. Os apitos estavam cada vez mais altos enquanto uma falange de suboficiais atravessava o pátio atordoando todos os que não haviam obedecido às ordens. Mas eles eram lentos, pois precisavam parar constantemente para prender fugitivos. Enquanto Raynor acertava com a muleta na barriga de alguém, calculou que ainda levaria pelo menos três a quatro minutos para a ajuda chegar. E muita coisa poderia acontecer até lá.

Raynor soltou um palavrão quando alguém arrancou a muleta das suas mãos. Então, um punho acertou seu rim direito. A dor foi intensa, e ele quase caiu quando Harnack, ensanguentado, o segurou.

— Cai não, filhote! — gritou ele. — Vão te pisotear se cair.

Tendo sido pisoteado pelos amigos de Harnack no vestiário, Raynor reconheceu a sabedoria do conselho. Então se esforçou para se manter de pé, lutando com as costas coladas no aliado. Apostas estavam sendo feitas em toda parte. No momento em que Raynor acertou um murro em um dos fugitivos, os suboficiais chegaram.

Os soldados uniformizados estavam atordoando qualquer coisa que se mexesse. Por esse motivo, Harnack puxou Raynor para baixo.

— Finja que está caído — recomendou. — Ou vão atordoar você.

Raynor obedeceu, mas alguns dos condenados reagiram e receberam golpes de alta voltagem e presunção de culpa. Depois que os criminosos foram algemados e levados para longe, Harnack se levantou.

— Você é um filho da puta muito doido! — disse ele, admirado, enquanto ajudava Raynor a se levantar.

— Obrigado — respondeu Jim —, acho.

Foi aí que Omer chegou com uma bolsa de couro cheia de moedas, que tilintavam ao balançar.

— Olhem quanto dinheiro ganhei apostando em vocês! Vamos dividir por três.

Quando Harnack sorriu, uma faixa de sangue cobriu seus dentes.

— Beleza! Então valeu a pena.

Raynor colocou a mão no rim. Estava doendo muito.

— Não tenho tanta certeza. Como essa confusão toda começou?

— Foi culpa deles — explicou Harnack, na defensiva. — Chamei um deles de coisa feia, e o cara tentou me dar um soco. Foi aí que o enchi de porrada.

Raynor suspirou e rolou os olhos.

— Eu já devia saber.

Omer deu uma pequena risada.

— Estou com fome — declarou Harnack repentinamente, pegando o saco de moedas de Omer. — Ouvi falar que alguém contrabandeou comida de verdade para dentro da nave e que estão fazendo uma sopa em algum lugar. Vamos lá, o almoço é por minha conta.

Omer tentou segurar a bolsa, mas Harnack já tinha se virado e começado a sair. Logo depois, parou e se voltou para os amigos:

— Vocês, panacas, vêm ou não?

— Isso vai ser interessante — murmurou Raynor, colocando o braço no ombro de Omer.

— Se nós conseguirmos sobreviver à viagem ao campo de treinamento, vamos sobreviver a qualquer coisa que os kel-morianos tentarem contra nós.

Quatro intervalos e vários saltos depois, a *Hydrus* entrou em órbita a uma distância de três circunferências planetárias de Turaxis II. Sob condições normais, a nave teria chegado mais perto, aproximadamente uma circunferência apenas. Mas com os saqueadores kel-morianos à espreita, era preciso que velhas naves como aquela formassem comboio antes de entrarem em órbita.

Apesar de terem sido construídas originalmente para propósitos pacíficos, as naves inimigas haviam sido armadas e blindadas com materiais fornecidos pela Corporação de Mineração Moriana. Os kel-morianos não possuíam uma frota, portanto, membros da Corporação de Logística Kelanis cumpriam esse papel, mostrando-se formidáveis, apesar da falta de treinamento militar.

Os kel-morianos eram totalmente imprevisíveis, o que tornava a tarefa de se defender de seus ataques muito mais difícil, ao passo que os almirantes das naves confederadas tentavam organizar, pressionar e às vezes até humilhar os capitães das naves mercantes para que colocassem seus veículos onde deveriam estar.

Enquanto isso, no compartimento da *Hydrus*, havia muito pouco que os recrutas pudessem fazer além de se preocupar, pois a nave estava preparada para batalha e, na ausência de acentos de aceleração, precisavam ficar deitados sob redes de proteção por horas a fio. Raynor, que estava deitado ao lado de Harnack, entendia a necessidade. Afinal, se a nave entrasse em combate e os geradores de gravidade artificial falhassem, tudo, inclusive os recrutas soltos, começariam a flutuar pelo lugar. Então, para protegê-los e para proteger a nave, era necessário imobilizar os soldados. Cada um encarava a situação de uma forma. Omer estava assustado, com o corpo tenso e completamente parado e o rosto sem cor. Raynor estava preocupado, sabendo que a *Hydrus* dependia de outras naves para se defender, mas imaginando que os tripulantes sabiam o que estavam fazendo. Não dava para saber como Harnack se sentia, pois ele estava dormindo e roncando.

— Vai sacudir ele? — perguntou Omer.

— Cuidado com o que pede — respondeu Raynor. — Ele está tão quietinho...

— Parece que as narinas dele são pequenas demais pra essa cabeça de melão.

— Ou talvez ele tenha sido socado na cara vezes demais. Esse seria o meu palpite.

— Por que tá se importando com ele? — perguntou Omer.

— Sei lá. Diversão? Pena?

— Estou ouvindo vocês... — murmurou Harnack, voltando a roncar logo depois.

Raynor e Omer começaram a gargalhar.

— Acho melhor tentarmos dormir também — comentou Raynor.

Respirou fundo, fechou os olhos e começou a imaginar o que seus pais estariam fazendo. Com o passar das horas, Raynor dormiu algumas vezes e tentou ler, sem muito sucesso. Os alarmes soaram em um momento, seguindo-se de um aviso de que o comboio estava sendo atacado, mas o capitão deu um sinal de que estavam em segurança logo depois.

Então, a imagem do rosto do capitão apareceu em todos os monitores que funcionavam. O pouco cabelo que lhe restava ficava preso nas laterais da cabeça. Tinha sobrancelhas grossas, olhos sérios e um queixo levemente arredondado. Seu uniforme estava totalmente amarrotado.

— Nós perdemos a *Cyrus* — informou, de maneira sombria —, mas a nave agressora foi destruída em poucos minutos. Esperamos entrar em órbita em aproximadamente uma hora. As forças confederadas estão controlando todos os melhores pontos no momento. Mas como a situação estratégica continua indefinida e os kel-morianos controlam quase metade da superfície do planeta, o desembarque terá que ser acelerado. Por esta razão, os recrutas deverão formar grupos de quinze. Quando for o seu turno de embarcar no módulo de transporte, façam isso o mais rapidamente possível. O recruta que deixar de cumprir qualquer ordem ou impedir o progresso de algum modo será atordoado.

"Dois esquadrões de Vendetas estarão aguardando para escoltar nossos módulos de transporte até a superfície — prosseguiu o capitão —, mas é provável que os inimigos respondam com seus próprios caças. Vocês poderão assistir de camarote a uma verdadeira batalha aérea. Ao chegarem ao chão, receberão ordens de desembarque das naves rapidamente para que elas possam fazer uma nova viagem. Ouvi dizer que é noite onde vocês pousarão, a temperatura é de 12 graus e está chovendo. Boa sorte e não se esqueçam de meter uma bala naqueles desgraçados por mim."

Ouviu-se um clique, e o capitão desapareceu, sendo substituído por uma das imagens-padrão que viram centenas de vezes durante a viagem. Mostrava um jovem claramente infeliz sentado em uma escada que levava a uma moradia. A legenda dizia: "Corporação de Fuzileiros: você se deve isso." Harnack empurrou a rede para longe do rosto e bocejou.

— O que ele tava falando? Será que aquele bode velho não entendeu que tem gente dormindo aqui?

— Temos uma hora até o desembarque — explicou Raynor. — As dançarinas foram avisadas sobre a sua chegada, tem cerveja gelada no refeitório e você foi promovido a general.

— Já tava na hora — respondeu Harnack, enquanto se espreguiçava. — Guardem meu lugar. O general precisa mijar.

CAPÍTULO NOVE

"Os combates se intensificaram hoje entre as forças da Confederação e a União Kel-Moriana. Dois novos regimentos da Confederação Terrana entraram em ação na batalha que divide o planeta Turaxis II e o número de baixas foi altíssimo. Ao ser questionado sobre as baixas de hoje, o tenente-coronel Vanderspool do terceiro regimento declarou: 'Apesar de trágico, esse número não é incomum em regimentos formados por batalhões de recrutas recém-alistados. Eu escolheria dez soldados experientes em vez de cem novatos a qualquer momento.' Vanderspool recusou-se a responder mais perguntas sobre as perdas de hoje, e nossas câmeras foram prontamente escoltadas para fora da base."

Max Speer, *Jornal da Noite* para a UNN
Julho de 2488

A BORDO DA NAVE DE TROPAS *HYDRUS*, A CAMINHO DE TURAXIS II

Passaram-se mais de duas horas até que a *Hydrus* entrasse em órbita. Então, o primeiro grupo de recrutas foi ordenado a sair do compartimento. Mas como Raynor e Harnack estavam escalados para o terceiro voo do módulo de transporte, eles precisaram aguentar mais uma hora antes da sua vez. Depois que o grupo de quinze pessoas se alinhou, com as bolsas de equipamentos-padrão nas mãos, a sargento encarregada conferiu cada um dos nomes da lista antes de dar as instruções finais.

— Vocês me seguirão, ficarão calados e farão exatamente o que eu mandar!

Depois de dizer isso, a suboficial virou as costas para o grupo e começou a correr. Raynor apreciou a oportunidade de esticar as pernas. Estava atento a tudo enquanto seguia Harnack por um labirinto de corredores e descia um andar até onde uma escotilha denominada "BAÍA DE LANÇAMENTO" bloqueava o caminho.

Houve um atraso de três minutos antes que ela se abrisse e o ar enchesse o local. Começaram a andar novamente, seguindo a sargento, que os levou a um compartimento espaçoso, temporariamente protegido do vácuo.

Fileiras de módulos de transporte estavam aguardando. A julgar pelas aparências, algumas delas tinham visto um bocado de ação. E dadas todas as diferentes insígnias à mostra, Raynor teve a impressão de que o esquadrão era formado por pelo menos meia dúzia de unidades diferentes.

Isso significaria que vários comandos individuais estavam com pouca força? Raynor imaginou que sim. O grupo caminhou pelo convés cheio de marcas de batalha até uma nave bem remendada. Via-se um desenho feito à mão de uma mulher voluptuosa com poucas roupas e cabelos negros, sob o qual estava escrito: FILHINHA DO PAPAI.

A parte frontal do casco era convexa, para dar algum empuxo ao operar na atmosfera. Dois motores potentes estavam instalados no ponto em que a fuselagem se estreitava um pouco antes de se dividir em turbinas gêmeas que se alongavam para dar suporte às aletas verticais da cauda.

Mas não havia tempo de ficar olhando, pois a suboficial os levou até a nave e parou em frente a uma escotilha aberta na parte inferior. Ela girava o braço direito como pás de moinho, ordenando que entrassem pela abertura.

— Vão! Vão! Vão!

No interior, o piloto estava esperando para alocar os passageiros em assentos embutidos nas duas laterais da nave. Ordenaram-lhes que prendessem as bolsas em anilhas localizadas no chão entre suas botas, apertassem os cintos e...

— Preparar para decolar!

Raynor tentou achar em uma maneira de se "preparar", mas não conseguiu pensar em nada. Assim, ficou livre para olhar ao redor. Quatro grandes caixas estavam presas ao convés. Uma obviamente estava cheia de suprimentos médicos, pois exibia várias cruzes vermelhas. Em outra, a etiqueta dizia: CARABINAS - TORRENTE (20).

Ao continuar analisando o local, Raynor viu vários decalques amarelos nas anteparas, todos alertando sobre os perigos de erros que ele não tinha a menor intenção de cometer. Uma nota escrita à mão por um dos passageiros anteriores era visível diretamente à frente dele. Estava escrito: "O que seu recrutador está fazendo neste momento?"

Raynor sabia a resposta (ou pensava saber). O sargento de artilharia Farley provavelmente estava tomando cerveja, dando em cima de uma minhoca da terra e esperando um belo bife ficar pronto para o jantar. *Desgraçado.*

A rampa fez um chiado prolongado e se recolheu. A carenagem começou a tremer, e os motores ganharam vida. Uma sirene começou a apitar do lado de fora. Era o sinal para que todos que não estivessem vestindo armaduras espaciais evacuassem o deque de voo. Três minutos depois, as portas exteriores foram abertas, e o ar, expelido para o espaço. O primeiro par de módulos de transporte saiu.

Chegou a vez deles. Raynor sentiu um frio no estômago quando a *Filhinha do Papai* saiu da segurança relativa da baía para os perigos lá fora. Não havia janelas nem monitores para observar. Eles não podiam ver Turaxis II e a massa de terra enegrecida que os aguardava. Mas todos perceberam a queda livre quando seus corpos tentaram flutuar para fora nos assentos e uma caneta solta começou a flutuar. A nave começou a tremer violentamente ao entrar na atmosfera superior do planeta. Raynor sentiu os dentes começarem a bater, abriu a boca e viu os outros fazerem o mesmo enquanto tudo se debatia ao redor deles violentamente. Foi então que o piloto falou no comunicador. A voz dele parecia calma e controlada:

— Desculpem a vibração, mas ela vai desaparecer em breve. Essa é a boa notícia. A má é que os kel-morianos querem nos matar! Então, tem uma porrada de Urutaus a caminho para tentar arruinar nosso dia. Por sorte, nossos caças estão esperando por eles, e eu sou o melhor piloto da Confederação. Vejo vocês no chão.

Houve um clique, e o anúncio terminou. Harnack sorriu, assentindo.

— Ele é meio marrento, mas gostei do estilo!

Então, a *Filhinha do Papai* tremeu ao se chocar com alguma coisa. Sem aviso, ela virou de cabeça para baixo, indo em um espiral na direção do planeta.

Omer gritou, com os olhos arregalados de medo:

— Nós vamos morrer!

— Cala a boca, Omer — ordenou Raynor, apesar de ter pensado na mesma possibilidade. O outro recruta pareceu ficar ressentido, mas obedeceu.

Então a fumaça começou a encher a cabine, e a nave parou de girar. Porém, ainda estava descendo em um ângulo arrojado. Raynor não ficou surpreso ao ouvir outra declaração do comandante.

— Nós vamos cair — anunciou ele, com a mesma voz impassível. — Preparem-se para o impacto.

Ah, droga. Raynor não sabia o que aquilo queria dizer. Mesmo assim, por reflexo, colocou as mãos na nuca e se curvou sobre as pernas. A nave começou a planar, e, logo em seguida, a fuselagem atingiu o solo com força, quicando. O queixo de Raynor bateu no peito e subiu. Logo depois, a nave voou mais um pouco e bateu no chão novamente. Com uma série de trancos, a *Filhinha do Papai* deslizou pela superfície de Turaxis II antes de atingir uma rocha protuberante. Raynor foi jogado para a esquerda, com todos os outros, mas os cintos de segurança de três fivelas os prenderam. As luzes da cabine se apagaram, as de emergência se acenderam, e um alarme começou a soar.

Houve um momento de silêncio em que os soldados, ainda atordoados, perceberam que estavam vivos. Essa conclusão foi seguida pelo barulho de chamas e pelos gemidos de um recruta chamado Santhay. Raynor ficou esperando alguém lhe dizer o que fazer. Os recrutas estavam entrando em pânico ao olharem uns para os outros, e a voz de Omer soou acima de todos os outros sons.

— O que vamos fazer? Alguém no comando, diga o que devemos fazer!

Silêncio. De repente, o cheiro de fumaça invadiu o nariz de Raynor. Essa não. Desesperado para encontrar ajuda, ele virou a cabeça rapidamente para a nacele e sentiu uma pontada de dor no pescoço. Fazendo uma careta, retirou o cinto de segurança. *O piloto provavelmente está morto ou muito ferido, e tem um maldito incêndio na nave.* As luzes de emergência piscaram, e Santhay começou a emitir um gemido pavoroso. *Preciso fazer algo.*

Decisão tomada, Raynor finalmente soltou o cinto e se levantou.

— Omer... a escotilha traseira está bloqueada. Libere as saídas laterais e conte as pessoas que saírem. Harnack... verifique a nacele. Se o piloto estiver vivo, tire-o de lá! Chang... abra os módulos de carga. As armas podem ser úteis. Eu vou ver quantas pessoas estão feridas.

Então, Raynor adentrou a nave. As pessoas já estavam usando extintores de emergência, mas o ar ainda estava saturado de fumaça, e ele estava tossindo. A visão na outra parte da nave não era nada bela. Parecia que parte da cauda tinha sido destruída, deixando a nave sem controle. Pelo jeito, o piloto era mesmo o melhor. O fato da maioria dos passageiros estarem vivos era prova de sua habilidade ou um milagre incrível.

Porém, duas pessoas morreram. Entre elas, o piloto, que fora decapitado e estava sendo arrastado para fora da nacele por Harnack. Seu torso estava encharcado de sangue, mas a pistola ainda estava presa no coldre. Raynor se abaixou para pegá-la, apesar do embrulho no estômago, e prendeu-a no elástico da calça.

— Vambora! — gritou Harnack. — Vai explodir!

Com a ajuda de outro recruta, Raynor carregou Santhay para fora pela porta de emergência. Uma chuva fina estava caindo, e tudo estava escuro, exceto por um facho de luz da nave. Harnack estava esperando no chão.

— Deviam chamar essas coisas de "pombo sem asa" em vez de módulos de transporte — comentou.

— Vamos pra longe dos destroços — disse Raynor.

Dois recrutas carregaram Santhay nos ombros, e o grupo caminhou pelas poças de lama no escuro. Alguns segundos depois, um estouro abafado soou e a nave explodiu em uma bola de fogo. Barulhos semelhantes a tiros soaram quando o fogo atingiu a munição no interior da fuselagem, e duas explosões maiores se seguiram quando os tanques de ar superaquecidos estouraram, mandando estilhaços para todos os lados.

Por sorte, já estavam a uma distância segura. Raynor gritou, para que todos pudessem ouvi-lo apesar do barulho do fogo.

— Vamos encontrar um abrigo. Depois, ficaremos lá esperando ajuda.

— Quem morreu e te passou o comando? — retrucou um dos recrutas.

— O piloto — respondeu Raynor, sombriamente. — Mas se você tiver um plano melhor, sou todo ouvidos.

Depois de alguns segundos de silêncio, Raynor assentiu.

— Tudo bem então. Algum de vocês tem treinamento médico? Não? Bem, Santhay precisa de maca, e temos que sair daqui. O fogo é um sinalizador. Pode acabar trazendo um monte de kel-morianos pra cima da gente.

Eles levaram uns quinze minutos para improvisar uma maca para Santhay, distribuir meia dúzia de carabinas e partir. Uma lanterna de emergência que Raynor recolheu da nave criava um facho de luz enquanto ele liderava o bando por um pequeno canal, passando por um riacho veloz e subindo até a outra margem. Sabia que havia uma chance de estar levando os soldados para a direção dos inimigos, e, se fosse o caso, a lanterna entregaria sua posição. Mas não havia escolha. A área era um breu.

O grupo passava por uma área plana que, a julgar pelos equipamentos quebrados espalhados, fora uma fazenda um dia, antes da guerra. Eles precisavam encontrar cobertura e um lugar para se esconder até o sol nascer, quando poderiam determinar melhor onde estavam. Assim que o facho de luz passou por uma construção que poderia ser um celeiro, Raynor se encheu de esperança. Eles só precisavam agora encontrar um galpão, pensou, aliviado.

Mas não durou muito, pois alguém gritou em alerta, e eles viram luzes descendo do céu e ouviram o som do motor de duas naves vindo do oeste. Harnack levantou a carabina e apontou para a luz mais próxima. Raynor empurrou a arma dele com a mão.

— Não dê motivo, Hank... Estamos em desvantagem.

Harnack abaixou a arma quando os trens de pouso tocaram o chão e as duas naves pousaram quase simultaneamente. Quem estaria a bordo? Como a nave mais próxima estava com a iluminação virada para eles, Raynor não conseguiu ver as insígnias na fuselagem. Um vento frio fez com que ficassem todos arrepiados em suas roupas encharcadas. Ele estava com medo.

Mas não havia muito que os recrutas pudessem fazer além de ficar olhando enquanto a nave pousava. A rampa traseira se abriu e um soldado desceu trajando uma enorme armadura de combate. As luzes projetadas da armadura não permitiam enxergá-lo direito. Uma voz amplificada falou:

— Meu nome é primeiro-sargento Hanson... Quem está no comando aqui?

Houve um momento de silêncio. Por fim, quando os outros recrutas olharam para ele, Raynor deu um passo à frente.

— Acho que sou eu, senhor. Recruta Jim Raynor.

O atuador fez um chiado enquanto a cabeça de Hanson girava na direção deles, e o cascalho estalou sob suas botas quando ele mudou o peso do corpo. A voz de Hanson parecia incrédula.

— Recruta Raynor?

— Senhor, sim, senhor — respondeu Raynor. — O piloto morreu quando nosso transporte caiu. Nós não sabíamos onde estávamos, então achei que deveríamos encontrar um lugar para ficarmos abrigados.

Henderson ficou em silêncio por um momento.

— Entendido. Coloquem as armas no chão e entrem na nave. Feridos primeiros.

Raynor sentiu um vazio no estômago.

— Sem querer ofendê-lo, senhor, mas de que lado o senhor está?

— Recebo meu salário da Confederação — respondeu Hanson. — Bem-vindo a Turaxis II, filho... Se gosta de brigar, veio ao lugar certo.

CAPÍTULO DEZ

"Por que chamam de campo de treinamento? Porque se chamassem de 'campo de espancamento', ninguém iria."

Sargento Tychus Findlay, 321º Batalhão de Patrulheiros Coloniais, em entrevista em Turaxis II
Julho de 2488

PLANETA TURAXIS II

O voo do local da queda até a base chamada Turaxis Prime levou mais ou menos meia hora. E tendo acabado de sobreviver a um ataque kel-moriano, Raynor sabia o quão vulnerável era a nave enquanto sobrevoava o terreno suavemente ondulado abaixo. Se tivessem sorte, os olhos lá em cima não veriam a aeronave entre os detritos do chão.

Enquanto isso, tinha havido um silêncio quase total desde que o recruta Santhay tinha parado de respirar e o socorrista não conseguira ressuscitá-lo. Agora o corpo de Santhay estava coberto com um lençol, a visão sombria de um vulto amarrado no meio do convés. *Podia ter sido eu*, pensou Raynor. *No que foi que me meti?*

Até Harnack postava-se quieto quando o veículo parou e o piloto anunciou a chegada, posicionando os motores do módulo na vertical. A nave balançou gentilmente quando um vento lateral os atingiu a bombordo; o transporte desceu pela abertura abaixo.

Quando a aeronave pousou no hangar e duas Vendetas de partida saíram, o par de espessas portas anti-impacto se fechou com um estrondo lento.

Momentos depois do trem de aterrissagem do módulo tocar o chão, dois recrutas entraram no transporte e colocaram o corpo de Santhay em uma maca. Raynor podia ver que tinham feito aquilo muitas vezes antes. Alguns instante depois, partiram.

Naquele momento o mestre-sargento Hanson ordenou às tropas que saíssem da nave, e, enquanto Raynor seguia Harnack pela rampa, o rapaz obteve seu primeiro vislumbre de Turaxis Prime. O deque do hangar subterrâneo era enorme. Grande o suficiente para abrigar centenas de módulos de transporte, Vendetas e naves menores, estacionados em filas bem ordenadas.

Algumas das naves eram tão imaculadas que podiam ser novas, mas a maioria mostrava indícios de desgaste. Ferramentas elétricas zumbiam, cortadores à fusão chiavam, e empilhadeiras resfolegavam enquanto equipes de técnicos em veículos de construção espacial trabalhavam nos reparos.

Uma cabo ordenou que Raynor e seus companheiros a acompanhassem enquanto um fluxo de anúncios incompreensíveis eram lidos nos alto-falantes montados no teto; um transporte lotado de pilotos de aparência cansada passou por eles enquanto atuadores gemiam e um grupo de VCEs passava em disparada na direção oposta. A impressão geral era de caos organizado, e Raynor sentiu como se finalmente visse a verdadeira Corporação de Fuzileiros, em vez da versão glamourizada que o público conhecia. As duas não podiam ser mais diferentes.

Alguns minutos depois, os recrutas recém-chegados seguiram até um elevador grande o suficiente para acomodar um tanque de cerco. A cabo, que era metade do tamanho de Harnack, não tinha receio de empurrar, cutucar e até chutar os recrutas para formar uma coluna dupla com os mais baixos na frente e os mais altos atrás. O propósito do exercício era limitar a velocidade máxima da formação de acordo com os recrutas mais lerdos ao mesmo tempo em que criava uma aparência militar.

A cacofonia vinda do Deque A sumiu rapidamente enquanto a plataforma descia. E foi só quando o elevador parou quatro níveis abaixo que os soldados marcharam até o que eles logo conheceriam como o "moedor de carne". Era um amplo pátio em que os recrutas realizavam exercícios intermináveis, aprendiam a marchar e ouviam discursos entediantes. O primeiro dos quais estava prestes a começar.

Mas antes que pudessem ouvir, era necessário chegar à área de reunião e fazer isso de maneira militar. O que significava marchar.

— Comecem com o pé esquerdo — anunciou a cabo, enquanto a coluna avançava subitamente. — Não, estúpidos — disse ela. — Eu disse esquerdo! Meu Deus... o que foi que eles nos mandaram? Um grupo de retardados? De novo... esquerda, esquerda, esquerda, direita, esquerda. Isso... Agora sim vocês estão aprendendo. Batam com força o pé esquerdo!

E dessa forma os recrutas completaram o trajeto até a área de reunião com apenas alguns ocasionais erros e impropérios de frustração da cabo. Outros recrutas, alguns dos quais Raynor reconhecia da *Hydrus*, já estavam por ali. Tinham tido a sorte de pousar em segurança, e, depois disso, tinham sido formados em companhias de treinamento e alimentados antes de partirem marchando para o moedor.

Estavam em posição de descansar com os pés afastados e as mãos atrás das costas. A maioria era inteligente o suficiente para manter os olhos à frente, mas um dos recrutas não resistiu à tentação de dar uma olhada nas tropas que chegavam, sendo obrigado, por sua impertinência, a pagar flexões ali mesmo.

Assim, Raynor tomou cuidado para manter os olhos na plataforma diretamente à frente do agrupamento enquanto um oficial bem-arrumado subia um lance curto de escadas e seguia em direção ao pódio. O pódio era feito de madeira de verdade, e a insígnia da Corporação de Fuzileiros estava estampada nele. Foi quando um sargento gritou:

— *Aten-ção!*

O resultado foi irregular, para dizer o mínimo, e teria rendido a todos uma volta no moedor se as circunstâncias fossem diferentes.

O oficial com certeza se orgulhava de sua apresentação. Seu quepe estava na posição certa em sua cabeça, o bigode estava perfeitamente aparado, e suas bochechas rosadas tinham sido recém-barbeadas; seus olhos pulavam de um rosto a outro. Seu aceno de cabeça era rápido e preciso como um pássaro bicando sementes.

— Bom dia... descansar!

Houve um ruído prolongado enquanto os recrutas voltavam à posição de descanso e os suboficiais faziam caretas de desaprovação.

— Meu nome é major Macaby — começou o oficial — e sou responsável pelo treinamento básico em Turaxis II. Não é comum ter uma instalação de treinamento tão perto de uma zona de combate, mas esses são tempos incomuns, e nós, fuzileiros, somos adaptáveis. De fato, creio que há certas vantagens que podem advir dessa situação, como ficará claro quando vocês entrarem nos estágios finais do treinamento.

"O propósito do seu treinamento é prepará-los para combater os kel-morianos. E por um bom motivo. Muitos de vocês vêm de planetas onde o racionamento de comida e combustível são realidades cotidianas. Isso se dá porque os kel-morianos estão tentando controlar todos os recursos naturais em uma tentativa óbvia de substituir o governo eleito da Confederação com seu próprio sistema político corrupto dominado por corporações. Se isso viesse a acontecer, a escravidão seria nosso destino... pois nossas famílias e amigos não poderiam se juntar às corporações, que são em grande parte hereditárias. Então temos motivo para lutar, e lutar arduamente, senão nosso estilo de vida será tomado de nós."

Macaby parou naquele instante e permitiu que seus olhos varressem a multidão de rostos diante de si como se quisesse ter certeza de que entendiam toda a importância do que fora dito. Então, parecendo satisfeito com as expressões que vira, o major consultou um pedaço de papel.

— Tendo isso em mente, vocês gostarão de saber que as vicissitudes da guerra exigem que diminuamos o seu ciclo de treinamento das doze semanas padrão para nove semanas.

Um aplauso solitário foi ouvido, seguido da ordem austera dada por um suboficial:

— Quero o nome dele!

Macaby sorriu com indulgência.

— Sim, eu esperava que esse anúncio fosse recebido com aprovação por vocês! No entanto, nós tomaremos precauções para que a intensidade da experiência do treinamento básico seja aumentada e vocês estejam totalmente preparados para o combate ao se juntarem a um esquadrão.

"Assim, prestem atenção aos seus instrutores, estejam prontos para qualquer coisa e deem o melhor de si. A vida que salvarão pode ser a sua própria. Isso é tudo."

Um sargento gritou "Ateen-ção!", e, enquanto Macaby deixava o pódio, Raynor considerou as implicações do que fora dito. O treinamento tinha sido encurtado. Isso queria dizer que a guerra estava indo mal? O que mais poderia ser?

Era um pensamento austero, e os retardatários foram integrados nas companhias de treinamento existentes. Raynor e Harnack foram colocados na Companhia D, que consistia de três pelotões, com três esquadrões por pelotão, totalizando 72 homens e mulheres. Um número modesto pelos padrões de combate, já que cada esquadrão deveria incluir três equipes de tiro com quatro integrantes, mas não havia recrutas suficientes para tal.

E de alguma forma, por algum processo insondável, Raynor foi nomeado "sargento recruta" temporário e colocado no comando do primeiro esquadrão, segundo pelotão. Uma honra duvidosa, uma vez que ele se tornou responsável por sete pessoas além dele mesmo. Uma delas era Harnack, que sorriu perversamente e ofereceu a Raynor uma continência com um dedo só.

As companhias recém-reformadas marcharam descendo uma rampa até os dormitórios abaixo, e Raynor sentia-se nervoso. Todos os suboficiais pareciam tão zangados — e agora Raynor com certeza chamaria a atenção devido à sua nova posição.

Cada pelotão tinha sua própria sala retangular, e, quando armários e beliches foram designados, os recrutas receberam permissão para "sair de formação, tomar um banho e dormir um pouco". Sete horas de sono antes que fossem acordados para correr em marcha puxada até o refeitório. Mais tarde, depois de cortarem o cabelo, deveriam receber o equipamento pessoal, uniformes e armas.

Mas tudo aquilo ainda estava a mais de seis horas no futuro, depois de uma chuveirada sônica e um descanso merecido. Raynor se despiu, ficando apenas de cuecas, e estava indo na direção dos chuveiros coletivos quando três guerrilheiros kel-morianos fortemente armados surgiram de uma parede sólida, se voltaram na direção dos recrutas desavisados e abriram fogo.

Raynor viu os rifles pipocando e sentiu um comichão; dúzias de impulsos elétricos estalaram em seu peito, seguidos de um grito consternado quando atingiram uma pessoa atrás dele. Os soldados inimigos não eram reais, claro, mas o coração de Raynor saltava descompassado do mesmo jeito, e não havia nada de falso no medo que sentira.

Os guerrilheiros espectrais explodiram em mil pontos de luz, e outro fantasma apareceu. Embora quase transparente, parecia um cartaz de recrutamento animado, e algo em sua voz sintética fazia Raynor pensar em Farley.

— *Eu sou o sargento de artilharia Travis* — anunciou o holograma — *e os ajudarei no treinamento. Um ataque como o que acabaram de ver aconteceu há três meses quando uma equipe de operações especiais kel-moriana se infiltrou em uma base em Dylar IV. Sete fuzileiros morreram aquela noite, três ficaram feridos e um deles ainda está no suporte de vida. Assim, lembrem-se, o inimigo pode atacar em qualquer lugar, a qualquer instante. Vocês nunca estão seguros.* — Dizendo isso, Travis desapareceu.

Ryk Kydd estava apaixonado por seu rifle Bosun FN92. Ou para ser mais preciso, apaixonado pelo modo como se sentia quando disparava com ele. Atingir alvos impossíveis para os outros o fazia se sentir forte e competente. A arma tinha um corpo esguio, mira telescópica e um cano realmente longo. Aquilo era muito importante. Quanto mais tempo a bala passava dentro do tubo de metal, mas chances tinha de atingir o alvo. E durante as últimas semanas, aquilo se tornara muito importante para ele.

Assim, quando Kydd arrastou-se com os cotovelos até uma elevação, foi com a intenção de se tornar um franco-atirador do Corpo de Fuzileiros ainda no treinamento. Somente duas pessoas tinham conseguido aquilo antes dele.

Àquela altura Ryk havia completado duas missões simuladas e conseguira dois abates. Agora era hora do teste final de sua perícia em um campo de tiro interno especial. Kydd usava capacete, um colete leve, arnês de combate padrão e protetores de ouvido.

— OK — disse o sargento Peters em seu ouvido. — Os detalhes são esses: um general importante vai aparecer no acampamento inimigo a uns novecentos metros à frente e abaixo da sua posição. Algumas outras pessoas podem estar lá, mas o general é o único usando boina e fumando cachimbo. A missão é simples. Identifique o alvo e mate-o com um tiro. Boa sorte, filho... Sei que você consegue.

Kydd ouviu um clique, seguido pelo sussurro suave do vento artificial enquanto o panorama gerado por computador aparecia ao seu redor. O céu estava cinzento, as colinas ao redor eram verdes, e os caminhões camuflados e conjuntos habitacionais tinham uma aparência mosqueada. Um conjunto de sensores rotacionava acima de um dos veículos, duas sentinelas estavam de guarda, e um fiapo de vapor saía do exaustor do caminhão gerador. Além disso, não havia muito mais a ver.

Kydd estava grato por aquilo, pois se o alvo já estivesse visível desde o começo, antes que houvesse tempo para se preparar, ele teria que tomar uma decisão difícil. Dar um tiro despreparado sabendo que poderia ser a única chance ou esperar, apostando que o alvo reapareceria.

O general de boina não estava em parte alguma, mas uma das sentinelas serviria em seu lugar, e havia muito a fazer. O primeiro passo era colocar uma bala na arma e se certificar que a proteção estava ativada.

Então ele deveria usar o medidor de distância para descobrir o quão longe estava o alvo. Kydd verificou a informação no visor interno do capacete e viu que a sentinela estava a 910 metros de distância. Era um tiro longo, mas o Bosun daria conta.

De posse da informação, era hora de verificar os dados relativos à temperatura, umidade, altitude e pressão barométrica. Tudo aquilo afetaria o comportamento da bala calibre .50 que seria disparada.

Tendo absorvido e processado a informação, o computador do capacete de Kydd produziu um gráfico completo com elevação e compensação de vento recomendadas. Ele sabia que, conforme a situação mudasse, as informações do visor seriam atualizadas automaticamente.

Ele estava prestes a seguir para o próximo estágio e ajustar a compensação de vento e a elevação, quando uma tenda se abriu e um retângulo de luz apareceu. A luz tremeluziu conforme uma fila de soldados saiu da tenda. Kydd podia vê-los falando uns com os outros.

Foi quando um carro de combate bem real chegou e parou a uns 6 metros da tenda. Espere um pouco... o general estava prestes a sair do veículo? Não, o carro era uma distração, e Kydd se forçou a ignorá-lo. Boina, ele pensou consigo mesmo, tenho que encontrar o homem de boina.

Mas, enquanto a mira telescópica ia de um lado a outro, Kydd percebeu que nenhum dos homens à sua frente estava usando boina. Talvez o general ainda estivesse na tenda. Talvez...

Então Kydd notou uma faísca súbita, virou para a esquerda e viu que um dos soldados estava acendendo um cachimbo! Aquilo bastava? Será que ele deveria matar o homem mesmo que não estivesse usando boina? Os instrutores tinham jogado o problema em seu colo de propósito. Kydd sabia disso, mas aquilo não tornava a decisão mais fácil. E quanto mais hesitava, menos tempo teria para disparar.

Como se para punir Kydd por sua indecisão, começou a chover. E a água que caía dos bicos suspensos no teto não só era real, mas distraía bastante. O homem com o cachimbo olhou para o alto, disse algo para o homem ao seu lado e se dirigiu até o carro de combate. Kydd praguejou baixinho. O general ia entrar no carro e partir! Tendo se decidido, Kydd apressou-se para ajustar a elevação e a compensação do vento enquanto o oficial entrava no carro e se sentava ao lado do motorista.

Naquela hora havia ainda menos luz, a chuva obscurecia a visão de Kydd e apenas a cabeça do general ainda era visível. Era pouco mais que uma mancha escura na penumbra que se adensava. Para piorar a situação, o carro de combate estava prestes a se afastar.

O dedo de Kydd pareceu se mover por conta própria, e a trava de segurança foi desativada. Era preciso empurrar o cano uma fração de centímetro para a esquerda de forma a compensar o vento que soprava cada vez mais forte para a direita. Então Kydd entrou em uma estranha realidade alternativa em que o tempo pareceu desacelerar. Mesmo enquanto o carro começava a se afastar, ele teve tempo suficiente para compensar e apertar o gatilho.

Ouviu o rifle pipocar e sentiu o coice; o projétil fora disparado. Então Kydd viu a cabeça do alvo explodir, e o sargento Peters gritou de empolgação:

— Você conseguiu, Kydd! Demorou pra cacete e desperdiçou o tiro mais fácil, mas matou o babaca! Parabéns!

Não era a voz do pai — ou da mãe —, mas estava tudo bem. Finalmente, depois de 18 anos, Kydd descobrira o que tinha nascido pra fazer. A sensação era ótima.

O escritório sem janelas ficava a muitos níveis sob a terra. Alguém empregara esforços para personalizar o lugar com placas gravadas a laser, prêmios emoldurados e outras lembranças. O recruta Ryk Kydd estava em posição de sentido, encarando a parede.

Enquanto isso, o major Lionel Macaby continuava a verificar o arquivo P-1 do recruta, que aparecia na tela à sua frente. O jovem não estava na Corporação por tempo suficiente para ter acumulado muitos relatórios médicos, recomendações de treinamento e outras bobagens burocráticas, de forma que não havia muito o que ver.

Mas um registro em particular chamou a atenção do major. Dizia que depois de apenas oito semanas de treinamento, Kydd era o melhor atirador em todo o batalhão de aspirantes e já obtivera a tão desejada insígnia de franco-atirador. Uma honra que a maioria dos aspiras só obtinha depois de frequentar treinamento especial. Mas de acordo com o instrutor do rapaz, um veterano calejado chamado

Peters, "o recruta Kydd tem excelente visão, impressionante coordenação olho-mão, bem como um 'quê' a mais. Depois de acumular alguma experiência em campo, ele deveria ser avaliado para treinamento de tiro avançado".

Macaby sabia o que Peters queria dizer. O tal "quê a mais" significava um tipo de talento que apenas um entre mil atiradores tinha: a habilidade de fazer o tempo parecer desacelerar enquanto atiravam. Um talento devastador que era bastante cobiçado na Corporação. Peritos tinham sido empregados para estudar o fenômeno, na esperança de achar um modo de duplicá-lo, mas sem sucesso até o momento. Embora um psiquiatra acreditasse que Kydd possuía "habilidades psiônicas". O que quer que aquilo significasse.

Os outros registros diziam respeito à mesma coisa: alegações repetidas de que Kydd tinha sido drogado, sequestrado e forçado a entrar na Corporação com um nome falso. Além disso, de acordo com declarações enviadas por Kydd desde sua chegada a Turaxis II, seu nome real era Ark Bennett. O que, se fosse verdade, faria dele membro de uma família proeminente.

É claro que Kydd, como muitos outros, estava apenas querendo sair do Corpo de Fuzileiros. Mas e se a alegação fosse verdadeira? E se Kydd, aliás Bennet, fosse realmente quem dizia ser? Havia apenas algumas videofotos de Ark Bennet em domínio público, e as que ele vira pareciam ser de um rapaz bem mais jovem, com o rosto mais redondo. Mas havia alguma semelhança física, e Macaby era realista. Ele sabia que, embora a maior parte dos jovens homens e mulheres no treinamento básico fossem voluntários de algum tipo, havia um número menor, digamos um ou dois por cento, que tinha sido forçado a entrar para a Corporação por recrutadores desonestos desesperados para atingir suas cotas cada vez mais altas. Aquilo lhe parecia OK, desde que não chegasse a níveis exagerados.

Mas se algum imbecil tinha sido preguiçoso ou irresponsável o suficiente para recrutar o filho pródigo de um VIP, então o céu iria cair se a verdade fosse descoberta! As repercussões começariam do topo e iriam descendo. Então, o que fazer?

Por sorte a resposta estava bem diante dele. Graças ao regime acelerado de treinamento, Kydd estava prestes a se formar. O que significava que em uma semana ou duas ele se juntaria a um esquadrão na linha de frente. Tudo o que Macaby tinha a fazer era empurrar com a barriga e não atrair atenção, sabendo que levaria semanas para a cadeia de comando responder. Mais tarde, quando a merda atingisse o ventilador, o novo oficial comandante de Kydd teria que lidar com a bagunça! O plano era esperto, limpo e estava na melhor tradição do Corpo de Fuzileiros.

Macaby limpou o pigarro.

— Parabéns por ter se tornado atirador de elite, filho. É uma conquista impressionante. Quanto às alegações referentes à maneira como você foi alistado, quero que saiba que eu as levo muito a sério. Planejo levar essas informações ao Departamento de Pessoal, junto com um pedido para averiguação da sua divisão. Enquanto isso... você tem um excelente histórico. Não vá sujá-lo. Alguma pergunta?

Macaby viu uma expressão de satisfação passar pelo rosto de Kydd e desaparecer.

— Senhor, não, senhor.

Macaby acenou com a cabeça.

— Dispensado.

O uniforme de Kydd estava liso, passado, com os vincos em ordem e imaculadamente limpo; ele deu uma meia-volta perfeita e marchou para fora do escritório.

Seria um pena, pensou Macaby, perder um recruta tão promissor.

CAPÍTULO ONZE

"Apesar das perdas substanciais nos últimos confrontos com a União kel-moriana, fontes Confederadas afirmam que o moral da tropa está mais elevado que nunca. Analistas sugerem que isso se deve à implementação de uma disciplina militar mais rígida entre as forças terranas unificadas, incluindo mudanças descritas como 'severas, radicais e rigorosas'."

Max Speer, *Jornal da Noite* da UNN
Agosto de 2488

UNIDADE CORRECIONAL MILITAR R-156, PLANETA RAYDIN III

Como sempre, o dia começou com o som áspero da sirene que avisava os horários de se levantar, de comer, de fazer qualquer coisa. Um segundo depois, a voz beligerante do sargento Bellamy irrompeu no Alojamento 3.

— Cara no chão! Isso aqui não é hotel! Isso inclui o senhor, sargento Findlay — debochou ele. — Mexa esse rabo!

Aproveita, seu lixo. Se algum dia chegar perto de um combate de verdade, aí eu quero ver você botar banca.

Bellamy assumira a tarefa de lembrar Tychus diariamente de que ele não era mais sargento. Além de rebaixá-lo a soldado raso, a corte marcial o condenara a três meses de trabalho braçal.

Com os pés esticados para fora da estrutura de metal da cama, Tychus já tratava de recolhê-los quando recebeu um golpe com o bastão de Bellamy. Findlay soltou um palavrão, e Bellamy abriu um sorriso.

— O que foi? Foi a gota d'água? Vai ser hoje? Sabe que não sou páreo pra você... É só você querer.

O sargento Bellamy era um homem pequeno, e o chamavam de "peidinho" pelas costas. Estava eternamente em busca de oportunidades de se impor sobre os prisioneiros mais fortes, sendo Tychus seu alvo favorito. Vestindo um uniforme impecável, trazia os plugues nasais pendurados no peito, enquanto a mão direita repousava sobre o bastão que carregava sempre sob o braço.

Nos tempos do Império Romano, na Terra Velha, bastões eram acessórios usados para coordenar manobras militares ou administrar castigos físicos, mas acabaram se tornando itens simbólicos havia muito tempo. Alguns oficiais e suboficiais continuavam a carregar bastões, sobretudo os mais inseguros, como Bellamy. O seu era artesanal, entalhado em madeira polida com esmero, ornamentado com presilhas de prata nas duas pontas. O sargento estendeu o queixo, convidando Tychus a acertá-lo — uma infração que poderia dobrar sua sentença.

Tychus Findlay já estava de pé. Tinha consciência de que Bellamy queria provocar a reação violenta que o manteria trancafiado por sabe-se lá quanto tempo. Mais que isso, Bellamy tentava intimidar os outros prisioneiros, demonstrando seu domínio sobre um homem muito maior.

— Obrigado pelo convite — murmurou Tychus —, mas não, obrigado. — *Cara de rato filha da puta.*

Bellamy sorriu.

— A vida é uma merda, não é mesmo, Findlay? Você se estrepa quando diz sim e se estrepa quando diz não. Mas uma coisa é certa, se não estiver vestido e pronto para a inspeção em dez minutos, vai rebocar o carrinho o dia todo... sozinho.

Tychus suspirou. Era tudo parte do jogo. Ele mesmo já dera boas risadas jogando-o — do outro lado, claro. O segredo era manter a paciência e nunca, em hipótese alguma, reagir. *Eu bem que queria ver você puxar o carrinho sozinho, seu porco fedorento*, pensou Tychus, mas tratou de ficar impassível enquanto o sargento o examinava, franzindo a testa.

Enquanto Bellamy se divertia às suas custas, os outros prisioneiros dispararam para os chuveiros sônicos. Seria impossível se barbear, tomar uma ducha e estar em condições para a chamada em dez minutos. Tychus deu a única resposta que lhe restava:

— Tudo bem, sargento. Estou mesmo precisando de exercício.

Dos prisioneiros que ouviram aquilo, nenhum era tolo o suficiente para rir, mas todos deram sorrisos discretos enquanto se arrumavam.

Tychus saiu do alojamento com dois minutos de atraso. Aceitou o tubo de respiração e o tanque de oxigênio que um recruta lhe estendeu, e os colocou. Bellamy já o esperava e não perdeu tempo, logo anunciando que, devido ao atraso, Tychus rebocaria o carrinho sozinho. A maioria dos prisioneiros já sabia da punição; a reação de choque que Bellamy esperava não veio.

Depois da chamada e da inspeção, os prisioneiros começaram a marchar. Antes de a Confederação adquirir o rochedo e instalar a Unidade Correcional Militar R-156 ali, o terreno funcionava como estacionamento. Entre fuzileiros, patrulheiros e a força aérea, os detentos somavam 23.

A cozinha baixa, de apenas um pavimento, bem como o refeitório anexo tinham sido ambos construídos para os trabalhadores da pedreira, presumivelmente para oferecer-lhes comida melhor que a consumida diariamente pelos prisioneiros. Naquela manhã em particular, o prato principal foi batizado TDL, "tirado do lixo" —, carne-seca boiando num molho ralo, servida sobre um pedaço de torrada murcha.

Era nojento, mas na ausência de opções, e diante da quantidade de trabalho a que eram submetidos, os prisioneiros não tinham escolha senão enfiar a massa salgada na boca e, em seguida, ingerir grandes volumes de água, esperando que ajudasse a comida a descer. Segundo um médico, enviado ao R-156 por deserção, aquilo era proposital: uma estratégia para evitar a hipertermia.

Manter seu corpanzil em plena atividade requeria um considerável dispêndio de combustível, por isso Tychus, além de consumir toda sua cota, aceitou doações dos outros prisioneiros. No instante em que dava a última bocada, a sirene soou. Do lado de fora, Bellamy ordenou que formassem duas filas, e guiou o grupo até uma estrada acidentada.

Em boa forma, o suboficial trotava, forçando os prisioneiros a fazerem o mesmo. Era preciso admitir que ele estava em boa forma: Bellamy correu parte do trajeto de costas, acariciando o bastão junto ao corpo enquanto ditava o ritmo.

Cinco minutos depois, os homens chegaram a um aterro, onde avistaram estacionados dois caminhões usados para transportar rochas. A pedreira ficava no fim de um cânion estreito, com rampas íngremes em três lados. O processo de mineração era primitivo, para dizer o mínimo — Tychus imaginou que o perigo extra era parte da punição. Primeiro, explosivos eram usados para arrancar toneladas de rocha da montanha, depois mais explosões trituravam as rochas, e, só então, o que sobrava era carregado na carroceria.

Mas, antes do castigo, outra chamada. Enquanto os nomes da lista eram chamados um a um, Tychus sabia que o resto dos prisioneiros examinava a caixa de metal enferrujado à frente deles, pensando no homem trancafiado lá dentro. Quando o sargento Bellamy abrisse a caixa, Sam Lassiter estaria vivo ou morto?

Lassiter cumpria cinco dias no contêiner por cuspir na cara de Bellamy. Claro, o sargento já havia "encaixotado" prisioneiros por infrações muito menos graves, mas uma pena mais longa que um ou dois dias geralmente era uma sentença de morte. Sobretudo com o frio que fazia à noite e com Bellamy concedendo aos que despertavam sua ira apenas noventa e cinco por cento do suprimento de oxigênio suplementar necessário para continuarem vivos. Lassiter já estava lá havia três dias, e alguns prisioneiros achavam que chegaria a quatro. Tychus se perguntava quando seria a sua vez; as ameaças constantes de Bellamy sugeriam que era apenas uma questão de tempo.

A caixa de aço tinha cerca de 2,50 metros de altura, pouco mais de 1 metro de largura e 2,50 metros de comprimento. Lá dentro, um cobertor, um penico e uma jarra de plástico com água. Duas vezes ao dia, a comida era entregue por uma fresta estreita no metal. Quando Bellamy destrancou a porta, Tychus soube imediatamente o que ele procurava: um corpo estirado no chão. Se Lassiter morresse na caixa, os prisioneiros acabariam convencidos de que o sistema — ou Bellamy, o que dava no mesmo — era invencível.

O metal enferrujado protestou com um ganido quando Bellamy ficou de lado e puxou a porta. Todos os prisioneiros viram Lassiter. Ele não só estava vivo como também com as calças arriadas até os tornozelos, de cócoras sobre o penico.

— Que porra é essa, seus tarados? — berrou. — Fecha isso que não consigo fazer com gente olhando.

Por um instante, todo o medo instilado por Bellamy foi soterrado por uma avalanche de gargalhadas. O sargento bateu a porta de metal com toda a força e a trancou novamente. Virando-se de costas para a caixa, fitou os prisioneiros calados.

— Tá bom, meninas, chega de brincadeira. Tem uma pilha de rochas esperando vo...

A mão de Lassiter saltou pela fresta por onde passava a comida, agarrou o cinto de Bellamy e o puxou com força contra a porta da caixa. O prisioneiro começou a perfurar o suboficial com o garfo, entregue com o café da manhã. Os dentes de metal penetraram várias vezes a carne do sargento, que gritava, enquanto era socorrido por dois guardas.

— Vai pagar por isso! — vociferou Bellamy. Um soldado ajoelhou-se ao seu lado, cortou sua camisa e aplicou plasticrosta sobre os ferimentos.

Pela quantidade de sangue, Tychus supôs que seria necessário mais que um curativo para fechar aqueles furos. Em silêncio, deixando escapar um sorriso, Findlay agradeceu a Lassiter por tornar seu dia mais feliz.

— Pra onde será que vão levar ele? — perguntou Tychus, em voz alta, mas para ninguém em particular.

— Ouvi dizer que existe um lugar especial pra caras como Lassiter — respondeu o homem parado ao lado. — Lá eles entram na sua cabeça e zoam a porra toda.

— Não sei o que vão achar dentro da cabeça dele — retrucou Tychus, sem fazer o menor esforço para soar simpático —, mas aposto que vai dar trabalho.

Os prisioneiros observavam calmamente enquanto os guardas armados se engalfinhavam com Lassiter. O prisioneiro uivava, esbravejava e rangia os dentes, dificultando ao máximo o trabalho dos guardas que o algemavam. Quando enfim conseguiram imobilizá-lo, arrastaram-no pelos braços até a estrada.

Lassiter deu um puxão para a frente, se soltando dos guardas, e passou a caminhar sem ajuda. Vestia os farrapos do que outrora fora um uniforme, e a maçaroca espessa dos seus cabelos emoldurava-lhe o rosto sujo, com uma barba de vários dias. E, ainda assim, sua figura emanava algo de nobre. *Seu filho da puta lindo*, pensou Tychus.

Apoiando-se no ombro de um guarda, Bellamy mancou até o carro enviado para buscá-lo. Tychus voltou o rosto para o céu brilhante, fechou os olhos e sorriu. A ausência de Bellamy o salvaria de puxar o carrinho.

— Façam uma pausa antes de subir a ladeira — ordenou o cabo Carter. — Findlay, prepare-se para puxar o carrinho. — Droga! O subalterno sabia das ordens e estava determinado a cumpri-las.

Antes de dar o primeiro passo, Tychus viu em frente à caixa de aço, coberta por uma espessa camada de poeira, nada menos que o precioso bastão de Bellamy. De joelhos, fingiu amarrar os cadarços do coturno para escondê-la — uma ponta na perna da calça; a outra, no cano da bota. Com o prêmio protegido, era hora de subir a colina.

Com exceção de Tychus, os prisioneiros foram guiados pela rampa de madeira sobre a qual se assentava o carrinho e, em seguida, na direção da grande pilha de rochas que os aguardava. Tychus recebeu ordens para puxar o carrinho aclive acima, para que os outros pudessem carregá-lo com as pedras.

O ar começava a esquentar, por isso Tychus tirou a camisa e caminhou até os trilhos. O carrinho endentado com formato de caixão devia pesar perto de 180 quilos. Normalmente dois ou três prisioneiros faziam aquele trabalho — não seria nada fácil.

Porém, entre pedir ajuda e falhar no teste de força, Findlay estava determinado a não fracassar. Tomando nas mãos a espessa corda usada para rebocar o carrinho, passou-a por cima de um dos ombros e inclinou o corpo para a frente. Sem mais nada para fazer, os guardas e prisioneiros assistiam.

Os ombros de Tychus mediam quase 80 centímetros de ponta a ponta; ele abaixou a cabeça e começou a puxar, e os espectadores viram seus músculos coleando feito cordas enquanto o metal rangia e o carrinho começava a se mover. Havia degraus recortados na rampa de pedra, e, em vez de pensar no peso que puxava, Findlay se concentrou apenas em posicionar os pés corretamente. Primeiro um, depois o outro, cada passo uma pequena vitória rumo ao objetivo. Finalmente, ao som de parcos aplausos, ele chegou ao topo, onde uma plataforma de metal operada por uma alavanca bloqueou os trilhos.

Nem mesmo o cabo Carter questionou o direito de Tychus de fazer um intervalo enquanto o granito era carregado no caixão de metal, o primeiro caminhão era posicionado, e o bloqueio, destravado. O trilho chacoalhou violentamente quando o carrinho desceu até a base, onde bateu num par de freios e tombou para a frente. Descarregamento terminado, era hora de repetir o processo. Tychus e o carrinho fizeram mais quatro viagens, até que, enfim, a sirene sinalizou a hora do almoço — sanduíches úmidos, meia porção de fruta e uma barra energética, que a maioria dos prisioneiros guardava para depois.

Por azar, no meio da refeição, Bellamy reapareceu. Aparentemente o ataque de Lassiter não o amaciara, e, no instante em que se juntou ao grupo, ele começou a investigar a área, em busca de algo para reclamar.

Enquanto mastigava, assistindo aos volteios de Bellamy, Tychus notou um padrão. O peidinho não estava só perambulando — procurava o bastão! Se anunciasse que estava perdido, o primeiro prisioneiro que a encontrasse acabaria com ele. Especialmente com o vasto número de cicatrizes que o bastão fizera em sua carreira. Tychus sentia o local arranhado e ferido onde o maldito bastão roçava contra sua perna, e não conseguiu conter um sorriso. Enfim, diversão.

Exatamente trinta minutos depois do início, o almoço terminava. Hora de voltar ao serviço, mas desta vez com Bellamy no comando, berrando insultos a todo instante.

Tychus começava a se cansar. O que antes fora difícil, agora era quase impossível. Seus pés pareciam feitos de chumbo, e o tempo passava cada vez mais lentamente. Mesmo com o suplemento de oxigênio bombeado pelo tubo nasal, respirar ficava cada vez mais difícil.

— Qual o problema, sargento? — zombou Bellamy, a um braço de distância. — O exercício é pesado demais pra você? Que tal outra pessoa assumir o seu lugar? Tudo o que tem que fazer é dizer.

Sem energia suficiente para caminhar e falar, com Bellamy ao pé do ouvido, Tychus prosseguia. A batida metálica anunciou que as rodas estavam travadas — aquela viagem terminara.

Sentindo-se um pouco tonto e absolutamente sedento, Tychus sabia que era importante manter a concentração. Será que Bellamy veria a isca? Se visse, o resto do plano daria certo? Um segundo depois, a resposta:

— Ei, sargento — chamou Carter. — Olha ali, entre os trilhos, a meio caminho da subida... Aquilo é o seu bastão?

Tychus seguiu o dedo em riste e o que viu o deixou satisfeito. Uma lavagem rápida durante a pausa do almoço e o bastão estava perfeitamente visível, e Bellamy partiu no mesmo instante para recuperá-lo. Tychus esperou o sargento dar alguns passos e, quando viu o pé do suboficial entre os trilhos, gritou "Não!", demonstrando preocupação com a segurança de Bellamy, mas o som do maquinário em operação era mais alto. Um encontrão com o quadril e o prisioneiro responsável pelo freio se desequilibrou, caindo sobre a alavanca. Houve um estalo metálico, e o carrinho começou a descer.

Bellamy estava curvado sobre o bastão quando a balbúrdia chamou sua atenção. O sargento ergueu as mãos como se tivesse intenção de parar o caixão de aço e, no instante em que percebeu o erro, virou o corpo para saltar. Era tarde demais. Seu grito desesperado foi cortado no meio por um som alto de impacto, que derrubou Bellamy sob os trilhos e partiu seu corpo em três pedaços de carne ensanguentada.

Todos ficaram chocados, inclusive o cabo Carter, temendo ser responsabilizado pelo acidente. Em vez de Tychus (que várias pessoas viram tentando avisar o sargento), o suboficial preferiu acusar o operador do freio por descer a alavanca cedo demais. A sentença foi de cinco dias na caixa, mas o infeliz durou apenas dois. Tychus Findlay dizia a todos que aquilo tudo tinha sido "realmente uma tristeza".

CAPÍTULO DOZE

"Quando fixo meu olhar no alvo, o resto do mundo emudece. Quase paz total. Só existimos eu, o alvo e meu pulso contando suavemente os últimos segundos de vida do trouxa. Quando completo o serviço e guardo o rifle... Bem, aí gosto de tornar o mundo barulhento de novo!"

Soldado Ryk Kydd, 321º Batalhão de Patrulheiros Coloniais, durante entrevista em Turaxis II
Julho de 2488

PLANETA TURAXIS II

Uma zona de fogo livre com mais de 90 metros de profundidade cercava Turaxis Prime e era considerada a última linha de defesa em caso de ataque de tropas terrestres kel-morianas. A faixa de terra pedregosa e sem vegetação era minada, varrida regularmente por vários detectores e tinha plataformas armadas ao redor.

Depois de nove longas semanas imersos no treinamento sem folga, e com a cerimônia de formatura marcada para o dia seguinte, mais de mil recrutas caminhavam em direção ao Portão Alfa. Era o mais próximo da cidade de Braddock.

E ainda que a comunidade civil reclamasse, a verdade é que mal podiam esperar pelo rio de dinheiro que estava prestes a correr por ali, mesmo que isso implicasse em efeitos colaterais.

Quando Ryk Kydd passou pelo Portão Alfa, seguindo um alegre grupo de colegas em direção aos prazeres que os aguardavam, sentiu a mesma empolgação que provara durante o último dia em Tarsonis. Nesse caso porque, clandestino ou não, ele estava prestes a se tornar um verdadeiro fuzileiro! E isso incluía fazer o que os fuzileiros fazem quando estão de folga. No caso, tocar o terror.

Mas não sozinho, porque não tinha graça, mas com os amigos Raynor e Harnack. Eles não eram o tipo de gente que Kydd conhecera em Tarsonis ou com quem tivera permissão para se relacionar. A união entre os três se forjara na terceira semana de treinamento, quando pegaram a mesma tarefa de merda, e Kydd descobrira uma maneira de reprogramar o robô de manutenção para fazer o trabalho por eles.

Quando criança, amava desmontar os robôs da família Bennet e remontá-los — normalmente deixando uma meia dúzia de partes sobrando. Mas, com a prática, tornou-se craque e estava certo: robôs de manutenção podem aprender a descascar batatas.

Raynor e Harnack aguardavam Kydd, que ultrapassou a zona de fogo livre e chegou à entrada de um bar tão famoso que seu nome fora tatuado em milhares de braços, pernas e outras partes do corpo de Confederados. A tradição mandava que cada recruta erguesse a primeira caneca de cerveja pré-formatura em algum canto do amplo labirinto de salas que os proprietários chamavam de *Maria Louca* antes de continuar a noite pela rua Shayanne, desfrutando de outros prazeres. Os três recrutas usavam quepes marrons, jaquetas cinza até a cintura com detalhes em marrom combinando com as calças de pregas acentuadas. Os sapatos brilhavam e estavam relativamente novos — ficavam guardados para inspeções e pouco mais do que isso.

Kydd cumprimentou Raynor e Harnack com um desajeitado soco nos ombros, e ambos riram ao ver o esforço do amigo para adotar as práticas sociais mais básicas da caserna. Há semanas eles estavam lhe ensinando tudo, de como usar gírias a arrumar a cama, e até como manusear um esfregão sônico. Kydd tinha progredido muito. Ambos se orgulhavam disso.

Os três adolescentes, na verdade, tinham mudado muito desde o início do treinamento de recrutas. Estavam esguios, fortes e, no caso de Kydd, um bocado mais confiantes. A miniatura do fuzil de precisão que ele usava no bolso no peito esquerdo era motivo de orgulho para ele e para os amigos.

— E aí, como foi? — perguntou Raynor. — Macaby acreditou em você?

— Ele disse que vai levar o meu caso para uma instância superior. Devo ter mais novidades em uma ou duas semanas.

— Então são um ou dois meses — disse Harnack, cínico. — Mesmo assim, são boas notícias, porque, logo que o velho te soltar, vamos fazer uma baita festa! E você vai pagar.

Kydd sabia que as coisas não seriam assim, Raynor também, mas os dois estavam acostumados a deixar Harnack ser Harnack.

— Muito bem — concluiu Raynor, enquanto eles seguiam em direção à *Maria Louca*. — Agora, cerveja e um rango decente! Não aguento mais a porcaria que servem no refeitório.

— Positivo! — concordou Harnack. — Forme uma fila, sigam-me e não façam prisioneiros.

Com isso, saiu desfilando pela multidão, agitando os braços e gritando:

— Abram espaço para Sua Eminência, o Imperador de Tarsonis...

Uma hora e meia depois, os três deixaram a *Maria Louca* trinta créditos mais pobres, depois de consumir duas cervejas cada, mais um gigantesco bife e uma porção enorme de batatas fritas pelas quais o bar era devidamente famoso. Estaria completamente escuro nessa hora em diversos planetas. No entanto, graças às três pequenas luas de Turaxis, que refletiam a luz no céu limpo, as noites não duravam mais do que seis horas e eram precedidas por um longo e melancólico crepúsculo.

O som martelava nos ouvidos enquanto os três andavam na rua, e, ainda que as melodias mudassem a cada bar, o ritmo parecia o mesmo, assim como o homem sorrindo para eles da soleira das portas. Produtos químicos tinham sido injetados sob sua pele para que brilhasse num azul vivo.

— Temos mulheres, homens... Todos nus, todos gostosos e todinhos seus!

— Estão com sede, garotos? — perguntou uma mulher de aparência cansada, com longos cabelos luminescentes em pé num banquinho vacilante. — A terceira dose é de graça. E temos a melhor banda dessa parte de Turaxis.

— Sou o cara que vocês estão procurando — disse um traficante alucinado, já se esgueirando até Raynor.

— Craca, sinuca, turca... Tenho de tudo.

— Um pouco de turca pode dar uma agitada nas coisas — sugeriu Harnack, parando imediatamente.

Raynor se virou e dispensou o traficante.

— Hoje não, cara.

Cutucou Harnack para que continuasse andando.

— Deixa pra lá, Hank. Você já tá animado o suficiente. Aí, vamos pro Buraco Negro. Ouvi dizer que eles têm um show maneiro.

Os outros dois estavam prontos para tudo naquele estágio e felizes de seguir Raynor quando ele virou à esquerda deixando a rua Shayanne e os guiou passando um grupo de PMs entediados até um lugar repleto de espeluncas. Neste momento viram uma imagem espectral se formar diante deles, e Harnack gemeu. Múltiplas versões do sargento de artilharia Travis os vinham perseguindo dia e noite por semanas e aparentemente os seguiram até a cidade, onde uma rede de holoprojetores estrategicamente posicionados estava sendo usada para trazer Travis até eles novamente.

— Então estão de folga, curtindo a vida — começou Travis. — É aí que um agente kel-moriano vê vocês. Ele só tem uma granada, mas isso foi o suficiente para matar três dos nossos rapazes no Estaleiro Dylariano. A guerra não acabou só porque vocês, idiotas, conseguiram licença! Uma granada pode matar todos vocês.

— Qual é! — comentou Harnack, aborrecido. A imagem tremeu quando ele passou através dela. — Travis é cheio de merda. Ele inventa essas coisas.

Raynor não achava isso, mas guardou a opinião para si enquanto a pulsação insistente da música alta os atraía para uma enorme seção de tubos que corria do prédio de dois andares até a calçada. Estavam pintados de preto, fazendo jus ao nome do clube noturno, e guardados por dois seguranças musculosos. Eles encararam o trio com desconfiança, mas os deixaram passar, e um jogo de luzes em espiral recebeu os recrutas.

— Que espelunca! — gritou Harnack por cima da batida da música, agarrando Raynor e Kydd pelos ombros enquanto os seguia para o interior do Buraco Negro.

Raynor não tinha como discordar. O lugar era barulhento, escuro e fedia a cerveja azeda e suor.

Mas eles esqueceram tudo isso diante da visão do palco, nos fundos do cômodo em espiral.

— Eita! — exclamou Harnack.

Os três recrutas olharam para a plataforma, onde uma mulher jovem de cabelo cor-de-rosa dançava sensualmente. A plateia majoritariamente masculina rugiu em aprovação quando ela tirou a parte de cima, que foi voando pelo ar. Harnack empurrou os amigos de brincadeira.

— A primeira rodada é por minha conta!

Uma garçonete seminua com muita maquiagem nos olhos apareceu e levou os três até o primeiro andar e os sentou numa mesa recém-desocupada. No caminho, Raynor notou que a maioria dos clientes eram colegas recrutas, além de outros soldados e suboficiais. Estes se sentavam numa área reservada, cercada principalmente por assentos vazios. Aparentemente, nenhum dos jovens recrutas queria comemorar perto dos superiores.

— O que vão querer? — cantarolou a garçonete, quando os rapazes se sentaram.

— Três doses do Scotty's Nº 8 com cerveja pra rebater — respondeu Harnack, dando um tapinha na bunda da garçonete. Se ela sentiu algo, não demonstrou e saiu rebolando.

— O que é Scotty's Nº 8? — perguntou Kydd, cujo pai era muito criterioso a respeito das bebidas que guardava em casa (essa, aparentemente, não tinha passado no teste).

— Scotty Bolger's Old Nº 8 é coisa fina. Confia em mim... Você vai gostar.

— Ah, não — disse Raynor, indicando sutilmente com a cabeça. — Olhem ali. Estão vendo os fuzileiros sentados naquela mesa? Dois deles são da gangue com que brigamos na *Hydrus*.

— Ih, ferrou. Acho que cê tem razão! Quem sabe não é agora que a gente termina de arregaçar com eles de vez? — comentou Harnack.

— Cê tá de brincadeira — replicou Raynor, incrédulo. — Pelo que me lembro, eles é que estavam arregaçando a gente quando os suboficiais chegaram.

— Olha lá! — exclamou Kydd. — Um deles deu tchauzinho.

Raynor bufou, chacoalhando a cabeça.

— Kydd, você não viu como foi. Não brinca com isso... Esses caras são criminosos.

— Ih, o moleque não tá mentindo — exclamou Harnack, arregalando os olhos. — Os idiotas tão acenando pra cá!

Raynor olhou para o outro lado do bar na direção dos sorridentes ex-presidiários.

— O quê...?

Ele sorriu e, ceticamente, ergueu a mão.

— Tenho que admitir... os instrutores fizeram um puta serviço nesses caras...

Raynor de repente notou que Harnack se levantara da cadeira e viu o amigo se aproximando dos fuzileiros estalando os nós dos dedos.

— Hank! Porra! — gritou Raynor, já se erguendo da cadeira também. Voltou-se para Kydd e disse: — Vou matar esse cara.

— Vou ficar esperando a bebida.

— Ótimo. Peça mais uma rodada. Precisamos sedar esse cretino antes que ele se meta em confusão.

Raynor virou-se e foi direto até Harnack.

— O-lá, meninas! — gritou Harnack ao se aproximar dos fuzileiros.

— Boa noite — respondeu um deles com um sorriso, cumprimentando-o com a cabeça de forma educada. Os outros fizeram o mesmo.

— Parece que não se lembram muito bem de mim. Deixa eu refrescar sua memória, então — provocou Harnack, curvando-se e apoiando os punhos na mesa —, sou o cara que arrebentou vocês e fez vocês chorarem chamando a mamãe.

Raynor pulou à frente, segurando Harnack.

— Senhores, por favor, perdoem meu amigo. Ele já bebeu demais, e nós estamos indo embora.

— Bobagem — interrompeu um fuzileiro. — Somos todos irmãos aqui, lutando pela mesma causa. O que quer que tenha acontecido entre nós está no passado... Considere esquecido. Por favor — convidou, apontando duas cadeiras vazias —, não querem se juntar a nós?

— Porra, não! — rosnou Harnack.

Com uma das mãos, Raynor beliscou um ponto de pressão no pescoço de Harnack, uma técnica que aprendera no treinamento, e o arrastou para longe da mesa.

— De novo, desculpem por atrapalhar — declarou por cima do ombro.

— Me larga! — Harnack sacudiu os ombros para se soltar de Raynor. — Esses caras são um bando de loucos. Que porra aconteceu com eles?

— Não sei, Hank — respondeu Raynor, levando Harnack de volta à cadeira. — O reformatório deve ser de fato muito bom ou talvez tenham apanhado muito de um instrutor barra pesada, sei lá.

Mas mesmo ao dizer isso, Raynor não conseguia disfarçar o pressentimento de que algo estranho estava acontecendo. Os fuzileiros foram simpáticos demais.

A garçonete trouxe as bebidas, e Raynor fez com a cabeça um sinal de aprovação.

— De qualquer forma, fico feliz de eles terem sido tão compreensivos, senão você teria se metido numa confusão do cacete, Hank. E não estou a fim de livrar sua cara de novo. Teve sorte.

Hank respondeu saudando Raynor com o dedo do meio.

— Uou! — disse Raynor após tomar um gole do drinque. — Que porcaria! Por que cê bebe isso?

— Ah, você vai se acostumar.

Nesse momento, a dançarina lançou a calcinha para a plateia e cinco fuzileiros tentaram agarrá-la. O cabo mais musculoso ganhou a batalha e subiu na mesa para exibir o troféu sobre a cabeça. O público caiu na gargalhada, inspirando-o a esticar a peça na cabeça como uma touca.

— Vou ver se consigo comprar essa calcinha dele — animou-se Harnack, pulando da cadeira e correndo até lá.

Rindo, Raynor e Kydd agitaram a cabeça, incrédulos. Os dois se divertiram observando o amigo oferecer dinheiro, vê-lo recusado e retornar à mesa trajando um sorriso malicioso.

— Não deu sorte? — Quis saber Kydd.

— Nada. Parece que vou ter que achar minha própria calcinha. Qual é a cor da sua, Kydd? — perguntou, piscando.

Kydd socou o ombro de Harnack, e os três morreram de rir.

A dançarina se despediu, e o palco escureceu. Logo caíram do teto duas trapezistas que iniciaram uma série de acrobacias mortais. O fato de estarem nuas tornava a *performance* ainda mais interessante, e a plateia estava hipnotizada — até Harnack. Enquanto isso, uma segunda rodada chegou e acabou rapidamente, seguida de outra rodada vinte minutos depois.

O Buraco Negro estava cheio a ponto de transbordar. E, ainda que Raynor estivesse um pouco bêbado, o rapaz notou que o público tinha mudado. Agora havia mais pessoal da força aérea no bar — todos vestidos com uniformes pretos e, aparentemente, todos da mesma nave. Ouviam-se as brincadeiras de sempre sobre a eterna rivalidade entre pilotos e fuzileiros, mas as coisas iam bem até que um piloto bêbado derrubou bebida num fuzileiro beligerante, e aí a casa caiu.

Harnack deu um grito de alegria ao ver socos voando por todos os lados. Raynor percebeu que os ex-presidiários continuavam sentados na mesa enquanto mais e mais gente se levantava para entrar na briga. Alguém atacou Kydd quando ele voltava do banheiro, e Harnack caiu em cima imediatamente para defender o amigo. Isso atraiu mais pilotos na direção deles, e Raynor de repente se viu no centro da luta.

Não era a primeira briga desse tipo no Buraco Negro, e, justamente por isso, as mesas e cadeiras eram aparafusadas ao piso, impedindo que os móveis se tornassem armas e também limitando tanto a gravidade das lesões nos clientes quanto o estrago no bar.

Mas os proprietários não queriam hospedar nenhuma briga. Logo ouviu-se uma sirene ao longe, e a PM chegou. Raynor, que trocava socos com um oficial corpulento e atarracado nessa hora, acertou um cruzado de direita. Ao atingir a mandíbula do marujo, o choque do golpe vibrou por todo o braço de Raynor. Quando viu o os olhos do suboficial se revirarem, soube que aquela batalha particular fora vencida.

Os PMs começaram a dispersar a multidão. Raynor sabia que ele e os amigos precisavam escapar ou seriam presos. Aproveitou a vantagem da vitória momentânea para gritar:

— Harnack! Kydd! Por aqui!

E como vinham fazendo nas últimas nove semanas, os outros dois atenderam, obedientes. Infelizmente, alguns brigões estavam bloqueando o caminho para a cozinha. Quando um fuzileiro ensanguentado apareceu no caminho de Raynor, este empurrou o homem na direção de um piloto que berrou palavrões ao cair.

Raynor guiava o ataque, passando por cima dos inimigos em luta e, sem querer, empurrou a porta de vaivém da cozinha contra uma aturdida garçonete ao entrar com pressa. Mortificado, Raynor baixou os olhos e notou que a parte da frente do vestidinho dela fora atingida de um lado por um bolo de chocolate e do outro pelo que parecia ser uma torta de "framorango".

Ele abriu a boca para se desculpar e foi saudado com um soco no nariz. Raynor se desequilibrou, apoiando-se em Harnack e Kydd, mas a mulher o xingava enquanto continuava o ataque, pegando o chocolate do avental para jogar em seu rosto.

— Ei! Porra! Para com isso... A gente só quer sair daqui — suplicou Raynor, dolorido, enrolando a língua por causa da bebida e balbuciando através da mistura de chocolate e sangue que agora cobria seu nariz e boca.

Dois cozinheiros vestidos de branco apareceram atrás da garçonete. Um deles a levantou pelos braços enquanto ela berrava.

— Me solta! O que está fazendo?

— Fica calma, April. A gente resolve — afirmou o cozinheiro ao colocá-la no chão.

April deixou a cozinha pisando firme, limpando o vestido com raiva.

— Aí, seu cuca, deixa a gente dar o fora daqui e ninguém vai se machucar. Senão vou quebrar seus ossos, um por um — ameaçou Harnack, tentando parar os soluços.

Com um cutelo, o cozinheiro apontou para os fundos da cozinha.

— Saiam, idiotas. E nunca mais voltem aqui. Minha especialidade é cortar carne. Entenderam?

Ele acenou com o cutelo, arrancando gargalhadas dos outros *chefs*.

— OK, vamos embora! — gritou Raynor se erguendo e correndo até os fundos. Agarrou um trapo no balcão e rapidamente limpou o rosto antes jogá-lo desajeitadamente no chão.

Raynor viu Kydd hesitar enquanto passava com nervosismo pelos cozinheiros, que assistiam à corrida com os largos braços cruzados.

— Vamos!

Os três recrutas atravessaram a porta dos fundos, cientes de que, sem dúvida, os PMs conseguiriam se desvencilhar da multidão briguenta e chegariam ali para prendê-los a qualquer momento. Saíram no estacionamento dos fundos.

Eles se dividiram, buscando uma forma de escapar, mas não acharam nada. Até que Raynor encontrou uma hover-moto Abutre, de um verde-oliva monótono, parada ao lado de um carro de combate — provavelmente de algum dos PMs chamados ao local. *Como é que vou dirigir essa coisa?*, pensou Raynor, a cabeça num turbilhão de dúvidas. Mas sabia que não tinha alternativa.

— OK, aqui está nossa carona, pessoal. Corram, subam na traseira.

Harnack soltou uma risada quando se aproximou e pôde ver o rosto de Raynor com clareza pela primeira vez depois do incidente do chocolate.

— Mer'mão, sua cara tá coberta de merda! Literalmente, você tem merda na cara, Jimmy!

Kydd uivava de rir.

Raynor limpou o resto do chocolate do rosto com a manga da camiseta e então se endireitou.

— OK, é sério. Temos que ir agora.

O Abutre balançou um pouco quando Raynor passou a perna para o outro lado e encarou o painel de direção. Com o longo bico aerodinâmico, uma poltrona grande o suficiente para um soldado de armadura ficar confortável e dois poderosos motores, o Abutre tinha guidões comuns, mais alguns simples instrumentos. O que poderia dar errado?

Graças ao fato de Raynor não estar usando uma armadura, havia espaço suficiente para Harnack se encolher atrás dele, o que deixava Kydd sem ter onde se sentar.

— Você acha que consegue ficar atrás, Hank? — perguntou Raynor, olhando a parte traseira da máquina por cima do ombro. — Isso... Apoie os pés e incline-se para trás. Parece que o compartimento do motor aguenta.

Kydd claramente não queria ficar para trás, então, enquanto Raynor ligava o motor, ele se ajeitou no assento. Estavam espremidos, e o peso extra fazia o Abutre afundar de forma preocupante. Mas não havia tempo para considerar detalhes numa situação daquela. Então alguém gritou:

— Parem!

E um apito soou.

Raynor acionou o acelerador esquerdo, sentiu a moto sacudir e viu a letra "D" aparecer no painel. Quando dois PMs corriam para cercá-los no estacionamento, Raynor pisou fundo no acelerador. Foi um erro porque, com dois motores e nenhum atrito das rodas contra o solo para desacelerar o Abutre, tratava-se de uma máquina realmente veloz. Kydd quase caiu para trás quando a moto decolou, Harnack uivou de alegria, e Raynor viveu um momento de pânico ao resvalar na lateral de um carro estacionado.

Desacelerando e fazendo força para virar o guidão, Raynor conseguiu guiar o Abutre para fora do estacionamento e chegar à rua. Saíam faíscas da moto sobrecarregada quando ela resvalou no chão, depois subiu uns 6 centímetros e acelerou novamente.

Talvez Raynor conseguisse levar o Abutre até uma rua silenciosa e abandoná-la, mas o carro de combate iniciou uma perseguição.

Apesar de não ser tão rápido quanto o Abutre, o veículo era mais bem guiado e conseguia acompanhar a velocidade da moto.

Raynor olhou pelo espelho retrovisor, viu luzes piscando e virou numa rua principal. Já era noite, mas as luas do planeta e o céu limpo iluminavam o suficiente enquanto Raynor costurava os outros veículos. O fundo do Abutre raspava o chão cada vez que a moto se inclinava mais de três graus à direita ou à esquerda, soltando faíscas.

— Eles estão nos alcançando! — avisou Harnack, berrando no ouvido direito de Raynor. — Vá mais rápido!

Raynor girou o guidão e sentiu a máquina acelerar. Passavam rápido pelas placas e sinais e um deles dizia algo sobre "Polícia", mas Raynor não conseguiu ler o resto da mensagem ao passar da interseção; foi quando viu a placa com o símbolo em "T" e soube que tinha que virar à direita ou à esquerda. Infelizmente, estavam indo muito rápido.

O meio-fio colidiu contra ele, e ouviu-se um terrível rangido no momento em que o Abutre capotou por cima da área interditada antes de aterrissar num gramado perfeito. A grama subia por uma suave inclinação onde havia uma placa baixa, que ficara aos pedaços quando o Abutre bateu contra ela.

Kydd escapara sem arranhões, Harnack ficou entalado entre Raynor e o compartimento do motor, e o computador de bordo da moto se desligou quando ela derrapou até parar a poucos passos da porta de entrada do prédio.

Raynor penou para se levantar e se voltou para ajudar Harnack enquanto Kydd cambaleou pelo gramado para alcançar o quepe, que aterrissara a metros de distância.

— Eu dirijo da próxima vez — disse Kydd calmamente, dando tapinhas no uniforme. — Anda, levantem logo, cacete.

Não era bem uma piada, mas os outros acharam hilário e desabaram no gramado rindo.

Todos os três foram presos quatro minutos depois.

CAPÍTULO TREZE

"Tropas Confederadas deram hoje um apoio fundamental às fortificações nucleares de Char, durante uma batalha renhida, contribuindo para rechaçar as forças kel-morianas. O capitão Trelmont, do 2º Regimento, parabenizou os soldados durante uma coletiva de imprensa, afirmando: 'Se não fosse pelos leais cidadãos Confederados que reforçam nossas linhas, os homens e mulheres que pegam em armas na defesa do acordo unificado, teríamos perdido nosso planeta hoje.'"

Max Speer, *Jornal da Noite* para a UNN
Agosto de 2488

PLANETA TURAXIS II

Depois de passar a noite numa espaçosa cela especial para baderneiros, Raynor acordou com o barulho de alguém batendo em uma lata de lixo, gritando:

— 'Cabou a festa! Todo mundo pra casa!

Raynor estava com uma dor de cabeça latejante. Gemeu de dor ao se sentar e colocar os dois pés no chão. O beliche balançou quando Kydd pulou da cama de cima e aterrissou com um baque.

— Bom dia, Jim! — saudou alegremente. — Você tá um lixo.

Raynor estava prestes a dizer "você também", mas percebeu que não era verdade.

O uniforme de Kydd estava amassado e um pouco sujo. Tirando isso, estava pronto para passar por uma inspeção completa, até o par de sapatos lustrados.

Raynor franziu a testa, e até isso doía.

— Como você parece estar tão bem?

— Acordei, tomei uma ducha sônica e usei um dos kits de barbear que os carcereiros dão — respondeu Kydd, todo contente. — Vamos nos tornar fuzileiros hoje, entende... Temos que estar impecáveis.

— Você não é um fuzileiro. É um esquisito do caralho — reclamou Raynor com amargura. — Cadê Hank?

— Bem aqui — chamou Harnack, bocejando, ouvindo ordens e vendo os outros prisioneiros marchando para fora das celas. O quepe sumira, a camisa fora rasgada, e a calça tinha manchas de grama. Suas pálpebras pesavam, mas conseguia sorrir ao caminhar meio cambaleante. — Nós nos divertimos? Não consigo lembrar.

— Nós nos divertimos muito! — informou Kydd. — Venham... Os PMs vão fazer a gente marchar de volta à base.

— Vão fazer o quê? — questionou Raynor, mas Kydd já caminhava em direção à porta.

Os outros não tinham muito a fazer senão segui-lo até o estacionamento, onde se agrupavam os militares. Ali, um pelotão de PMs os esperava. A maioria exibia sorrisos condescendentes em vez das expressões zangadas que Raynor esperara ver. Ele se perguntou em voz alta:

— Por que todo mundo está sendo tão simpático?

— Em posição! — ordenou um dos subofíciais rispidamente — Façam duas formações de seis fileiras cada com os idiotas mais altos no fundo. Fuzileiros, aqui. Pilotos, ali.

— Acho que eles já passaram por isso — comentou Harnack, enquanto os três entravam em formação.

Mais comandos transformaram magicamente as primeiras fileiras de pilotos numa coluna de duplas. Quando o pessoal da frota começou a marchar, os fuzileiros seguiram.

— Preciso mijar — resmungou Raynor.

— Mire no Kydd — respondeu Harnack, alto o suficiente para que ele ouvisse. — Ele tá me dando nos nervos hoje.

O amigo olhou para trás e sorriu.

— Sabia que você é um grande escroto?

— Ah, qualé. Você viu Raynor atirando. Ele não consegue acertar merda nenhuma.

— Ah, essa foi demais! Agora você tá ferrado — ameaçou Raynor, e deixou o pé na frente de Harnack.

Depois de se desequilibrar rapidamente, Harnack recuperou o passo, e os três recrutas esconderam os sorrisos enquanto os PMs os guiavam pela rua.

A passagem pelo centro da cidade poderia ter sido prolongada para humilhar os rapazes, caso o sargento não estivesse com um uniforme manchado de cerveja e um olho roxo. Ele manteve a cadência, e os fuzileiros mantiveram o passo, assim como os pilotos. Cabeças se erguiam, ombros se endireitavam, e o antiquíssimo comando "direita, esquerda, direita, esquerda" ecoava nos prédios enquanto as tropas marchavam pela cidade.

De repente, Raynor se sentiu melhor. A manhã era ensolarada. No céu, via as trilhas de fumaça das aeronaves. Ficava contente de estar ali — mesmo que a cabeça latejasse cada vez que ele pisava forte. Alguém começou a cantar uma marcha militar. Mais vozes se juntaram, e o percurso até a base deixou de ser uma retirada e se tornou um triunfante desfile. A cidade de Braddock fora saqueada e conquistada.

Ao retornarem para a base, Raynor, Harnack, Kydd e os outros homens receberam ordens de voltar para o quartel, onde o sargento de artilharia Ruivo Murphy os aguardava. O instrutor perdera um braço, uma perna e um olho em ação e, ao optar por uma prótese eletromecânica em vez de membros produzidos em laboratório como a maioria preferia, parecia mais um robô do que um homem. Ainda por cima, as partes mecânicas zuniam e trincavam a cada movimento.

No entanto, se os membros mecânicos não tinham uma aparência tão boa quanto os de carne e osso, eram ao menos funcionais e garantiam uma credibilidade ameaçadora que o sargento não teria de outra forma. Como outros instrutores, era um ótimo ator. Mas agora suas ameaças não surtiam efeito, já que os rapazes sabiam que às 15h já estariam formados.

A essa hora, Macaby e os cidadãos de Braddock estavam cientes do que ocorreria quando a Corporação liberasse centenas de recrutas na cidade. Mas a aparência é importante para a disciplina, de tal forma que Murphy fingiu descascá-los e eles fingiram ouvir.

Finalmente, quando o discurso acabou, o suboficial os liberou para tomar banho, comer algo e se preparar para a inspeção às 14h.

Nem Raynor nem Harnack queriam comer, mas Kydd, sim — para repulsa dos amigos. O que Raynor queria era ligar para casa. Não sabia que horas eram em Shiloh, mas achava que os pais gostariam de ouvi-lo independentemente disso, principalmente num dia tão importante. Para usar o telefone interplanetário, pagaria o equivalente ao soldo de algumas semanas, mas valeria a pena para ouvir a voz deles.

Antes de completar a ligação, precisava ficar numa fila de quinze minutos para ter acesso a uma das duas dúzias de cabines de comunicação disponíveis para os recrutas. Finalmente, depois de passar por uma série de amplificadores de sinal e retransmissores, Raynor ouviu o telefone tocando. Então, no sexto toque, escutou a voz do pai. A transmissão de vídeo custaria o dobro, portanto, teria de se contentar só com o áudio.

— Não sei quem é, mas é melhor ter uma baita de uma razão para ligar às duas da manhã — reclamou Trace.

— Sou eu, pai. Só queria contar que vou me tornar um fuzileiro daqui a duas horas. Vamos nos formar.

Raynor riu quando o pai gritou.

— Acorda, amor, é o Jim!

Já desperto, Trace Raynor afirmou:

— Poxa, é muito bom ouvir a sua voz, filho... Queria poder vê-lo na cerimônia.

— Cada um vai ganhar um vídeo — respondeu Jim. — Mando assim que receber. Como estão as coisas?

— Tudo bem — limitou-se a dizer Raynor —, tudo bem... Só um segundo... Fale com sua mãe.

Jim conhecia todas as inflexões do pai. A hesitação na voz do velho levava-o a questionar se as coisas de fato estavam bem ou se Trace Raynor escondia algo. Depois que a mãe perguntou sobre a saúde do filho e para onde ele deveria ser mandado após a formatura, Jim fez a mesma pergunta a ela.

— Então, mãe... papai diz que está tudo bem... mas ele diria isso mesmo se o robô ceifador explodisse. Conto com você para dizer a verdade.

— Bem, há um novo regulamento. Cada fazendeiro deve comprar uma licença de funcionamento. Elas custam dois mil créditos. Isso foi uma pancada, de certa forma... Mas tem boas notícias. Graças ao seu bônus pela contratação conseguimos pagar! Então está tudo bem — resumiu Karol Raynor.

Ela omitiu o fato de que a licença consumira dois terços do bônus, o que significava que eles não conseguiriam pagar os impostos como planejado. Jim começou a pensar se ter se alistado fora de fato uma boa ideia. Mas ele não diria isso à mãe. Falou somente que estava feliz em ouvir isso e mudou cautelosamente de assunto.

— Você tinha que ver o Tom... Perdeu mais de quatro quilos, consegue fazer cem flexões e diz até que está bonito. Ele mandou um alô e agradeceu os biscoitos que você mandou. Ele comeu seis, então pode falar mesmo.

Karol riu.

— Pode dizer a Tom que outro pacote está a caminho.

Depois de uma sincera despedida, era hora de Raynor entregar o telefone à próxima pessoa. Foi bom saber que os pais estavam bem, ainda que a conversa tivesse deixado uma desagradável sensação no estômago.

Depois de tomar banho e se barbear, era hora de colocar a antiquada armadura da série CFC-200 com a qual treinaram por semanas. Cada uma acumulara milhares de horas de uso antes de ser usada no treinamento, por isso cheiravam mal.

Só vinte por cento dos trajes estavam prontos para o combate a qualquer momento, mas ainda tinham boa aparência, graças às incontáveis horas que cada recruta era obrigado a passar lavando, polindo e retocando a pintura. A atenção aos detalhes não acabava aí. Cada rifle Gauss fora limpo, lubrificado e inspecionado para que não houvesse nem um pontinho de sujeira ou ferrugem.

Depois de conferir um ao outro, os recrutas se encaminharam até a pista, onde passariam pela inspeção final, que antecederia a divisão da tropa por cores. Durante a cerimônia, cada companhia levaria uma bandeira pertencente ao batalhão em honra às unidades de que muitos dos recém-formados fuzileiros logo fariam parte.

Será que as pessoas no palanque conseguiam ver uma sujeirinha a dezenas de metros de distância? Murphy dizia que sim, mas Raynor sabia que era absurdo. Também não fazia diferença.

Depois da inspeção, Murphy afirmou que estava muito feliz com os resultados e estava visivelmente orgulhoso enquanto a bandeira do 2º Batalhão, 3º Regimento de Fuzileiros era entregue à guarda de quatro pessoas da companhia. Escolhido para marchar ao lado direito da bandeira com um rifle Gauss no ombro, Kydd estava radiante de orgulho.

Depois de mais quinze minutos de espera para todas as unidades se posicionarem, o sargento deu a ordem, quase perdida em meio ao barulho, e uma rápida série de rufadas de tambor se seguiu. As tropas começaram a marchar. A banda tocou "Pela eterna glória da Confederação", seguida de marchas alegres, enquanto cada companhia fazia o circuito completo na pista antes da pausa ensaiada exaustivamente em frente ao palanque.

Por sorte, a companhia de Kydd estava no centro da formação, e a guarda das bandeiras estava logo em frente ao palanque. Então, quando Macaby se levantou para apresentar o convidado de honra do batalhão, Kydd não só ouviu como viu o Honorável Cornelius Brubaker, um dos melhores amigos do seu pai.

Quando Brubaker começou o discurso, Kydd se sentiu tentado a sair da linha e correr adiante, forçando a própria expulsão da Corporação. Não conseguiu agir, no entanto, porque apesar de acreditar no sucesso da estratégia, estragaria a cerimônia dos amigos. E mais: dada a promessa de Macaby de levar o caso às instâncias superiores, não havia por que fazer cena. Quando os comandantes entrassem em ação, a justiça seria feita. Enquanto isso, seria ótimo se sentir de fato bom em algo e incluído na organização por conta dos feitos pessoais e não devido ao nome que recebera ao nascer.

Kydd manteve-se em posição de descanso, os olhos à frente, enquanto Brubaker agradecia os fuzileiros recém-formados pela dedicação e pelo sacrifício. Nesse momento ele se lembrou de que o rifle em seu ombro fora manufaturado por uma subsidiária da *Brubaker Holdings* — o que significava que tanto Brubaker quanto sua família tinham lucrado muito com as guerras. Assim como as Indústrias Bennet. Na verdade, quanto mais pessoas morressem e equipamentos fossem destruídos, melhor seria para as Famílias Antigas. Não à toa Brubaker aceitara discursar.

Quando Brubaker terminou sua fala e retornou à cadeira, Macaby voltou ao palanque.

— É meu prazer e honra eternos recebê-los no Corpo dos Fuzileiros Confederados — começou o oficial. — Como sabem, quando os fuzileiros completam o treinamento básico, normalmente são enviados ao Treinamento Avançado de Infantaria, o TAI. Contudo, devido a uma situação excepcional em Turaxis II, temos a oportunidade de colocá-los numa situação de combate real em vez de cenários de teste.

Nesse momento, o sargento do batalhão gritou:

— Ip, ip...

E os fuzileiros completaram:

— Hurra!

Macaby sorriu com condescendência, como para sugerir que podia ler pensamentos.

— Sei que vocês todos querem sair para lutar contra os kel-morianos o mais rápido possível! Mas não seria uma boa ideia lançá-los diretamente numa situação de combate sem uma experiência extra. Então vocês passarão as primeiras semanas bem longe das linhas de frente. Quando os oficiais comandantes decidirem que estão prontos, vão subi-los de posto. Em resumo, será uma boa forma de dar apoio às nossas unidades e ao mesmo tempo provê-los com o treinamento adicional necessário.

"Ao retornarem para os quartéis, vocês vão receber as ordens específicas, os horários de saída e equipamento de campo adicional. A armadura será entregue no momento em que chegarem à central de comando. Mais uma vez, parabéns e boa sorte."

Nesse momento, o sargento gritou:

— Ateeen-ção!

Ouviu-se um estrondo quando o batalhão obedeceu. E depois de três segundos veio a ordem:

— Dispensados!

Todos comemoraram, e Raynor, Harnack e todos os outros arremessaram os quepes para o alto.

Durante a celebração, ninguém notou a figura quase transparente que se materializara numa passarela de aço acima. Nem mesmo ouviram o que a aparição tinha a dizer:

— Alguns de vocês vão liderar, outros vão seguir. Quem liderar deve usar as vidas dos outros com sabedoria; quem seguir, deve se dar com alegria. Vocês têm laços em comum, e, quando morrerem, será um pelo outro.

Então, como espírito que era, o sargento de artilharia Travis desapareceu.

BASE AÉREA BORO, NO PLANETA TURAXIS II

A jornada da pista de pouso adjacente de Turaxis Prime até a Base Aérea Boro era de mais de 11 mil quilômetros, a bordo de uma superlotada nave de transporte pesado de quatro motores das Indústrias Bennet. O gigantesco veículo fora projetado para transportar de tropas a tanques, o que significava que pouca atenção fora dada ao conforto. Os mais de trezentos homens tiveram de se aglomerar por entre as fileiras de assentos removíveis. Havia pouco a fazer a não ser bater papo, usar os aplicativos dos fones recém-devolvidos e tirar um cochilo desconfortável enquanto o veículo zunia até o destino final.

Raynor e Kydd, que gostavam de ler e ouvir música, levaram a viagem a contento. Para Harnack foi mais difícil: dormiu pouco e passou a maior parte do tempo incomodando quem estava sentado por perto.

Raynor ouvia a música mais recente enviada por Kydd, franzindo a testa. Puxou um dos fones de ouvido e comentou com Kydd:

— Isso tá meio devagar, Ryk... E que diabo é uma fuga?

— É uma composição polifônica imitativa na qual um tema ou diversos temas são apresentados sucessivamente em todas as vozes da estrutura contrapontística — respondeu Kydd, factualmente. — Continue ouvindo, você vai gostar.

Raynor assentiu com a cabeça, colocou o fone de volta e, disfarçadamente, trocou para "Bate-coxa de Mar Sara", dos Garanhões.

Quando a nave entrou no hemisfério leste de Turaxis II, quatro Vendetas passaram a escoltá-la, pois o veículo era um alvo atraente para os guerreiros kel-morianos. Quando o trem de aterrissagem finalmente atingiu o solo e a nave taxiou até o que parecia ser um novo terminal, os fuzileiros saíram, alegres, prontos para pegar os pertences da pilha de sacos retirada dos compartimentos de carga.

— Caceta, como é bom sair daquela lata de lixo! — exclamou Harnack, quando os três já estavam na fila para resgatar os sacos B-2.

— Já que a minha família construiu aquela lata de lixo, como você diz — replicou Kydd alegremente —, vou repassar as suas reclamações ao meu pai no momento em que ele aparecer.

— O que só ocorrerá daqui a cem anos — ironizou Harnack. — Encara logo isso, riquinho, cê vai ficar aqui por um bom tempo.

— E você está no meio do caminho — interrompeu Raynor, enquanto os fuzileiros pegavam a bagagem e saíam. — Mexa esse rabo.

Divididos em contingentes numerados, os novatos, levando quilos de equipamentos e pertences pessoais, foram guiados pelo portão de segurança até um antigo hangar. Longas fileiras de caixas abertas e mesas esperavam por eles. Raynor teve que parar diante do leitor de retinas, e, ao ser ordenado a entrar no recinto, um cabo do outro lado da mesa entregou-lhe um rifle E-9. Kydd soltou um grito de alegria ao receber uma Bosun FN92, e Harnack ganhou uma espingarda SR-8. Kits de limpeza, bandoleiras e munição foram distribuídos ao longo da fila. Passaram também por um sargento de expressão severa cuja única responsabilidade era dizer:

— Não carreguem as armas até que recebam ordens.

Havia mais, muito mais instruções para tudo, desde como chegar ao refeitório a que tipo de equipamento os fuzileiros recém-chegados deviam carregar de manhã. Meia hora depois, eles foram dispensados, e, quando Raynor saiu do Ponto de Encontro Alfa, percebeu que algo tinha mudado. Em vez de seguir a marcha para jantar, ele estava livre para fazer o próprio caminho. Não era uma mudança radical, mas talvez um sinal de que não estavam mais em treinamento, e isso era bom.

Depois de serem arrancados da cama às 5h, os fuzileiros receberam comida, ordens para guardar os equipamentos e subir em um dos três caminhões militares. Um quarto veículo foi carregado com os sacos B-2, que eles não veriam novamente até chegarem ao Forte Howe. Onde quer que isso ficasse. Enquanto os caminhões pegavam uma estrada de quatro faixas, Raynor pensava que seria um dia longo e cansativo. Ali se tornaram parte do fluxo metálico que seguia em direção ao sudeste, onde as batalhas se concentravam.

 A temperatura começou a aumentar à medida que o sol subia no céu, e os fuzileiros levantaram o tecido à prova d'água que protegia a área de carga e deixaram o ar abafado fluir pela traseira do veículo. Eles se sentavam um de frente para o outro, de costas para a estrada. Raynor tentava enxergar o que fosse possível.

 A princípio, tudo parecia normal quando o longo comboio adentrou as terras agrícolas cenográficas, passando por pontes rústicas e pequenos povoados. Mas, depois de uma pausa para comerem as rações num empoeirado desvio de uma estrada de ferro, o cenário bucólico começou a mudar.

 Raynor viu os primeiros sinais de guerra nos irreparáveis equipamentos. VCEs faziam consertos em campo, mas não tinham como salvar os tanques destruídos pelo fogo ou as toneladas de destroços não identificáveis que ele via passar. Era uma visão chocante.

 O comboio passou por pequenas cidades que tinham sido alvo de ataques aéreos, com ônibus incendiados arrastados para fora da estrada e campos transformados em favelas. Essas eram as piores imagens: adultos de aparência fatigada só olhavam os caminhões passando, enquanto crianças magrelas corriam entre eles, erguendo as mãos. Raynor jogou toda comida que tinha, e outros fizeram o mesmo, mas ele sabia que poucas latas de frutas e barras energéticas não fariam muita diferença.

— Não teve nenhum confronto lá em casa ainda — comentou Raynor com Kydd, enquanto passavam pelo último acampamento —, mas se a guerra chegar a Shiloh, meus pais podem acabar assim.

Kydd assentiu, mas desviou os olhos, pensando nos próprios pais. Eles, assim como a maioria das Famílias Antigas, estavam a salvo em mundos Confederados importantes e bem protegidos como Tarsonis.

— Não acredito que está assim tão ruim — disse Raynor.

— Nem eu.

— Isso não parece ter solução. O que podemos fazer para ajudar essas pessoas?

— Não sei. Acho que só cumprir ordens e esperar que isso faça diferença.

— Não achei que seria assim.

— Nem me fale.

Ficaram em silêncio por algum tempo enquanto passavam pelo cenário depressivo. Raynor se virou e viu que Harnack jogava dados silenciosamente com um marujo de olheiras fundas chamado Max Zander. Raynor ficou feliz de ver que o tempestuoso amigo achara algo para fazer que não fosse irritar todo mundo — ainda que no fim ele perdesse quase todo o dinheiro.

As pessoas que conhecera no treinamento começavam a mudar, o que incluía Hank. Ele ainda era um pavio curto, imprevisível quando de folga, mas era certinho o resto do tempo. Na verdade, era raro um suboficial achar qualquer deslize tanto no uniforme quanto na arma de Hank.

Passaram aquela noite numa área de descanso militar, que consistia em dormitórios subterrâneos, escavados no solo e depois cobertos com uma grossa camada de terra. Os tanques de água, a fossa séptica e os depósitos de suprimentos, essenciais para o funcionamento do local, também estavam enterrados. Na verdade, só era possível ver na superfície o centro de comando, a estação de comunicação adjacente e o polo de engenharia. Não era nada refinado, mas era confortável, dadas as circunstâncias.

Raynor teve que ficar uma hora de guarda naquela noite, o que era um saco porque precisava acordar no meio da noite para então voltar para a cama, depois do seu turno. Pelo menos nada ocorreu. Voltou a dormir sem problemas e se sentiu até bem descansado quando levantou de vez pela manhã. Era hora de se limpar, comer algumas rações e embarcar novamente nos caminhões.

O sol parecia pouco mais do que uma ferida amarela num céu acinzentado. O tempo estava quente e úmido, indicando que talvez chovesse mais tarde. Raynor sentia a camiseta colando nas costas quando seguia Harnack para subir nos caminhões. O veículo ficara em ponto morto por nenhuma razão justificável, ainda mais considerando a escassez de combustível na base. Isso o irritou, mas ele não estava na posição de fazer qualquer coisa a respeito.

Prontos para sair, os caminhões seguiram numa autoestrada congestionada para o que prometia ser mais um dia entediante. Um dos fuzileiros tinha um terminal de mídia potente com uma seleção de batidas *tecno* de Rilian, que ele deixava tocar no último volume, e os vocais e a melodia se fundiam ao som ambiente criando uma trilha sonora para a viagem.

Começou a chover, mas não muito forte, e os fuzileiros decidiram deixar somente os painéis laterais levantados, o que significava ser alvo da lama salpicada pelos veículos que seguiam na direção oposta. O comboio então entrou num vale verdejante, onde montanhas de entulho carbonizado sinalizavam o que um dia fora uma lucrativa fazenda de musgo.

Será que os fazendeiros ainda estavam vivos? Morando em campos de refugiados? Ou tinham sido mortos? Não dava para saber, e Raynor pensava nos pais quando o primeiro Urutau kel-moriano saiu das nuvens e abriu fogo. Um caminhão explodiu, outro foi de encontro a uma bola de fogo, e alguém começou a gritar.

CAPÍTULO QUATORZE

"O documentário 'O preço da guerra', uma série da UNN em quatro capítulos, foi tirado do ar por censores militares. Considerada difamatória, desonesta e antipatriótica pelo Fórum Bandeira Verdadeira, a série buscava mostrar uma perspectiva transparente das vidas perdidas durante o combate kel-moriano. Preston Shale, presidente da UNN, participará de uma coletiva de imprensa à tarde."

Max Speer, *Jornal da Noite* para a UNN
Setembro de 2488

PLANETA TURAXIS II

Eram três naves inimigas no total, deslizando a uma distância de menos de 50 metros da autoestrada e atirando à medida que se aproximavam. Canhões na dianteira regurgitavam raios radiativos nos veículos atarracados, enquanto foguetes saltavam debaixo das asas e partiam para a destruição. Alguns atingiam o alvo, outros não. As explosões levantavam colunas de destroços no ar.

Por um golpe de sorte, o caminhão dois, onde Raynor e os amigos estavam, foi poupado na primeira investida, e ele se viu de pé gritando.

— Saiam! Corram! Escondam-se!

Os Urutaus pararam, voaram num preguiçoso círculo num canto do vale e se dirigiram novamente para o norte. Raynor e os outros fuzileiros estavam agachados num campo vizinho nesse momento, com as armas erguidas e atirando loucamente.

— Passa fogo! — gritou Raynor, lembrando-se das aulas no treinamento.

Mas sabia que era pouco provável que derrubassem uma das naves.

Explosões sucessivas se seguiram pela autoestrada quando os pilotos kel-morianos metralharam o comboio uma segunda vez. Uma tempestade de tiros de pequeno calibre convergiu na nave dos dois lados da estrada. Raynor ouviu gritos de comemoração quando o segundo Urutau vacilou, deixando escapar um rastro fino de fumaça preta, e foi forçado a fugir. Os fuzileiros não tinham derrubado a nave, mas causaram danos suficientes para mandá-la de volta para casa arrastando-se sob a cobertura dos outros Urutaus. A batalha toda durou poucos minutos, mas destruiu dois caminhões e avariou outro. O quarto veículo, carregado de equipamentos, não sofreu um arranhão. Por incrível que pareça, dada a amplitude da destruição, as baixas se limitaram a um morto e dois feridos.

Uma vez que os fuzileiros eram substitutos e ainda não tinham sido integrados às companhias regulares do Forte Howe, não possuíam uma estrutura de comando própria. O único motorista que sobreviveu, o cabo Hawkes, assumiu o comando e ligou para a fonte mais próxima de ajuda em potencial, um posto avançado chamado Base Zulu. O rosto de Hawkes não denunciava qualquer sentimento enquanto ele ouvia uma série de ordens entremeadas por palavrões. Quando terminou de baixar as ordens, ele assentiu.

— Entendido, senhor. Vou dar um jeito nisso. Câmbio, desligo.

A primeira tarefa de Hawkes foi designar três líderes temporários de pelotões, o que ele deveria fazer com base no que vira dos novatos até então. Foi assim que Raynor acabou no comando do segundo pelotão, que incluía Harnack, Kydd e Zander. Hawkes encarou Raynor.

— Consegue dirigir um caminhão?

— Sim, cabo, dirijo qualquer coisa — respondeu Raynor, com sinceridade.

— Desde que não seja um Abutre — brincou Harnack baixinho, a poucos metros de distância.

— Ótimo — replicou o cabo. — Use o caminhão quatro para tirar o um e o dois da autoestrada antes que se forme um engarrafamento. Quanto ao número três, não sei se está funcionando. Alguém no grupo sabe mexer num motor?

— Posso dar uma olhada — disse Zander, com alguma modéstia, e o suboficial aceitou rapidamente a ideia.

— Ótimo. Faça isso. Se não conseguir arrumar, avise Raynor. Ele o tira do caminho também. E vocês — anunciou Hawkes, olhando ao redor —, têm dez minutos para pegar seus sacos B-2, se é que eles ainda existem, e se prepararem para uma deliciosa caminhada. Porque mesmo se o caminhão três pegar no tranco, não vai ter transporte para todo mundo.

Com o pelotão a reboque, Raynor ultrapassou a nuvem de fumaça dos caminhões um e dois, viu Zander zarpando para examinar o terceiro e foi direto até o último veículo, que estava judiado, mas ainda funcionava.

— Ei, Hank! — chamou Raynor ao entrar no veículo. — Parece que está começando a formar um engarrafamento. Leve o resto do pelotão até os carros e diga aos motoristas que me deem um tempo. E não deixe ninguém abaixo de general passar na frente. Preciso de espaço para manobrar.

Harnack olhou para trás, percebendo que havia carros militares e civis presos no trânsito, e sinalizou que tinha entendido o recado.

Em meia hora limparam a pista, fizeram o caminhão três funcionar e embarcaram vinte soldados. Quem estava a pé tinha recebido ordens de se reportar à Base Zulu assim que possível. Seria duro — e aqueles sortudos o suficiente para ir de caminhão comemoraram alegremente quando o veículo saiu.

Ao todo, 38 homens e mulheres ficaram para trás, com 19 fuzileiros por pelotão, e Raynor no comando de todo o destacamento — uma decisão de última hora que ele — e apenas ele — recebeu com surpresa.

Os que ainda tinham sacos B-2 os guardaram nos caminhões, de tal forma que cada um só carregava a arma, uma carga completa de munição, mais kit de primeiros socorros, cantil e um pacote de rações. Com menos de 20 quilômetros para cobrir e uma superfície sólida para caminhar, Raynor estimou que o grupo chegaria à Base Zulu em poucas horas.

Raynor enviou dois batedores na frente. Ele ia logo atrás, seguido dos pelotões um e dois, com o soldado Phelan fechando o grupo. Na autoestrada, a coluna seguiu para o sul, caminhando na direção oposta dos carros para que pudessem se jogar nas valas caso algum deles se aproximasse demais.

O céu começava a abrir, o ar estava quente, e a cadeia montanhosa Dorso da Cobra podia ser avistada de longe, a sudeste. Pelo que ouvira, Raynor sabia que marcava a fronteira oeste da zona de guerra — ou seja, o inimigo estava perto. *Espero não estar guiando essas pessoas para um banho de sangue*, pensou.

Ele tinha um rádio que, ainda que não de amplo alcance, em geral reproduzia pouco mais do que trechos de conversas discretas, explosões de estática ou os uivos que se ouviam quando um dos lados tentava fritar o sistema de comunicação do outro. Se houvesse perigo à frente, não havia como saber. Raynor esforçou-se para manter a ansiedade sob controle.

Depois de atravessar uma ponte de madeira, Raynor deu ordem que parassem para descansar. Já passava de meio-dia. Raynor calculava que estavam na metade do caminho, e a margem do rio lhe pareceu um bom lugar para comer e descansar. Quando ele insistiu que houvesse sentinelas, ouviu as reclamações usuais, principalmente de Harnack, que foi despachado para ficar de olho no flanco esquerdo.

Jim abriu o pacote de ração e guardou vários itens nos bolsos para depois, comendo o lanche frio enquanto caminhava. Ele vira o Ruivo Murphy fazer o mesmo no treinamento. Dessa forma, não só se mostrava solícito com a tropa como também via quem tinha tirado a bota por causa de bolhas no pé, dava ordens e alertava soldados aglomerados de que uma única granada podia matar todos.

Alguns minutos depois, Raynor estava na autoestrada, perto de onde uma das sentinelas se postava. Com exceção de uns estrondos ao sul, tudo estava tão quieto que ele podia falar com o outro soldado sem levantar a voz. Demorou um minuto para que ele se desse conta do significado disso. Não havia nenhum barulho porque o trânsito tinha parado! Na verdade, quando questionado, a sentinela informou que nenhum carro atravessara a ponte nos últimos quinze minutos.

Foi como um soco no estômago de Raynor. Se não havia trânsito, a autoestrada fora bloqueada! Provavelmente ao sul, onde era possível ouvir os sons de guerra. Enquanto isso, em algum lugar atrás da coluna, os PMs estavam bloqueando o trânsito na direção sul para evitar o encontro com forças kel-morianas adiante. Mas quão adiante? Depois da Base Zulu? Ou ao norte dela? Com todos esses fatores desconhecidos, Raynor temia estar guiando a coluna para um moedor de carne.

Ele podia mandar que ficassem parados, claro, ou voltar. E ninguém o culparia porque ele nem era um suboficial de fato. Mas Raynor podia praticamente ouvir a voz do pai dizendo "fazer nada não é uma opção, filho... É sempre melhor estar errado do que ser inútil". Esse conselho se harmonizava com o próprio instinto de Raynor, que era seguir as ordens dadas e alcançar a Base Zulu.

Raynor sentiu um renovado senso de urgência e imediatamente interrompeu o descanso. Eles teriam que continuar marchando. Todos estavam em boa forma, e a corrida foi tranquila; passaram pela autoestrada vazia, prontos para se esconder num instante em caso de emergência. Então ocorreu um momento assustador: ouviram o som dos motores, e dois módulos de transporte passaram, certamente em direção ao local da batalha.

Enquanto Raynor corria, o sinal de rádio melhorou e ele aos poucos conseguiu ouvir uma série de conversas concisas, porém compreensíveis, entre alguém chamado Zulu-Seis e várias outras pessoas. Será que Zulu-Seis era o oficial comandante da Base Zulu? Sim, fazia sentido, e pelo que Raynor entendia, as coisas não estavam indo bem. Na verdade, se ele tinha entendido corretamente a situação, dois grupos de kel-morianos tinham se destacado de uma força maior e ameaçavam invadir a base.

Raynor pensou no cabo Hawkes e nos fuzileiros que haviam tido a sorte de pegar o caminhão, e se perguntou o que estariam fazendo agora. Lutando a primeira batalha, provavelmente, presumindo que estivessem vivos. A guerra existira apenas em teoria até aquele momento — situações e táticas descritas para ele no treinamento —, mas de repente, tornara-se muito real.

Raynor não tinha um mapa, mas àquela altura já não precisava de um, pois quando a coluna virou numa curva e passou pela margem alta, pôde ver a base em cima de um elevado. Meia dúzia de veículos blindados estavam posicionados no pé da encosta, e as armas afixadas em cada um atiravam incessantemente nas casamatas em frente à Base Zulu.

Tinham o mesmo tamanho, mas cada veículo era diferente — os armeiros kel-morianos os montavam com qualquer coisa que achassem útil. Alguns usavam armaduras reativas roubadas de veículos blindados da Confederação, outros, folhas de metal soldadas aos flancos e anguladas com o objetivo de desviar os disparos. Estavam posicionados para dar cobertura ao tanque de cerco enquanto este atirava encosta acima, arrancando pedaços grandes das fortificações.

As casamatas em formato de domo mais abaixo, que tinham como objetivo impedir o avanço das forças inimigas, pegavam fogo. Dois VCEs tentavam conter as chamas. Outras casamatas que estavam intactas também ajudavam na função, sendo fundamentais na resistência dos homens e mulheres da Base Zulu.

Enquanto isso, tropas usando uma variedade incrível de armaduras CFC remanufaturadas abriam caminho colina acima enquanto o tiroteio prosseguia dos dois lados. Um dos soldados kel-morianos estava equipado com um capacete moldado que achara, placas que faziam às vezes de escudo unidas com uma variedade de tiras de couro e uma bandoleira feita de bolsas de munição.

Raynor não deixou de admirar a bravura do homem quando ele parou para acenar aos colegas, indicando para avançarem. Não demorou muito e ele desapareceu num clarão quando um foguete o acertou por trás. O estrondo quase se perdeu entre o pipocar das armas, o ritmo constante do canhão Gauss e o baque surdo dos disparos de morteiro ao trucidar os soldados infelizes. Cada morte deixava uma mancha vermelha na encosta.

— Saiam da estrada! — gritou Raynor, acenando para que a tropa se escondesse no pomar à direita.

Algumas árvores deformadas tinham sido destruídas pelo fogo de artilharia na última batalha, mas o pomar ainda servia de esconderijo. Raynor foi de um em um até que todos os fuzileiros estivessem organizados em grupos de quatro. Isto é, com exceção de Kydd, Harnack e Zander, que foram enviados à frente para encontrar um caminho. Era o certo a fazer? Raynor achava que sim, porque era coerente com o que aprendera. "Corra, pense e atire", era o que o sargento Ruivo Murphy sempre dizia. Mas pensar era sempre a parte mais difícil. E se estivesse errado?

Raynor esperou uma pausa na comunicação para se anunciar. Todas as transmissões dos dois lados eram truncadas e destruncadas automaticamente. Raynor não tinha um nome de chamada, então inventou um.

— Zulu-Dois-Três para Zulu-Seis. Câmbio.

Houve uma longa pausa seguida de uma explosão de estática e uma voz desconfiada.

— Zulu-Quem? Câmbio.

— O cabo Hawkes pode responder por mim — respondeu Raynor. — Enquanto isso, só quero dizer que estamos a menos de um quilômetro ao norte da base avançada nos aproximando dos veículos kel-morianos. Vamos tentar tirá-los de combate. Isso deve ser o suficiente para trazer um pouco da tropa inimiga para baixo. Tomem cuidado em quem estão atirando. Câmbio.

Desta vez a réplica foi rápida e precisa.

— Aqui é Zulu-Seis. Está entendido, Dois-Três... E gosto do seu modo de pensar. Pode executar. Câmbio.

Harnack, Kydd e Zander já tinham voltado e estavam prontos para se reportar.

— Achamos um caminho — anunciou Harnack. — Saindo da valeta mais à frente, passando pelo muro de pedra e logo atrás das dependências da fazenda. Os blindados estão bem perto dali.

— OK. Leve-nos até lá. Enquanto isso, quero que Kydd e Zander sigam até o que restou da sede da fazenda e comecem a trabalhar de lá. Ryk, veja quantos kel-morianos você consegue derrubar na encosta. E não se preocupe com a retaguarda. Max vai tomar conta disso. Não é, Max?

Os olhos de Zander brilhavam. Ele assentiu.

— Conte com isso.

— OK, podem ir — completou Raynor.

A sede da fazenda ficava à direita, no meio de um retângulo de árvores — algumas tinham sido destruídas numa batalha anterior. A estrutura tinha sido abalada, e a casa fora parcialmente queimada. Mas metade do segundo piso estava intacta, e Kydd sabia que Raynor o queria exatamente ali. Porque daquela posição o rifle de cano longo conseguiria atingir até o alto da encosta, onde, naquele momento, os guerrilheiros kel-morianos já tinham destruído duas casamatas e os VCEs enviados para consertá-los.

O tempo estava se esgotando. Ele correu, agachou-se atrás de um muro de pedra que ia de um lado ao outro da fazenda e subiu pela encosta atrás da casa. Estava prestes a entrar pela porta dos fundos quando Zander o agarrou pela armadura e o empurrou.

Então, levando o indicador aos lábios, Zander adentrou a casa com o rifle E-9 engatilhado. Cinco segundos passaram seguidos de dois tiros, o que levou Kydd a entrar correndo. A cozinha estava vazia, mas quando o atirador entrou no corredor, ouviu um assobio baixinho e, ao olhar para cima, viu Zander gesticulando para que Kydd subisse.

Na escadaria, Kydd viu um soldado kel-moriano morto no meio do corredor repleto de destroços. Uma unidade de comunicação descansava ao lado do inimigo.

— Era um observador — explicou Zander com calma. — Ache um lugar pra ficar. Estarei ali embaixo para garantir que ninguém vai te surpreender.

— Leve o comunicador — sugeriu Kydd — e ouça o que eles dizem. Quem sabe você não descobre se estão mandando alguém para cá.

Zander assentiu, pegando o comunicador do chão e desaparecendo escada abaixo.

Seguro por saber que Zander daria cobertura, Kydd entrou num quarto e se encaminhou para a janela despedaçada. Algo o machucou ao se ajoelhar. Provavelmente um caco de vidro, mas ele poderia resolver isso depois.

O peitoril era alto o bastante para apoiar bem o rifle de cano longo, e depois de carregá-lo com balas .50, tudo o que precisava fazer era olhar pelo escopo e inclinar a arma para cima. Kydd refletira muito sobre essa ocasião durante o treinamento, porque matar um ser humano não era algo leviano. Mas quando viu o desespero da cena a sua frente, as dúvidas desapareceram.

Um grupo de kel-morianos se aproximara da última casamata e usava um lança-chamas para queimar vivas as pessoas ali dentro. Aquele era o povo de Kydd — mesmo que ele não os conhecesse. E o fato de não conseguir ver os rostos dos kel-morianos tornava mais fácil para o atirador consultar as informações no visor e fazer os ajustes finais antes de entrar no modo de disparo.

A retícula se fixou no alvo. Os segundos se alongaram à medida que o dedo indicador direito de Kydd começou a apertar o gatilho até o momento em que ele o soltou e a coronha bateu em seu ombro. O som foi tão alto que ecoou em seus ouvidos. Quando a pesada bala do primeiro tiro disparou, o atirador notou que tinha se esquecido de colocar a proteção auditiva, mas a mão direita manuseava o gatilho como se não precisasse de qualquer direção do cérebro, automaticamente.

A bala partira, atingindo o guerrilheiro kel-moriano atrás do joelho esquerdo, onde a armadura era mais fraca. Não foi um golpe mortal, nem era para ser. A munição FN92 de Kydd fora desenvolvida para perfurar armaduras, mas o atirador não queria assumir riscos desnecessários. A missão era derrubar soldados inimigos e fazer isso rapidamente. A bala penetrou na armadura, destruiu as articulações do joelho do kel-moriano e ricocheteou na patela metálica arredondada que o protegia contra ataques frontais.

No momento em que o soldado tombou, o traje autovedado já estava injetando analgésicos na corrente sanguínea e aplicando um torniquete na parte inferior da perna. Quando rolou ladeira abaixo, já estava certamente fora do combate.

Mas Kydd não pensava mais no primeiro kel-moriano. Estava focado no terceiro e perdido na sequência mirar-atirar-recarregar da qual se incumbia — e bem. Melhor do que na escola, do que quando trabalhava meio período com o pai e melhor do que jamais sonhara. Sentia-se bem, muito bem. Quando o quarto alvo tombou, Kydd forçou-se a dar um tempo.

"Guarde o último disparo e só atire depois de olhar bem ao redor", aconselhara o sargento Peters, "porque pode ter um filho da mãe se aproximando. É mais seguro fazer isso. Você usa a última bala e aí sim carrega arma."

Kydd olhou ao redor, não viu nada e atirou. O alvo não estava de armadura desta vez, e a cabeça dele desabrochou numa névoa de sangue. O atirador mal notou. Nascia ali um matador profissional.

Durante grande parte desses longos quinze minutos, Raynor e Harnack estavam colocando os fuzileiros em posição de combate nas dependências da fazenda e ao redor delas — o que seria impraticável caso o comandante kel-moriano tivesse posicionado alguns soldados ao norte dos veículos blindados. Mas, encontrando pouca resistência ao rastrear a área na base da encosta e ansioso para tomar a Base Zulu rapidamente, o comandante aparentemente decidira mandar a tropa inteira para conquistar o objetivo.

Agora, enquanto Raynor se preparava para guiar os colegas fuzileiros à batalha, ele de repente se sentiu sem ar, com o coração acelerado. Estava morrendo de medo — não pela própria segurança, mas pela falta de experiência e a possibilidade de arruinar tudo. Foi necessário uma dose de determinação para sair do esconderijo, acenar para a tropa e gritar:

— Sigam-me!

Duas equipes ficaram atrás para dar cobertura. Os outros fuzileiros avançaram, atirando enquanto corriam. Todos os artilheiros de torre dos blindados atiravam montanha acima, o que os deixava vulneráveis pela retaguarda. Dois morreram quase imediatamente ao serem estraçalhados pelas balas.

Os fuzileiros então capturaram três dos veículos, atirando para dentro das cabines — mas faltava gente para tomar os restantes. Os kel-morianos voltaram todas as armas para os veículos capturados, e Raynor viu três dos fuzileiros mais próximos do inimigo tombarem em uma saraivada de cravos. O coração de Raynor se partiu. Será que Omer era um deles? Tomado de raiva, Raynor subiu num dos veículos e arrancou a artilheira morta de onde estava. Projéteis silvavam, pipocavam e estalavam ao bater no metal ao redor dele. Depois de derrubar a artilheira ensanguentada, Raynor pisou nos pedais reluzentes. A arma de cano duplo zumbiu ao ser virada, encarando o inimigo. Os kel-morianos viram a ameaça, e Raynor sentiu a raiva se transformando em medo à medida que o veículo levava golpe após golpe.

Foi então que Raynor agarrou os dois gatilhos e enviou rajadas de cravos na direção dos veículos que ainda estavam sob controle dos kel-morianos. Sobrepostas, as explosões se fundiram, gerando um rugido contínuo enquanto as rajadas devastadoras destroçavam camadas de blindagem em novoaço, buscando as caixas de munição armazenadas.

Raynor tremia todo, reagindo à adrenalina. Gritava palavras que não conseguia entender, perguntando-se quando aquilo terminaria. Então ouviu um barulho ensurdecedor de fazer tremer o solo: uma coluna de fogo ergueu o veículo inimigo até quase 5 metros de altura, onde pareceu pairar por um momento antes de cair.

Raynor sentiu um movimento à direita, girou as armas e estava prestes a abrir fogo num novo alvo quando ouviu uma voz bastante amplificada:

— Aqui é Zulu-Seis... Suspender fogo! A batalha acabou.

Levou um tempo para processar as palavras do oficial. Mas quando o fez, Raynor se levantou e deixou a torre. Olhou ao redor. Os poucos soldados kel-morianos estavam sendo desarmados e ficariam sob custódia da Confederação.

Raynor respirou fundo ao olhar para as mãos. Estavam manchadas de sangue. Esfregou-as na calça, mas o vermelho não saía.

Ao examinar a cena, sentiu-se carregado de culpa. Tanto ao redor dos veículos como na encosta acima havia cadáveres espalhados. Um vazio inundou seu estômago e ele precisou engolir novamente parte do almoço. Deu uma olhadela para os lados, com medo de que alguém notasse sua fraqueza, e ficou contente de ver os amigos ocupados com outras coisas. Pulou da torre e correu até o local onde achava ter visto Omer ser atingido.

O solo em volta de Omer estava coberto de sangue. Curativos de plasticrosta cobriam um lado do peito dele, e não se via a parte inferior do braço esquerdo. Um dos médicos da base avançada o atendia, e Raynor conseguia ver o efeito dos analgésicos porque Omer sorriu com ar sonhador olhando para cima:

— Uma batalha... Eu só prestei pra isso. Agora provavelmente vão me mandar para casa.

— Talvez não... Tenho certeza que vão te remendar logo. — Jim sorriu e ajoelhou-se ao lado do amigo. — Seus pais vão ficar orgulhosos. Muito orgulhosos.

Omar franziu a testa.

— Morri de medo, Jim... Você teve medo?

— Eu tava morrendo de medo. Acho que até sujei as calças.

Omer conseguiu dar uma risada.

— Vou contar tudo aos seus pais.

— Pode contar tudo sobre o treinamento. Mas não sobre isso — pediu Jim.

— Não. Sobre isso, não — replicou Omer, sombriamente.

Enquanto Omer era levado, Raynor ouviu o zumbido de atuadores e passos pesados. Voltou-se e viu uma armadura com marcas de batalha. Um suave zumbido marcou a abertura do visor, e um homem encarou Raynor. Tinha olhos azuis e duas rugas profundas emolduravam-lhe a boca.

— Sou o capitão Senko, também conhecido como Zulu-Seis. Você por acaso é o Zulu-Dois-Três?

Raynor assentiu.

— Achei que sim... Você e sua equipe fizeram um bom trabalho. Realmente um bom trabalho.

— Obrigado, senhor... Vou passar adiante.

O oficial se virou para ir embora.

— Senhor? — interrompeu Raynor. — Quantos homens nós perdemos? Ou é muito cedo para dizer?

Senko colocou a enorme mão sobre o ombro de Raynor. Pesava.

— O mesmo de sempre, filho... perdemos gente além da conta.

E isso, Raynor descobriu nas horas seguintes, era totalmente verdadeiro.

CAPÍTULO QUINZE

"Qualquer membro das forças armadas que for pego retirando bens militares de uma instalação governamental sem aprovação será considerado um inimigo e estará sujeito a pena de morte."

Da seção 14:76:2 do Código de Justiça Militar Confederada

FORTE HOWE, PLANETA TURAXIS II

Uma semana depois de ser solto do Centro de Correção Militar R-156, Tychus foi convocado novamente para o serviço. Passara por três meses difíceis, mas agora aquilo estava no passado. Enquanto o módulo de transporte *Gordelícia* deslizava sobre o que um dia fora a cidade de Whitford, Tychus aproveitou a chance de ver as ruínas por uma porta lateral aberta. Uma rajada de ar atingiu seu rosto, e ele recuou. Não sem antes vislumbrar, a partir de uma pequena grade, prédios devastados, ruas esburacadas e os veículos carbonizados. Whitford fora devastada pelo que a imprensa gostava de chamar de "fuga". Tychus pensava que era mais um caso de invasão, já que os kel-morianos tinham conseguido abrir caminho, lutando até a Várzea Hobber, e destruíram tudo entre a Encruzilhada de Burr ao sul e a Base Zulu ao norte.

Mas não conseguiram invadir o Forte Howe. Era a sede do 3º Batalhão, 4º Regimento dos Fuzileiros Navais, também conhecido como Terceiro Trovão. O batalhão não só expulsou os kel-morianos de Whitford de volta às montanhas como agora estava perseguindo o inimigo no território dele.

Enquanto isso, Tychus estava prestes a se juntar à companhia de intendência do Forte Howe, onde, com alguma sorte, poderia voltar a trabalhar na Operação Aposentadoria Precoce. Um aspecto do esforço de guerra muito negligenciado, que ele esperava poder retomar em breve.

A nave começou a parar poucos minutos depois, circulou a base e desceu até a pista principal do estaleiro espacial. O módulo de transporte levava mais 11 passageiros, a maioria substitutos, que logo se tornariam membros do Terceiro Trovão. Já juntavam seus pertences, prontos para descer, quando as rodas tocaram o chão e acendeu-se uma luz verde.

Quando a rampa foi estendida, Tychus seguiu dois oficiais e alguns suboficiais até a pista. Surpreendeu-se em ver que só havia outra nave ali. E a área em frente ao estaleiro estava vazia! Um sinal seguro de que a maior parte da tropa estava em outro canto.

Todos os equipamentos de Tychus tinham se perdido na transferência do Poço de Prosser até o CCM-R-156. Só carregava uma mochila com algumas roupas de baixo e um kit de higiene. Entrou no estaleiro para saber onde ficava o prédio administrativo e pouco depois voltou para fora, aguardando um lotação de laterais abertas.

O percurso de cinco minutos confirmou as impressões iniciais: Forte Howe fora despojado de tropas para priorizar os combates contra kel-morianos ao leste. Um quartel tinha decolado e estava no processo de ser reposicionado; um pelotão ocasional podia ser visto correndo de um local ao outro. Tirando isso, o espaço parecia abandonado.

Tychus entrou no prédio administrativo e descobriu que metade das pessoas que estava no módulo de transporte com ele já tinham chegado ali — e faziam fila até um único sargento que obstinadamente trabalhava para ajudá-los. Foram quarenta e cinco minutos de espera até Tychus encostar a barriga no balcão e entregar o chip com informações pessoais e ordens.

O empregado destacou Tychus para a companhia Eco, marcou um exame médico e uma consulta de acompanhamento com o oficial de "moralidade" — ou seja, um psicólogo que, entre outras coisas, tinha a função de acompanhar os fuzileiros recém-saídos do centro de correção.

Ao finalizar os arranjos e enviar Tychus ao quartel que abrigava a Companhia Eco, o sargento levantou os olhos estranhamente vazios para Tychus. Seria pelo tipo de trabalho burocrático que ele era obrigado a realizar? Ou seria outra coisa? Qualquer que fosse a resposta, ainda era meio assustador.

— Isso deve bastar, soldado... Confira o monitor no seu dormitório para saber os horários da cantina.

— E que tal alguns equipamentos? Perdi tudo no meu último posto de serviço. Só estou com as roupas de baixo

O problema estava fora do esperado, e o sargento franziu a testa de forma desaprovadora ao digitar uma série de códigos. Ao achar a informação necessária na tela, sua expressão se clareou.

— Aqui está — disse o funcionário. — Você está autorizado a receber um kit completo. Não vi isso antes. Minhas sinceras desculpas.

Tychus levantou as sobrancelhas. Desculpas? De um funcionário? E um sargento ainda por cima? Era tudo muito estranho.

— Leve isso até o depósito de suprimentos 7 — informou ao devolver o chip por cima do balcão. — Dê isso à pessoa em serviço. Vão cuidar de você.

Depois de sair do prédio administrativo e pegar mais uma carona de lotação, Tychus desceu em frente a um prédio baixo de um andar, metalizado, com um enorme "depósito de suprimentos 7" pintando em tinta branca. O calor cintilante subia do concreto, um módulo de transporte zuniu ao passar, e um grupo fuzileiros suados marchava.

— Um, dois, três, quatro! Ser Fuzileiro é um barato! — cantavam.

Tychus sabia que era mentira. A estrutura simples do depósito era protegida por um muro reforçado contra explosões. Não longe dali, do outro lado do prédio, duas torres de mísseis defendiam a base contra naves inimigas.

Para chegar à porta de entrada, Tychus teve de caminhar em ziguezague para desviar dos obstáculos na pista. Dentro do prédio, estava cinco graus mais fresco, e Tychus se lembrou do sargento

Sims e do depósito cheio de suprimentos kel-morianos em Raydin III. Será que Sims e Calvin conseguiram vender tudo antes da chegada da equipe de logística? Não, pensou Tychus — não sem um cliente!

Aquela ideia fez com que ele se sentisse melhor ao atravessar a espaçosa área de espera até o balcão, que o separava das longas fileiras de prateleiras. Dava para ver duplas de funcionários ao fundo, tirando itens da prateleira e escaneando-os.

Um cabo estava logo abaixo de uma placa que dizia "novo fornecimento" e cumprimentou Tychus com a cabeça.

— Bom dia... Como posso ajudar?

— Todo meu equipamento foi perdido entre um posto de serviço e outro — explicou Tychus. — Disseram para me reportar aqui, para receber o equipamento novo. Aqui está meu chip A.

O cabo parecia jovem e devia estar na Corporação por um ano ou pouco mais, dado seu posto. Passou o chip pelo leitor ótico, observou os resultados e assentiu.

— Sim, você está autorizado a receber, tudo certo... Mas estamos no meio de um inventário agora. Volte às 14h, aí poderemos lhe ajudar.

Tychus fechou a cara, colocou os dois punhos no balcão e se inclinou para a frente.

— Tenho uma ideia melhor... Por que você ou um dos seus coleguinhas bananas não pegam minhas coisas agora? Porque não tô a fim de voltar às 14h. Ou em qualquer outro horário. Tá me entendendo?

— Ah, entendo perfeitamente — respondeu de forma tranquila o cabo Jim Raynor. — O único problema é que você deve estar me confundindo com alguém que dá a mínima. Soldado.

Tychus ficou aturdido por um momento: o outro homem imitava sua postura, apertando os olhos e encarando-o. Quando confrontados com o enorme Tychus, a maioria das pessoas dava dois passos involuntários para trás. Mas esse fuzileiro não titubeou, nem deu sinais de que recuaria. Colocando-se numa posição de xeque-mate, Tychus não tinha outra escolha senão esticar as mãos e agarrar uma porção generosa da camiseta do outro homem. Ele a girou para enfatizar. Tychus fez uma careta ao ver que os olhos do fuzileiro fitavam seus dedos tatuados.

— Isso mesmo, moleque. "D-O-R", algo a que você logo vai se acostumar — rosnou Tychus. — Será que não fui claro? Pegue as minhas coisas, traga aqui ou vou arrancar a sua cabeça e mijar no buraco.

Então Tychus sentiu algo duro bater na nuca, ouviu o familiar som de clique e entendeu que alguém apontava uma arma para ele.

— Pode ser — afirmou calmamente uma terceira voz —, ou eu posso explodir sua cabeça e ver se tem algo dentro. Aposto que não.

Tychus ainda agarrava a camiseta do cabo, que agora sorria.

— Eu aceitaria o conselho do soldado Harnack se fosse você — afirmou. — Ele matou três kel-morianos na semana passada e pode estar passando por um estresse pós-traumático. Claro, é difícil dizer, no caso dele.

Tychus ficou furioso, mas determinado a não passar recibo. Soltou Raynor, pegou o chip A de volta e se virou para partir. O fuzileiro ruivo, com o sorriso arrogante fixo no rosto, continuou no mesmo lugar, fora de alcance. Um retângulo de luz solar do lado de fora acenou, e Tychus seguiu na direção dele. Uma batalha estava perdida — mas a guerra estava longe do fim.

MINA DOS IRMÃOS RAFFIN, PERTO DO FORTE HOWE, PLANETA TURAXIS II

Os guerrilheiros kel-morianos estavam vivendo embaixo da terra há seis dias. A câmara principal era iluminada por lanternas de emergência e faixas brancas de luz cruzavam o céu. Um gerador, tomado dos Confederados, fornecia eletricidade.

Dúzias de trajes de combate pretos cobriam as paredes. Os soldados sentavam em pequenos grupos conversando, jogando ou fazendo manutenção em vários tipos de equipamento. Cada um usava todo trapo de roupa que tivesse, pois os aquecedores improvisados emanavam pouco calor e a mina era fria.

O supervisor Oleg Benson não conhecia tanto da mina, mas não precisava saber mais do que o fato de que fora abandonada no passado e era profunda o suficiente para servir de esconderijo. Sentou-se sozinho, como convinha a um supervisor kel-moriano, tragando um cachimbo apagado e pensando quanto ele e os homens teriam ainda de esperar. Um dia? Dois? Certamente não mais que isso, pois o suprimento de comida estava acabando.

Mas se os planos dos superiores fossem bem-sucedidos, Benson e os guerrilheiros teriam uma função essencial num dos ataques mais ousados da guerra. Porque a mina ficava a poucos quilômetros do Forte Howe, que fora despojado de tropas. Seria como arrancar doce de uma criança. E não só por isso.

Também porque quando Benson e seus soldados invadissem a base e assegurassem uma zona de aterrissagem para um ataque aéreo vindo do leste, teriam uma grande oportunidade para saquear a base. Uma ação que o superintendente Scraggs não só aprovava, como incentivava. Scraggs vira uma chance de vitória e mandou a tropa se esconder quando os fuzileiros do Forte Howe os obrigaram a recuar para o leste. Aquele movimento poderia transformar uma perda numa vitória, se desse certo. O grupo de guerrilheiros começou a cantar, e Benson sorriu.

FORTE HOWE, PLANETA TURAXIS II

Depois de esperar até as 14h, Tychus voltou de má vontade para pegar os equipamentos no depósito de suprimentos. Seguia em direção ao refeitório quando uma cabo bela e ruiva, dirigindo um carrinho, o alcançou na frente do quartel.

— O soldado Findlay está aqui? — perguntou com doçura ao saltar do carro.

Tychus olhou de cima a baixo a figura curvilínea.

— Quem quer saber?

— Então é você. Você é bem mais alto pessoalmente do que na foto — comentou ingenuamente.

Tychus abriu um sorriso que refletia os pensamentos obscenos que passavam pela sua cabeça naquele momento.

— Sim, sou Findlay. Fiz algo errado?

— Não tenho ideia. — Deu de ombros e voltou para o carro. — Suba! O tenente-coronel Vanderspool quer falar com você.

Tychus xingou baixinho ao caminhar até o banco do passageiro. Será que tinha recebido algum serviço de merda? Sim, provavelmente. Estava surpreso e preocupado. O tenente-coronel Vanderspool era encarregado do 3º Batalhão e da base. Se quisesse conversar com um soldado qualquer, então devia ser por causa de uma infração. Mas qual? Nem tivera tempo de roubar nada.

Tychus não tinha escolha a não ser entrar no carrinho e se permitir ser levado até o centro de comando. De repente, deu-se conta de que o uniforme estava amassado e as botas precisavam desesperadamente ser polidas. Mas não podia fazer nada quanto a isso agora que seguia a sensual cabo, passando pela plataforma do elevador e chegando à bem decorada sala de espera do escritório do comandante, no deque de observação. Tychus vislumbrou Vanderspool através da porta aberta, sentando num canto da mesa, conversando com um oficial.

Teve a impressão de ser um homem bonito cujos traços começavam a se apagar por conta da idade e da boa comida em excesso. A cabo dissera que Vanderspool tinha acabado de voltar do campo de batalha. Se assim era, Tychus não conseguia ver nenhum sinal de desgaste no uniforme engomado ou nas botas imaculadas. Então ele não era um cara mão na massa, mas sim alguém que preferia sentar e bater papo com os oficiais administrativos a ficar nas linhas de frente.

O visitante riu de algo que Vanderspool disse, levantou da cadeira e saiu do escritório. Então a cabo enfiou a cabeça na sala e disse algo que Tychus não conseguiu ouvir, antes de sinalizar que ele podia entrar.

Tychus deu três passos, bateu continência e se apresentou.

— Soldado Tychus Findlay, me reportando como ordenado, senhor!

Agora que estava mais perto, podia ver que Vanderspool tinha um olhar severo, uma rede de veias quebradas acima do nariz e uma boca de lábios finos.

— Descansar — consentiu Vanderspool. — Desculpe por não avisar antes, mas tenho ficado entre o forte e a Várzea Hobber, onde estamos quase empurrando os kel-morianos de volta à zona de batalha. Por favor, sente-se.

O tom era amigável, e Tychus estava aliviado ao se sentar, mas ainda cauteloso. Fora convocado por uma razão. Dificilmente gostaria dela.

Vanderspool circulou a grande mesa e se sentou na cadeira em estilo executivo, que pareceu suspirar ao suportar seu peso.

— Você tem um histórico interessante — comentou Vanderspool, pegando um antigo abridor de cartas de cima da mesa para brincar —, trabalhou bem e foi promovido a sargento, depois bateu num oficial e foi parar no centro de correção em Raydin III.

O oficial fez uma pausa, mas Tychus sabia que o melhor era ficar calado. Alguns oficiais adoram tagarelar, e Vanderspool certamente estava entre eles. Mas onde aquele monólogo ia dar?

— Devo lembrá-lo que você está em liberdade condicional — continuou Vanderspool, severamente. — Com uma palavra minha você estará de volta ao centro de correção. E se acha que o trabalho forçado era ruim, não faz ideia do que somos capazes. Se me deixar zangado, rapaz, vai acabar prisioneiro no próprio corpo. Estou sendo claro?

Tychus não fazia ideia a que Vanderspool se referia nem queria saber. E, tecnicamente, não estava em liberdade condicional, mas pelo jeito era melhor não mencionar. Além disso, queria muito dar o fora dali, então respondeu o que todo oficial gosta de ouvir:

— Sim, senhor.

— Mas — recomeçou Vanderspool, animando-se — acredito em uma segunda chance. Então vou lhe dar isso.

Vanderspool empurrou o emblema pela mesa. Tychus não conseguiu esconder a surpresa ao ver as três divisas invertidas em "V".

— Isso mesmo. Você é novamente sargento. Não um primeiro-sargento como antes. Para isso, terá que fazer por merecer. Mas agora é um suboficial. Parabéns.

Tychus não só estava chocado, como também muito feliz, porque sargentos têm mais oportunidades de roubar do que soldados.

— Obrigado, senhor... Muito obrigado.

— De nada. O batalhão sofreu muitas perdas na semana passada, vou achar uma vaga para você em uma das minhas companhias de linha.

— Obrigado, senhor. Enquanto isso, posso pedir um favor?

— Bem, depende... — respondeu Vanderspool. — Uma folga nesse momento está fora de questão.

— Não, senhor, não é nada disso — assegurou Tychus, hipocritamente. — Se eu puder ajudar de alguma maneira nas próximas semanas... ficaria feliz de fazê-lo.

MINA DOS IRMÃOS RAFFIN, PERTO DO FORTE HOWE, PLANETA TURAXIS II

Ao receber a ordem necessária, os guerrilheiros kel-morianos já estavam armados e prontos para atacar. Havia dezenas deles, dispostos em semicírculo e trajando a armadura toda preta pela qual eram conhecidos. As últimas instruções dadas pelo líder Oleg Benson eram dispensáveis, mas foram bem recebidas, já que eram um grupo próximo e lutavam um pelos outros mais do que pelo Combinado Kel-Moriano.

Era improvável que os Confederados pegassem algum sinal de comunicação vindo do subterrâneo, mas em vez de correr esse risco mínimo, Benson ordenou que as tropas ouvissem com os visores abertos.

— É isso aí, homens. Esse é o momento pelo qual todos estávamos esperando. A véspera do que será uma de nossas mais celebradas vitórias — introduziu Benson. — Pensem nisso... Estamos a poucos quilômetros do Forte Howe, a base foi despojada de tropas para lutar contra nossas forças nas montanhas, e aqueles que ficaram não fazem ideia de que estamos chegando. Dava para querer mais?

A resposta veio na forma do grito consagrado "HEGERON!", que homenageava a famosa batalha no mundo de mineração kel-moriano chamado Feronis. Segundo a lenda, uma gangue de guerrilheiros de armadura lutou contra um batalhão de infantaria motorizada inteira nas planícies de Hegeron e venceram. A dimensão da vitória provavelmente fora aumentada ao longo dos anos, mas ainda era motivo de orgulho.

— É isso mesmo — concordou Benson. — Hoje é a noite de lembrar não só a batalha de Hegeron, mas também o mal que reside nos arranha-céus de Tarsonis, onde estão membros das Famílias Antigas que enriqueceram explorando escravos em suas fábricas. Como os soldados kel-morianos de todos os cantos, os guerrilheiros nunca vão esquecer que os trabalhadores têm direito a um soldo digno, a serviços sociais básicos, a eleições livres!

E com isso ele queria dizer: riqueza, posses e poder. Por que mais valia a pena lutar?

O grito de "HEGERON!" ecoou muito mais alto dessa vez, um momento adequado para Benson fechar o visor — também um sinal para os outros repetirem a ação.

Então, marchando em fila indiana, os guerreiros caminharam até a superfície onde a escuridão total os aguardava para camuflá-los. Dividiram-se em equipes menores, viraram em direção ao oeste e começaram a trotar. Pequenos predadores, a quem a noite normalmente pertencia, se dispersaram. A morte estava à solta, e era hora de se esconder.

CAPÍTULO
DEZESSEIS

"Oficiais da Confederação fecharam a redação e os estúdios da UNN numa ação para confiscar materiais 'sediciosos e difamadores' no arquivo da emissora. O ato ocorre após uma transmissão não autorizada de imagens da guerra por indivíduos desconhecidos dentro da UNN. Investigadores Confederados estão em busca de pistas sobre o paradeiro desses traidores."

Max Speer, *Jornal da Noite* para a UNN
Setembro de 2488

FORTE HOWE,
PLANETA TURAXIS II

Uma das luas do planeta ainda rumava para o horizonte oeste, as luzes estavam apagadas, e Raynor deitava no beliche ouvindo umas músicas antigas que Kydd lhe enviara quando a porta do dormitório do quartel abriu num estrondo e uma voz grave soou:

— Caiam na pista! Chegou a hora das meninas dançarem!

Raynor deixou o fone cair e se sentou na cama para ver Tychus Findlay entrar ostentando o novo distintivo de sargento. "Ah, porra", pensou Raynor, "tô na merda".

— É isso aí — anunciou alegremente Tychus, com um sorriso maldoso direcionado a Raynor. — O seu pior pesadelo acaba de chegar! Achou que o treinamento básico era uma merda? Espera só pra ver o que vou fazer com você! Pode se vestir!

— Não acredito — disse Harnack —, quem seria louco de te promover a sargento?

— Que bom que você perguntou — respondeu Tychus, caminhando até Harnack; ele o agarrou pela camiseta e o ergueu do chão, embora Harnack não fosse exatamente pequeno.

Tychus fumava um charuto, e, quando os rostos dos dois homens se encontraram, Harnack pôde sentir no nariz o calor emanando da brasa. Tychus exalou, e Harnack tossiu.

— Você é o corno que botou a arma na minha cabeça — observou Tychus, enquanto Harnack balançava os pés inutilmente no ar.

— E você é um filho da puta demente — respondeu Harnack, insolente.

Tychus podia ter arremessado Harnack contra a parede, mas Raynor estava lá para intervir.

— Nós já entendemos, sargento. Hank, cala a boca! Ou quer acabar na enfermaria?

A resposta de Harnack se perdeu para sempre, pois uma sirene começou a soar e o auto-falante de repente ganhou vida.

— Aqui fala o tenente-coronel Vanderspool... A base está sob ataque. Repito, a base está sob ataque. Todo pessoal em serviço deve se apresentar nos pontos de agrupamento predeterminados. Todo o pessoal de folga deve se apresentar para serviço. De novo, aqui fala o tenente-coronel Vanderspool...

Tychus colocou Harnack no chão e olhou para Raynor.

— Onde é o ponto de agrupamento da Companhia Eco?

Raynor deu de ombros.

— Não sei. Estamos na companhia de intendência esperando para ser lotados numa unidade de linha. Estamos nos reportando ao sargento de suprimentos temporariamente e fazendo serviços de merda há dias. Não tínhamos nem suboficiais até agora. Eu era líder interino do pelotão.

Tychus encarou Raynor e franziu a testa.

— Há quanto tempo você é cabo?

— Mais ou menos uma semana.

— Desde que demos uma surra num bando de kel-morianos na Base Zulu.

— Bom, pelo menos as mocinhas já viram alguma ação — reconheceu Tychus, de má vontade. — Peguem as armas, preparem-se e peguem toda a munição que puderem. Alguns kel-morianos devem estar usando armaduras, mas nós não temos tempo para colocá-las. Peguem os protetores frontais, e, lembrem-se, meninas, o zíper fica na frente.

As ordens deram início a uma corrida desenfreada enquanto Raynor, Harnack, Kydd e um fuzileiro chamado Conner Ward correram para se aprontar. O prédio tremia por conta de uma série de explosões enquanto Tychus se enfiava na armadura. Seu charuto continuava preso aos dentes, e um pouco de cinza caiu no protetor frontal enquanto ele fechava as presilhas.

— O barulho que vocês ouviram foi uma série de cargas de demolição — disse Tychus. — Ou seja... aqueles merdas já entraram na base.

— Ótimo — grunhiu o moreno Ward, acondicionando foguetes extras nas costas largas. — Quero matar um monte de kel-morianos! É hora da vingança nessa porra!

— Vou tacar fogo nesses desgraçados! — declarou Harnack com entusiasmo ao se aproximar de Ward. Usava óculos protetores mais uma mochila com dois tanques. Segurava o dispositivo de ignição em tubo do lança-chamas no colo, como uma mãe faz com um bebê.

Como o lança-foguetes de Ward, o lança-chamas era uma arma que normalmente seria entregue a alguém treinado para isso. Mas, dadas as circunstâncias, e sem ninguém para proibi-lo, Harnack se apropriou da arma e estava claramente ansioso para usá-la.

— Então, aonde vamos? — questionou Zander, apontando o cano curto e grosso do lançador de granadas para o teto. Ele mesmo respondeu, com alguma ironia. — Voto para defendermos o clube dos oficiais, é onde estão as coisas importantes.

— Acho que devemos ir para o arsenal — sugeriu Raynor, ouvindo ao fundo o pipocar das pequenas armas de fogo. — É o lugar que vão tentar destruir primeiro.

Tychus notou que Raynor estava certo e, como não tinha outro plano, concordou rapidamente.

— O general Raynor está certo. Vamos lá, meninas, acelerem o passo!

O pelotão de seis saiu do quartel a tempo de ver uma das torres elevadas atirando uma série de mísseis num alvo oculto e explodir, enquanto dois Urutaus kel-morianos pairavam acima delas. A luz gerada pela explosão iluminou os prédios vizinhos e borrou a visão de Raynor enquanto ele seguia Tychus pela rua mal iluminada.

Alguém — não dava para saber quem — disparava foguetes no céu escuro. Subiam com um estouro característico e lançavam uma luz verde macabra enquanto os pequenos retrofoguetes os baixavam lentamente até o chão.

Um tiroteio ocorria mais à frente, e, quando o pelotão se aproximou, Raynor viu que um grupo de soldados com armas leves tinha se abrigado atrás de uma barreira antibombas de plasticimento e um trio de guerrilheiros kel-morianos marchava até eles. A armadura toda preta era difícil de enxergar, ou seria, não fosse a luz dos foguetes, que criava longas sombras na direção dos soldados em apuros. Os projéteis brilharam ao atingir a armadura kel-moriana, e duas granadas explodiram inofensivamente à frente dos soldados inimigos. Eles se surpreenderam, mas logo recuperaram o passo.

— Ward! — gritou Raynor, enquanto o grupo avançava até a barreira. — Você consegue alcançá-los?

— Consigo e vou — afirmou, posicionando-se entre dois soldados e erguendo o lançador. — Cuidado com o impacto atrás.

Houve um chiado alto e depois um estrondo; a descarga disparou rua acima e acertou em cheio o homem ao centro. O resultado foi uma explosão ensurdecedora em que partes do guerrilheiro se espalharam pelo ar, seguida de comemoração.

Mas, enquanto Harnack recarregava o lança-foguetes de disparo único, os inimigos se aproximavam dos soldados atirando. Raynor viu dois homens tombarem enquanto o amigo preparava a arma.

— Toma essa! — berrou Harnack ao apontar a ignição para a barreira e puxar o gatilho.

Uma labareda de fogo tomou a rua e envolveu o guerrilheiro num abraço ardente, fazendo-o dançar num casulo de chamas alaranjadas e vermelhas.

Zander lançou várias granadas na conflagração. Com o estrondo, o capacete e a cabeça do kel-moriano foram arremessados para cima, deixando um rastro de fogo. O uniforme explodiu em meio a um clarão, e estilhaços voaram para todos os lados.

Foi espetacular, mas ainda mais incrível foi o que aconteceu depois: Tychus pulou a barreira e atacou o último guerrilheiro disparando sua arma! Quando os dois colidiram, Tychus derrubou o homem no chão e se jogou no peito do inimigo. Não deveria ser possível fazer isso, mas o fuzileiro não só era maior do que a maioria como estava cheio de adrenalina. Ele bateu no visor do soldado com a coronha, xingou quando este não quebrou de primeira, e então bateu de novo e de novo.

O kel-moriano tentava lutar contra Tychus, mas o fuzileiro já estava na sexta pancada. Quando o metal sólido esmagou o rosto atrás do visor, uma lasca de osso perfurou o cérebro do supervisor Oleg Benson.

Raynor, que corria para ajudar, derrapou até parar.

— Puta merda! Me lembra de não te irritar!

— Tarde demais para isso... — respondeu Tychus, ao sair de cima do cadáver. — Ao menos você e as suas amiguinhas sabem lutar... É mais do que eu esperava. Venha! Vamos pro arsenal!

Sem capacetes ou rádio, o pelotão não tinha como se comunicar com a estrutura de comando enquanto corriam pela rua. Não que fizesse diferença, porque, ainda que houvesse nichos de resistência organizada, o caos imperava.

Em nenhum outro lugar isso era mais evidente do que na área ao redor do arsenal. O pelotão atravessou um estacionamento onde jaziam dezenas de soldados mortos e começou a se aproximar de uma área de carregamento. Um caminhão já estava no meio da rua, e outro estava quase saindo. Restavam dois nos estágios finais de carregamento. A guarita oferecia abrigo momentâneo para o grupo. Kydd foi o último a chegar. Quebrou uma janela, posicionou a arma no peitoril e começou a observar.

— Porra! — exclamou Raynor ao ver dois inimigos abrindo fogo das sombras. — O que tá acontecendo?

— Eles tão roubando coisas, isso que tá acontecendo — respondeu Tychus, com ar de quem sabia do que falava, enquanto cravos se enterravam no plasticimento. Ele puxou Raynor para fora da linha de fogo. — O que é bem interessante porque era pra eles estarem explodindo a base.

A cabeça de Raynor estava a mil.

— É! Há quanto tempo tocou o primeiro alarme? Quinze minutos no máximo? Eles deviam estar carregando esses caminhões antes de o ataque começar!

— Macacos me mordam — replicou Tychus, fingindo espanto —, você não é tão burro quanto parece. Então, general, vamos matar esses guerrilheiros filhos de uma égua e descobrir para onde os caminhões estão indo.

Era uma boa ideia, mas antes de o pelotão executá-la, todas as torres restantes começaram a disparar mísseis no céu negro enquanto três naves kel-morianas carregadas de tropas se aproximavam para a aterrissagem. Muitos dos disparos atingiram os alvos, surgiram nuvens de um vermelho alaranjado e as naves tombaram. Um prolongado ruído acompanhou a chuva de destroços.

— Olha aí o segundo ato — observou Tychus, com o rosto iluminado pela explosão. — Um ataque aéreo pra tomar e ocupar a base.

— Por que roubar as armas se no final elas vão ser apreendidas? — questionou Raynor.

— Pelo dinheiro. Algum porco nojento sabia que os kel-morianos estavam vindo e sabia que podia botar a culpa neles quando a batalha acabasse. Vamos... temos que trabalhar.

Os outros quatro membros do pelotão já estavam atracados com os inimigos, e Tychus e Raynor dobraram o canto leste da guarita. Os dois lados estavam sob fogo cerrado. Tychus viu quando um dos soldados kel-morianos deu um espasmo como se tivesse levado um tapa na cara. Ele tombou quando o segundo cravo .50 penetrou no visor, feito de plastiaço da pior qualidade.

— Boa mira — analisou Tychus, gritando, enquanto disparava uma rajada curta. — Quem é o moleque com o rifle, aliás?

— Depende para quem você pergunta — respondeu Raynor, no momento em que o foguete de Ward acertava o segundo soldado e o explodia em dois. — Mas o garoto responde pelo nome de Kydd.

— Estamos sendo atingidos ao sul! — gritou Harnack, recuando até a área de carregamento. Uma longa língua de fogo varreu a área onde os soldados mortos jaziam, cremando-os junto com mais meia dúzia de kel-morianos.

Movimentando o lança-chamas de um lado a outro, Harnack acidentalmente atingiu a traseira de um caminhão de combustível. Ward ainda gritou:

— Cuidado!

Tarde demais. O tanque explodiu. A explosão lançou para os lados pedaços de metal que acabaram atingindo dois soldados inimigos. Uma coluna de fogo se ergueu no céu, e uma onda de combustível em chamas jorrou, lambendo os calcanhares dos kel-morianos.

Para não se sobrecarregar, os kel-morianos não usavam armaduras e começaram a gritar de desespero correndo em círculos. Zander pôs fim ao sofrimento dos soldados lançando várias granadas enquanto Harnack observava maravilhado.

— Eu fiz isso? Caramba, estou apaixonado.

Enquanto Kydd e Ward ajudavam os colegas a se defenderem da nova ameaça, Tychus puxava a porta e arrancava o motorista do caminhão. Era um civil aterrorizado — o que dava peso à teoria de que alguém não só estava roubando armas como conspirando com o inimigo!

Raynor se apoderara do outro caminhão quando o tiroteio ficou mais intenso. Escorregou até o painel de comando e tocou a buzina, esperando que o resto do pelotão percebesse. Eles notaram, e Kydd e Zander correram para embarcar no veículo de Raynor enquanto Harnack e Ward subiram no que Tychus guiava.

Balas atingiram o para-brisas e perfuraram o capô dianteiro. Raynor acelerou. Tinha um mau pressentimento de que não iam escapar dessa. Mas, de repente, todos os tiros silenciaram. Parecia coreografado, como se alguém quisesse que os caminhões escapassem. Alguém que não sabia que eles tinham sido tomados.

Raynor achou melhor encontrar um lugar seguro para estacionar antes de voltar à batalha, mas Tychus claramente tinha outras ideias. E, ao ultrapassar pela esquerda, a voz dele surgiu no rádio do veículo.

— Aqui fala Eco-Seis para o comando da base. O inimigo saqueou o arsenal. Estamos na perseguição.

Era uma verdade parcial, no máximo, mas Raynor não teve chance de reclamar, pois uma segunda voz respondeu.

— Aqui fala Hotel-Um para Eco-Seis... Abortem a missão... Repito, abortem e apresentem-se no ponto de reagrupamento sete. Isso é uma ordem. Câmbio.

Veio então a resposta de Tychus.

— A ligação tá ruim, Hotel-Um. Repito, a ligação tá ruim. Tento de novo em cinco minutos. Câmbio.

Nesse momento, Raynor percebeu que ele e os membros do pelotão estavam sendo sequestrados pelo novo sargento e arrastados para uma perigosa combinação de atividade criminosa e abandono de serviço. Isso ia contra tudo o que ele fora ensinado a acreditar. Sentia-se culpado — para não dizer amedrontado.

Por outro lado, não havia dúvidas do que vira com os próprios olhos. Soldados confederados estavam carregando os caminhões antes de o ataque começar. Aparentemente, os mocinhos não eram assim tão bondosos. E como conseguiriam fazer aquilo sem que alguém no topo do comando estivesse metido? Na verdade, não dava mais para dizer quem estava certo ou errado.

Raynor conseguia ouvir a voz do pai repetindo:

— A gente continua trabalhando e eles continuam roubando... Não é certo.

E não era certo. Então, Raynor pensou: "se conseguir resgatar algo e passar para a minha família, então pelo menos algo bom sairá disso." A batalha arrefecia atrás deles enquanto os caminhões passavam pelo portão destruído. Quinze minutos depois, os dois veículos alcançavam o devastado subúrbio de Whitford. A noite estava preta; os faróis, brancos; e a autoestrada era cinza.

CAPÍTULO DEZESSETE

"Quando eu era pequeno, vivia tacando fogo nas coisas. Sempre. Meus pais brigavam comigo o tempo todo. Não entendiam. Não era piromania: era uma vocação profissional."

Soldado Hank Harnack, 321º Batalhão de Patrulheiros Coloniais, durante entrevista em Turaxis II
Julho de 2488

FORTE HOWE, NO PLANETA TURAXIS II

Dois dias depois do ataque surpresa ao Forte Howe pelos guerrilheiros kel-morianos, Tychus seguia num lotação até o centro de comando, observando a atividade na área. Dezenas de VCEs trabalhavam na reparação das defesas quase destruídas, nivelando o solo bombardeado e retirando os destroços. Equipes civis foram convocadas para ajudar, mas ainda havia muito trabalho pela frente. O veículo que Tychus pegou teve que desviar de uma enorme nave kel-moriana carbonizada destruída antes de continuar o caminho. A batalha não fora unilateral, contudo. Mais de uma centena dos soldados do Forte Howe ficou ferida ou foi morta. Era muito provável que a base tivesse sido dominada, não fosse por uma boa dose de sorte. O oficial comandante dos guerrilheiros fora morto logo no início da batalha, um esquadrão de Vendetas chegou rapidamente para destruir três módulos de transporte kel-morianos, e metade de um pelotão de inimigos morreu quando um fuzileiro os atropelou com um caminhão.

Enquanto isso, quilômetros ao leste, o Terceiro Trovão adentrara a cadeia montanhosa Dorso da Cobra e empurrara um contingente do exército kel-moriano de volta à zona de guerra. Uma vitória creditada a Vanderspool, apesar de este ter quase perdido o Forte Howe. Era um flagrante lapso da justiça que Raynor ainda se esforçava para aceitar. Já Tychus via a coisa com o cinismo de sempre. Vanderspool usava o sistema e tinha sucesso nisso. Qual a novidade? Se não fosse ele, teria sido outro oficial.

Agora, a questão é: por que esse canalha quer falar comigo?, pensava Tychus. *Ele não sabe que pegamos o caminhão, ou não tem certeza. Se soubesse, teria mandado os PMs atrás da gente.*

O lotação alcançou o centro de comando, Tychus pulou para fora enquanto outras duas pessoas entravam. Vestira-se para a ocasião desta vez: a farda estava engomada, e as botas, brilhando. Em vez de carregar um rifle, levava uma pistola no coldre.

Desde o ataque surpresa, dois fuzileiros passaram a guardar a entrada do prédio. Eles conferiram a identidade de Tychus, e, como o funcionário com que lidara logo que chegou ao forte, os guardas se mostraram educados demais. *De onde vêm essas pessoas?*, pensou o sargento. Tinha alguma coisa errada com elas.

Tychus subiu a escadaria e chegou à sala de espera do escritório de Vanderspool. A mesma cabo ruiva que ele encontrara antes estava de serviço e pediu que se sentasse. A espera foi mais longa dessa vez, porque Vanderspool estava sendo entrevistado por um repórter da UNN. Então, em vez de desperdiçar a oportunidade, o sargento passou os cinco minutos seguintes despindo a cabo mentalmente, uma peça de roupa por vez. Quando o jornalista saiu do escritório, a ruiva usava só calcinhas e botas.

— Pode entrar agora — disse ela, alegremente, e sorriu.

Tychus agradeceu, seguiu até a porta e bateu. Ao ouvir "entre", deu três passos adiante e se apresentou.

— Sargento Findlay, me apresentando como ordenado, senhor!

* * *

Vanderspool olhava para o calendário quando uma versão aprumada e polida de Tychus Findlay entrou na sala. *Olha só*, pensou ele, *parece que o cara acabou de sair de um pôster de recrutamento.*

O comandante tinha impressões dúbias sobre o recém-nomeado sargento. Durante o ataque surpresa kel-moriano — cuja magnitude fora uma desagradável surpresa para Vanderspool, que esperava somente um ataque simples —, Findlay guiou o pelotão até o arsenal com planos de defendê-lo. Ao ver que as instalações estavam sendo saqueadas, Findlay e os soldados não só perseguiram como de fato recuperaram um dos caminhões. Financeiramente, o retorno do veículo para mãos Confederadas não era bom para Vanderspool nem para seu parceiro kel-moriano. Mas fazia ele parecer um herói. Por isso, fora muito bem recompensado, com a honra de ser promovido a coronel, um título que se esforçara muito e por muito tempo para conseguir.

Por outro lado, não havia nenhuma pista sobre o caminhão desaparecido, o que estava custando caro tanto para o confederado quanto para o kel-moriano. Numa reunião de emergência no dia seguinte, Aaron Pax, o parceiro kel-moriano de Vanderspool, estava furioso, acusando-o de traição por roubar o caminhão. Vanderspool o convenceu do contrário, prometeu descobrir o que ocorrera e rebateu questionando sobre o ataque. Por que as coisas tinham acontecido daquela forma, com tanto poder de fogo e homens a mais? Todos os outros esquemas tinham funcionado precisamente e esse fora um desastre. O parceiro alegava não saber de nada, mas o coronel não estava certo disso.

Contudo, depois de interrogar os dois motoristas capturados no arsenal, Vanderspool chegou ao nome de um superior kel-moriano e conseguiu juntar as peças para entender por que a pequena operação tinha se tornado um ataque de larga escala. O superior descobrira o esquema e pegara carona na missão, mandando as próprias tropas e contratando motoristas civis para roubar os veículos carregados. Contudo, planejara mal e acabara fracassando. Quando os caminhões estavam saindo em comboio, foram interceptados pelos ladrões de direito e reivindicados — o que ao menos fazia Vanderspool se sentir um pouco melhor. Odiaria saber que algum porco trapaceiro tinha conseguido se dar bem com aquilo. Mesmo assim, obstinava-se em obter vingança e a conseguiria. Ele sempre conseguia.

Por enquanto, porém, precisava achar o caminhão desaparecido; era o mais valioso deles por uma grande margem — estava cheio de componentes para armas e aprimoramentos para armaduras que valiam sozinhos oito milhões de créditos. Vanderspool estava determinado a encontrá-lo. E onde estava? Findlay era um criminoso condenado, afinal de contas... Não por roubo, mas o homem era degenerado o suficiente para atacar o oficial comandante. Tinha algo errado com ele. Será que sabia do paradeiro do caminhão?

E quanto aos outros membros do pelotão de Findlay? Eram um bando de degenerados que tinham encontrado o líder perfeito? Ou era um grupo tão puro quanto a neve? Não havia como saber — mas ele faria o melhor para descobrir.

— Descansar — ordenou Vanderspool, forçando um sorriso.
— Bom ver você novamente, Findlay. Por favor, sente-se.

— Obrigado, senhor.

Tychus se sentou, estranhamente nervoso. *O que será que ele quer? Está atrás de quê?*, pensou.

— Foi preciso coragem para perseguir aqueles saqueadores e recuperar o caminhão. Estou orgulhoso de você.

A verdade é que Tychus quis roubar ambos os veículos e escondê-los nas ruínas da vizinha Whitford. Raynor o convencera a desistir. Como dissera o jovem: "Se você recuperar um dos caminhões, eles vão acreditar na sua história. Se não, vai parecer que todo o batalhão sumiu no meio da batalha. Qual estratégia parece melhor?"

Tychus resistira à ideia espertinha de Raynor a princípio, mas agora ficava feliz de ter lhe dado ouvidos. Os olhos escuros de Vanderspool perfuravam o sargento. Talvez Jim Raynor tivesse alguma utilidade, no fim das contas.

— Obrigado, senhor.

— Então... Graças ao seu extraordinário desempenho, é meu prazer informar que você e seu pelotão farão parte de uma nova unidade de destacamento misto que eu terei a honra de comandar.

"O 321º Batalhão de Patrulheiros Coloniais se tornará uma equipe de elite, mas o time do qual você fará parte será ainda mais especial. Chamamos de pelotão de Táticas Especiais e Missões ou TEM. Vocês receberão as armaduras e os equipamentos mais modernos. Está bom para você?"

Não estava bom. Nem um pouco. Porque na Corporação, sempre que algo era considerado especial, no fim das contas não era. Fazer parte de unidades de elite significava sempre mais trabalho, mais inspeções e mais atenção dos superiores. Tudo isso prejudicaria a Operação Aposentadoria Precoce.

— Sim, mal posso esperar para começar — mentiu Tychus.

— Esse é o espírito! Você ficará feliz em saber que estamos trazendo um jovem nó-cego para liderar o pelotão TEM. O nome dele é Tenente Quigby. Em breve vou apresentá-lo.

Tychus notou a mudança no uniforme de Vanderspool, decorrente da promoção. Aproveitou a oportunidade para puxar o saco, na esperança de que isso eliminasse qualquer suspeita que o oficial pudesse ter.

— Estou ansioso para trabalhar com o Tenente Quigby, senhor... E parabéns pela promoção.

Tychus quase sentiu as engrenagens mentais de Vanderspool girando quando o coronel forçou o sorriso.

— Obrigado, sargento. Boa sorte com o novo trabalho. Pretendo ficar de olho em você.

Aquilo era uma ameaça? Sim, Tychus acreditava que fosse, mas sorriu falsamente mesmo assim.

— Obrigado, senhor. Darei o meu melhor.

E com isso se levantou.

Vanderspool assistiu ao outro se afastar. Talvez estivesse errado. Talvez o sargento Findlay fosse exatamente o que parecia ser. Um grande e simplório brutamontes que continuaria sendo uma ferramenta útil até que os kel-morianos o matassem. E talvez os homens dele fossem ingênuos como coroinhas. Mas "talvez" pudesse ser perigoso, ainda mais com tanta coisa em jogo. Era preciso ter alguma rede de proteção. E, se Vanderspool não estivesse enganado, ele logo conseguiria uma.

Três dias depois da criação oficial do 321º Batalhão de Patrulheiros Coloniais, o tenente Marcus Quigby reuniu o pelotão num campo adjacente ao campo de tiro de combate do Forte Howe e aproveitou a oportunidade para se apresentar. O pelotão consistia em três grupos — sendo que nenhum deles estava completo.

O que não impediu Quigby de caminhar de um lado para o outro em frente ao ínfimo grupo como se fosse um regimento completo, um braço erguido no ar e outro empunhando um novíssimo bastão. Quigby amava discursos longos e entediantes, insistindo em seguir rigidamente todos os regulamentos e observando de perto tudo o que os subordinados faziam, o que não o tornava nem um pouco querido entre os soldados.

Mas graças ao talento para engenharia — e o fato de que o pai era general —, Quigby ganhara espaço no que poderia se tornar uma organização importante. Uma chance de alavancar a carreira se tudo corresse bem. Nada disso, claro, importava para Raynor, que achava difícil levar a sério o jovem oficial.

— Mas que babaca — disse, disfarçando, o que fez Zander soltar uma risadinha.

O discurso de Quigby alcançou o clímax quando ele apontou o indicador para o céu.

— Então, com tudo isso em mente, chegou a hora de uma nova geração de armaduras. Estou falando de armaduras com funções avançadas que permitirão a esse pelotão eliminar obstáculos durante ataques convencionais, executar missões em territórios inimigos e reforçar unidades temporariamente destacadas da força maior. Contemplem o futuro!

Alguém tinha errado a contagem do tempo, de forma que Quigby ficou lá, apontando para o céu por alguns segundos até finalmente se ouvir um ruído. Então a tropa viu algo surgir no céu a milhares de metros de altura, descendo até eles.

Uma armadura vermelha reluzente chegou alguns segundos depois, dando uma volta completa para exibir o propulsor a jato que a fazia voar, e tocou o chão. As duas enormes botas levantaram poeira ao aterrissar, e o propulsor soltou um barulho agudo enquanto esfriava.

Foi uma demonstração impressionante, que deixou Quigby claramente orgulhoso. Os olhos redondos, emoldurados por sobrancelhas desproporcionalmente grossas, iam de soldado a soldado.

— Nada mau, hein? — guinchou. — Esse é um modelo para demonstrações, modificado para as necessidades do técnico Feek. Mas é semelhante ao que cada um de vocês vai receber assim que se qualificarem aos padrões CFC-225. Sorte de nós que o sargento Findlay é um especialista no que tange ao 225; poderá habilitá-los rapidamente a usá-los. Não é, sargento?

Aquilo tudo era novidade para Tychus, que, no entanto respondeu:

— Senhor! Sim, senhor.

— Foi o que pensei — disse Quigby a ninguém em especial. — Quando chegarmos ao CFC-230-XEs e -XFs, será hora de o senhor Feek liderar o esforço de treinamento.

— Olá! — saudou o homem na armadura, e sua voz foi transmitida pelas caixas de som do traje. — Meu nome é Hiram Feek. Estou ansioso para ensiná-los como operar uma armadura da Procyon Indústrias série 230, também conhecida como armadura Trovoada. A unidade que estou usando hoje é uma CFC-230-XF, também conhecida como Morcego de Fogo, por conta de suas características únicas.

Com um zumbido, o capacete da CFC-230 foi retirado; e o traje, aberto, revelou o homem lá dentro. Harnack ficou estupefato. Feek parecia ter menos de 1,50 metro de altura e estava em pé numa espécie de plataforma especial. Tinha a cabeça raspada e um desproporcional bigode que subia e descia enquanto falava.

— Como qualquer novo sistema, os trajes da série 230 ainda exigem aperfeiçoamentos antes de serem colocados em serviço. Então, por favor, me mantenham informado sobre qualquer questão operacional que surgir nas próximas semanas. A resposta de vocês vai ajudar a Procyon Indústrias a aprimorar a nova geração de armaduras.

O traje se fechou novamente, bem como o capacete. Feek ergueu um braço, apontou para o céu e soltou uma língua de fogo no ar.

— Que beleza! — comentou Harnack, com reverência. — Posso ter um desses?

— Sim, pode — respondeu Quigby.

Lisa Cassidy, suboficial de terceira classe, ficara confinada na prisão temporária de Forte Howe por dois dias. Não era um período tão longo em comparação com quem vivia por lá, mas Cassidy era viciada numa droga chamada "craca", um poderoso e intoxicante depressivo. Dois dias eram um longo período para ficar sem a droga. Estava, portanto, mal-humorada, nervosa e um pouco paranoica, pois ouvia vários barulhos vindos de fora da cela. Duas PMs vieram tirá-la de lá.

Pessoas alistadas têm a tendência de se unir, portanto, quando a cabo abriu a grade, transmitiu com os olhos algo próximo a simpatia.

— Hora de sair, Cassidy. Você tem visita.

Cassidy fez uma careta.

— Se for o capelão ou o oficial de moralidade, diga para irem pro cacete. Podem até ir juntos de mãos dadas.

As PMs riram.

— Não é nenhum deles. O coronel Vanderspool quer falar com você.

— O que fez, menina? Irritou algum general?

— Não que eu me lembre — respondeu. — Vocês vão me algemar?

— Desculpe. São as regras.

Cassidy estendeu os pulsos, sentiu o metal frio apertá-los e ouviu o já conhecido clique. Com a formalidade fora do caminho, foi ordenada a seguir as PMs pelo luminoso corredor até um posto de inspeção e dali por um labirinto de corredores até chegar a uma sala onde se lia "visitante 2" na porta.

Quando as algemas foram tiradas, ela recebeu ordens para entrar. A sala estava vazia, exceto por duas cadeiras e uma mesa coladas ao chão. Ela sentou na mesa e olhou ao redor. Não demorou para notar a câmera escondida instalada num canto. Mostrou o dedo para a lente e logo se sentiu enjoada. Sabia que o estômago já estava vazio. Logo começariam as cólicas, e ela duvidou que conseguiria suportar a reunião.

Vanderspool, que assistia por um monitor na sala de segurança, sorriu sombriamente ao ver a jovem mostrando o dedo para ele.

— Então é essa?

O capitão Marvin Ling era responsável pela prisão temporária e pela segurança da base. Tinha se ferido enquanto defendia o portão principal e ainda usava uma atadura em volta da cabeça. Os olhos de Ling deixaram o monitor para encarar Vanderspool.

— Sim, senhor. Ela se encaixa na descrição. A suboficial Cassidy é inteligente, boa no que faz e viciada em craca. E, de acordo com uma avaliação feita há seis meses, ela pode ser viciada na adrenalina do combate também.

Ling tocou a bandagem na cabeça.

— Ela foi fundamental naquela noite, ajudou pelo menos uma dúzia de pilotos e atirou no rosto de um Lobo do Ar kel-moriano.

Vanderspool olhou a mulher no monitor. Ela tremia e tentava se controlar, envolvendo-se nos próprios braços.

— E depois...?

Ling deu de ombros.

— Foi para um canto escondido, se entupiu de craca e desmaiou. Meu pessoal encontrou Cassidy inconsciente num banheiro e a trouxeram para cá. Segundo a ficha dela, é a terceira vez que é presa por um delito relacionado a drogas. Isso a torna uma excelente candidata para os campos de trabalho.

— Ou ela pode encontrar redenção de outra forma — replicou Vanderspool, já se levantando para sair. — Vamos ver isso. E capitão Ling...

— Senhor?

— Peça para alguém desligar a câmera e o áudio naquela sala. O assunto que a suboficial Cassidy e eu temos para discutir é confidencial.

Ling fez que sim com a cabeça, num movimento dolorido.

— Sim, senhor.

Um PM escoltou Vanderspool pelo corredor, passando pelo posto de inspeção e dali até a porta sinalizada com "visitante 2". O PM destrancou a porta e deixou Vanderspool passar, retornando ao corredor. Ouvi-se o clique da porta sendo trancada. Cassidy estava prestes a bater continência quando Vanderspool rejeitou a cortesia.

— Não precisa disso, suboficial Cassidy. Sou o coronel Vanderspool. Por favor, sente-se.

Agora que via Cassidy de perto, Vanderspool notava que a médica era muito bonita. Algo que podia ser uma vantagem, dados os planos que tinha para a suboficial. Cassidy tinha o curto cabelo castanho cortado de uma forma meio bagunçada que a deixaria masculina não fosse pelo rosto muito delicado. A expressão dos olhos grandes e iluminados era ao mesmo tempo experiente e vulnerável. Uma combinação que definitivamente atraíra Vanderspool e provavelmente encantaria outros homens. Como os do pelotão de Findlay. Não havia como ter certeza, mas a probabilidade era grande.

— Então, meu bem... Ouvi dizer que você é viciada em craca.

A doutora estava na Frota Colonial há tempo suficiente para saber quando algo estranho acontecia. Coronéis não visitavam médicos humildes a não ser que tivessem motivo. Vanderspool queria algo dela, mas o quê? Sexo? Sim, sabia que ele estava atraído por ela, mas achava que havia mais alguma coisa em jogo — algo que ele desejava e ela podia dar. Experiente em conseguir o que queria, a doutora sabia jogar. Isso se conseguisse disfarçar os sintomas da crise de abstinência o suficiente para aproveitar o momento.

— Sim, senhor.

— Bom. Fico feliz que escolheu admitir. Caso dissesse qualquer outra coisa, teria lhe abandonado ao seu destino. Você ficará feliz em saber que não estou aqui para discursar sobre os efeitos nocivos da craca ou ameaçar punir você. Dizem que está cada vez mais difícil encontrar craca hoje em dia. Então estou aqui para oferecer uma oportunidade de continuar trabalhando como médica e ainda ter acesso a uma quantidade razoável de craca em troca de relatórios constantes sobre certo grupo de soldados. Soldados que podem ou não estar envolvidos em atividades ilegais. O trabalho interessa?

Algo mudou nos olhos de Cassidy.

— E se eu disser não?

— Então será enviada para um campo de trabalho. Não como punição por dizer não, mas porque é para lá que você seria encaminhada antes dessa conversa ocorrer.

— Então minha resposta é sim.

— Excelente. Não vai se arrepender.

CAPÍTULO
DEZOITO

"Três repórteres da UNN foram presos por oficiais Confederados, acusados de insubordinação relacionada à transmissão proibida de cenas de guerra na semana passada. Preston Shale, presidente da UNN, divulgou um comunicado condenando os repórteres por agirem contra os interesses da UNN e dos cidadãos Confederados. Também agradeceu o novo membro da equipe responsável pela delação, um jornalista chamado Handy Anderson. Ele será entrevistado esta noite e revelará mais detalhes do caso, bem como sua jornada do campo de batalha até a redação."

Max Speer, *Jornal da Noite* para a UNN
Outubro de 2488.

WHITFORD, PERTO DO FORTE HOWE, NO PLANETA TURAXIS II

Quando a última lua desceu a linha do horizonte e o dia finalmente deu lugar à noite, estrelas iluminaram o céu. Alguns poucos focos de luz amarelada também iluminavam aqui e ali, mas grande parte do que um dia fora a cidade de Whitford estava envolta em plena escuridão e tudo o que a acompanhava.

Por algum milagre, um campanário de dois andares tinha resistido aos ataques e proporcionava uma visão estratégica das ruínas abandonadas abaixo. Havia ainda alguns habitantes, claro, cidadãos que escolheram viver no meio dos entulhos em vez de seguir a autoestrada para viver uma vida miserável nos apinhados campos de refugiados.

Essas pessoas eram, contudo, cautelosas. Precisavam ser, já que todo tipo de predadores rondava pelas ruínas da cidade. Graças ao mecanismo de visão noturna do capacete, Raynor conseguia ver formas esverdeadas que marcavam as estruturas com aquecimento interno, que precisavam ser fortificadas.

Havia alguns pontos de luz menores, também — sentinelas nos telhados, enquanto outros corriam pelas ruínas cumprindo suas tarefas antes que a escuridão completa tomasse a cidade. Aqui e ali era possível ouvir o pipocar das armas de fogo: eram os nativos matando selvagens, lutando contra invasores e acertando contas. Era perigoso morar em Whitford — fazer negócios, também.

— Quem você disse que era o cliente mesmo? — perguntou Raynor.

Tychus respondeu com o cigarro entre os lábios enquanto continuava examinando a cidade pelo visor.

— Pra que entupir essa sua cabecinha com informações desnecessárias? É um amigo de um amigo, pronto.

— Bom saber. Achei que pudesse ser um criminoso ou algo parecido.

Tinham discutido o que fazer com as armas roubadas na noite anterior enquanto bebiam cerveja. Tychus anunciara ter um comprador disposto a pagar a cada um da equipe certo valor caso ajudassem a entregar os equipamentos.

Quase todos gostaram da ideia, exceto Raynor, uma vez que a história do roubo do caminhão ainda pesava em sua consciência.

— Não mesmo, pode esquecer. Não quero nada com isso — dissera.

À medida que a discussão prosseguia, Raynor se irritou ao notar que Tychus acabaria ficando com a maior parte do dinheiro.

— Por que todo mundo não divide igualmente?

— Os contatos são meus, tenho que ficar com uma porcentagem maior — argumentou Tychus, encarando todos.

— Nada disso. Nem teríamos o que vender se não fosse pela equipe.

Tychus pareceu considerar por um momento a ideia, recostou-se na cadeira e sorriu.

— Você me pegou aí, Jim. Então vamos dividir igualmente.

— Isso mesmo! — concordou Raynor.

E só então, enquanto o sorridente Tychus tomava uma golada de cerveja, é que Raynor notou que fora enrolado. O cara era malandro, bem malandro.

— Vamos lá — disse Tychus, interrompendo as reflexões de Raynor. — É hora de ir até lá pegar nosso dinheiro. O garoto vai ficar de olho nos vizinhos, não é Kydd?

Como o resto do pelotão, Kydd deveria estar a 50 quilômetros de distância, enchendo a cara na cidade de Orley onde um espaço para recreação fora instalado com esse propósito. E, com alguma sorte, estariam lá ainda naquela noite depois de fechar o negócio. Por mais estranho que parecesse, dada sua antiga vida, para Kydd a ideia de garantir a segurança de uma transação ilegal não o incomodava em nada. Talvez pela forma como fora recrutado — e o fato de que, para variar, fazia algo em que era bom. Kydd ergueu os olhos do rifle Bosun FN92 e fez que sim com a cabeça.

— Sem problemas, sarja. Estarei na cobertura.

Raynor — que achava que havia problemas, sim — seguiu Tychus por uma escadaria circular até a capela abaixo. Todas as janelas estavam cobertas e, graças a uma bateria roubada, havia algumas poucas luzes. A nave era grande o bastante para guardar o caminhão, que fora estacionado ali. Uma necessidade crucial para impedir que o veículo fosse localizado de cima.

Portas cobertas por cortinas pesadas davam em um pátio e um portão destruído mais à frente. Um Harnack luminescente era visível à esquerda, Zander, à direita. Ambos estavam ao lado de estruturas no formato de caixas, semelhantes a túmulos.

Raynor esperava que o negócio ocorresse tranquilamente. Queria ganhar algum dinheiro para mandar para os pais, mas esperava não ter que matar ninguém para isso. Já que estavam lidando com criminosos, sabia que essa era uma possibilidade. Estava preparado para o pior. Mas, como tinha participado do roubo dos caminhões, ele próprio era agora um criminoso. Uma ideia chocante que ele ainda tentava digerir.

Os pensamentos de Raynor foram interrompidos por uma explosão estática e o som da voz de Kydd.

— Há dois veículos se aproximando vindos do nordeste. Ambos têm o tamanho e forma certos. Câmbio.

— Entendido — informou Raynor, sabendo que o resto da equipe estava ouvindo também. — Você sabe o que fazer. Câmbio.

Um clique duplo veio em resposta.

— OK, pessoal. É hora do show! — anunciou Tychus.

Instantes depois, duas manchas verdes apareceram nos portões e expeliram outras duas manchas verdes menores que adentraram o pátio. Houve uma pausa enquanto os vários agentes se entreolharam com suspeita, seguida de mais uma quando o chefe de segurança do comprador circulava na área. Então, satisfeito com a relativa segurança do espaço, falou algo pelo microfone.

O comprador entrou no pátio e olhou ao redor. Raynor usava o mecanismo de visão noturna, o que dificultava a percepção de maiores detalhes. Teve a impressão de ser um homem corpulento de meia-idade, usando óculos noturnos e terno branco.

— Que pena — disse o homem. — Minha filha se casou aqui. Foi um dia tão especial. E você, cidadão Smith? Tem filhos?

— Provavelmente — admitiu Tychus. — Agora quantos, só Deus sabe. Trouxe os cristais?

— Claro! Você conhece minha reputação. Vamos então dar uma olhada nos componentes... O que há de mais moderno em transmissores, se não me engano.

Raynor sabia que Kydd estava atento, mas não conseguia evitar ficar olhando para todos os lados, nervoso. Não acreditava que Tychus tinha metido ele em algo assim — de novo. *"Essa é a última vez"*, disse a si mesmo.

— Pode me seguir — pediu Tychus, e guiou o homem até a capela.

O comprador não expressou qualquer sinal de ultraje ao saber que os eletrônicos roubados estavam escondidos dentro da capela. Dois de seus empregados subiram no caminhão e começaram a fazer o inventário da carga. Todas as caixas já estavam abertas, para acelerar o processo, mas ainda era necessário inspecionar as que estavam no fundo. Cerca de vinte minutos se passaram até que tudo fosse concluído.

Finalmente, depois de receber um sinal positivo do chefe de segurança, o comprador se declarou satisfeito.

— Parece que está tudo em ordem... Aqui está seu pagamento.

Com isso, a mancha em formato de pera fez um sinal para que um dos guarda-costas se aproximasse. Ele carregava um estojo de metal que entregou a Tychus. O suboficial abriu o estojo, analisou os cristais que estavam dentro e passou um pequeno detector multiespectro sobre as pedras. Depois de observar os resultados, fez um sinal de aprovação com a cabeça.

— Parecem bons... Foi ótimo negociar com você. Vai precisar de ajuda para tirar o caminhão daqui?

— Não, não será necessário. Adeus, meu amigo... E cuide da sua segurança. Estamos vivendo tempos perigosos.

O comprador então retornou ao veículo enquanto um dos seus homens dava partida no caminhão, que saiu levantando poeira pelas portas em direção ao pátio.

A paz retornou à cena. Connor Ward empurrou a tampa do túmulo e se levantou. O lança-foguetes estava carregado ao lado dele.

— Porra... Essa é a última vez que fico num túmulo... Até eu ter que ficar definitivamente em um.

O comentário normalmente provocaria risadas dos amigos, porém, Kydd atrapalhou o momento.

— Opa! Temos companhia, sarja! Vejo quinze manchas verdes. Estão a pé e se aproximando ao sul. Câmbio.

Raynor xingou com amargura. Esperava poder fazer uma fuga limpa.

— Estavam aguardando o comprador sair. Canalhas — observou Tychus ao ouvir o primeiro tiro abafado. — Viram o cliente chegar, imaginaram que algum tipo de negócio estava sendo feito e agora planejam roubar o lucro.

Raynor sabia que essa gente vinha preparada para matar os amigos dele, caso fosse preciso, para conseguir o que queriam. Ele não deixaria isso acontecer.

— Tudo bem, Ryk... Sabe o que fazer. Derrube-os. Câmbio.

Ouviu-se um tiro.

— Hank... Max... Peguem o carro de combate e dirijam até o pátio. Quando estiverem em posição, desceremos Kydd do campanário.

Ambos concordaram e desapareceram pela noite. O veículo estava escondido onde antes funcionava uma loja, a dois quarteirões de distância.

— Venham — convocou Tychus. — Kydd não vai conseguir pegar todos eles. Vamos lá fora dar um alô.

Tychus, Raynor e Ward saíram pelos fundos da igreja. Kydd atirou novamente.

— Errei um — comentou o atirador, sem graça. — Cuidado, acho que planejam atacá-los de surpresa. Câmbio.

A profecia de Kydd se tornou realidade à medida que o pequeno exército de manchas verdes emergiu correndo entre as lápides e avançando. No ataque surpresa ao Forte Howe e no roubo dos caminhões, a equipe se unira rapidamente. Agora, diante de mais um inimigo comum, parecia que lutavam juntos há anos.

— Deixa comigo — murmurou Ward, lançando um rojão.

O alvo estava tão próximo que o míssil mal teve tempo de pegar velocidade; atingiu o primeiro agressor e explodiu.

O visor de Raynor automaticamente amorteceu o repentino clarão, preservando sua visão. Quando o efeito arrefeceu, somente três manchas eram visíveis — as três fugindo.

— Deixe eles irem, Ryk — pediu Raynor. — E desça. Já temos o que queríamos. Vamos sair daqui.

O indicador de Kydd já apertava o gatilho quando ele largou a arma. Os alvos desapareceram pelas ruínas além do cemitério. Então, ele se questionou: caso os sequestradores, se é que eram isso mesmo, já estavam fugindo, por que ele estava prestes a atirar? Aquilo tinha virado um jogo? Ou as coisas ficavam mais fáceis porque ele só estava vendo manchas e não pessoas? A resposta era dolorosamente óbvia. O pior é que ele não se sentia culpado por isso.

Kydd se levantou, desceu pelas escadas e seguiu Raynor através das mais do que dilapidadas portas duplas. Os amigos esperavam com os motores rugindo. O vento frio o envolveu num abraço. A capela, irradiando o calor recebido durante o dia, ainda brilhava.

FORTE HOWE, NO PLANETA TURAXIS II

Tychus gostou de Lisa Cassidy à primeira vista. Foi durante a revista matinal; ela já estava lá quando o resto do pelotão chegou, parada atrás do tenente Quigby, que sempre fazia questão de ser o primeiro a chegar. Primeiro, a médica era bonita. Depois, a julgar pelo recheio do uniforme, também tinha um belo corpo. Qualidades que sempre chamavam a atenção de Tychus.

Mas além dos evidentes atrativos físicos, tinha atitude — de que todo o pelotão teve uma amostra quando Quigby iniciou mais um de seus discursos. Esse, especialmente, tinha foco nos horrores das doenças venéreas, no impacto negativo que as relações sexuais poderiam ter na coesão da unidade e na importância da abstinência de todo o pelotão. Foi aí que a doutora chamou atenção ao mostrar o dedo às costas do oficial e voltar à posição de descanso como se não tivesse feito nada.

Quando Quigby terminou o sermão e se virou para apresentar a médica, Raynor, Harnack e os outros fizeram o possível para evitar cair na gargalhada.

— A suboficial Cassidy examinará cada um de vocês — informou o oficial, com gravidade — e reportará os sintomas a mim. Devo acrescentar que ela faz parte de um teste. Queremos ver se os médicos devem ser incluídos na tabela organizacional das unidades regulares de infantaria. Temos sorte de tê-la conosco.

Não surpreendeu que Cassidy — que Tychus passara a chamar apenas de "doutora" — fosse convidada a se juntar a ele, Raynor e os outros quando eles saíram do Forte Howe à noite. Quando retornaram à base, o sargento apoiava o braço possessivo nos ombros da médica e, a julgar pelo rosto dela, Cassidy estava feliz com o arranjo. Isso desapontava Harnack, que tinha querido tentar algo com ela. Tudo ocorreu tão suavemente que, quando a doutora fez o primeiro relatório para Vanderspool, ele sorriu.

Mais de duas semanas se passaram desde a venda em Whitford. Semanas longas e pesadas para todos do pelotão em contínuo crescimento, inclusive para o tenente Quigby, Hiram Feek e, em menor escala, para Tychus — pois eles serviram como instrutores. Quando aprenderam a manusear as armaduras CFC-225, Tychus da noite para o dia deixou de ser instrutor para se tornar estudante, ao serem todos apresentados à nova série CFMF-230. Isso porque a armadura Trovoada exigia toda uma sorte de novas habilidades — algo que uma série de quedas dolorosas tinha provado. Por exemplo, era necessário experiência e boa noção espacial para decidir exatamente quanta energia aplicar na decolagem; manter o que Feek chamava de uma postura "cabeça erguida" no voo; e para aterrissar sem fazer uma bagunça horrenda — como Quigby se referia a "pousos não adequados".

Quigby era rigoroso. Todos sofriam sob sua tutela arrogante, mas ninguém mais do que a doutora Cassidy. A razão não era completamente clara. Provavelmente tinha algo a ver com a falta de respeito dela por ele — que Cassidy fazia questão de ressaltar de formas sutis e óbvias. Como esquecer de bater continência, de chamá-lo de "senhor" ou cumprir com outras regras que considerava idiotas.

Assim, Quigby implicava sempre com ela, procurando deslizes e sempre os encontrando. Aquilo irritava a doutora. Num belo dia, Quigby foi obrigado a tomar toda a série de vacinas uma segunda vez porque seu histórico médico fora "perdido".

As coisas ficaram tão feias que Quigby tentou transferir Cassidy para outra área, mas teve o pedido negado pelo comandante da companhia. Este informou que o coronel Vanderspool estava monitorando a situação. Sabe-se lá o que isso significava.

Mas agora, enquanto sugava um gole de água pelo tubo do capacete e engolia, Quigby tinha todos os motivos para se sentir orgulhoso ao olhar para a fileira de soldados com armaduras compondo a força mista da companhia conhecida como 321º Batalhão de Patrulheiros Coloniais.

O sargento Findlay e o primeiro pelotão estavam perfeitamente eretos, e suas armaduras azuis cintilavam na manhã ensolarada. Quigby passara a contar muito com o enorme suboficial que, apesar do histórico criminoso, era claramente mais confiável que o resto.

O cabo Raynor era o próximo na fila, mas era espertinho demais, o que lhe tornava presunçoso. Demoraria muito para ser promovido.

Quigby estava um pouco decepcionado de ver que a armadura da doutora Cassidy estava em boa ordem. A dela era diferente dos outros: tinha cruzes vermelhas em ambos os ombros e a palavra "médico" estampada no peito. Será que aquilo a pouparia de um foguete kel-moriano? Não, provavelmente não, mas valia a pena tentar.

De repente, Quigby se sentiu tonto. Seria o *curry* vilnoriano que consumira na noite anterior? Sim, provavelmente. Sua boca estava seca, e ele bebeu mais água, ficando aliviado ao notar a tontura arrefecer.

A armadura morcego de fogo vermelha do soldado Harnack era notavelmente diferente das azuis que os outros usavam, não só por conta da cor. Os tanques acoplados ao traje davam um perfil volumoso que logo os inimigos aprenderiam a temer.

E então havia o soldado Ward, cujo traje era equipado com dois lança-foguetes, um em cada ombro. Ambos podiam disparar até quatro mísseis do tipo "atire e esqueça", guiados por atração infravermelha. Ideal para atacar os kel-morianos de armadura nas batalhas, algo que Ward estava claramente ansioso para fazer.

Quigby analisou Zander e o resto do pelotão um antes de se ocupar com o pelotão dois. Aí a tontura voltou. Ele cambaleou e quase perdeu o equilíbrio. O sargento Stetman, responsável pelo pelotão dois, acorreu para apoiá-lo.

— O senhor está bem, senhor? Devo chamar a doutora para uma consulta rápida?

— Estou bem — insistiu Quigby com impaciência, afastando o suboficial.

Se existia algo pior do que se submeter aos nada suaves cuidados de Cassidy, o oficial não sabia o que era.

Além disso, o coronel Vanderspool revistaria o novo batalhão na praça de armas ao lado. Quigby já ouvia o som da música marcial e a batida dos címbalos e sabia que o pai estava entre os convidados VIPs sentados próximos ao bufê cuidadosamente montado. Não era todo dia que se tinha a chance de impressionar o general Quigby.

Quigby resistiu à tontura e à náusea até completar uma inspeção superficial. Checou as informações no lado superior direito do visor de combate. Viu que era hora de se preparar para o que fora planejado como um voo espetacular. A ideia era saltar sobre o público, depois que a última das tropas convencionais passasse, e aterrissar de frente para os VIPs numa perfeita formação. O tipo de coisa que deixaria uma impressão duradoura.

Havia um problema, porém, muitíssimo urgente. E Quigby não tinha como resolver. Ele de repente precisava ir ao banheiro! E ao contrário de outros trajes de combates que vinham com recicladores de dejetos, o protótipo não tinha um. O sargento Findlay poderia guiar as tropas, é claro, mas assim ele perderia uma oportunidade rara de impressionar o pai, de tal forma que resolveu arriscar.

Graças ao fato de que o pulo cerimonial fora praticado pelo menos cinquenta vezes, as ordens vinham naturalmente a ele. Ordenou o pelotão a se preparar e observou os segundos passarem. Então, quando disse "pulem", todo o grupo saltou.

Não havia muito a fazer na subida. Os 36 homens de armadura planaram sobre as árvores que cercavam a praça de armas e rapidamente alcançaram o apogeu. Nesse momento, era necessário desligar a energia e os jatos de direção por um segundo, permitindo que a gravidade puxasse para baixo os trajes. Quigby, porém, perdera o controle das tripas e também da própria CFC-2310-XE.

Trinta e cinco pares de botas aterrissaram quase perfeitamente sincronizados no solo, cada brilhante soldado batendo continência. Todos exceto Quigby, que caiu de costas no meio da mesa do bufê, fazendo voar comida em cima dos VIPs.

As pessoas começaram a gritar.

Aquilo já era ruim o suficiente. Mas o momento ficou muito pior quando o computador acoplado ao traje detectou que Quigby precisava de cuidados médicos imediatamente. Assim, abriu-se totalmente para resolver a emergência. Surgiu então um Quigby praticamente nu, jogado de braços abertos em cima dos destroços, aturdido, com as calças de cor clara sujas pelas fezes quase líquidas. O General Quigby não gostou nem um pouco. Nem o coronel Vanderspool.

Sem abrir o visor, Tychus se comunicou com o pelotão pelo sistema de comunicação.

— Doutora? Que diabos aconteceu? O que tem de errado com Quigby? Câmbio.

Depois de um longo silêncio, Cassidy enfim falou:

— É difícil dizer, sarja. Mas se eu tivesse que adivinhar, diria que tinha algo na água. Câmbio.

O comentário foi seguido por uma explosão de risadas, o som de uma sirene se aproximando e uma ordem do furioso oficial executivo do batalhão. A revista tinha acabado.

CAPÍTULO DEZENOVE

"Não há dúvida: eu vou ser forte e durão e esperto, e vou ajudar os fazendeiros a se livrarem dos banqueiros. Apoie o seu povo, é o que o papai diz."

Tom Omer, trecho de uma redação da 6ª série intitulada "Quando eu crescer"
Junho de 2478

FORTE HOWE, NO PLANETA TURAXIS II

O sol estava baixo, as sombras já se alongavam pelo solo, e o ar começava a esfriar quando Lisa Cassidy se aprontou para deixar a base. Apesar de Whitford, a cidade próxima, estar em ruínas e de o Bairro Boca-Quente, que ficava ao lado do Forte Howe, ter sofrido danos colaterais durante o ataque mais recente, o BBQ, como as tropas chamavam, não apenas resistia como também se mantinha aberto "25 horas por dia". E assim que a doutora saiu pelo portão oeste, viu-se cercada pelos dois quarteirões tomados por bares vulgares, clubes de *strip* e cortiços.

No BBQ ela se sentia em casa, pois nenhum dos balconistas, ladrões e prostitutas que lá viviam a desprezavam por ser viciada em craca. Pelo contrário, eles a entendiam de uma forma que nenhum de seus companheiros militares era capaz de entender. E aquilo garantia à doutora um tipo sórdido de legitimidade que seus colegas nem sonhavam em ter nem queriam.

Ainda assim, Cassidy até que gostava dos outros membros do esquadrão, mesmo que eles fossem absurdamente fáceis de manipular. Isso fazia com que ela se sentisse levemente culpada, mas um pouco envaidecida também. Porque, no final das contas, cada um cuidava de si.

E, no caso dela, isso significava alimentar o coronel Vanderspool com um fluxo constante de informações em troca de liberdade relativa e um fornecimento regular de craca. E era uma tarefa delicada. Porque, se ela falasse demais, o esquadrão poderia descobrir; se contasse pouco, Vanderspool a mandaria para os campos de trabalho.

— Ei, gostosa, tá querendo companhia? — perguntou um soldado esperançoso, quando a doutora passou pela mesa na calçada onde estavam ele e seus amigos.

— Eu te aviso quando estiver desesperada — disse a médica ao se afastar do bar e dobrar à direita. Ainda pôde ouvir o riso dos soldados quando passou por um corredor estreito entre dois prédios. O lugar fedia a urina, estava cheio de latas de cerveja e era decorado com pichações.

A passagem terminava em um pátio agradável, na frente de um restaurante chamado Le Gourmand. O estabelecimento era caro demais para os soldados, e essa era uma das razões para o coronel escolher aquele lugar para comer. A outra era o fato de que sua amante tinha um apartamento no segundo andar.

Então Cassidy foi contornando as mesas com toalhas de linho até os fundos do restaurante, subiu a escada que levava ao segundo andar e seguiu a varanda até chegar à frente do prédio, exatamente como havia feito nas ocasiões anteriores. Vanderspool estava sentado em uma cadeira de vime perto de duas portas de vidro. Elas estavam abertas para o apartamento da frente, e ouvia-se uma melodia diáfana de música clássica ao longe.

Assim como sua convidada, o oficial estava em traje civil. Sua roupa consistia em uma camisa amarela de seda, calças marrons bem-cortadas e mocassins tramados. Ele segurava uma taça de vinho tinto com a mão direita, e a garrafa descansava perto de seu cotovelo. Ele acenou de modo formal.

— Aí está você, minha cara... bem na hora. Pontualidade é uma virtude militar, não é mesmo? E precisa ser: vidas estão sempre em jogo. Sente-se, por favor. Gostaria de uma taça de vinho?

— Não, senhor. Obrigada — recusou Cassidy educadamente ao se sentar.

Vanderspool piscou, cúmplice.

— Não se compara a dez gramas de craca, imagino... Apesar de ser muito mais barato!

A doutora forçou um sorriso.

— Sim, senhor.

— Então — disse Vanderspool, refletindo enquanto dava um gole no vinho —, o que você pode me dizer sobre o fiasco inacreditável de anteontem?

Cassidy sabia que o oficial se referia à avaliação e à maneira como o tenente Quigby fora humilhado publicamente.

— Dizer ao senhor? — perguntou inocentemente. — Não sei do que está falando...

— Não seja tímida — advertiu o coronel. — Você não é muito boa nisso, e, além do mais, me irrita. Nós analisamos a água da armadura de Quigby. Estava contaminada com drogas poderosas e um laxante de ação imediata. O tenente acha que *você* o sabotou, mas eu aposto em Findlay ou em algum de seus homens.

De imediato a doutora pensou em culpar Tychus — era o caminho mais fácil —, mas, depois de uma breve reflexão, percebeu que isso seria muito idiota. Pois, se o coronel tinha um espião, podia muito bem ter *dois*, e o esquadrão inteiro sabia que ela era a culpada. Então encarou Vanderspool e falou a verdade:

— O tenente Quigby está certo, senhor... Fui eu.

Vanderspool ficou tão surpreso com a confissão que derramou vinho na toalha da mesa ao pousar a taça.

— *Você*? Mas por quê?

— Por dois motivos — respondeu Cassidy, com calma. — Primeiro: realmente detesto aquele cretino. E, sem querer ofender, senhor, mas alguns oficiais se comportam feito babacas só por diversão.

"Segundo: aqueles caras são um grupo muito fechado. Já estou enturmada, mas sacanear Quigby solidificou minha posição. Agora eles confiam em mim de verdade. Você não diria que isso é importante, senhor?"

Passaram-se cinco segundos de silêncio, durante os quais a médica viu se formarem uma série de expressões no rosto de Vanderspool, incluindo raiva, conjecturas e um sorriso relutante.

— Tenho que lhe dar o merecido crédito — reconheceu o oficial. — Você é uma cadela calculista. Sem querer ofender — acrescentou, sarcástico.

A doutora ficou aliviada.

— Obrigada, senhor. Não fiquei ofendida.

— E como está indo?

— Bem, senhor. Quando sair daqui, vou encontrar o resto do esquadrão no *Jack Três Dedos*, no final da rua. É lá que eles gostam de ir.

Vanderspool aquiesceu:

— Bom. Só uma coisa antes disso, estou pouco me lixando para o tenente Quigby, mas me importo com o pai dele, o *general*, e sua tramoia deixou nós três queimados. E não gosto disso. Não gosto nem um pouco. Então, aqui vai um conselho: *nunca mais faça nada desse tipo*.

A doutora ouviu um estalo no assoalho e começou a se virar, mas era tarde demais. Dois soldados à paisana de olhar vazio pararam logo atrás dela. Um deles a empurrou para fora da cadeira e a imobilizou, enquanto o outro se colocou à sua frente.

— Três — ordenou Vanderspool, inflexível. — Mas não no rosto.

Cassidy era durona, ou pelo menos acreditava ser, mas, depois de três socos sucessivos no estômago, caiu de joelhos e vomitou. Um pouco do líquido escorreu por entre as tábuas e pingou na mesa de baixo.

A doutora ouviu uma voz de mulher vindo de algum lugar do apartamento:

— Javier? Estou cansada de esperar.

Vanderspool se levantou. Sua voz era firme:

— Levem ela pra rua, que é lugar de lixo.

Cassidy ergueu a mão para deter os fuzileiros, usou a parte de baixo da toalha de mesa para limpar a boca e se levantou com esforço. Então, dando uma meia-volta quase perfeita, saiu.

* * *

Quando Cassidy chegou ao *Jack Três Dedos*, surpreendeu-se ao ver que o esquadrão, normalmente tão animado, estava afundado em suas cadeiras. E, se a cara de cão sem dono indicava alguma coisa, Raynor era o mais chateado de todos. Feek estava no banco ao seu lado, consolando-o, ao que parecia.

— O que está acontecendo? — indagou a doutora ao sentar-se junto de Harnack.

— Tom Omer... um dos melhores amigos que Jim tinha na cidade dele — disse Harnack, sério. — Nós embarcamos todos juntos em Shiloh. Bom, Tom se estropiou todo durante a batalha na Base Zulu. Perdeu um pulmão e um braço. Bem, acabamos de saber que ele morreu. Não resistiu aos ferimentos.

Harnack olhou para Raynor e depois para ela. Cassidy percebeu que os outros também estavam prestando atenção.

— Jim estava liderando o esquadrão no dia em que Tom foi atingido, então ele se sente culpado. Mas é uma grande bobagem. Eu estava lá e foi azar. Nada mais.

— É verdade — intrometeu-se Kydd. — Jim não podia fazer nada.

— Eles estão certos — disse a doutora, olhando para Raynor. — Já vi muitas pessoas morrendo nessa guerra, e, na maioria das vezes, é completamente gratuito.

Raynor levantou a cabeça, com um olhar assombrado.

— Os pais dele vão ficar arrasados, e é minha culpa. E se eu tivesse ficado em casa? E se estivesse lá agora? Talvez Tom ainda estivesse vivo.

— É — interrompeu Zander —, e talvez o resto de nós estivesse morto. Porque se não fosse você, outra pessoa estaria no comando, e vai saber como ela teria lidado com a situação.

— Exatamente — concordou Kydd, enquanto Tychus chegava com uma nova garrafa de Scotty Bolger's. — Só sei que você se saiu bem melhor do que eu teria me saído. E Tom diria a mesma coisa.

— Essa vai pra Tom Omer — bradou Tychus, enchendo o copo de Raynor. — Não conheci o sujeito, mas, se você diz que ele era um bom soldado, é o suficiente pra mim. Porque você é um cara considerado pra cacete, então Omer também era um cara considerado pra cacete, e isso é tudo o que a gente precisa saber. Agora levanta esse copo, vamos fazer um brinde... A Tom Omer, que foi pra guerra e fez o melhor que pôde. Nunca vamos esquecê-lo.

Aquele foi o discurso mais longo — e talvez o *único* — que Raynor já ouvira Tychus fazer. E, diferente do normal, não havia uma gota de sarcasmo, condescendência ou ironia no que ele dizia. As palavras não faziam a dor sumir — nada faria —, mas ofereciam um conforto essencial. Aquele era um lado de Tychus que Raynor não conhecera antes, mas que recebeu de bom grado.

— Um viva — disse Feek, levantado o copo. — Um viva para Tom Omer!

As palavras ecoaram pela mesa, e, ao erguer o copo, Cassidy se sentiu como realmente era: uma traidora.

O Sol mal havia despontado no horizonte quando o velho caminhão freou ruidosamente ao lado do portão fortemente vigiado e Hiram Feek saltou. Era uma altura considerável para alguém de sua estatura, mas ele estava acostumado e absorveu o choque com os joelhos dobrados.

Então, acenando para o motorista idoso, Feek atravessou a rua correndo em direção ao portão oeste, onde suas retinas foram verificadas e a máquina zumbiu enquanto engolia seu Passe de Cidadão Prioritário e o cuspia em seguida.

Instantes depois, o técnico entrou no forte Howe e foi direto para o quartel onde o primeiro esquadrão, o pelotão TEM do 321º Batalhão de Patrulheiros Coloniais, estava alojado. Apesar de não ser um membro do grupo propriamente dito, Feek sentira uma conexão imediata com os homens e mulheres que usavam suas criações. E os membros do esquadrão o adotaram como um deles. Assim como eles, havia deixado a família para lutar, à sua maneira, por uma causa. Mas, naquele momento, ele tinha assuntos ainda mais importantes a tratar.

Ao chegar à frente do prédio, Feek abriu a porta, subiu um lance de escadas e foi procurar Raynor. Porque, apesar de Tychus ser maior e ter um posto mais alto, Raynor era quem costumava ter um plano em mente. E considerando o tipo de problema que Zander e Ward tinham arrumado, eles iam precisar de um plano e tanto para se safar.

Raynor estava no meio de um sonho bom quando sacudiram seu ombro. Ele abriu os olhos, viu Feek e tornou a fechá-los.

— Vai embora... Temos dois dias de folga, que pretendo passar dormindo.

— Mas não pode — insistiu Feek. — Zander e Ward estão com problemas. Você tem que ajudar os dois.

Raynor praguejou, sentou e pousou os pés no chão frio. Era cedo e o pelotão inteiro estava de folga naquele fim de semana, então quase todo mundo ainda estava na cama. A não ser por Zander e Ward. Suas camas estavam vazias e arrumadas o suficiente para passar na inspeção. Ele bocejou.

— Onde eles estão? Na prisão?

— Não — respondeu Feek, apressado. — Estão a quase trinta quilômetros a nordeste daqui, a não ser que os bandidos tenham levado os dois para outro lugar, e eu não...

— Espera... *bandidos*? — perguntou Raynor, incrédulo e imediatamente alerta. — De que raios você tá falando?

— Tudo começou há algumas semanas — explicou Feek pacientemente. — Do nada, Zander apareceu cheio da grana. Perguntei de onde vinha aquilo, mas ele não disse.

Raynor sabia qual era a fonte do dinheiro, mas não viu necessidade de explicar. Confiava em Feek, mas quanto menos pessoas soubessem do roubo, melhor.

— E daí? — perguntou. — Onde entram os bandidos?

— Zander comprou um monte de comida com o dinheiro e alugou um caminhão.

Raynor resmungou e levantou a mão.

— Deixa eu ver... Ele encheu o caminhão de comida e foi para algum campo de refugiados.

— Isso mesmo — concordou Feek. — Ward e eu aceitamos dar cobertura em troca de algumas cervejas. Mas, de alguma forma, a notícia da remessa deve ter vazado, porque na metade do caminho demos de cara com um posto de controle dos Confederados...

— Só que não era realmente um posto de controle dos Confederados, e sim um bloqueio armado pelos bandidos.

— Certo de novo — aquiesceu Feek. — Então eles roubaram toda a comida e raptaram Zander e Ward. Eu consegui escapar. — Indicou sua baixa estatura. — Tive que vir de carona até aqui, mas voltei o mais rápido que pude.

Raynor sentiu-se como se tivesse levado um soco no estômago.

— Obrigado, Hiram. — Ele esfregou os olhos e manteve as mãos ali por alguns segundos, refletindo. Finalmente, levantou a cabeça. — OK, acorde Harnack, Kydd e a doutora. Mas não perturbe o resto do pelotão. Entendeu?

— E Tychus?

— Eu cuido do Tychus.

— Como? — perguntou Feek. — Sem querer ofender, Jim — acrescentou —, mas Tychus não é conhecido por sua filantropia.

— Esses caras são bandidos, não são? Então eles têm espólio — respondeu Raynor. — Isso vai prender a atenção dele. Além do mais, não subestime Tychus. Ele pode parecer durão, mas tem um coração de ouro.

Quando Feek sorria, de alguma forma seu bigode ia pros lados e pra cima ao mesmo tempo.

— E um fígado de ouro, pulmões de ouro, rins de ouro...

Raynor forçou uma risada.

— É, é por aí... — E deu tapinhas no ombro de Feek. — Vamos precisar de um veículo.

Feek concordou. Ele tinha o caminhão usado para transportar a armadura Trovoada e entregar encomendas simples.

— Eu providencio isso.

— Ótimo. Bom saber que não vamos precisar roubar um.

Foi necessária quase uma hora para acordar todos e levá-los para fora da base, onde Feek esperava com o caminhão. O civil dirigia, a doutora ia no carona, e Tychus, Raynor, Harnack e Kydd estavam sentados na parte de trás do caminhão, inspecionando as armas que Feek havia escondido ali antes de deixar a base. Eles não faziam ideia de onde seus amigos estavam presos. Mas Raynor tinha um plano.

A única lâmpada estava acesa, mas o grosso da iluminação vinha da abertura de ventilação do teto.

— Quase tudo isso aqui é terra de fazenda — começou Raynor, mudando de posição para que Harnack, Kydd e Tychus pudessem vê-lo —, e sei alguma coisa sobre fazendas. Esta área pode *parecer* deserta, como se não houvesse ninguém, mas, acreditem, existem olhos vigiando por toda a parte. Os locais sabem onde estão os bandidos e estão com medo de represálias ou são aliados deles! Então não vão falar, pelo menos não com as autoridades. Mas se encontrarmos a pessoa certa e fizermos uma boa proposta, podemos conseguir uma pista.

— Ou podíamos pegar alguém, dar uma boa surra e arrancar a localização dele — sugeriu Harnack, esperançoso.

— Esse é o plano B — respondeu Raynor. — Mandei o Feek parar em uma cidadezinha chamada Travessia de Finner. Deve ter um bar por lá; me parece um bom lugar para a gente começar.

— *E* tomar uma cerveja — acrescentou Tychus. A bem da verdade, ele achava que Zander e Ward já estavam mortos àquela altura. Mas não queria dizer aquilo a Raynor, especialmente por causa da morte recente de Omer. Além do mais, ele se beneficiaria da união do esquadrão. — Só umas cervejas, e esta viagem vai começar a realmente valer a pena.

— Ignorem o sargento Otimismo — advertiu Raynor, olhando de relance para Harnack e depois para Kydd. — Sequestros são comuns por essas bandas desde que a guerra começou e a economia afundou. Algumas pessoas vão querer ganhar dinheiro custe o que custar. Provavelmente os bandidos estão esperando que alguém venha e pague um preço por nossos amigos.

— Nossos *idiotas* é mais apropriado — disse Tychus, azedo. — Você dá a eles mais dinheiro do que qualquer soldado raso merece, e o que eles fazem? Compram comida e distribuem por aí! Isso é o que chamo de estupidez!

— Ser sequestrado é um *saco* — pensou Kydd em voz alta. — Olha só o que aconteceu comigo: fui drogado por uma prostituta e agora estou preso com vocês manés por sabe lá quanto tempo.

Um silêncio palpável recaiu sobre o caminhão quando todos se viraram para encarar o rosto impassível do atirador. Alguns longos segundos se passaram antes que Kydd soltasse uma violenta gargalhada e o resto do grupo o acompanhasse.

Admirado, Tychus balançava a cabeça.

— Olha só pra ele, falando como se fosse da Infantaria que nem a gente, e não um almofadinha nascido em berço de ouro. O exército te fez bem, garoto.

A portinha que ligava a cabine ao compartimento de carga estava aberta, e a doutora pôde ouvir tudo. Sabia que devia haver uma razão para seus companheiros de esquadrão estarem com grandes quantias de dinheiro. Era o tipo de informação que Vanderspool ia gostar de saber.

Ainda era muito cedo para uma dose de craca, principalmente se uma briga estivesse por acontecer, mas a injeção de esteroides era legalizada e a ajudaria a aguentar até quando pudesse ficar chapada. O dispositivo deu um suave assobio, e ela o pressionou contra a nuca.

NAS CERCANIAS DA TRAVESSIA DE FINNER, PLANETA TURAXIS II

A Travessia de Finner ficava a uns 8 quilômetros do local onde o carregamento de comida tinha sido roubado. Em vez de ir para o centro da cidade, onde o veículo chamaria muita atenção, Raynor instruiu Feek a parar nas imediações, perto do posto de abastecimento.

Então, depois de uma boa discussão com Harnack, ficou decidido que Raynor e Tychus iriam a pé até a cidade, enquanto o resto ficaria vigiando o caminhão.

— A gente vai trazer alguma coisa pra vocês comerem — prometeu Raynor. — E lembrem-se, pelo menos dois têm que estar acordados o tempo todo. Isso inclui você, Hank.

A recomendação suscitou mais reclamações, e Raynor estava explicando por que ela era necessária quando Tychus bateu a porta do caminhão e saiu andando, pondo um fim à discussão.

Na via principal, passaram por casas simples de madeira, com placas para captar energia solar e antenas parabólicas nos telhados. As antenas eram inúteis, claro, ao menos desde que começaram as batalhas espaciais, mas poderiam voltar a funcionar algum dia.

— É por isso que lutamos — observou Raynor —, por gente assim.

Tychus o olhou de esguelha.

— Você tá brincando, né?! A gente não luta pelas pessoas que moram nessas casas, a gente luta pelo governo, e, pode acreditar, existe uma grande diferença.

Eles passaram por algumas lojas isoladas e chegaram ao que claramente era a rua principal. Um cenário deprimente formado por prédios comerciais de um ou dois andares, a maioria precisando desesperadamente de uma pintura.

— Não, essas pessoas *são* o problema — prosseguiu Tychus —, porque preferem acreditar em todas as mentiras e deixam que façam elas de vítimas.

Raynor discordou:

— Talvez alguns sejam assim, mas muitos não são. Meus pais, por exemplo. Eles sabem que o governo não é perfeito, mas qual é a alternativa? Os kel-morianos? Acho que não.

— Nem eu — retrucou Tychus, espreitando à esquerda e à direita enquanto descia a rua. — Por isso que quero arrumar uma caralhada de dinheiro, achar um buraco confortável e me enfiar lá dentro. Pra que lado?

— Acho que esquerda.

— Esquerda, então. — E dobrou nessa direção.

Andaram meio quarteirão antes de Tychus quebrar o silêncio:

— Que pocilga!

Raynor, que volta e meia ainda sentia saudades de casa, franziu a testa.

— Falou o cara da cidade grande — disse, neutro.

— Não, falou o cara que veio de um lugarzinho fedido no meio do nada. Um lugar onde os caminhoneiros paravam pra mijar, onde a pessoa mais esperta era a garçonete do *Café do Pappy* e onde cada dia parecia durar um ano.

Ao se aproximarem do bar do Hurley, Raynor percebeu que aqueles eram os únicos detalhes que Tychus já tinha contado sobre seu passado. Haviam ficado mais próximos, mas Raynor tinha a sensação de não saber nada sobre Tychus. Ele se perguntou se algum dia chegaria a conhecê-lo de verdade, ou se aquilo sequer importava.

A taverna ficava em um edifício térreo, e as vagas na frente estavam praticamente vazias. Ao entrar, Raynor sentiu uma atmosfera tão familiar que parecia que havia voltado para casa. O balcão do bar, na frente da cozinha, ocupava um canto do amplo salão. Uma fila de colunas robustas sustentava o teto baixo manchado de fumaça, e mesas para quatro pessoas ladeavam as paredes. Um homem que parecia caminhoneiro estava sentado a uma das mesas do centro, o taverneiro secava os copos, e um velho cão foi recebê-los.

Raynor afagou a cabeça do cachorro antes de seguir Tychus até o balcão. O homem atrás dele tinha cabelo raspado, sobrancelhas espessas e o nariz amassado de um lutador de boxe amador. Havia algumas fotos dele nas paredes. Na maioria delas, ele estava em algum ringue, com os punhos ensanguentados erguidos em sinal de vitória. Hurley, talvez? Raynor achava que sim.

O proprietário mediu Tychus de cima a baixo antes de cumprimentá-lo educadamente:

— Boa tarde, cavalheiros. O que vão querer?

— Duas cervejas — respondeu Tychus.

— É pra já — disse o proprietário, e tirou as canecas da prateleira sobre sua cabeça. — Mais alguma coisa? Não querem comer nada?

— Queremos, sim — respondeu Raynor, cordial. — Já vamos dar uma olhada no cardápio... Mas, primeiro, talvez você possa dar uma informação. Alguns amigos nossos passaram por essa área recentemente e ainda não voltaram. A gente queria achar esses amigos. Sabe de alguém com quem a gente possa falar? Ou onde procurar?

Raynor viu os olhos do homem ficarem sombrios enquanto a espuma transbordava da segunda caneca.

— Sinto muito pelos seus amigos, senhor... Mas esses são tempos complicados. As pessoas não deviam viajar à noite. São cinco créditos.

— Eu não falei que eles viajavam à noite — disse Raynor sem se alterar, enquanto lhe entregava algumas moedas. — Mas viajaram. Nós não estamos pedindo que você aponte ninguém. Estamos atrás de informação, só isso. Pode ficar com o troco.

Hurley abriu a mão e viu duas moedas grandes.

— Por que não vão se sentar? Eu já levo o cardápio.

— Quanto saiu essa cerveja? — perguntou Tychus ao se sentarem.

— Cinquenta créditos — respondeu Raynor.

— Isso dá cem no total — observou Tychus. — É melhor que elas sejam boas mesmo. *Idiota*.

Raynor e Tychus pediram comida suficiente para eles, para a doutora, Kydd, Harnack e Feek. Então partiram levando as embalagens para viagem. Foi só quando já estavam de volta ao caminhão, distribuindo os gordos sanduíches, que Raynor achou o mapa desenhado à mão. Ele riu e o entregou a Tychus:

— Não derrame nada no meu mapa de cem créditos... Como está o almoço?

CAPÍTULO VINTE

"Fontes dos Confederados anunciaram hoje um novo e emocionante plano que permitirá a presença de repórteres da UNN dentro das bases militares para observar o desenrolar da guerra. Essa medida deve calar os críticos que apelidaram o combate com os kel-morianos de 'Guerra Silenciosa', devido às reservas da Confederação quanto à exposição midiática. Na condição de um dos jornalistas selecionados, não vejo a hora de entrar em ação e registrar a bravura de nossos soldados. Meu destacamento de monitoramento de segurança garantiu que será o mais discreto possível."

Max Speer, *Jornal da Noite* da UNN
Novembro de 2488

O fosso cavado à mão ficava no meio do celeiro, onde não podia ser visto de cima, protegido do sol e da chuva. Silas Trask, que tomava as decisões pela gangue, chamava aquilo de "o tanque" — tanque de armazenamento, porque era ali que ficavam tanto as mulheres que ele cedia para seus homens quanto as que mantinha para serem vendidas a algum interessado.

Meia dúzia de pessoas ocupava o buraco naquele momento: os soldados, capturados havia dois dias, um casal de idosos e duas adolescentes aterrorizadas, escaladas para divertir os bandidos na próxima festa.

Chafurdando em 15 centímetros de terra lamacenta, eles olharam para cima quando uma luz forte surgiu sobre suas cabeças.

— Ei, os dois babacas aí — gritou uma voz masculina. — Podem subir.

A escada desceu deslizando e atingiu o fundo do tanque, espalhando lama.

Zander subiu primeiro, seguido de perto por Ward, enquanto os outros assistiam de baixo. Era difícil saber o que lhes esperava. O tanque era horrível, mas os homens lá em cima também. E, uma vez convocados, não havia como saber o que aconteceria. Algumas pessoas voltavam ao tanque, outras não eram mais vistas. Será que elas estavam livres? Teriam sido resgatadas? Ou estariam mortas? Zander murmurou uma prece.

Bandidos fortemente armados estavam à espera. Um deles empurrou Zander por uma porta gigantesca. O soldado percebeu que era noite.

— Anda! — disse o homem, e o empurrou de novo.

Enquanto cambaleava em frente, Zander olhava para todos os lados em busca de qualquer coisa que pudesse ajudá-los. Ele era mais baixo que seus sequestradores, mas era forte e só precisava de algo que servisse como arma. Uma pá, um ancinho, qualquer coisa. Mas não havia nada ao seu alcance, e os dois foram empurrados e chutados celeiro afora. Ainda era possível ver duas das luas do planeta cruzando o céu azul aveludado.

Os soldados marcharam por uma área aberta até chegarem a uma modesta casa. As luzes estavam acesas, o que surpreendeu Zander — ele esperava que os bandidos deixassem tudo às escuras, mas talvez quisessem dar uma aparência de normalidade ao lugar.

Três degraus de madeira levavam até a porta da frente, que já estava aberta e dava acesso a um cômodo bem iluminado, mas quase vazio. Parte do teto fora danificada por goteiras, o que explicava por que os bandidos estavam morando na garagem.

Trask, um homem de cabelos escuros e dentes brancos reluzentes, com uma queda por joias chamativas — obviamente roubadas —, os aguardava. Fez uma careta quando os prisioneiros entraram na sala:

— Olha só pra isso! Meu chão limpo cheio de lama... Vocês não têm educação?

Zander revirou os olhos e espiou Ward, que fitava os pés em silêncio. Zander se voltou para Trask a tempo de receber uma rápida joelhada na virilha. Ele se curvou, gemendo, mas os marginais aprumaram-lhe o corpo com um puxão.

— É, acho que não — disse Trask num tom paternalista. — Sentem-se, por favor, cavalheiros.

Ele indicou duas cadeiras no meio da sala iluminada, que, graças às janelas quebradas, era devassada. Zander não queria obedecer, não se esse fosse o desejo de Trask, mas foi forçado a dar um passo adiante quando sentiu o cano de uma arma o empurrando. Ward estava tão contrariado quanto ele, mas demonstrou menos resistência, pois sabia que estavam em desvantagem naquela situação. Mas não se acovardou; isso estava visível em sua expressão e na linha dos ombros.

As cadeiras estavam posicionadas de frente para as janelas e bem presas ao chão. Trask deu meia-volta e parou diante dos dois homens enquanto eram amarrados.

— Querem ouvir uma coisa engraçada? — perguntou alegremente. — Dois homens procuraram por vocês! Parece que a sua estupidez é contagiosa. Eles pagaram cem créditos por um mapa que aponta este local. Isso significa que têm dinheiro. *Meu* dinheiro. Ou pelo menos vai ser, em breve.

E, com isso, Trask saiu rindo da casa, acompanhado por seus homens.

— O cretino está usando a gente como isca — rosnou Ward. — Quando os caras chegarem aqui, vão cair direto na armadilha.

— É — disse Zander, pensativo. — É o plano, mas nossos camaradas não são idiotas.

— Jim não é — concordou Ward sobriamente —, mas e quanto a Tychus e Hank? Eles vão entrar aqui com tudo, sem nem pensar duas vezes.

— Ou uma.

Os dois soltaram uma risadinha, que deu lugar a um silêncio contemplativo.

— Desculpa por ter te metido nessa confusão — disse Zander, pesaroso.

Ward deu de ombros.

— Não faz diferença, Max. Não tenho medo de morrer.

— É que... me sinto mal, só isso. A ideia foi minha, e eu estraguei tudo. Se a gente tivesse conseguido, teria ajudado tantas pessoas, mas... Eu não deveria ter te incluído nessa.

— Max, estou sempre pronto. Esses kel-morianos cretinos mataram toda a minha família, e mal posso esperar pelo dia em que vou me juntar à minha mulher e aos meus filhos. O problema é que planejava levar muito mais desses filhos da puta comigo. *Muito mais.* — Ele fez uma pausa. — Já é terrível ver um soldado sendo atingido por estilhaços. Mas, quando é a sua filha e ela sangra nos seus braços até morrer, você não consegue esquecer. É isso o que eu vejo toda vez que fecho os olhos, Max... Vejo Dara me encarando com aqueles grandes olhos castanhos. "Eu vou ficar bem, papai?", foi o que ela me perguntou, e eu disse que sim. É por isso que quero viver um pouco mais. Para matar o maior número possível de assassinos.

— Só acaba quando chega ao fim — retrucou Zander, em uma tentativa de animar o amigo. — É melhor esses kel-morianos tomarem cuidado!

Os dois ficaram em silêncio por vários minutos, tentando se desvencilhar das cordas, sem sucesso. Com a espessa camada de nuvens que cobria o céu, a noite trouxe completa escuridão, e a forte iluminação no interior da sala não permitia que enxergassem nada do lado de fora. O que aumentava a sensação de estarem em uma vitrine.

— Sabe — disse Ward, finalmente rompendo o silêncio —, foi minha culpa...

— Por quê?

— Aconteceu faz mais ou menos seis meses, em Tyrador VIII. Minha mulher falou que a gente deveria ir para o interior, ficar longe da refinaria. Mas eu disse "não, os kel-morianos nunca vêm até aqui". Foi isso que eu disse. Mas eles foram! Era eu quem deveria ter morrido. Você entende, Max? *Eu!*

— Sinto muito, Connor. Foi azar, só isso. Todos nós erramos. Sei que eu errei. Tudo o que podemos fazer é...

De repente, ouviram um estrondo, e Hiram Feek caiu do telhado.

Momentos antes de Feek cair lá de cima, Raynor estava deitado ao lado de uma sentinela recém-abatida, a cerca de 90 metros dali, calculando seu próximo passo. Apesar de não ser tão potente quanto a arma de calibre .50 que Kydd costumava carregar, a arma mais leve que Feek conseguira de um carregamento surpreendentemente grande de "armas de teste" era tão eficiente quanto a outra e estava equipada com um silenciador.

Em questão de segundos, Kydd já havia neutralizado sentinelas suficientes para que Raynor pudesse se aproximar da casa e ter um vislumbre da maneira como seus amigos estavam posicionados na sala iluminada. Depois de calcular o que os bandidos esperavam que eles fizessem, mandou que Feek saltasse.

E foi uma coisa linda! Da decolagem até a aterrissagem, uma manobra perfeita que fez com que Feek e sua armadura caíssem a apenas alguns metros dos reféns, depois de atravessar o telhado da casa e um quarto do andar de cima.

O único problema foi que a bota direita ficou presa entre algumas tábuas do chão, deixando Feek em uma posição desconfortável. A madeira se despedaçou quando ele puxou o pé, e o rifle disparou nas lâmpadas com um estampido. Os reféns estavam a salvo.

Então, no momento que antecedeu a *verdadeira* batalha, houve uma breve oportunidade para Ward falar:

— Muita gentileza sua aparecer, Feek. Por que diabos demorou tanto?

Tychus gostava de uma boa briga, especialmente quando havia a possibilidade de lucro, como sabia que seria o caso daquela. Ele e Harnack estavam preparando as armas quando ouviram um barulho repentino, e os bandidos, que haviam perdido o controle dos reféns, começaram a sair de várias construções, disparando suas armas loucamente.

Os dois estavam sem armaduras, e elas não foram necessárias quando os pontos verdes apareceram nos visores de combate e eles abriram fogo com disparos certeiros e controlados. Enquanto suas armas cuspiam e os pontos tropeçavam e caíam, a doutora entrou sorrateiramente no celeiro, uma bolsa de primeiros socorros no ombro e a pistola que sempre usava em batalha na mão.

Cassidy parou à sombra. Foi então que Trask deu as costas ao massacre que estava ocorrendo mais adiante e cruzou a sala em direção à porta lateral. Ele estava segurando uma carabina, e, ao passar sob um feixe de luz, suas joias douradas reluziram.

A doutora segurou a pistola com as duas mãos, mirou cuidadosamente e acertou Trask na cabeça. Ele cambaleou, tropeçou e caiu de cabeça dentro do fosso.

Ela ouviu gritos femininos, seguidos por uma comoção repentina no buraco, e viu uma escada. Então, baixando-a, ajudou os prisioneiros de olhos encovados a escapar do tanque.

— Você é um anjo — agradeceu a senhora, quando ela lhe deu a mão.

Cassidy sorriu.

— Sou muitas coisas, senhora, mas anjo não é uma delas.

Depois que o tiroteio acabou e o esquadrão obteve total controle da fazenda, eles se reuniram numa área aberta em frente ao celeiro.

— Nossa! — exclamou Harnack, olhando em volta. — Nós somos bons ou não somos?

— Bons pra lavar louça — disse Zander, imperturbável. — Teria sido legal se tivessem chegado um pouco mais cedo.

— E seria legal se você gastasse seu dinheiro com bebidas e prostitutas — interveio Tychus ao sair do celeiro. — E não necessariamente nessa ordem.

Ele depenara Trask de suas joias e estava tentando colocar um anel chamativo no mindinho esquerdo.

— O que nos leva a uma importante questão — intrometeu-se Kydd. — Acho que quem foi resgatado deveria pagar a cerveja.

— Pode apostar! — Ward sorriu. — A primeira rodada é do Zander.

— Ótimo — disse Tychus —, conheço um bar que se beneficiaria dessa nossa pequena transação.

Raynor resmungou:

— Você não está falando do Hurley...

Tychus deu um sorriso maldoso.

— Claro que estou! A gente precisa de um reembolso por aqueles sanduíches superfaturados.

— Toquem aqui! — disse Harnack, levantando a mão.

Todos se cumprimentaram ruidosamente.

A doutora foi a última a se juntar à comemoração.

FORTE HOWE, NO PLANETA TURAXIS II

Quatro dias tinham se passado desde a incursão à fazenda, o esquadrão já estava de volta do Forte Howe, e a doutora estava irritada. Ela e o resto do esquadrão haviam treinando duro e estavam no meio de um intervalo conseguido a duras penas quando Cassidy recebeu uma mensagem para se apresentar na central de comando. Aquilo não fazia parte dos procedimentos que ela e Vanderspool tinham combinado.

Depois de receber o aviso para ir ao escritório de Vanderspool, Cassidy passou voando pela sala de espera e entrou bufando. Deixou a porta bater e atravessou o recinto irritada. Vanderspool, que estava ocupado guardando documentos em uma pasta, olhou surpreso para a médica furiosa, que se aproximou e se apoiou em sua mesa.

— O que raios você está tentando fazer? — perguntou ela. — Me matar? Se Tychus descobre que sou uma delatora, ele me esmaga como se eu fosse um inseto...

Vanderspool era um burocrata agora, mas não havia sido sempre assim, e a doutora se surpreendeu com a agilidade com que ele agarrou sua blusa. Um relógio chique, dois porta-retratos e um estojo de bronze cheio de canetas voaram quando ele a puxou pela mesa até que seus narizes estivessem quase se encostando.

— *Se dirija a mim como "senhor"... e quanto a te matar, isso pode acontecer ainda hoje. Entendeu, sua vaca?*

A doutora viu a raiva em seus olhos escuros e percebeu que tinha ido longe demais. Um dos problemas associados ao uso de craca. Toda vez que usava demais ou de menos, seu juízo era afetado.

— Sim, senhor. Perdão, senhor.

Vanderspool a empurrou.

— Assim está melhor... Não estou com tempo pra brincar de reunião com a vaca drogada no BBQ hoje... O general Thane quer que eu voe até a Base Aérea Boro para uma reunião estratégica. Mas antes de ir quero um relatório sobre o sargento Findlay e aquele bando de desajustados.

"As autoridades civis dizem que um homem que bate com a descrição dele entrou num bar chamado *Hurley* anteontem, desafiou o dono para uma luta mano a mano e quase matou o sujeito. E, se o que disseram é verdade, ele estava acompanhado de outros soldados... entre os quais, uma mulher bonita de cabelo curto. Parece alguém que você conhece?"

Cassidy continuou com a cabeça baixa, olhando para a bagunça no chão. Ela começou dizendo "Sim, senhor" com uma voz controlada e contou o que sabia da história, a partir do momento em que fora acordada por Feek.

Vanderspool ouviu atentamente a doutora descrever a viagem até a Travessia de Finner, o que ela entreouvira sobre grandes quantias de dinheiro, o mapa, o ataque à fazenda, a maneira como os soldados tinham sido libertados e a subsequente entrega do carregamento de comida de Zander a um campo de refugiados ali perto. O sangue de Vanderspool fervia. Todas as suas suspeitas se confirmaram: eram uns vigaristas inúteis e nojentos. As têmporas latejavam, e o rosto endurecia à medida que Cassidy narrava os acontecimentos.

— Então, no caminho de volta para a base, Tychus, quero dizer, Findlay insistiu em parar no Bar do Hurley, porque foi o Hurley quem deu o mapa para Raynor e dedurou a gente. — Ela encolheu os ombros. — Você sabe como é o Findlay. Hurley era bom, mas não o suficiente. Na verdade, se o cabo Raynor não tivesse apartado, o cretino estaria morto.

— Mas eles disseram que você prestou os primeiros socorros.

— É o meu trabalho — disse Cassidy, prontamente.

— É *um* dos seus trabalhos — rebateu Vanderspool com firmeza. — Está dispensada.

A doutora ergueu os olhos. Sua surpresa era evidente.

— Dispensada?

— Isso. O que esperava? Uma medalha?

— Você não vai jogar a gente na prisão?

— Não — respondeu Vanderspool. — Já disse que estou a caminho de uma reunião. Agora, fora daqui!

A doutora ficou em posição de sentido, deu meia-volta e saiu.

Vanderspool bateu com as mãos na mesa. Então ele estivera certo o tempo todo... Findlay e seus camaradas *tinham* roubado o caminhão, vendido seu conteúdo para quem pagasse mais e dividido o dinheiro. O dinheiro *dele*.

Vanderspool entrou no banheiro e agarrou as laterais da pia. Inclinou-se na direção do espelho, a mandíbula travada, e encarou seu reflexo com atenção. *Ladrões desgraçados!*, pensou. *Vou matar aqueles filhos da puta! Eu sabia!* Furioso, socou o espelho, que se partiu em mil pedaços. Os cacos de vidro caíram tinindo no chão. Vanderspool olhou para as juntas dos dedos. A pele estava cortada.

Sua mente pulsava com fúria, mas ele precisava de foco. O coronel queria matá-los, brutalmente, sem piedade — ou pior: queria transformar o cérebro deles em mingau, para que pudesse ver suas carinhas sorrindo em adoração ao serem obrigados a seguir suas ordens.

Mas aquilo teria que esperar. Por mais que isso o enfurecesse, ele precisava deles. O TEM era o único pelotão com soldados que passaram pelas semanas de treinamento necessárias para usar as novas armaduras, e não havia mais ninguém capaz de executar o plano estratégico que ele apresentaria na conferência. Seria seu momento de glória, um momento que não poderia ser manchado por ninguém, nem mesmo por eles.

Com um módulo de transporte à espera, Vanderspool foi até a pista de pouso. Um cabo, que não fazia ideia do que tinha acontecido, teve que limpar a bagunça no chão.

CAPÍTULO
VINTE E UM

"Esses rumores são baseados no pior tipo de propaganda, coisa que nosso inimigo conhece bem. Todos os prisioneiros de guerra mantidos em nossos centros de correção recebem três refeições nutritivas por dia, têm assistência médica de ótima qualidade e são tratados com respeito."

Trecho de um comunicado emitido em nome da União Kel-Moriana
Novembro de 2488

FORTE HOWE,
NO PLANETA TURAXIS II

O céu estava cinza-chumbo, fazia um frio atípico para aquela época do ano, e as tropas estavam usando capas de chuva quando atravessaram o pátio açoitado pela chuva torrencial. Poças se formavam nos pontos mais fundos e produziam pequenos gêiseres toda vez que caía nelas uma gotinha de água.

A primeira coisa que os membros do TEM notaram quando Tychus os levou para o auditório da base foi o esquadrão fortemente armado da PM que patrulhava o perímetro do prédio. Harnack, que estava perto de Raynor, assobiou.

— Por que tanta segurança?

Raynor deu de ombros.

— E eu que sei? Talvez eles saibam que as instruções vão ser tão chatas que só com guardas vão conseguir manter a gente lá dentro.

— Ou talvez eles saibam que alguma coisa importante está pra acontecer. — teorizou Harnack. — Eu queria fritar mais alguns kel-morianos.

— É um bom plano — disse Raynor, seco. — Contanto que eles não fritem *você*.

Harnack ia responder alguma coisa, mas os dois já estavam no saguão a essa altura, sendo conduzidos para o auditório mais à frente. O lugar era grande o suficiente para comportar centenas de pessoas, então todos os 35 soldados que compunham a tropa se sentaram na primeira fileira.

Foram necessários cinco minutos para que todos se acomodassem. Em seguida, o coronel Vanderspool apareceu pela lateral e marchou até o centro do palco. Então, olhando para Tychus, perguntou:

— Sargento, estão todos aqui?

O oficial estava com um microfone labial, e sua voz ressoou no sistema de som da sala. Se Tychus soubesse que os esforços da doutora para humilhar o tenente Quigby teriam resultado na sua transferência, deixando-o encarregado do pelotão, teria impedido a brincadeira. Porque a única coisa que queria comandar era uma conta bancária bem gorda. Mas Quigby partira e havia uma escassez de oficiais de linha, o que significava que ele teria que exercer a função até que o substituto chegasse. Então, a única coisa que pôde fazer foi olhar para Vanderspool e dizer:

— Sim, senhor. Todos presentes, senhor.

— Excelente — respondeu Vanderspool, com um sorriso cauteloso em seu belo rosto. — Tenho ótimas notícias para o pelotão TEM. Depois de semanas de treinamento, vocês têm uma missão! E não é uma missão *qualquer*. É o tipo de excursão que nós tínhamos em mente quando projetamos as armaduras do Corpo dos Fuzileiros Confederados, as CFC-230, para vocês.

"Na verdade, se essa missão sair do jeito que esperamos, nosso objetivo é usar vocês, e suas novas armaduras, para tomar o repositório de recursos estratégicos kel-moriano, na cidade de Polk's Pride. Este é um objetivo crucial, um objetivo que com certeza vai decidir o resultado da guerra em Turaxis II."

O sorriso dele cresceu ainda mais quando seu olhar passou pela fila de soldados.

— O que vocês achariam de serem os heróis de guerra mais celebrados da Confederação?

A reação dos soldados foi desanimada apesar do tom entusiasmado de Vanderspool, e ouviram-se alguns sussurros na plateia.

— Ah, sim — continuou Vanderspool, animado. — Alguns de vocês devem saber que já tentamos atravessar o rio Paddick e atacar o repositório antes. Infelizmente, fracassamos. Mas confiem em mim, tentaremos de novo e conseguiremos. Vocês têm a minha palavra.

"Mas antes de falarmos sobre Polk's Pride, vamos começar com nosso objetivo imediato."

As luzes se apagaram e um holograma apareceu no palco, Vanderspool chegou para o lado.

— As imagens que vocês estão vendo foram captadas por um cruzador em órbita — explicou. — As fotos que eles tiraram foram aprimoradas e combinadas graficamente para criar o mapa que aparece na tela.

Ao estudar a imagem, Raynor notou o que pareciam ser três montanhas, cada uma coroada com uma fortificação. Entre elas, cercado pelo que ele julgou ser uma barreira de plasticimento, aparentemente estava um acampamento militar. Seis prédios altos e estreitos podiam ser vistos um ao lado do outro. Outros dois estavam afastados dos demais, e um centro de comando, com uma estação comsat, estava ao lado de vários depósitos de suprimentos e uma caixa d'água. Estradas de acesso surgiam aqui e ali, pontilhadas por casamatas abauladas que davam cobertura a todas as entradas principais.

— Vocês estão olhando para um campo de prisioneiros de guerra — informou Vanderspool com gravidade. — Ele se chama Centro de Detenção Kel-Moriano 36, ou CDK-36, e mais de 400 de nossos bravos soldados e pilotos estão sendo mantidos prisioneiros lá. E não apenas presos: estão sendo *torturados* e, em alguns casos, assassinados. Mas não preciso descrever o que acontece lá dentro, porque teremos o privilégio de ouvir isso em primeira mão de uma das poucas pessoas que conseguiram escapar, uma jovem piloto que nos prova que tudo é possível.

Ele deu um passo para trás e, com um sorriso simpático no rosto, aplaudiu por muitos segundos antes de estender a mão para a figura que se aproximava. O batalhão ofereceu uma educada salva de palmas.

Auxiliada por uma bengala e acompanhada de um médico, uma figura frágil cambaleou até Vanderspool. Ela parecia um esqueleto coberto por uma pele de pergaminho.

— Esta é a capitã Clair Hobarth — disse Vanderspool seriamente. — Seu módulo de transporte foi abatido e levado para CDK-36, onde ela foi mantida por três meses antes de conseguir escapar. Os dois outros prisioneiros que tentaram fugir com ela não tiveram tanta sorte. Eu não queria que Hobarth viesse, mas ela insistiu, porque, para ela, os homens e mulheres que ficaram lá são como irmãos. Capitã Hobarth?

A voz de Hobarth era rouca, mas suas palavras eram audíveis graças ao microfone que usava.

— Bom dia... Obrigada por tudo o que já fizeram, e pelo que *vão* fazer, em favor dos prisioneiros do CDK-36. — Ela respirou fundo. — Não estou aqui para contar a história sórdida sobre os meses que passei lá. Estou aqui para explicar a vocês como atacar o acampamento, matar os animais que o dirigem e resgatar nossa gente.

Alguém começou a aplaudir com mais entusiasmo dessa vez, e Raynor acompanhou. Ali, depois do ataque ao Forte Howe e o saque do arsenal, estava o que ele vinha esperando: alguma coisa em que ele pudesse acreditar.

— Obrigada — agradeceu Hobarth, com humildade, enquanto projetava o laser e um ponto vermelho começava a percorrer a imagem 3-D.

Cada item que passava era ampliado e começava a girar; assim, a audiência podia vê-lo de diversos ângulos.

— Vocês já devem ter notado estes três morros — disse ela. — Todos têm a mesma altura, e seus cumes estão equipados com torres de mísseis, armas de defesa e torres de tiro. E, como são três, qualquer um que tentar atacar o acampamento entrará no fogo cruzado.

Hobarth resmungou:

— Isso não é bom, e, pra piorar, tem o fato de que algumas dessas armas podem mirar e atacar o próprio acampamento. E, acreditem, o supervisor da CDK-36, o homem que nós chamamos de Brucker, o Açougueiro, não hesitaria em fazê-lo.

Hobarth parou por um momento, como se deixasse que eles absorvessem as informações, antes de continuar:

— Então, se vocês vão resgatar nossos soldados, precisam neutralizar as fortificações do alto dos morros primeiro... E é aí que as suas capacidades especiais entram em cena.

Ela fez outra pausa, como se tentasse acumular mais energia, e então prosseguiu:

— Vai ser assim: vocês vão voar até lá em módulos de transporte. Depois, vão saltar, aterrissar nas três montanhas ao mesmo tempo e destruir as armas de lá. Então vocês descem, emboscam os guardas e tomam o controle.

Raynor observou o ponto vermelho desenhar uma linha em volta do acampamento.

— Depois de quebrar as barreiras de proteção, vocês vão evacuar os prisioneiros para a pista de pouso localizada *aqui*. — Quando o ponto vermelho encostou na imagem 3-D, ela se ampliou e começou a girar. — A essa altura, outros membros do seu batalhão já terão aterrissado para dar suporte e vários módulos de transporte pousarão para resgatar os prisioneiros. Um esquadrão de Vendetas vai manter os Urutaus kel-morianos longe de vocês. Ah, e mais uma coisa... — acrescentou, o mais alto que pôde. — Quando voltarem, a cerveja é por minha conta!

Aquele anúncio produziu uma comemoração animada, e Vanderspool sorria de forma indulgente quando retornou ao palco.

— Obrigado, capitã Hobarth... Foi uma apresentação excelente. E espero que saiba onde está se metendo, porque os homens e mulheres do 321º têm muita sede!

A audiência riu em aprovação, e Hobarth levantou a mão esquelética, deu um sorriso fraco e se arrastou para fora do palco.

— OK — disse Vanderspool, seriamente —, essa é uma visão geral. Obviamente vai ser preciso resolver uma série de questões táticas antes de vocês estarem prontos para encarar uma missão tão complexa quanto essa. E é nisso que vamos trabalhar nas próximas semanas. Nesse meio-tempo, lembrem-se: a segurança é de máxima importância. Surpresa é um elemento-chave do plano que a capitã Hobarth descreveu, e existem simpatizantes dos kel-morianos na região. Então, não discutam a missão quando estiverem de folga nem mesmo entre vocês. Fui claro?

— Senhor, sim, senhor!

— Ótimo. O treinamento começa às 14h. O comandante em exercício Findlay será o responsável. Dispensados.

Raynor olhou para a esquerda e sorriu quando viu a carranca do amigo. Tychus podia não ser um estrategista, mas era um líder nato e a pessoa perfeita para liderar o assalto à CDK-36. Mesmo que ele fosse reclamar da responsabilidade 25 horas por dia! As próximas semanas seriam interessantes.

Tychus se levantou e encarou os rostos à sua volta.

— Então, o que estão esperando? Um convite formal? Mexam esses traseiros... Temos trabalho a fazer.

Os preparativos tinham começado.

O Campo Queda, como ficou conhecido, ficava a cerca de 16 quilômetros a sudoeste do Forte Howe. Era formado por dois morros com um depósito de cascalho entre eles e dois prédios decrépitos de um lado. E como o TEM tinha recebido seu próprio módulo de transporte para o treinamento, eles conseguiam ir e voltar de lá em questão de minutos.

Ao final do terceiro dia de treinamento, quando o pelotão já estava se preparando para embarcar na *Docinho de Coco*, Tychus deu sua versão de uma conversa motivacional:

— Vocês são patéticos — começou. — O plano é pular do módulo e aterrissar de pé, não de ponta-cabeça! A chave é o controle... Então parem de sacanagem.

Eles já tinham ouvido aquilo. Controle *era* a chave. Mas como eles o conseguiriam? Pilotar a armadura Trovoada durante um exercício cuidadosamente monitorado era uma coisa, mas controlá-la em uma situação de combate era completamente diferente, e apenas um terço dos 35 soldados do pelotão era bom naquilo.

Infelizmente Raynor não era um deles e, ao embarcar na *Docinho de Coco*, sentiu seu estômago revirar. Ele estava entre os que haviam caído na véspera, e Feek fora forçado a passar a noite em claro consertando a CFC-230-XE de Raynor.

A verdade era que "pilotar" uma das armaduras exigia a mesma habilidade que dirigir um Vendeta. Então, quantas 230-XEs a Confederação conseguiria, de forma realista, colocar em ação? Não muitas, pelo menos não na opinião de Raynor, porque seria muito caro e tomaria muito tempo.

O módulo de transporte começou a decolar. Raynor estava nervoso, mas Tychus estava lá para confortá-lo.

— Tente não me envergonhar de novo — disse o suboficial, parando na frente de Raynor. — Você estava ridículo ontem. Se resolveu se matar, o mínimo que podia fazer era esperar pela missão e cair de cabeça numa torre de míssil! Assim eu poderia te dar uma medalha. Seus pais ficariam orgulhosos.

Ele deu um sorriso falso e, meio segundo depois, sumiu. Tendo espalhado a alegria por onde passava, Tychus foi falar com outro membro da equipe.

Alguns minutos depois, a nave chegou a dois mil e quinhentos metros, virou a sudoeste e começou a voar para o que prometia ser um longo dia. Tanto as portas laterais quanto o alçapão estavam abertos, e o vento forte soprava contra o soldado que atuava como mestre de salto. Protegido por sua CFC-230-XE, Raynor mal sentiu a brisa quando se postou atrás da soldado Pauley. Ela era uma dos "naturais", uma pessoa com habilidade nata para usar a armadura Trovoada, e não mostrou nenhum sinal de hesitação quando pulou da portinhola e desapareceu.

Raynor, que tinha tido o cuidado de não tomar café da manhã, se sentiu levemente enjoado em seus passos finais para o vazio. Ele queria mijar, seu coração estava disparado e lhe faltava ar. Não conseguia avistar seu alvo quando o CFC-230 começou a mergulhar em direção à superfície. Não diretamente, porque a única forma de olhar para baixo seria inclinando-se, movimento que o faria perder o controle. Mas ele conseguia ver o depósito de cascalho através das microcâmeras instaladas em suas botas.

Seu alvo era o monte Bravo, que ficava a 500 metros para a direita, o que significava que ele teria que se conduzir naquela direção. Uma perspectiva assustadora, pois as coisas estavam indo bem até ali, e qualquer ação que ele tomasse poderia resultar em um desastre.

Mas Raynor não tinha escolha. Não se quisesse aterrissar no alvo. O rifle AGR-14 estava preso a seu peito. Isso o deixava livre para manejar os braços, assim como as aletas controladas por computador presas a eles. Feito isso, Raynor deslocou seu peso. O resultado foi uma virada satisfatória para a direita, seguida de uma espiral fechada, que ele se forçou a corrigir.

Então, justo quando Raynor começava a achar que estava dominando o processo, uma repentina rajada de vento o fez girar descontroladamente! As botas foram parar onde deveria estar a cabeça, um alarme soou dentro do seu capacete, e tudo, menos os dados do visor, se tornou um borrão. Agora, Raynor era uma bala disparada em direção à superfície do planeta, onde uma cratera do seu tamanho estava prestes a se abrir.

O jato às suas costas tinha sido acionado? Felizmente não, pois aquilo o impeliria para baixo a uma velocidade ainda maior. Raynor sabia que teria que usar os braços e o corpo para corrigir sua orientação relativa ao solo ou acabaria enterrado nele. A chave era agir devagar e deliberadamente, apesar de todas as fibras do corpo estarem gritando para ele se apressar, sabendo que o chão se aproximava a 250km/h.

Então Raynor aprumou o corpo, dispôs os braços da forma como havia sido ensinado e sentiu a cabeça virar para cima. A pista de cascalho apareceu no seu visor. Tychus, que parecia ter nascido sabendo usar as novas armaduras, testemunhou a manobra pelas câmeras de monitoramento do módulo de transporte. Sua voz ressoou dentro do capacete de Raynor:

— Isso não é brincadeira, seu babaca! *Guarde seus truques para alguém que gosta. Câmbio.*

Raynor sorriu. O jato disparou, a CFC-230-XE começou a desacelerar, e o monte Bravo foi ficando mais próximo. Tychus pensou que ele estava de sacanagem! Fazendo brincadeirinhas enquanto deveria estar concentrado no treinamento.

— Desculpe, Sierra-Seis, eu me empolguei. Câmbio.

Apesar do salto razoavelmente bem-sucedido de Raynor, nem todos se saíram tão bem, e quando a *Docinho de Coco* retornou ao Forte Howe, a doutora não apenas teve que lidar com várias fraturas, como também com alguns óbitos. Feek não aceitou bem as mortes. Afinal de contas, ele era o responsável pelo modelo das CFCs.

Além disso, as carcaças teriam que ser repostas, e o estoque de peças de Feek diminuía com uma rapidez preocupante. Outras armaduras precisavam de reparos ainda maiores, e quase todas elas tinham pelo menos algum pequeno problema.

Então, quando o módulo pousou e o repórter da UNN Max Speer foi ao encontro deles, Tychus já estava de mau humor.

— Olhe para cá! — disse Speer, apontando para uma câmera robô flutuante. — Isso... É esse olhar de "vou meter a porrada" que eu quero.

Só que não era apenas um olhar. Speer viu algo *enorme* preencher seu campo de visão enquanto era erguido do chão. Tychus o jogou sobre o ombro da armadura, e o jornalista foi submetido a um passeio trepidante quando o líder do pelotão o carregou até o centro de comando ali perto. A câmera os seguiu.

As sentinelas olhavam pasmas enquanto Tychus passava, abaixando-se para desviar do batente e subindo as escadas até o ponto em precisou se curvar de novo. Então ele entrou na sala de espera, rumo ao escritório logo em frente.

A tenente sentada na cadeira de visitas de Vanderspool soltou um grito de surpresa quando a armadura gigante adentrou a sala e jogou o que parecia ser um cadáver sobre a mesa do comandante.

— Trouxe um espião, senhor — retumbou Tychus enquanto Speer ficava de pé. — Olha! — disse, pegando a câmera no ar. — O imbecil tava tirando fotos da gente!

Vanderspool franziu a testa ao se levantar e dirigiu-se à tenente:

— Pode nos dar licença, por favor? Obrigado.

Depois que a tenente se retirou, Vanderspool tornou a falar, dando a volta na mesa e postando-se ao lado de Speer.

— Ficou maluco?! É o Max Speer... Ele é repórter da UNN e tem permissão para te acompanhar. Max vai mostrar aos cidadãos da Confederação o trabalho fantástico que nossos soldados estão fazendo. Não é mesmo, Max? — disse, dando um tapinha amistoso nas costas do jornalista.

Speer abriu um sorriso largo.

— Aos seus serviços, Coronel.

Tychus olhou para Speer mais de uma vez antes de soltar a câmera robô, que se afastou para pegar um plano mais aberto.

— Sem condições, senhor... A gente não tem tempo suficiente para ensinar o cara a saltar. Além do mais, a gente já tem muito o que fazer para ficar cuidando de um civil.

Vanderspool levantou a mão.

— Não se preocupe, Sargento. Speer vai na segunda leva, num dos módulos de transporte. Agora faça a gentileza de voltar aos seus afazeres, que eu tenho que trabalhar.

Speer já se recuperara totalmente do arremesso — tinha coisas mais importantes com que se preocupar.

— Fique parado um segundo — disse, enquanto a câmera se posicionava diante de Vanderspool. O oficial abriu um sorriso. Nenhum dos dois reparou em Tychus saindo.

Ao fim da primeira semana de treinamento, Raynor chamou Tychus para uma cerveja no BBQ, sabendo muito bem que ele não era de recusar bebida de graça. A verdade era que existia uma forte amizade entre os dois, e Raynor havia se tornado, extraoficialmente, o segundo em comando, ainda que alguns sargentos estivessem à sua frente. O que não significava que Tychus concordaria com a proposta que Raynor ia fazer, especialmente porque ela ia de encontro a um dos seus princípios: "nunca se ofereça para nada."

Quando chegou a hora de se encontrarem, Raynor viu que a doutora vinha agarrada ao braço do amigo. Ele não deveria se surpreender; os dois já andavam se pegando fazia semanas, mesmo sem a aprovação de alguns colegas do pelotão. Tychus e a doutora eram da mesma cadeia de comando, o que, no mínimo, podia levantar suspeitas de favoritismo, mas ninguém tinha coragem de reclamar.

Então os três se aventuraram no confortável desmazelo do BBQ, onde todos pareciam conhecer a doutora, e, minutos depois, estavam à sua mesa favorita do *Jack Três Dedos*.

Conhecendo Tychus, Raynor deixou que ele bebesse vários copos de Scotty Bolger's antes de começar a falar:

— Tive uma ideia. — Teve o cuidado de conferir se não havia ninguém perto o suficiente para escutar. — Uma coisa que vai ajudar no sucesso da nossa missão.

— É? E o que é? Planeja dar um tiro na cabeça de Max Speer?

Raynor riu. Speer provou ser tão irritante quanto eles esperavam e estava sempre no caminho.

— Isso seria incrivelmente gratificante, mas não — respondeu e então se aprumou. — Me preocupo com... Você viu a capitã Hobarth. Quantos prisioneiros devem estar como ela? Feridos, fracos, *lentos*?

A doutora, ocupada massageando os ombros de Tychus, parecia estar alheia à conversa. Raynor podia ver pelo seu olhar distante que ela estava chapada. Assim como a maioria das pessoas no bar — a diferença era que elas preferiam o álcool à craca. E, desde que permanecesse sóbria em serviço, Raynor achava que ela podia fazer o que bem entendesse em seu tempo livre.

— Então, o problema é o seguinte — continuou. — A falha no plano de Vanderspool é que, depois que nós explodirmos os muros, os prisioneiros não vão sair transbordando. Em parte porque eles não estão esperando por isso, em parte porque, pelo menos alguns não vão estar em boas condições físicas. E carregar todo mundo vai tomar muito tempo, talvez tempo *demais*. Os Urutaus já vão estar na nossa cola. Por quanto tempo as Vendetas vão conseguir distraí-los?

— Faz sentido — concedeu Tychus. — E não tenho ideia de como resolver isso. Mas é claro que você tem, ou *acha* que tem, e é por isso que está pagando a bebida.

— Acontece que tenho mesmo uma ideia — concordou Raynor, despreocupado. — É o seguinte, quero me infiltrar um dia antes. Entro no acampamento, me misturo com os prisioneiros e ajudo na organização. Assim, quando o pelotão invadir, eles estarão preparados.

Houve um momento de silêncio enquanto Tychus esvaziava o copo, seguido por um baque quando o colocou na mesa. Então, tendo secado a boca com as costas da mão, arrotou.

— Essa é uma das piores ideias que já ouvi! Você andou injetando craca da doutora?

Raynor reparou na doutora, cuja atenção ainda estava em um lugar muito distante.

— O que tem de errado com a minha ideia? — respondeu, na defensiva.

— Que bom que você perguntou. Primeiro, se alguma coisa sai errada com seu salto, toda a missão pode ser comprometida. Segundo, como entraria no acampamento, supondo que tivesse sorte o suficiente de sobreviver à aterrissagem? E terceiro, e se você conseguir, mas o coronel Vanderspool abortar a missão?

— É... — disse a doutora, distante. — Seria uma merda.

— Com certeza seria — concordou Raynor. — Mas, considerando que Speer ainda está fazendo a cobertura, tenho certeza de que vamos ter alguma ação.

"E quanto a pousar e me infiltrar no acampamento... Tive essa ideia quando nossos guardiões capturaram o piloto de um Urutau kel-moriano ontem. Ele foi abatido na terra de ninguém e está preso na base.

"Tudo o que *você* tem que fazer é pedir pro coronel não divulgar que nós estamos com ele. Então, com a ajuda do pessoal da inteligência, visto o uniforme aéreo kel-moriano, apareço em um dos portões da CDK-36 e mostro uma identificação bem convincente. Uma vez lá dentro, peço uma carona de volta para minha base. Mas, como ela fica a mais de trezentos quilômetros, eles vão levar pelo menos um dia para providenciar o transporte. Enquanto isso, arrumo um jeito de avisar os prisioneiros."

Tychus olhou nos olhos de Raynor.

— Me diz uma coisa, Jim — disse, desconfiado. — Essa história tá muito doida. O que vai ganhar com isso?

Raynor se calou por um momento.

— Você pode achar que é bobagem... Mas essa é uma missão em que realmente acredito. Uma coisa pura e limpa, sem motivações obscuras, sem cobiças; é a nossa gente, e eles precisam da nossa ajuda. Quero soltar nosso pessoal. Pode parecer idiotice, mas foi por isso que me alistei.

Tychus lhe lançou um olhar cínico.

— Vanderspool quer ser promovido a general. O que tem de tão puro e limpo nisso?

Raynor deu de ombros.

— Não importa, desde que os prisioneiros escapem.

— OK — concordou Tychus relutante. — Vou cuidar disso amanhã de manhã. Nesse meio-tempo, você vai pegar mais bebidas pra gente. Essa conversa toda me deixou com sede.

CAPÍTULO VINTE E DOIS

"Conforme o combate kel-moriano se encaminha para o quarto ano, recebemos várias denúncias sobre o aumento da criminalidade no setor civil. Apesar de alguns analistas culparem a dinâmica da economia em tempos de guerra por esta nova onda de ilegalidade, o consenso entre os especialistas da Confederação é de que estas taxas representam um retrato de certas parcelas dos cidadãos. Um analista, que pediu anonimato, declarou: 'Nossa crença é que o patriotismo mostra sua verdadeira cara nos tempos difíceis.'"

Max Speer, *Jornal da Noite Especial* da linha de frente para a UNN
Novembro de 2488

FORTE HOWE, NO PLANETA TURAXIS II

O sol ainda se levantava, o ar era seco e puro, e Tychus estava de bom humor. Para sua surpresa, o coronel Vanderspool tinha aprovado a proposta de Raynor. O que fazia sentido por um lado, já que o comandante do batalhão queria o sucesso da missão, mas Tychus era tão cínico no que dizia respeito a oficiais em geral, e Vanderspool em particular, que aquilo o surpreendeu.

Ele estava a caminho do prédio onde o piloto kel-moriano estava preso quando viu alguém que nunca esperava encontrar de novo: Sam Lassiter.

Em algum momento ao longo do caminho, o soldado tinha passado por uma transformação quase miraculosa. Em vez da figura rebelde e desalinhada que Tychus vira pela última vez sendo escoltado para fora da pedreira por guardas armados, esse Lassiter tinha o cabelo curto, estava barbeado e usava um uniforme tão perfeito que parecia que tinha saído de um vídeo de recrutamento. O soldado passou direto por Tychus, mas parou quando ouviu seu nome.

— Ei, Lassiter! A última vez que te vi foi no CCM-R-156. Estou surpreso por terem te deixado sair de lá depois do que você fez com Bellamy.

Os olhos de Lassiter tinham uma expressão vazia.

— CCM? Bellamy? Não estou entendendo. Você deve estar me confundindo com outra pessoa.

— Acho que não — respondeu Tychus, checando a etiqueta com o nome do soldado. — Você não lembra da pedreira, da caixa... de atacar o sargento Bellamy?

Lassiter estava claramente horrorizado.

— Atacar um sargento? — repetiu, incrédulo. — Você deve estar de brincadeira. Eu nunca faria uma coisa dessas. Agora, se me der licença, meu turno no centro de comando começa em cinco minutos, e não quero me atrasar. — E, com isso, se afastou.

Tychus se virou para vê-lo partir. Além de estar delirando, havia algo estranho no comportamento de Lassiter... algo que lembrava os exageradamente corteses funcionários do setor administrativo, as sentinelas de olhos brilhantes destacadas para cuidar da segurança de Vanderspool, e uma coisa que o coronel disse:

"E se acha que o trabalho forçado era ruim, não faz ideia do que somos capazes. Você vai acabar prisioneiro no próprio corpo."

O que ele queria dizer com aquilo? A Confederação teria criado um novo programa? Um jeito de domar um revoltado como Lassiter e transformá-lo em um homem-robô? Não havia como Tychus saber e, assim que retomou seu caminho, ele já tinha outra coisa com que se preocupar.

Eram somente três pessoas a bordo do módulo de transporte. O piloto, Feek, que estava ali como mestre de salto, e o cabo Jim Raynor. Tychus tinha se oferecido para acompanhá-los e empurrar o amigo para o abismo, mas Raynor tinha recusado.

Cinco dias extremamente atarefados tinham se passado desde o encontro com Tychus, e agora, com a benção do coronel Vanderspool, Raynor estava prestes a entrar sozinho no território kel-moriano. Era uma coisa muito, muito idiota de se fazer, e ele sabia disso. Mas talvez, apenas talvez, aquela missão fosse uma forma de pagar pelo roubo dos caminhões. E ele sabia que deixaria seus pais orgulhosos.

Uma coisa era certa: não havia mais como voltar atrás. O veículo não rastreável já estava em território inimigo. Raynor tinha tomado todo o cuidado para aprender o máximo possível sobre o homem que fingiria ser. Felizmente eles tinham altura e proporções parecidas. Raynor assistira aos interrogatórios feitos pelos oficiais da Inteligência através do circuito fechado e teve acesso aos pertences do prisioneiro, que incluíam o conteúdo de seu fone. Então Raynor sabia muito sobre Ras Hagar, incluindo o nome de sua mulher, quantos filhos tinha e que tipo de música gostava. Era o suficiente? Não se os kel-morianos escaneassem sua retina, mas havia pouca chance disso acontecer. Pelo que o piloto capturado contara, eles estavam tão carentes de recursos tecnológicos que era improvável ter acesso a scanners. Tudo que tinha que fazer era interpretar bem seu papel, e eles não teriam dúvidas.

Raynor tentava se concentrar em lembrar a história de seu alter ego, mas sua mente rodopiava de preocupação. O módulo de transporte vinha do oeste, enquanto uma dúzia de Vendetas conduzia um ataque a alguns quilômetros para o sul, para causar distração. Os kel-morianos notariam um sinal a mais em seus radares? Sim, notariam, mas Raynor e sua equipe apostavam que o módulo deixaria de ser considerado uma ameaça assim que desse meia-volta e partisse.

Feek veio conferir como estava Raynor. O técnico estava com o visor aberto, e Raynor podia ver sua expressão. Que expressão era aquela, afinal? Admiração? Pena? Uma combinação das duas? Ele nunca saberia.

— Faltam cinco minutos — disse Feek. — Hora de começar a checagem final.

— Obrigado — respondeu Raynor. Ele já estava de pé e se arrastou até o ponto em que o abismo negro de formato retangular esperava por ele. Era hora de fazer as últimas verificações na armadura.

Esta é sua chance, disse uma voz interior. *Se alguma coisa estiver errada com a armadura você não poderá pular. Ninguém iria questioná-lo.*

Mas outra voz soou na sua cabeça, a do seu pai dizendo: "Uma mentira é como uma infecção, meu filho, ela se entoca lá no fundo e te deixa doente."

Além disso, ele tinha que pensar nos prisioneiros de guerra, e a lembrança do estado de Hobarth foi o suficiente para fortalecer sua convicção. Então Raynor fez a última checagem, viu todos os indicadores ficarem verdes e fez sinal de OK para Feek. Ele assentiu, o piloto desejou boa sorte pelo intercomunicador, e então fechou o visor enquanto a contagem final começava. Ele podia vê-la no visor enquanto escutava:

— 5... 4... 3... 2... 1.

Sabendo da importância do *timing*, Raynor começou a se mover no 3, estava na escotilha no 2 e em queda livre quando chegaram no 1. Tudo ficou escuro. Ele só podia se guiar pelo visor. Mas a prática leva à perfeição e Raynor ficou satisfeito ao perceber que seu corpo sabia exatamente o que fazer. Quando o altímetro no canto superior esquerdo começou a baixar, ele estava na posição correta e estável.

No momento em que a mochila a jato disparou, ele se sentiu como que impulsionado para cima, mas só por um momento, quando a CFC-230-XE começou a desacelerar e os ventos da superfície ameaçaram virá-lo de ponta-cabeça. Mas Raynor sabia como compensar, e foi o que fez, enquanto a propulsão ficava mais forte e uma paisagem verde fantasmagórica começava a aparecer no visor.

Porém, não houve tempo para admirar a vista, pois o chão se aproximava rapidamente. Raynor flexionou os joelhos, e a armadura fez o mesmo. Então veio o impacto das botas no solo, o jato desligou — e, no instante seguinte, ele se deu conta de que tinha pousado. Ironicamente, aquela havia sido sua melhor aterrissagem, noturna ou diurna, e não havia ninguém por perto para assisti-la.

Bem, não deveria mesmo ter ninguém, mas o azar era sempre uma possibilidade, e Raynor deu uma olhada em volta para garantir que não tinha pousado bem em cima de uma patrulha kel-moriana. Mas não havia sinal de nada além de um animal verde brilhante, que fugiu depois de encará-lo por um momento.

Satisfeito por estar seguro, pelo menos por ora, ele foi tentar encontrar um esconderijo adequado. Depois de procurar um pouco, Raynor achou uma depressão e começou a deitar ali desajeitadamente. Por conta da mochila a jato, estava mais apoiado sobre ela do que estirado na horizontal.

Era hora de sair da armadura. Raynor acionou um controle, abriu uma trava e ouviu o som do equipamento se abrindo; a pressão se equalizou. Retirando a parte superior e afastando as interfaces de controle, ele saiu e se postou de pé. A noite estava fria, e ele usava apenas o uniforme de voo kel-moriano para protegê-lo.

Mas ainda havia trabalho a ser feito, a começar por preparar o sistema de autodestruição da CFC-230-XE, com poder de alcance de um raio de 20 metros, caso alguém tentasse mexer com ela. Ato contínuo, ele recobriu a armadura com a lona de camuflagem e a cobriu com algumas pedras. O processo levou mais de uma hora e o deixou tão cansado como estaria o piloto de Urutau Ras Hagar, depois de sete dias de fuga.

O fato de não tomar banho nem se barbear por aquele período daria credibilidade à história. Se conseguisse contá-la. Mas antes havia uma caminhada de 8 quilômetros para completar. Essa era a má notícia; a boa era que ele poderia ir por uma estrada de mineração pouco usada, que o deixaria a menos de 1 quilômetro da prisão do acampamento. Além disso, ele tinha uma bússola e um par de óculos de visão noturna com outra bússola embutida para ajudá-lo no caminho.

Raynor comeu uma barra energética, com um gole de água para ajudar a descer, e partiu. Agora que a segunda fase da missão começava, a noite seria sua armadura.

FORTE HOWE, PLANETA TURAXIS II

Cassidy precisava de uma dose, mas já estava sem craca há dois excruciantes dias. A droga estava escassa no BBQ devido à guerra e a repressão da polícia. Essa era a má notícia. A boa era que ela estava prestes a garantir seu estoque semanal na próxima hora! Tudo que precisava fazer era controlar os sintomas de abstinência, encontrar o coronel Vanderspool em seu refúgio no BBQ e delatar seus amigos. *Mas ei, pra que servem os amigos? Para te ajudar, certo?*, pensou Cassidy enquanto virava, tensa e trêmula, em uma passagem estreita. *Bem, eu definitivamente preciso de uma ajudinha agora.*

Vanderspool a aguardava na varanda do restaurante Le Gourmand. Usava roupas civis e parecia feliz, o que significava que sua amante tinha feito um bom trabalho. Mas o mais importante era a caixa de metal na mesa a sua frente. Estava cheia de craca, *sua* craca, e Cassidy podia sentir o cheiro. Ou estava alucinando? Era difícil dizer.

— Olá, minha cara — cumprimentou calorosamente Vanderspool. — Está encantadora como sempre... Sente-se, por favor.

Cassidy se sentou e começou seu relatório depois de um sutil incentivo de Vanderspool, remexendo as mãos para evitar os tremores. Na verdade não havia muito a ser dito, já que o esquadrão estava ocupado demais com o treinamento para o ataque à CDK-36 para arrumar confusão, mas sempre havia uma ou outra pequena infração que ela podia dedurar, como as bebidas que Harnack guardava no armário.

Vanderspool ouviu com paciência, mas não parecia muito interessado e não fez perguntas.

— Então, é só isso?

Cassidy teve dificuldades para manter os olhos esgazeados longe da caixa de metal.

— Sim, senhor, isso é tudo.

— OK — concordou Vanderspool. — Muito bem! Agora, escute, preciso que faça uma coisa por mim. Uma coisa muito importante.

Assim que percebeu que teria que esperar mais por sua dose de craca, uma onda de dor tomou conta de seu sistema nervoso e seu corpo tremeu involuntariamente. Sua pele ficou úmida, e, de repente, ela sentiu muito frio. Enquanto Vanderspool falava, inclinando-se para bem perto dela, cada sopro de seu hálito enviava arrepios de enjoo por sua espinha. Ele estava gostando daquilo.

Levou dez minutos passando as ordens à doutora, que se concentrou em recebê-las, e como cada minuto parecia uma hora, a reunião pareceu durar para sempre. Ouvindo as instruções de Vanderspool, ela percebeu que seu papel estava mudando de dedo-duro para algo mais sinistro. Àquela altura, Cassidy concordaria com qualquer coisa para ter sua droga, não que o coronel tenha lhe dado muito escolha.

Finalmente, quando já começava a achar que perderia o controle de seu corpo faminto por craca, a reunião acabou. A mandíbula da doutora já estava travada, e sua visão embaçava cada vez que sua cabeça latejava.

Três minutos depois, à sombra da lixeira nos fundos do restaurante, a doutora tornara-se outra pessoa. De repente se sentia inteira de novo, a vida valia a pena, e a dor tinha ficado para trás. Enquanto inspirava aquele que parecia ser seu primeiro sopro de vida, seus olhos ressecados queimaram com lágrimas repentinas.

CENTRO DE DETENÇÃO KEL-MORIANO-36, NO PLANETA TURAXIS II

Os prédios do quartel-general ficavam atrás de um muro de plasticimento e abrigavam tanto os escritórios do centro quanto os aposentos dos supervisores. E, com bastante mão de obra escrava à disposição, o outrora modesto espaço fora reformado para incluir uma sala de jantar, uma de estar e um deque privado. E era ali que o supervisor Hanz Brucker estava, sentado em uma cadeira confortável e fumando um charuto, admirando seu reino particular.

Seu trabalho era de extrema importância. Ou pelo menos era isso que ele achava, e a maioria das pessoas teria concordado. O supervisor Brucker era responsável por um grande contingente de tropas que incluíam guerrilheiros, blindados e artilharia.

Ele ainda estava no comando do CDK-36, um centro de detenção lotado por mais de trezentos combatentes inimigos extremamente perigosos, que deveriam ser condenados à morte. Mas matar prisioneiros de guerra Confederados poderia resultar em represálias contra os presos kel-morianos, então era necessário mantê-los vivos. Minimamente apenas, já que não havia razão em papariçar pessoas que haviam matado combatentes kel-morianos e que o fariam de novo se tivessem a chance.

Os pensamentos de Brucker foram interrompidos quando a porta atrás dele se abriu e o intendente Lumley anunciou sua presença com uma tossidinha discreta.

— Desculpe interromper, senhor... Mas o jantar está pronto.

Brucker, que era um homem de bastante apetite, gostou de ouvir aquilo. A ponta incandescente do charuto desceu como uma estrela cadente formando um arco em direção ao alojamento dos prisioneiros, mas caiu aquém da borda do deque.

Lumley se apressou e apagou a brasa com a bota. Brucker arrastou ruidosamente a cadeira e se levantou.

— Obrigado, Lumley. O que temos?

Lumley estava com um semblante cadavérico e parecia um agente funerário.

— Genérico de porco assado, com pele.

— Excelente — retrucou Brucker avidamente. — E qual vinho?

— Um branco seco, senhor — respondeu Lumley, enquanto o supervisor se dirigia à porta.

— Tinto não?

— Não, senhor, não desta vez.

— Bem, você que sabe — concordou Brucker enquanto parava para transpor a soleira. A sala de estar era bem mobiliada, considerando as circunstâncias, com destaque para as gigantescas cadeiras e a iluminação suave.

O som melódico de um quarteto de cordas podia ser ouvido vindo da sala de jantar. Quando entrou, Brucker ficou satisfeito de ver a mesa coberta com uma toalha de linho branco, a prataria brilhando sob a luz de um belo candelabro e os músicos de rostos esqueléticos posicionados em seu canto habitual. Odiavam tocar para ele, claro, mas isso fazia parte do prazer: comer uma farta refeição com eles sendo obrigados a olhar.

Os rostos dos prisioneiros estavam vazios, mas Bucker podia sentir o peso dos olhares enquanto se aproximava da cabeceira da mesa. Lumley estava lá para puxar a cadeira pra ele, colocar um grande guardanapo em seu colo e trazer o primeiro dos sete pratos da refeição.

O quarteto era formado por dois violinos, uma viola e um violoncelo. O grupo já não estava tão bem quanto há algumas semanas, antes de um dos músicos ser abatido em uma tentativa de fuga, mas a vida era cheia de contratempos. E Brucker esperava que o substituto melhorasse com a prática.

E então a refeição passou da entrada para o prato principal e de Haydn para o compositor kel-moriano Odon. Então, quando Lumley serviu a sobremesa, ele também trouxe notícias.

— Tenho uma mensagem para o senhor. O chefe de turno avisou que um de nossos pilotos se apresentou no portão norte. A nave dele foi abatida na zona de guerra, e ele voltou caminhando para nosso território.

— Ótimo — disse Brucker, entusiasmado. — Por favor, mande buscá-lo... E avise ao cozinheiro, o pobre-diabo deve estar faminto.

Raynor deveria estar cansado depois de saltar de um módulo de transporte em uma armadura de combate experimental e caminhar por 8 quilômetros. Mas, depois de conseguir entrar no centro kel-moriano, ele estava tomado pela adrenalina e se sentia capaz de correr uma maratona. A sensação era de enxergar melhor, ouvir melhor, até de sentir melhor o gosto das coisas. Até então o disfarce estava funcionando.

Ele foi escoltado do portão norte até a central de comando, onde lhe foi oferecido um lugar para sentar. Estava bebendo um copo d'água quando um kel-moriano entrou no escritório. Seus ombros curvados davam a impressão de que ele era mais baixo do que de fato era, e sua cabeça pendia para a frente, como se houvesse algo de errado com seu pescoço.

— Piloto Hagar? — perguntou o homem, olhando para Raynor sob espessas sobrancelhas. — Sou o superintendente Lumley. O supervisor Brucker ficaria honrado se você se juntasse a ele na sala de jantar.

Sala de jantar? Raynor ficou surpreso de saber que o centro de detenção tinha uma. Mas se forçou a sorrir e respondeu:

— Claro! Mas receio não estar muito apresentável.

— O supervisor compreenderá — disse Lumley com a certeza de um empregado familiar de longa data. — Siga-me, por favor.

Raynor agradeceu ao homem que cuidara dele até então e seguiu Lumley. Ele ficou imediatamente impressionado com a qualidade dos móveis, a iluminação difusa e a música que ficava mais alta à medida que se aproximavam.

Mesmo desconfiando do que viria a seguir, Raynor não estava preparado para a cena que viu quando Lumley o fez entrar na sala de jantar. O homem enorme e gordo que se levantou para cumprimentá-lo, a riqueza da mesa posta e os esqueletos animados no canto pareciam os elementos de um sonho ruim. Raynor tinha treinado o estilo kel-moriano de bater continência e estava prestes a fazê-lo quando seu anfitrião se virou para estender-lhe a mão rechonchuda.

— Aí está você, meu rapaz! — disse Brucker, carinhosamente. — Sou o supervisor Brucker. Bem-vindo ao Centro de Detenção-36.

O aperto de mão de Brucker era mole e pegajoso, e durou tempo demais, para desconforto de Raynor, que ficou feliz quando o contato foi desfeito.

— Obrigado, senhor... Estou contente por estar aqui, como pode imaginar. Três Vendetas vieram pra cima de mim na zona de batalha. Me livrei de um dos filhos da mãe, mas os outros me derrubaram.

— Três contra um — disse Brucker em um tom desaprovador, com o rosto avermelhado escurecendo ainda mais. — É com esse tipo de escória que estamos lidando! Mesmo assim, você mostrou a eles! Muito bem, rapaz... Muito bem!

Brucker era uns 7 centímetros mais baixo que Raynor. Alguns fios de cabelo castanho tinham sido penteados de forma a esconder sua careca, e pequenas gotas de suor podiam ser vistas brotando em sua testa.

Apesar de Brucker não ser um homem bonito, Raynor sentiu que ele era perigoso... algo que ficava evidente em seus olhos de pedra. Eles brilhavam com inteligência enquanto corriam de lá pra cá, e Raynor começou a suar.

— Obrigado, senhor. Mas acho que meu chefe não será tão compreensivo.

Brucker riu, como era esperado, e apontou para um novo assento.

— Por favor... Você deve estar com fome. Já comi, então espero que não se importe de jantar sozinho enquanto faço a ronda noturna. Lumley providenciará o que você precisar.

Raynor sentiu um alívio tremendo. Ele temia a perspectiva de uma longa conversa com aquele homem.

— Muito gentil de sua parte, senhor — agradeceu, enquanto se sentava.

— Não há de quê — respondeu Brucker, enquanto saía pela porta. — Nos veremos pela manhã.

Instantes depois o supervisor tinha partido, e Raynor se virou para os prisioneiros. Eles o olharam de volta com os rostos vazios enquanto seus arcos rangiam, a música fluía e o tempo parecia desacelerar. Raynor se viu diante de uma importante decisão a ser tomada. Ele teria a chance de passar sua mensagem no dia seguinte? Ou esta seria a melhor oportunidade para fazê-lo?

Sabendo que Lumley podia chegar com a comida a qualquer momento, Raynor olhou para a porta e confirmou que não havia ninguém. Então, tendo tomado sua decisão, se virou para o quarteto e sussurrou:

— Escutem com atenção... Tenho uma mensagem da capitã Hobarth... — Ele olhou novamente em direção à porta, então continuou: — Amanhã à noite, às 23h, estejam prontos.

Os olhos se arregalaram com a menção ao nome de Hobarth, e um dos homens estava prestes a dizer alguma coisa quando Brucker entrou na sala novamente. Ele foi mais rápido dessa vez e estava acompanhado por três guardas armados. Raynor chegou a pensar em alcançar a pistola escondida sob o braço esquerdo, mas sabia que seria uma atitude suicida.

— Mãos no alto da cabeça — esbravejou Brucker, enquanto o intendente se apressava para tirar o revólver de seu coldre.

— Pronto — disse Brucker, uma vez que Raynor estava desarmado. — Assim está melhor... Parece que o inimigo enviou um espião para o Campo de Detenção-36! Talvez da próxima vez eles façam o dever de casa. Deixe eu contar uma coisa sobre a fraternidade dos pilotos de Urutau, meu amigo Confederado... Está vendo isso? — falou Brucker, levantando a mão direita. Havia um "UU" inscrito na palma da mão, fraco, mas discernível após anos de desgaste. — Cada piloto tem dois "U" de aço implantados um ao lado do outro na palma de sua mão quando se formam. Assim, dá pra sentir a protuberância quando os cumprimenta. Acho que seus treinadores deixaram passar essa. É uma pena que você tenha que morrer antes que possa contar a eles.

Raynor não respondeu nada, nem era esperado que o fizesse.

Brucker se virou para o intendente:

— Leve-o para o quarto do amor. Irei pra lá em um minuto.

Os guardas escoltaram Raynor para fora da sala, e Brucker estava prestes a segui-los quando se lembrou dos prisioneiros. Parou e olhou para trás.

— Vocês tocaram bem esta noite... Não perfeitamente, mas bem. Têm minha permissão para limpar as sobras. — E, com isso, saiu.

Os prisioneiros levantaram, se entreolharam e avançaram para a cabeceira da mesa. Um a um, cuspiram no prato de sobremesa de Brucker antes de saírem pela porta em direção aos prédios sombrios onde passavam as noites. O espião confessaria a Brucker o que tinha dito a eles? Sim, era assim que as coisas funcionavam no CDK-36, e o estranho de cabelos escuros ficaria grato quando a morte finalmente chegasse.

CAPÍTULO
VINTE E TRÊS

"Dizem que o hábito faz o monge. Bom, as minhas armaduras fazem monstros."

Hiram Feek, inventor da CFC-230-XE e membro civil do 321º Batalhão de Patrulheiros Coloniais, sendo entrevistado em Turaxis II

Novembro de 2488

CENTRO DE DETENÇÃO KEL-MORIANO-36, PLANETA TURAXIS II

A julgar pelas aparências, a câmara de tortura também fazia as vezes de necrotério. Ou seria o inverso? Não importava. Instrumentos se espalhavam por uma bancada, indicadores luminosos assinalavam a presença de equipamentos eletrônicos, e o ar era frio.

Raynor vestia apenas bermudas, e a estrutura que o prendia estava suspensa, inclinada em cima de um ralo. Luzes fortes queimavam seus olhos. Quando conseguiu enxergar além do clarão, ele identificou uma figura difusa, que sabia ser o supervisor Brucker. A cadeira do oficial, que mais parecia um trono, estava em uma plataforma elevada que lhe dava uma boa visão dos procedimentos.

— Então — disse Brucker —, como está se sentindo?

Raynor calculava que já estava sendo torturado havia pelo menos meia hora, apesar de não ter como manter a noção do tempo. Os kel-morianos não tinham trazido os ferros em brasa. Pelo menos ainda não. Apelidado por Brucker de "monitor da verdade", o homem chamado Dr. Moller preferia as agulhas. E, graças à sua formação médica, sabia exatamente onde inseri-las para infligir o máximo de dor possível.

A garganta de Raynor estava dolorida de tanto gritar, seu corpo estava coberto de suor, e, conforme sua cabeça pendia para baixo, ele via montes de agulhas espetadas em diversas partes de seu corpo. A dor era infernal.

— Uma aspirina cairia bem — resmungou ele.

— Você gostará de saber que o Dr. Moller pode aliviar a dor tão bem quanto a provoca — respondeu Brucker. — Mas, antes de passarmos para esse estágio, vamos recapitular o que temos até agora... Você veio até aqui para colher informações sobre a minha base. Certo?

— Sim — respondeu Raynor, com a voz rouca.

— E — continuou Brucker — você diz que as forças Confederadas planejam um ataque em algum momento dentro das próximas duas semanas.

Raynor sabia que estava conectado a algum tipo de detector de mentiras. O truque era dizer a verdade o máximo que pudesse, sem divulgar o fato mais crucial. *Se esconda nas trincheiras*, ele repetia mentalmente, temendo que a dor o fizesse perder a lucidez em algum momento. Um ataque estava por vir, isso era certo, mas em horas, não em semanas. Se conseguisse esconder essa informação, protegeria seus amigos e preveniria um massacre.

— Sim, eles vão atacar vocês — concordou.

Raynor piscou para afastar o suor dos olhos e viu a forma nublada de Brucker se virar para Moller, quase invisível. O médico respondeu à pergunta tácita encolhendo os ombros. Sua voz era monótona e sem emoção.

— Parece que ele está dizendo a verdade, ou pelo menos uma versão dela. Mas uma coisa parece clara... O ataque não é iminente. Não se eles ainda estão no processo de colher informações.

— Tudo bem — concordou Brucker —, vamos mudar de assunto por um momento. Me conte sobre o programa de ressocialização neural. Quero saber quem o comanda, como funciona e quais resultados foram obtidos.

A boca de Raynor estava seca, ele tentou puxar alguma saliva, mas não conseguiu.

— Ressocialização? Não tenho ideia do que você está falando.

Nesse momento Moller se aproximou, empurrou uma agulha mais fundo e balançou outra com o dedo indicador. Raynor gritou, e gritou de novo quando Moller fincou uma terceira embaixo da unha de seu dedo do pé.

— Agora — disse Brucker quando os gritos pararam —, vamos tentar de novo. Talvez você chame o programa por outro nome... Mas, com base nas informações colhidas por nosso serviço de inteligência, criminosos e outros arruaceiros estão sendo levados para centros especiais, onde tratamentos experimentais têm sido usados para reverter tendências antissociais. Vocês são doentes! Kel-morianos nunca fariam uma coisa tão cruel. Ouvimos dizer que vocês têm alguns desses idiotas domesticados servindo em suas forças armadas. Agora, me forneça alguns detalhes relevantes ou sofra mais.

A dor era tanta que Raynor tinha dificuldade para pensar.

— Não posso contar — resmungou. — Não sei de nada.

— Ele não sabe mesmo — concordou Moller — Ou pelo menos é o que parece.

— Não acredito — respondeu Brucker, cínico. — Vai saber... talvez ele mesmo tenha sofrido a lavagem cerebral. Tente de novo.

Moller obedeceu, e Raynor foi golpeado por uma dor tão forte que parecia que seu crânio ia se partir. Então, quando a onda de escuridão chegou, ele agradeceu e se deixou levar.

Raynor tinha morrido e ido para o inferno. Pelo menos foi isso o que ele deduziu, devido à sua incapacidade de ver e à dor que atormentava seu corpo. Sabia que havia luz, pois conseguia vê-la por entre as pálpebras e sentir seu calor. Então tentou abrir os olhos, mas era como se estivessem colados. A solução óbvia era esfregá-los, mas quando tentou fazê-lo percebeu que suas mãos estavam presas às costas.

Raynor tentou de novo, e seus esforços foram recompensados dessa vez. Seu olho esquerdo se abriu, seguido pelo direito, mas a luz era tão forte que ele foi obrigado a cerrá-los de novo.

As pálpebras se agitaram, as pupilas se ajustaram, e sua visão retornou. Percebeu que a esfera brilhante era, na verdade, o sol! Ele havia surgido de trás do morro chamado de "Charlie" por Vanderspool durante o treinamento para a missão e agora o castigava com seus raios.

Foi então que Raynor descobriu que era possível estar vivo e no inferno ao mesmo tempo. Pois, enquanto lutava para produzir alguma saliva em sua boca seca, percebeu que estava pendurado por uma corda. O fato se tornou ainda mais óbvio depois que seu corpo rodopiou ao sabor de uma brisa. A estrutura de onde ele pendia rangeu em protesto. Ah, Deus!

Não demorou muito para Raynor se dar conta de que não estava sozinho. Um prisioneiro chamado Cole Hickson, um soldado de 20 anos que havia sido capturado durante um conflito na zona de batalha, estava suspenso, inconsciente e bastante machucado, à esquerda de Raynor. Eles haviam dividido a cela, e, um pouco antes de Raynor ser levado para o interrogatório, Hickson lhe ofereceu um sábio conselho:

— Tente se esconder se puder. Procure por trincheiras dentro de sua mente e se encolha lá dentro.

Raynor se agarrou a este conselho durante os piores momentos do interrogatório. Aprendera a resistir a técnicas de tortura durante o treinamento militar, mas sabia que uma pessoa podia perder essas habilidades diante da dor física. Esperava que Hickson sobrevivesse, porém, mais que isso, esperava que a missão de resgate aos prisioneiros de guerra fosse bem-sucedida. Assim, se morresse, não seria em vão.

Mas aquilo pareceu improvável depois que Raynor olhou além de Hickson e viu os restos de um homem já devorado pelos pássaros. Era pouco mais que um esqueleto esfarrapado. Eles estavam amarrados a traves presas a uma coluna central, que rangia cada vez que o vento tentava girá-los. Então, quando a brisa ficou mais forte e as traves começaram a rodar pra valer, suas sombras passaram a tremular no acampamento abaixo deles.

Não era preciso ser um gênio para perceber que aquilo era uma artimanha para amedrontar os prisioneiros. Raynor podia ver um aglomerado deles lá embaixo e percebeu que nenhum olhava para cima. Eles não tinham vontade nenhuma de ser lembrados de onde estavam e do que poderia lhes acontecer. E com razão.

Enquanto o sol continuava a brilhar no céu, Raynor perdia e recobrava a consciência de tempos em tempos. Por fim, os interlúdios se misturaram e viraram um longo e interminável pesadelo. Algo importante deveria acontecer quando a noite caísse, mas Raynor não conseguia se lembrar do que era por nada, nem pela própria vida.

FORTE HOWE, PLANETA TURAXIS II

Uma esquadrilha de Vendetas voava camuflada enquanto os módulos de transporte esperavam ser carregados. O motor da *Docinho de Coco* estava em ponto morto, a rampa estava abaixada, e o pelotão TEM começava a embarcar. Os outros módulos, aqueles que iriam vazios para apanhar os prisioneiros, estavam em espera e assim permaneceriam até que as tropas estivessem no ar e a caminho.

Deixar Raynor ir tinha sido um erro. Essa foi a conclusão a que Tychus chegara enquanto observava os soldados entrando na nave. Porque, mesmo tendo bastante experiência com liderança, Tychus nunca havia comandado uma unidade maior que um esquadrão antes. Se Raynor estivesse ali, ele seria a escolha óbvia para liderar o primeiro grupo. E para cuidar das questões pessoais enervantes com as quais Tychus não lidava muito bem.

Ele também se preocupava com Raynor. E se o disfarce não tivesse funcionado? Tudo que sabia era que Raynor tinha aterrissado fora da zona sem incidentes, mas o que tinha acontecido depois disso ninguém fazia ideia.

Para piorar a situação, havia o fato de o pelotão ter que pousar em três objetivos diferentes. Esse plano o obrigava a delegar autoridade aos líderes dos esquadrões, coisa que ia contra seus instintos e o deixava em seu limite.

Na ausência de Raynor, Tychus fora forçado a escolher entre Harnack, Zander e Ward para liderar o primeiro esquadrão. Vários argumentos poderiam ser usados para justificar a escolha de um deles. Mas, levando em conta a impulsividade de Harnack e as tendências suicidas de Ward, Zander era a escolha lógica.

Os pensamentos de Tychus foram interrompidos quando uma armadura cambaleou para fora da escuridão.

— Com licença, sargento — disse Speer —, você poderia desembarcar suas tropas, por favor? Já tenho um plano aberto, mas gostaria de filmá-los subindo a rampa em uma tomada mais fechada para editar mais tarde.

Um momento de silêncio tenso passou enquanto Tychus tentava, sem sucesso, controlar seu temperamento.

— Você é idiota? — esbravejou. — Ou maluco? Não, seu babaca retardado, eu não vou desembarcar as tropas. Agora some da minha frente!

Speer já havia sofrido com a ira do sargento antes e estava vacinado.

— OK — respondeu, descontraído. — Que tal uma declaração então?

Tychus já abria a boca para soltar uma explosão de palavrões que arrancariam tinta da armadura de Speer, mas o repórter já se retirava.

— Brincadeira, sargento... brincadeirinha — disse o civil, se afastando da rampa.

Tychus ainda resmungava quando embarcou na *Docinho de Coco*. Por causa das mochilas a jato, nenhum soldado conseguia se sentar, mas eles podiam travar as articulações das armaduras e relaxar lá dentro durante a viagem.

Tinha chegado a hora do discurso motivacional que os oficiais tanto apreciavam. Quigby era especialista nisso.

— OK — começou Tychus. — Lembrem-se do plano, protejam a retaguarda e não atirem em Jimmy ou em nenhum dos prisioneiros. Alguma pergunta? Não? Nos vemos lá embaixo.

Cinco minutos depois, os módulos já estavam no ar, voando com as luzes apagadas enquanto viravam em direção ao leste. E assim começou a primeira parte do voo de uma hora. Àquela altura, cada soldado era prisioneiro de suas esperanças e de seus medos, os motores gemiam, e a nave abria espaço em meio à escuridão.

A não ser Harnack, que havia convencido Feek a instalar, sem autorização, um circuito interno de vídeo com memória. Assim, enquanto seus companheiros lidavam com seus fantasmas, Hank assistia a uma série de clipes em seu monitor e balançava a cabeça no ritmo da música.

Tychus descobrira sobre esse circuito de vídeo no mesmo dia em que soube que a doutora estava sem usar craca há 12 horas, que Ward tinha pequenas fotos de sua esposa e filhos fixadas no canto superior do visor e que Zander carregava dez granadas a mais que o autorizado. Muito peso até para um homem maior que ele. O que Tychus não sabia era quantos de seu pelotão voltariam e por que uma parte dele se importava com isso.

Depois do que pareceu ser uma eternidade, a voz deliberadamente neutra do piloto soou pelo canal de comunicação do capacete de Tychus:

— Estamos a dez minutos da zona de salto... Repito, dez minutos. Digam aos kel-morianos que mandei um "oi". Câmbio.

Em vez de permanecer a bordo da *Docinho de Coco* e supervisionar os saltos, Tychus se concedeu o privilégio de ser o primeiro a saltar e, consequentemente, o primeiro a aterrissar. Porque ele imaginou que, se alguma coisa desse errado, seria logo de cara, e ele queria estar lá para resolver.

Depois de uma longa espera, Tychus sentia a tensão que sempre o acompanhava antes do combate, mas também estava ansioso, pois era bom fazer alguma coisa para variar. Estava impaciente para descobrir se Raynor tinha se infiltrado com sucesso e se tinha conseguido avisar os prisioneiros. Tychus achou que as chances eram boas. Conhecendo Jim, aqueles pobres-diabos tinham sido alertados, realertados e alfabetizados!

Aquele pensamento fez Tychus sorrir. Então o módulo de transporte fez uma curva fechada, o convés se inclinou embaixo de seus pés, e os últimos segundos foram contados:

— 3... 2... 1!

A mestre de salto abaixou a mão, e Tychus se lançou no abismo. O sol estava ocupado brilhando do outro lado do planeta, mas as duas luas estavam lá em cima, lançando um brilho fantasmagórico sobre a paisagem abaixo.

O céu nublado teria deixado-o no breu, não fosse pela tecnologia que tinha à sua disposição. Tychus ficou agradecido por seu equipamento de visão noturna e por seu visor, em que aparecia um mapa do terreno gerado por computador. Ele deveria aterrissar no monte Bravo. Os movimentos já eram tão automáticos àquela altura, que o alvo brilhante parecia se mover em direção a ele, e não o contrário. O altímetro rodopiou, a mochila a jato foi acionada, e Tychus segurou a arma que estava presa em seu peito.

Segundos depois ele chegou ao chão, onde um kel-moriano novato notou a ameaça inesperada, mas não pôde fazer nada, caindo atingido por uma dúzia de tiros no peito.

— Alô doçura — disse Tychus, para ninguém em particular. — Essa foi pela capitã Hobarth. Não precisa se levantar. Eu mesmo aviso seu chefe que estou aqui.

CENTRO DE DETENÇÃO KEL-MORIANO-36, PLANETA TURAXIS II

Aquele mundo que girava delicadamente era negro com ocasionais pontinhos de luz. Ele podia sentir a expectativa, porém, somente quando viu as luzes rodeando o topo dos morros e ouviu o retumbar das explosões foi que se lembrou por quê. O pelotão estava chegando!

Nos quinze minutos seguintes, Raynor sentiu um misto de excitação e medo enquanto ouvia o tiroteio, via o rastro das traçantes passando perto dele e imaginava se não seria atingido por fogo amigo. Então ouviu uma confusão de gritos e sentiu uma série de solavancos enquanto o desciam até o chão. Tychus esperava, iluminado fracamente pelas quatro armaduras de membros do primeiro esquadrão. Era preocupação que via em seu rosto?

— Chega de vagabundagem — disse o líder do pelotão, desamarrando Raynor. — Tá na hora de você trabalhar.

Raynor quase engasgou quando a doutora lhe deu um gole de água.

— É bom te ver também — disse, depois que se recuperou.

— Cara, Raynor, você fica muito sexy de bermuda — zombou Ward.

— Não quero nem olhar — interveio Zander —, senão não vou conseguir tirar a imagem da minha cabeça.

— Que palhaçada é essa? — ralhou Tychus, olhando para aqueles à sua volta. — Chá da tarde? Temos prisioneiros para resgatar. Ao trabalho.

Os outros partiram, e Tychus colocou o enorme braço em volta de Raynor, ajudando-o a andar.

— Bom trabalho. Graças a você os prisioneiros estão prontos para partir.

Raynor se deteve por um momento e olhou para Hickson, que estava sendo levado em uma maca. Ele estava acordado e conseguiu até acenar com a mão. Raynor balançou a cabeça em resposta, soltou um breve e excruciante suspiro e permitiu que o levassem. Justo naquele momento, três Urutaus furaram a rede de Vendetas que circulava no alto, explodindo um dos módulos de transporte em pleno voo. Estilhaços enormes e flamejantes despencaram e partiram um dos prédios em dois. Aquilo provocou um incêndio que iluminou a noite.

— Cap-Um para Sierra-Seis — soou a voz, enquanto um segundo módulo era abatido. — Sinto informar, mas temos dez bandidos a mil e quinhentos metros. A carona tá dando meia-volta. Vamos tentar de novo mais tarde. Câmbio.

— Entendido, Cap-Um — disse Tychus, e xingou depois que a conexão foi encerrada.

— Os módulos de transporte não vão vir mais, vão? — perguntou Raynor.

— Não — respondeu Tychus, enquanto um Urutau cruzava o vale espalhando morte rubra no solo abaixo. — Foram forçados a recuar.

— Tive uma boa visão dali de cima — disse Raynor sacudindo o polegar por cima do ombro. — Os kel-morianos têm alguns caminhões na base e outros veículos. Vamos embarcar os prisioneiros e cair fora.

— Pra onde? — perguntou Tychus hesitante.

— Pra zona de guerra — respondeu Raynor. — É horrível, mas é melhor que aqui.

Uma série de foguetes atingiu o acampamento, enfatizando o argumento de Raynor. Estava claro que os kel-morianos preferiam matar os prisioneiros a deixá-los escapar.

— Entendido — concordou Tychus calmamente. — vamos fazer uma tentativa. E vai se vestir que você tá péssimo.

Max Speer estava a bordo do único módulo de transporte que tinha conseguido pousar em segurança. Sorria e continuava a filmar enquanto os soldados saíam.

As Vendetas tinham se reorganizado e já estavam atrás dos Urutaus. Uma das naves inimigas foi atingida por um míssil, passou rugindo pelo acampamento e se chocou contra o morro chamado Charlie. O veículo carregava grande quantidade de munição e estava repleto de combustível. A explosão fez o chão tremer, e uma enorme bola de fogo vermelho-alaranjada subiu ao céu enquanto o pelotão TEM se apressava para reunir os prisioneiros.

E foi então que eles descobriram que, tendo sido avisados por Raynor, os prisioneiros tinham se organizado em pequenos grupos e estavam prontos para embarcar. Os mais fracos tinham sido espalhados entre os grupos, para que os mais fortes pudessem ajudá-los, e todos os "pelotões" estavam reunidos perto da pista de pouso kel-moriana, esperando pelas naves que não apareciam. Aquilo tinha um sabor agridoce para Raynor, que estava determinado a acabar o que começara.

Chapado com a injeção de esteroides que a doutora lhe dera, Raynor insistiu em assumir o comando. Pela primeira vez, ele entendia o encanto da droga; ela parecia apagar a dor, pelo menos por um tempo. Para abrandar a angústia pela qual ele tinha passado, porém, seria preciso mais do que uma droga, mas não havia tempo para pensar naquilo no momento.

Raynor sabia onde era a fábrica do acampamento e levou um pelotão formado por Zander, a doutora e dois soldados do TEM até a estrutura rebaixada. E foi bem a tempo, porque, assim que alcançaram a estrada, Raynor viu os faróis e soube que os kel-morianos também corriam para lá.

— Detenha-os — gritou. — Mas não destruam os veículos.

Houve uma intensa troca de tiros quando os grupos se encontraram. Alguns dos kel-morianos, que estavam a serviço quando o ataque começou, usavam armaduras, os outros vestiam apenas coletes à prova de balas. Enquanto o inimigo avançava, Ward disparou uma salva de foguetes, ao mesmo tempo em que Harnack disparou o lança-chamas. Foram três explosões sucessivas, e apenas dois kel-morianos em armaduras conseguiram sair daquele inferno, mas estavam em chamas. Os soldados da TEM dispararam os rifles, e os inimigos tombaram.

Raynor foi iluminado por uma luz cegante e se abaixou para recuperar um rifle de assalto kel-moriano quando ouviu um poderoso motor dar a partida.

— Cuidado! — gritou Zander.

Raynor viu as luzes de dois faróis apontadas para ele e ouviu o cantar de pneus de um enorme sabre de comando que se jogava em sua direção!

Raynor se jogou para a direita, sentiu uma dor lancinante ao se esfolar no cascalho e disparou uma rajada curta. O fato de uma das balas ter entrado pela janela do lado do motorista e explodido os miolos do intendente Lumley foi mais questão de sorte do que de habilidade.

Mas o resultado foi o mesmo, e o veículo desviou, deslizou e parou. Quando Raynor chegou por trás, o supervisor Brucker já cambaleava para fora.

— Atrás do carro! — gritou a doutora.

— Pare ou eu atiro — berrou Raynor, se aproximando de Brucker e colocando-o na mira. O oficial continuou andando. Então, antes que Raynor puxasse o gatilho, Zander disparou um único tiro. Brucker tropeçou e caiu.

A doutora tinha preferido tirar a armadura, pois era mais fácil tratar os pacientes sem o traje. Quando Raynor os alcançou, ela já estava ajoelhada ao lado de Brucker, com a maleta de socorros aberta. Uma mancha vermelha podia ser vista na coxa direita do oficial, que rangia os dentes de dor.

— Parece que a bala não atingiu o osso — comentou a doutora. — Ele vai ficar bem.

— Esse é o supervisor Brucker — disse Raynor. — O cara que os prisioneiros chamam de "Açougueiro". Eles vão ficar felizes em saber que ele vai sobreviver.

— Preciso fazer um curativo de plasticrosta no orifício de saída da bala. Faz um favor e levanta o joelho dele.

— Eu deveria ter atirado em você — rosnou Brucker, amargo, enquanto Raynor levantava sua perna.

— É, a vida é cheia de oportunidades perdidas — observou Raynor.

— Obrigada — pediu a doutora. — Pode soltar agora. E Jim...
— O quê?

— Depois que encontrar uma roupa, me procura para eu te dar mais um pouco de suquinho feliz e colocar remédio antibactericida nos ferimentos mais graves.

— OK — concordou Raynor, enquanto se virava para o outro soldado. — Você vigia ele?

— Claro — respondeu o soldado. — Sem problemas.

Raynor saiu, e a doutora terminou o curativo de plasticrosta no ferimento de Brucker. Então, tirou uma seringa descartável da bolsa e a encheu com 10cc de um líquido límpido tirado de uma ampola.

— O que é isso? — perguntou Brucker.

— Um analgésico — respondeu a doutora, examinando a parte interna do braço de Brucker. A luz era fraca e o paciente era obeso, então ela precisou de um tempo para achar uma veia. Mas, quando conseguiu, a agulha entrou sem dificuldade.

Foi então que ela se aproximou dele. Sua voz não passava de um sussurro:

— O coronel Vanderspool pediu que eu passasse essa mensagem. Se você achou que ia botar essas mãozinhas sujas nos caminhões dele, pensou errado. Atacar o Forte Howe foi um erro grave, e o último que você cometeu.

Os olhos de Brucker se arregalaram, e ele tentou afastar o braço quando percebeu o que estava acontecendo. Mas era tarde demais. O veneno já estava em sua corrente sanguínea. Ele tremeu convulsivamente, tentou dizer alguma coisa e morreu.

— Porra! — lamentou a doutora quando se levantou. — Esse gordo escroto infartou! Bom, não se pode ganhar todas. Afaste ele da estrada, Max... A última coisa que precisamos é de um quebra-molas.

CAPÍTULO
VINTE E QUATRO

"O programa dessa semana mostra o heroísmo, a bravura e a força de nossos destemidos homens e mulheres. Sintonize em Coragem para a Confederação, às 21h, seguido pela aclamada série de documentário Os Poucos Honrados, às 22h, somente na UNN, sua fonte exclusiva para últimas notícias, análises e comentários sobre a guerra."

Max Speer, no *Jornal da Noite Especial*, da linha de frente para a UNN
Dezembro de 2488

CENTRO DE DETENÇÃO KEL-MORIANO-36, PLANETA TURAXIS II

Com a fábrica dominada, o próximo desafio era montar um comboio e carregá-lo. Depois que Zander fez um rápido inventário do que tinham à disposição, Tychus soube que podiam contar com seis caminhões, dois ônibus, duas viaturas blindadas de transporte de pessoal (VBTPs) e um sabre. Então organizou a comitiva — o sabre ia na frente, seguido por um VBTP, os caminhões, os ônibus e, por último, a segunda viatura.

Três membros do pelotão TEM tinham morrido em pousos forçados, e dois tinham sido abatidos logo após a aterrissagem. Isso deixava Tychus com 31 de seus homens, além de uma dúzia de patrulheiros que haviam tido a sorte de sobreviver à queda de um dos módulos de transporte. Eram 43 soldados para proteger cerca de trezentos prisioneiros, dos quais nem dez por cento estava bem o suficiente para lutar, mas que já se armavam caso fosse necessário.

O comboio conseguiria chegar até a zona? Ele esperava que sim. A única alternativa era ficar no CDK-36 e esperar para ver quem chegaria primeiro: um contingente de tropas kel-morianas? Ou os módulos de transporte dos confederados? Como eles estavam em território controlado pelo inimigo, seria tolice apostar nos módulos. Então um ronco atroou, e cascalho voou para todo lado quando um empoeirado Abutre freou ali perto. Jim Raynor não só estava na direção como também usava os óculos de proteção que vinham com o veículo, roupas surrupiadas dos armários da oficina e uma pistola tirada de um chefe de trincheira morto.

Havia um sorriso estampado em seu rosto enquanto ele acelerava o motor.

— Olha o que eu achei!

Kydd tinha sido forçado a abandonar sua armadura e acionar o sistema de autodestruição quando seu sistema de controle pifou. Ele parecia minúsculo ao lado de Tychus.

— Não deixe ele fazer isso, sargento... A última vez em que dirigiu uma coisa dessas nós fomos parar na cadeia.

Mas era tarde demais, pois Jim Raynor, que tinha tomado suquinho feliz além da conta, disparou pela estrada. Sua voz podia ser ouvida pelo comunicador do jipe:

— Vou na frente, reconhecendo o terreno, e aviso a vocês se algo surgir.

Tychus amaldiçoou quando viu uma Vendeta perseguindo um Urutau pelo vale e deu ordem para que todos tirassem a armadura, menos Ward, e fez o mesmo. Era uma pena, pois a armadura daria a eles uma grande vantagem em caso de luta, mas eram grandes demais para os veículos abarrotados e não seriam capazes de acompanhá-los, não importava o quão rápido corressem. Mas para toda regra havia uma exceção, e como Ward conseguia disparar oito foguetes em direções diferentes ao mesmo tempo, ele foi designado para ir no primeiro caminhão.

Tendo se livrado de sua armadura, Tychus subiu no sabre, pegou o microfone e deu as ordens necessárias:

— Mantenham o veículo à sua frente à vista, mas com uma distância de três caminhões entre vocês, e apaguem os faróis. Os comunicadores podem ser monitorados pelo inimigo... Então só usem em caso de emergência.

Zander ligou o motor e colocou o jipe em movimento. Eles tinham um longo caminho a percorrer, e o tempo estava passando.

TERRITÓRIO DISPUTADO, PLANETA TURAXIS II

Como parte do regimento do supervisor Brucker, o Komando Kabeça de Kobra Kel-Moriano tinha como missão vigiar o setor norte da zona, enviar relatórios regularmente e interditar qualquer patrulha confederada que aparecesse.

A unidade estava acampada em torno de grandes pedras dispersas, com uma boa área de tiro livre no entorno e boa visibilidade para os sentinelas empoleirados no alto dos rochedos. Assim, o encarregado Kar Ottmar se sentia relativamente seguro dentro da cabine de seu veículo de comando enquanto digitava mais uma carta em seu computador pessoal.

Ele só poderia mandá-las quando retornasse à base, mas fazer aquilo todas as noites era parte de uma longa, e frequentemente interrompida, conversa com sua esposa, Hana. Ele podia imaginá-la recebendo dez ou quinze cartas de uma vez e seu rosto corando quando as lia em voz alta para as crianças. Ele nunca falava das batalhas, na esperança de manter sua família longe dos horrores da guerra. Então, agora estava contando a história do lagarto que tinha se alojado em um de seus chapéus e sobre o que o réptil gostava de comer quando um técnico de comunicação apareceu pela porta entreaberta.

— Desculpe incomodar, senhor, mas o supervisor-assistente Danick está no comunicador. Ele parece bem irritado. Ao que tudo indica, os confederados atacaram o CDK-36 e o destruíram.

Ottmar praguejou em silêncio enquanto apertava a tecla para salvar a história do lagarto, que ainda estava na metade. O caminhão de comunicação via satélite ficava a uns 15 metros de distância e era protegido por uma rede de camuflagem dispersadora de luz. Um minuto depois ele estava dentro do veículo, sentado em uma cadeira de dobrar. Uma *pin-up* com os seios à mostra, chamada Vicki, lhe sorria de cima do terminal de comunicação enquanto ele colocava o fone na cabeça e ajustava o microfone.

— Cobra-Seis falando. Câmbio.

— Os filhos da puta caíram do céu — reclamou Danick, como se aquilo fosse injusto. — Eles não estavam de paraquedas, mas com uma espécie de armadura voadora que torna o pouso mais preciso. Nós ainda estamos tentando entender como tudo aconteceu, mas é certo que o supervisor Brucker e cerca de quarenta guardas estão mortos, tem mais uns dez feridos, e a base foi bastante avariada.

Danick continuou, agitado:

— E não é só isso. Os Confederados libertaram os prisioneiros e estão indo na sua direção! Quero que os detenha, Kar... Mais que isso, quero que mate todos esses cretinos e deixe as carcaças apodrecendo ao sol. Fui claro? Câmbio.

Ottmar conseguia visualizar a mecha de cabelo dependurada da testa de Danick, assim como a intensidade de seu olhar e os lábios levemente arroxeados.

— Sim, senhor. Bem claro. Câmbio.

— Coloque seu técnico de comunicação de volta na linha — instruiu o supervisor-assistente. — Nós lhe manteremos informado sobre a posição da coluna e direção em que estão viajando.

— Sim, senhor — respondeu Ottmar, e entregou os fones para o técnico.

Quando o oficial desceu do caminhão, não se surpreendeu ao dar de cara com o intendente Kurst aguardando por ele. De alguma forma, Kurst sempre sabia quando alguma coisa estava prestes a acontecer. Era um homem grande, com um bigode de morsa e o queixo comprido.

— Senhor?

— O inimigo arrasou o CDK-36 e matou cinquenta de nossos homens. Em vez de prestarem socorro aos feridos, os vermes os mataram. Vamos acabar com esses merdas! Quero o Komando pronto em trinta minutos.

Os exageros tinham a intenção de motivar as tropas, e, a julgar pela raiva nos olhos de Kurst, a estratégia estava funcionando.

— Sim, senhor!

Ottmar deu um sorriso sombrio quando o superintendente saiu. Os confederados podiam ter uma armadura sofisticada, mas estavam sobrecarregados com centenas de prisioneiros, e era um longo caminho até as linhas confederadas. Ele e seus Kabeças de Kobra iam encontrar os malditos e fazê-los se arrepender de terem nascido.

O efeito das drogas estava começando a passar, e Raynor se sentia exausto enquanto o sol nascia a leste e ele guiava o Abutre por um cânion até uma planície. Ele já estava dirigindo o veículo havia horas e se sentia cansado quando desligou o motor e deixou a máquina deslizar até parar. A estrada agora se dividia em três caminhos bem definidos.

Ele procurou o injetor de esteroides com dedos rígidos, encontrou e o pressionou contra a nuca. O dispositivo fez um barulho fraco, o que significava que estava vazio. Droga. Todos os lugares de seu corpo onde Moller tinha enfiado as agulhas doíam insuportavelmente.

O sabre rodou até uns 5 metros do Abutre e parou. Tychus desceu, olhou o céu e acendeu um charuto. Baforadas de fumaça ficavam para trás enquanto ele se aproximava. Raynor, que tinha acabado de dar um longo gole na garrafa d'água, gargarejou e engoliu.

— Somos alvos fáceis aqui.

— Sim — concordou Tychus. — Com certeza. Por isso Vanderspool quer que a gente encontre um local onde dê pra se esconder e se defender.

— Por quê? — quis saber Raynor. — Por que eles não mandam os módulos de transporte nos buscar aqui?

— Estão em falta — respondeu Tychus, lacônico. — Pelo menos é isso que o coronel Cabeça-de-Titica diz. Perdemos módulos demais ontem à noite, e eles estão buscando alguns no norte.

— Mas que ótimo — respondeu Raynor. — Acho que é melhor eu encontrar algum buraco onde nos enfiarmos então.

— Faça isso — concordou Tychus. — E Jim...

— Quê?

— Seja rápido. Quase todos os veículos estão com o combustível no fim.

Raynor praguejou, colocou os óculos de volta e ligou o motor. O Abutre derrapou e deu a partida, deixando um rastro enquanto acelerava para o oeste. Várias formações rochosas podiam ser vistas à distância, e Raynor tentava identificar qual delas estava mais próxima quando algo chamou sua atenção mais à frente. Era simétrico demais para ser natural e, ainda assim, parecia muito grande para ter sido fabricado. Era o que ele pensava, até que subiu um pouco mais e conseguiu ver a máquina por inteiro.

Era quase do tamanho de um prédio de trinta andares deitado. E, a julgar pelas lagartas parcialmente enterradas na areia, o enorme dispositivo era o que chamavam de "triturador de minérios", um processador móvel capaz de "comer" uma área de 15 metros de solo, arrastando-se pela superfície do planeta, extraindo minerais e processando-os a bordo. O material residual era levado para os fundos e caminhões recebiam os minérios e os levavam embora. As palavras IRMÃOS RAFFIN MINERAÇÃO estavam pintadas na lateral enferrujada em letras de mais de 5 metros de altura.

A julgar pela deterioração e pela quantidade de areia acumulada nas esteiras monstruosas, o processador tinha sido usado nos estágios iniciais da guerra e depois abandonado. Eles poderiam se esconder ali e esperar pelo socorro chegar? Sim, havia metal suficiente para protegê-los, e o triturador estava mais perto que as formações rochosas a distância. Raynor parou numa derrapada, ligou o transmissor e falou no microfone:

— Sierra-Nove para Sierra-Seis... Chega junto que eu já achei. Câmbio.

A resposta não veio como ele esperava:

— Mete o pé, Nove... Tem um Urutau chegando às três!

Raynor ainda estava processando as palavras no momento em que jatos de areia irromperam ao redor, e um rugido soou quando o inimigo apareceu à sua frente. Raynor acelerou e espalhou areia em todas as direções ao bater em retirada. O Abutre foi pego em um bolsão de ar quando passou por cima de uma duna e desabou 5 metros adiante.

O impacto quase derrubou Raynor, mas ele conseguiu recuperar o controle da máquina e o Urutau deu meia-volta. A distância até o triturador tinha sido reduzida à metade, mas Raynor sabia que o piloto viria atrás dele de novo. Então girou o guidão para a esquerda. O Abutre se voltou na direção do caça, e o alvo do kel-moriano pareceu ainda menor.

Como os veículos se aproximavam em velocidade combinada de mais de 400km/h, o piloto tinha apenas alguns segundos para tentar matá-lo. Raynor olhou para cima, viu os lasers apontando em sua direção e admirou a beleza das luzes quando eles rasgaram sulcos paralelos na areia. Uma leve curva para a direita foi o suficiente para desviar o veículo dos próximos raios enquanto o Urutau rugia acima de sua cabeça.

Essa foi a deixa para Raynor fazer uma curva fechada para a direita e correr para a proteção do triturador. Nesse meio-tempo, o resto do comboio já cruzara metade da área aberta, cada veículo levantando sua própria nuvem de poeira enquanto corriam para o local seguro. As únicas exceções eram os VBTPs, que disparavam os canhões de cano duplo montados nos tetos contra o Urutau na tentativa de derrubá-lo.

Então um dos ônibus se aproximou demais de umas pedras baixas, passou da borda e capotou, derrapando cerca de 15 metros de cabeça pra baixo, com as rodas ainda girando, antes de finalmente parar. Os prisioneiros começavam a escalar as janelas para escapar quando o Urutau voltou e metralhou os destroços. O ônibus ardeu em chamas, e uma coluna de fumaça oleosa se ergueu pelo céu como uma pira funerária.

Foi uma perda terrível, mas deu ao restante dos veículos tempo suficiente para dar a volta no triturador e se proteger entre as imponentes esteiras do processador. Lá dentro era mais escuro e mais frio. Tychus saiu do sabre e encontrou Raynor à sua espera.

— Eles sabem onde estamos agora — disse Raynor, sombrio — Unidades terrestres já devem estar a caminho. Vamos trazer os VBTPs e fechar as saídas dessa carcaça.

Era uma boa ideia, e Tychus estava prestes a concordar quando um cravo sônico acertou a estrutura. A explosão não foi tão grande para os padrões militares, mas foi suficiente para escavar um grande buraco no monte de terra da entrada ao norte, fazendo Tychus mudar de ideia.

— Tire os prisioneiros dos veículos — gritou. — Tá vendo as escadas laterais? Suba com eles e leve-os para o centro. É pra ontem!

— De onde veio aquele tiro? — perguntou Raynor, enquanto os patrulheiros se apressavam em obedecer às ordens de Tychus.

— Não sei — respondeu Tychus, soturno, e seu charuto subia e descia enquanto ele falava. — Mas aposto que vamos descobrir.

Ottmar e seus Kabeças de Kobra estavam sentados numa elevação de pouca altitude que cortava a planície do leste para o oeste. O triturador mineral podia ser visto claramente a cerca de 1,50 quilômetro de distância. Graças à informação fornecida pelo piloto do Urutau, sem contar a grande coluna de fumaça, tinha sido fácil localizar os fugitivos.

Ottmar perscrutou o campo de batalha com seus óculos de proteção. Oito veículos leves de combate (VLCs) lideravam o ataque. Seguindo o lema do Komando, "mova-se rápido e ataque forte", cada VLC estava armado com uma metralhadora fixa e tinha espaço suficiente para dois soldados de armadura. Os veículos podiam viajar a uma velocidade superior a 90km/h em superfícies razoavelmente planas. Isso os fazia perfeitos para patrulhamentos, ataques rápidos e perseguições estilo "gato e rato" como aquela.

Dois brucutus seguiam logo atrás. Adaptados para servirem como tanques, os brucutus tinham sido retroescavadeiras. Agora, canhões de grande calibre substituíam as lâminas, e os veículos também contavam com armas mais leves antipessoal. Placas de metal tinham sido dispostas em torno dos veículos, protegendo-os de projéteis vindos de todos os ângulos.

O resto da unidade, incluindo o veículo de comando, três caminhões (de comunicação, suprimentos e reabastecimento) e os homens convocados para defendê-los, estavam a quase 15 quilômetros para trás. Tendo perdido a batalha com o Urutau, os dois VBTPs estavam em chamas. O piloto, que estava ficando sem combustível, voltava para a base.

Os tanques começaram a disparar contra o triturador, mas o resultado não passava de fracas fagulhas de luz contra a massa acinzentada.

— Kobra-Um para todas as unidades... Economizem munição — ordenou Ottmar. — Os confederados já estão dentro daquela coisa a essa altura. Câmbio.

Foi então que o piloto do VLC à direita de Ottmar convulsionou e um pipoco distante foi ouvido. O Kabeça de Kobra caiu de lado, digna e lentamente. Um atirador tinha visto uma oportunidade e atirado. Os ratos tinham presas!

O segundo homem já estava no comando do veículo quando Ottmar pisou no acelerador e disparou com seu VLC. O segredo era chegar por baixo da estrutura, matar os guardas que estivessem ali e alcançar o topo. Uma tarefa bem simples, na verdade, e que ele executaria com prazer.

Ward viu os VLCs se aproximando e soube o que pretendiam. Se arrastou para fora das sombras e se posicionou bem no centro de uma enorme abertura. O lançador de foguetes estava sobre seus ombros quadrados, e ele carregava um canhão Gauss kel-moriano nos braços. Era o momento pelo qual tinha esperado, e recebeu os dados do alvo em seu visor com um sorriso nos lábios.

— Ward! — gritou Tychus pelo comunicador. — Volta pra cá, seu idiota! É uma ordem!

Mas tudo o que Ward conseguia ouvir era a voz de sua esposa chamando as crianças para jantar e a melodia de sua risada, seguidas pela série de explosões do bombardeio de sua aldeia pelos Urutaus. Ele oscilou enquanto sua armadura era atingida por disparos, mas estava apenas vagamente consciente do perigo enquanto ajustava a mira com cuidado. Com tudo pronto, Ward se preparou para encarar o violento coice que estava por vir. Disparados ao mesmo tempo, os oito foguetes zuniram, guiados pelo calor de cada alvo e rodopiando pelo céu. Seu canhão Gauss já disparava junto, um VLC explodiu, e Ward deu graças. Estava feliz.

Ottmar imaginou que aquele soldado plantado no meio da estrutura exposta era muito corajoso ou muito tolo, não que fizesse diferença, porque ele logo estaria muito morto.

Então viu o clarão dos foguetes sendo lançados junto à trilha de fumaça que deixaram e soube o que estava por vir. Dois segundos depois (que ele usou para pensar em Hana, nas crianças e no lagarto marrom), o foguete explodiu, atingindo o encarregado Kar Ottmar e o homem sentado atrás dele, reduzindo-os a destroços sangrentos.

Cinco dos oito foguetes atingiram seus alvos, e o estrago foi suficiente não apenas para enfraquecer o ataque dos Kabeças de Kobra, como também para deixar os sobreviventes sem veículos suficientes.

Ryk Kydd, que estava na plataforma de observação da popa do triturador, conseguia ver os kel-morianos encalhados e os veículos incendiados. Ele era impiedoso e, com três tiros, abateu três deles.

Mas os brucutus ainda estavam operacionais, assim como três VLCs, que eram difíceis de acertar enquanto os jipes serpenteavam ao redor.

Ward atirava nos brucutus com o canhão, mas já estava sem foguetes e aquilo era uma perda de tempo. Mas ficou lá disparando até que Tychus saiu correndo e esbarrou nele. Ninguém além dele seria forte o suficiente para arrastar um homem de armadura para um lugar seguro, ainda mais quando esse homem ameaçava matá-lo.

Então o inimigo chegou ao túnel. Dois jipes entraram atirando com tudo. Dois patrulheiros levantaram as mãos e desabaram no chão quando uma série de disparos furou suas armaduras.

Mas o sucesso deles durou pouco, pois Raynor surgiu de trás de um caminhão e os seguiu pelo túnel até campo aberto. O lançador de granadas do Abutre produzia um som alto e contínuo enquanto disparava para a frente.

Raynor não tinha muito domínio sobre a arma, já que nunca a havia usado antes, mas sua habilidade acabou não importando muito, pois um dos VLCs sofreu um impacto direto e o outro trombou com um par de explosões que o fez derrapar descontroladamente. O Abutre levou Raynor através da fumaça negra, desviando dos destroços, até a área aberta adiante.

Nesse meio-tempo, o primeiro brucutu estacou embaixo do triturador, e Harnack estava lá para recebê-lo. Ele usava óculos de proteção e carregava uma escopeta capturada quando saltou de uma passarela para o deque traseiro do veículo.

A escotilha, ao se abrir, bateu contra metal e produziu um estrondo alto. Foi nesse momento que o kel-moriano viu Harnack sorrindo sinistramente para ele do alto. Harnack jogou a granada, que rolou compartimento abaixo e foi parar ao lado do armário de munição.

Harnack já estava a 15 metros quando a munição explodiu. A explosão também atingiu o segundo brucutu, que continuou a sacolejar convulsivamente enquanto a munição em seu interior explodia.

Àquela altura, restavam apenas dois VLCs, que bateram em disparada quando uma dúzia de Vendetas entrou em cena atacando-os por via aérea. Ambos os veículos foram destruídos em segundos.

De repente ordens começaram a ser dadas, e dez módulos de transporte começavam a aterrissar um depois do outro. O primeiro a pousar desembarcou oito soldados em armaduras, que começaram a escoltar os prisioneiros imediatamente.

Tychus, Raynor e Harnack começaram a se arrastar para fora do esconderijo e foram seguidos por Kydd, Zander, Ward e a doutora momentos depois. Juntos, eles saíram do túnel em direção à luz do dia adiante. O trabalho estava quase no fim, mas ainda restava uma coisa a fazer: achar o resto do grupo de ataque kel-moriano e acabar com eles.

Graças aos rastros deixados pelos brucutus e VLCs, não foi difícil encontrar o resto do Komando do encarregado Ottmar. Os veículos de apoio da unidade e mais dois VLCs estavam embaixo da saliência de uma rocha, na sombra e cobertos.

Era um bom esconderijo, mas não o suficiente para protegê-los dos mísseis de termo-rastreamento disparados pelas Vendetas, nem das tropas que pousaram logo depois. O abastecedor tinha pegado fogo, o caminhão de comunicação estava destruído, e corpos jaziam por todos os lados.

— Chequem para ver se estão realmente mortos. E estamos levando prisioneiros, então peguem leve.

Raynor podia ter permanecido embarcado, mas não conseguiu ficar ali sentado enquanto o resto de sua equipe sujava as mãos. Então ele os seguiu pela sombra do contorno da pedra, viu o veículo de comando estacionado e sacou a pistola.

A porta estava entreaberta. Ele teve o cuidado de se aproximar de um ângulo em que pudesse ver seu interior.

— Olá... Tem alguém aí? Se tiver, baixe as armas e saia com as mãos na cabeça.

Não houve resposta. Então Raynor usou o cano da pistola para abrir a porta e examinou a penumbra por um momento antes de subir um lance da escada dobrável. O interior do veículo era quente, muito quente, e, depois de se certificar de que não havia ninguém ali, Raynor resolveu partir. Mas primeiro havia alguns arquivos para procurar. A equipe de inteligência com certeza gostaria de analisar qualquer relatório, mapa ou documento oficial disponível.

Raynor abriu uma maleta camuflada, remexeu em alguns documentos e se deparou com um computador pessoal. Um único toque foi suficiente para ligar o aparelho. O documento brilhando na tela era a carta de um dos kel-morianos para uma mulher chamada

Hana. Seria sua esposa? Sim, ele pensou. Mas, em vez do que ele imaginava que um soldado escreveria, Raynor se viu lendo uma história sobre um lagarto. Uma história claramente endereçada aos filhos do autor.

Raynor desceu até o fim do documento, viu que a história não estava terminada e balançou a cabeça com pesar. Era difícil imaginar que o homem que escrevera aquela carta fosse tão diferente dos companheiros com quem ele servia diariamente. Porém, não era aquilo que o governo alegava. De acordo com a Confederação, todos os kel-morianos eram monstros. Brucker definitivamente era. Mas esse cara? Raynor não tinha tanta certeza.

Colocou o computador de volta na pasta, junto com uma lista de pessoal que seria muito bem recebida em Forte Howe.

Enquanto Raynor continuava a reunir documentos, uma cabecinha marrom brotou de um chapéu de selva que descansava na prateleira lateral. Depois de conferir as redondezas em busca de algum sinal de perigo, um pequeno lagarto saiu correndo. Seu corpo sarapintado ficou imóvel por um instante enquanto sua língua provava o ar e seus olhos míopes olhavam direto para a frente.

Então o lagarto saiu, descendo da prateleira até uma caixa de ferramentas e de lá para o chão. Depois deu uma corrida rápida até a porta, desceu os degraus da escada e saiu para a areia escaldante que o aguardava lá fora.

CAPÍTULO
VINTE E CINCO

"Eles caíram do céu e foram até o inferno para libertar os prisioneiros confederados mantidos no território kel-moriano. Ninguém mais poderia ter feito aquilo. Ninguém mais fez. Foi assim que os Demônios do Paraíso ganharam seu nome."

Capitã Clair Hobarth, prisioneira condecorada, em entrevista a Max Speer
Janeiro de 2489

FORTE HOWE, PLANETA TURAXIS II

Era final de tarde quando uma fila de módulos de transporte serpenteou em volta do Forte Howe, virou ao sul e aterrissou. Instantes depois as rampas baixaram, ambulâncias de campo foram ao seu encontro, e a equipe médica subiu a bordo. Estavam lá para cuidar não apenas dos feridos em combate, mas também dos prisioneiros debilitados. Somente então as tropas tiveram permissão para desembarcar.

A doutora tentou convencer Raynor a entrar em uma ambulância, mas ele se recusou, insistindo para deixar a aeronave com o resto do pelotão. Dos 35 soldados que saltaram sobre a base kel-moriana, apenas 17 sobreviveram, e três deles estavam feridos. Então, o grupo esmolambado que seguiu Tychus pelo concreto até o prédio adiante não era muito maior que um esquadrão completo.

Dois homens aguardavam em frente ao hangar mais próximo. Ambos usavam trajes civis, mas podiam estar de uniforme, pois tudo neles entregava que eram militares, desde o corte de cabelo até a postura ereta. Um era alto, e o outro, baixo, e foi esse quem perguntou quando o grupo passou:

— Ark Bennet? Gostaríamos de falar com você.

Kydd quase se entregou. O que o salvou foi o fato de que já usava o nome "Kydd" havia tanto tempo que levou um segundo para se tocar quando o homem o chamou. O necessário para ligar o alerta em seu cérebro e impedi-lo de dizer "sim".

Alguns ali sabiam sua verdadeira identidade, claro, mas um olhar atravessado era o bastante para calá-los. Àquela altura, o mais baixo dos dois já tinha mudado de tática.

— Soldado Kydd? Meu nome é Corly... E esse é o sargento Orin. Estamos com o SSM e gostaríamos de falar com você.

SSM significava Serviço de Segurança Militar, um grupo ao qual era praticamente impossível dizer não. Mas, antes que Kydd pudesse responder, Tychus decidiu intervir.

— Não sei sobre o que se trata — disse o sargento, em tom ameaçador —, mas o que quer que seja pode esperar. Acabamos de voltar de combate. Mas é claro que vocês, babacas da retaguarda, não fazem ideia do que seja isso, não é?

Quando o sargento Orin se virou para Tychus, seus olhos eram como raios azuis e seu rosto estava impassível.

— O sargento Corly tem uma medalha de bravura e foi ferido três vezes na batalha em Rork's Rift. — Ele se aproximou tanto que Tychus pôde sentir sua respiração. — Acha que não sabemos como é colocar nossas vidas em jogo? Ver nossos irmãos e irmãs explodir em pedaços na nossa frente? Olhe como fala, filho, e reze para nunca aparecer na minha lista de problemas.

Kydd sabia que o volume embaixo do paletó de Orin era, provavelmente, uma grande pistola. Mas Tychus também estava armado e Kydd sentiu a pressão crescer quando deu um passo à frente.

— Você sabe onde pode enfiar sua lista de problemas, sargento. Ou talvez eu deva fazer isso por você.

Kydd se colocou entre eles rapidamente.

— Sem problemas... É melhor resolver isso de uma vez. Vejo vocês no alojamento.

Raynor assentiu.

— Vamos lá, Tychus, você pode usar seu charme para me conseguir um atendimento na enfermaria.

Tychus lançou um olhar furioso, mas se permitiu ser conduzido para longe dali, o que deixou Kydd com os agentes da SSM. Corly olhou para o rifle do atirador de elite.

— Isso está descarregado?

— Sim — garantiu Kydd. — Gostaria de conferir?

— Não — respondeu Corly. — Não é necessário. Por favor, nos acompanhe até o centro de comando. Temos algumas questões para esclarecer com você, mas seremos breves. Voltará para seus companheiros logo.

Aquilo era verdade? Ou só uma tentativa de tranquilizá-lo? Kydd não sabia, mas também não importava: os agentes da SSM fariam aquilo que bem entendessem.

Foi uma curta caminhada até o centro de comando, passando pela porta e por um corredor lateral até o escritório do oficial de manutenção. Kydd sentiu um vazio no peito. Porque ali, depois de todo aquele combate, haveria um tipo diferente de batalha. Era uma escolha difícil. Ele queria voltar a ser Ark Bennet, um privilegiado, homem de negócios e chefe de uma família tradicional? Ou queria ser Ryk Kydd, soldado, atirador de elite e aventureiro?

Orin abriu a porta do escritório vazio. Uma mesa redonda estava posicionada de frente para uma escrivaninha bagunçada. Corly apontou para uma das quatro cadeiras.

— Sente-se, por favor.

Kydd hesitou. Essa seria uma decisão crucial, que mudaria sua vida; não haveria volta depois disto. Qual era aquele provérbio que Raynor sempre dizia? O que atribuía a seu pai? "Você é quem escolhe ser." Sim, era isso. Kydd sempre ria das tentativas de Raynor de compartilhar suas sentimentais pérolas de sabedoria; aquele tipo de entusiasmo lhe era algo totalmente estranho. Mas, de alguma forma, aquela frase ressoou dentro dele, até mesmo naquele instante, com a mente transbordando de ansiedade.

Os agentes da SSM já estavam sentados à mesa quando Kydd se acomodou na cadeira de aço. Corly olhou para um monitor.

— De acordo com nosso arquivo P-1, você prestou depoimentos alegando que seu nome verdadeiro é Ark Bennet e que foi tirado das ruas de Tarsonis por um recrutador pirata. Procede?

Kydd respirou fundo, bem devagar, enquanto media suas palavras. Ele pensou sobre sua versão anterior, aquela que tinha saído para uma volta no bairro Baixada da Picareta, em Tarsonis, e entendeu o que ele procurava naquela época. Queria uma chance de viver fora do mundo de obrigações em que tinha nascido, do casulo protetor que sua família construíra para ele, e ganhar seu lugar no mundo, em vez de simplesmente herdá-lo.

— Eu declarei que meu nome era Ark Bennet — admitiu Kydd. — Essa parte é verdade.

Corly levantou uma sobrancelha.

— E quanto à declaração propriamente dita? É verdade também?

— Não — disse Kydd, tentando parecer arrependido enquanto olhava para o tampo da mesa.

— Então mentiu para o major Macaby?

Kydd olhou nos olhos de seu interrogador e disse:

— Sim, senhor. — Engoliu em seco. — Menti. — E olhou para Orin.

Os agentes trocaram olhares em silêncio. Não era a resposta que esperavam.

A cabeça de Kydd girava de preocupação. Teriam acreditado nele? Já saberiam a verdade? Seu pai estaria assistindo? Forçou uma tossida enquanto olhava em volta da sala. Se houvesse uma câmera, não estava à vista.

Corly se inclinou para a frente.

— Por que mentiu?

— Por quê? Eu queria sair dos Fuzileiros — respondeu Kydd. — Ouvi dizer que um cara rico tinha sumido e, pela descrição que deram, achei que éramos parecidos.

— Sim, existe uma estranha semelhança, soldado. — Ele parou por um momento para examinar o rosto de Kydd. — Apesar de você parecer mais magro e mais tenaz. Mas então o que mudou? — perguntou ele, voltando os olhos para o monitor. — Por que está falando a verdade agora?

— Tive tempo para pensar melhor. Quero dizer, até onde conseguiria ir com isso? — inquiriu Kydd cinicamente, olhando de novo para Corly. — Até Tarnosis? Pra família do cara me denunciar? — Ele riu, incrédulo, buscando um efeito dramático. — Eles ainda estão procurando pelo sujeito, pelo menos? Já faz quanto tempo? Meses?

— Existem alguns caçadores de recompensa por aí tentando embolsar a quantia oferecida pela família. Uma pena que não possamos reivindicá-la, porque o sargento Orin e eu acreditamos estar perto de encontrá-lo. — Aquelas palavras deram calafrios em Kydd. — Então, sim, eles continuam procurando. Nós ainda temos centenas de pistas para averiguar. — Apertou alguns botões. — Talvez você se surpreenda ao saber que seu perfil indicava uma porcentagem pequena de compatibilidade. Mas é claro que o sargento Orin e eu sabemos que computadores são programados para considerar todos os nossos recrutas como cidadãos honestos.

Kydd ficou aliviado, mas teve o cuidado de não deixar transparecer.

— Mas — continuou Corly —, atentos para a possibilidade de alguns recrutas transgredirem a lei em benefício próprio, nós processamos as varreduras de retina e comparamos com aquelas dadas pelos Bennet. — Então olhou diretamente para Kydd. — A sua é compatível, soldado.

Kydd perdeu o chão, se sentiu tonto e enjoado. Sua voz estava vacilante.

— Independentemente do que você pensa — declarou —, estou aqui pra valer, e vocês não podem me tirar isso. Tenho uma ótima ficha, sou o melhor no que faço, e meu pelotão precisa de mim. — Parou para reunir as forças, que pareciam falhar. — Esses homens e mulheres são meus irmãos aqui. — Kydd pontuou as palavras apontando para o alojamento com os dedos. Seus olhos estavam marejados. Envergonhado, baixou o olhar para a mesa.

— O que ele está falando é verdade — disse Orin, calmamente; era a primeira vez que se pronunciava desde que entraram no escritório. Girava uma caneta digital entre os dedos. A voz profunda e ressonante do sargento contrastava com a de Corly. Sua pele era morena, e seus olhos azuis penetrantes miravam Corly. — Ele tem uma ficha impressionante e é um atirador de elite. Na verdade, o comandante da Base Zulu o recomendou para uma medalha.

Aquilo era novidade para Kydd. Uma medalha! Difícil de acreditar. Representava mais que uma confirmação do que já sabia. Ele era bom em alguma coisa. E o Exército era sua casa.

— Então, como ficamos? — perguntou Corly.

Os olhos de Kydd oscilavam desesperadamente entre os dois sargentos.

Orin estava em silêncio, e, quando o sargento falou, seus olhos estavam ligeiramente desfocados, como se estivesse em outro mundo.

— Mentir para escapar do Exército foi errado. Mas o soldado Kydd confessou. Todos cometemos erros e, às vezes, temos a sorte de receber uma colher de chá de alguém. — Olhou diretamente para Kydd. — Você é valioso para a Confederação, filho, e exemplifica tudo o que os Fuzileiros representam. Soldado Kydd, a menos que o sargento Corly discorde, acredito que está liberado.

Kydd olhou imediatamente para Corly, que concordava e sorria.

— Você nasceu para a carreira militar, garoto. Simples assim. — Espalmou as mãos na mesa e concluiu: — Caso encerrado.

Já haviam se passado três dias desde o ataque à base kel-moriana, era por volta das 20h, e o BBQ estava cheio de pilotos, fuzileiros e patrulheiros. Muitos deles iam de bar em bar para cima e para baixo da rua principal, procurando, sem nunca achar, a birosca perfeita.

A única exceção era o *Jack Três Dedos*, onde, de tão lotado, era bem difícil entrar ou sair. Uma névoa azul pairava sobre as mesas, o vozerio tornava a conversa difícil, e uma banda ao vivo contribuía ainda mais para a cacofonia. Raynor, Tychus, Harnack, a doutora, Ward, Zander e Kydd estavam sentados em uma grande mesa redonda, no centro do salão. Outros membros do 321º também estavam presentes, junto com cerca de cinquenta ex-prisioneiros e da metade dos pilotos que os resgataram da zona de guerra. Era uma aglomeração bem barulhenta.

Mas quando a capitã Hobarth e seu enfermeiro desembarcaram de um veículo ali em frente, o caminho se abriu como mágica, e todos aplaudiram quando ela se dirigiu até o centro do salão. Então, depois que levantou sua mão esquelética, as palmas morreram e o próprio Jack lhe entregou um microfone.

— Primeiro — disse com a voz rouca, olhando ao redor do salão —, quero fazer um brinde aos bravos soldados que conduziram esta perigosa missão. Aos nossos heróis, um grupo de homens e mulheres cujos nomes devem ser cantados por gerações e gerações, os nossos Demônios do Paraíso!

A multidão aplaudiu. A essa altura, a reportagem de Speer já havia sido vista por toda a Confederação, e todos estavam familiarizados com o novo apelido do pelotão TEM. Aplausos ruidosos encheram o lugar quando aqueles que já não estavam de pé se levantaram e viraram para a mesa onde os soldados estavam sentados. Tychus sorria escancaradamente, Raynor parecia envergonhado, Harnack se aprumou numa pose, Kydd olhava ao redor, admirado, Zander fechou a cara, Ward encarava as mãos e a doutora estava muito chapada para perceber o que estava acontecendo.

Hobarth sorriu e continuou quando o barulho cessou:

— Em segundo lugar, quero agradecer a todo o 321º Batalhão de Patrulheiros Coloniais por resgatar meus irmãos do CDK-36.

Aquilo gerou outra onda de aplausos, acompanhando os Demônios do Paraíso, quando o batalhão entrou para receber o reconhecimento.

Hobarth assentiu, séria, enquanto o barulho silenciava.

— E por último, mas não menos importante — disse, erguendo a mão para aceitar uma dose de Scotty Bolger's. — Gostaria de propor um brinde. Este é pelos homens e mulheres que deram suas vidas pela Confederação e por seus soldados. Devemos guardá-los em nossos corações e mentes até o dia em que nos juntarmos a eles. E então, como agora, vamos queimar um óleo forte! A próxima rodada é por minha conta!

As horas seguintes passaram como um borrão, do qual Raynor despertou com um som de zumbido e um objeto afiado arranhando seu braço. Então a dor desapareceu quase por completo quando o careca sentado no banco ao lado praguejou e se levantou para atender ao telefone.

Raynor fez um esforço para focar os olhos no que havia ao seu redor. Estava rodeado por pequenos desenhos de... tatuagens. Milhares deles, laminados e presos na parede, com os cantos balançando com o vento de um ventilador enferrujado.

Raynor lembrava-se vagamente de sair do *Jack Três Dedos* com o resto do esquadrão cambaleando pela rua principal. Lembrava-se de parar para mijar em um prédio de tijolos. E lembrava-se de passar pelas luzes neon de uma entrada com os braços de Tychus pesando sobre seus ombros.

— Ty-chus... Ty-chus... Ty-chus — chamou Raynor, cantarolando.

Ele ouviu um resmungo vindo de trás. Virou-se na direção da voz e viu Tychus deitado em uma mesa, onde uma mulher com o cabelo de um azul vibrante estava ocupada fazendo uma nova tatuagem em seu abdome esculpido. Ao seu lado, o homenzarrão soprava um charuto enquanto encarava o decote da tatuadora.

Raynor se levantou, cambaleando para fora da mesa, e foi olhar o desenho. Era um borrão a princípio, mas quando a imagem entrou em foco ele pôde ver um esqueleto alado. Estava parcialmente coberto por uma túnica com um capuz e armado com uma antiga metralhadora giratória. Havia uma nuvem em forma de cogumelo ao fundo e o nome "Demônios do Paraíso" escrito em uma faixa acima da caveira.

— Gostei — disse Raynor. — Gostei muito.

— É bom mesmo! — gritou Ward, mas Raynor não entendeu por quê.

— A minha é melhor — disse a doutora, olhando por sobre o ombro desnudo. — Olha só.

Ela estava sentada em um banco a 3 metros deles, com o tatuador às suas costas à esquerda.

Raynor ficou orgulhoso por conseguir atravessar aquela distância sem cair. O tatuador sorriu e chegou para o lado a fim de que ele pudesse examinar o desenho no ombro da doutora. Era exatamente igual ao de Tychus, mas no lugar da metralhadora havia uma enorme seringa com uma agulha na ponta!

— O que achou? — perguntou Cassidy. — Legal, né?

— Muito! — respondeu Raynor, aéreo. — É igual à do Tychus. Bonitinho. Muito bonitinhos vocês dois. — Ele balançou o dedo para a doutora e se virou para encarar Tychus, sorrindo e dando uma piscadinha. — Tatuagens combinando, hein...

O estúdio todo riu, e Raynor ficou sem entender.

O careca voltou para buscá-lo.

— Vamos. Já estamos na metade da sua.

Enquanto o homem o conduzia para a mesa, Raynor se deu conta de que os Demônios do Paraíso tinham dominado o estabelecimento e estavam sendo tatuados. Todos eles!

— Senta aí, campeão — disse o homem pacientemente. — E aguenta firme.

Raynor ouviu risadinhas à sua volta de novo e riu também, sem saber por quê.

— OK, deixa comigo. — Fechou os olhos e tirou um cochilo.

As tatuagens demoraram, assim como o farto café da manhã que se seguiu, e já passava das 5h quando os Demônios do Paraíso retornaram à base e fizeram o caminho de volta ao alojamento. Era lá que a primeira-tenente Samantha Sanchez os aguardava.

A oficial tinha o cabelo preto raspado, um rosto que poderia ficar bonito com um pouco de maquiagem e um corpo compacto musculoso, sem um grama de gordura. Diferente de Quigby, Sanchez não era insegura, não precisava ficar se gabando e, a julgar por sua pose com as mãos na cintura, não aceitava desaforo de ninguém. Nem mesmo de Tychus, a quem ela se dirigiu primeiro.

— É você que está no comando do primeiro esquadrão? Foi o que pensei... Meu nome é Sanchez. Quero seu pessoal lá fora, pronto para correr o perímetro da base às 5h30. Sem desculpas, sem exceções, sem baboseira. Fui clara, sargento?

Tychus havia servido sob o comando de todos os tipos de oficiais durante seus anos no Exército e sabia identificar os durões de verdade quando os via.

— Sim, senhora — respondeu. — Positivo operante.

— Ótimo — devolveu Sanchez, como se qualquer outra resposta fosse surpreendê-la. — Vocês já devem ter ouvido falar de uma cidade chamada Polk's Pride... Parece que os kel-morianos têm um depósito de recursos estratégicos lá. E nós faremos parte de uma força tarefa para dominá-lo. Se conseguirmos, abreviaremos a guerra. Alguma pergunta?

Kydd levantou a mão.

— O primeiro ataque não falhou?

— Sim — concordou Sanchez. — E o segundo também. Então o trabalho já está bem adiantado. Mais alguma pergunta? Não? Então se preparem. Porque vocês estarão com kel-morianos até o pescoço em poucos dias, e espero que este pelotão faça sua parte. Isso é tudo.
— Sanchez deu meia-volta e saiu.

Harnack a seguiu com os olhos.

— Uau... O que foi isso?

Raynor estava cansado, dolorido e passando mal de ressaca. Foi preciso muito esforço para conseguir sorrir.

— Foi o jeito dela de dizer "oi" — respondeu Raynor, vacilante.
— Com ela o papo é reto. Mesmo estilo de comando do Tychus.

Harnack deu de ombros.

— Por mim OK, não gosto de papo-furado. — Ele riu da própria piada e deu um tapinha no braço de Raynor, já cambaleante, enquanto entravam no alojamento.

— Au, cuidado! — O braço de Raynor estava queimando de dor e ele arregaçou a manga para ver se o inchaço tinha diminuído. Levantou o curativo, mas não estava com sorte. O esqueleto estava inchado, e a faixa dos Demônios do Paraíso era quase tridimensional. Parecia que tinha criado vida.

CAPÍTULO VINTE E SEIS

"... e, aqui nos escritórios domésticos, nossa própria equipe está passando por uma troca de guarda. Seis membros do conselho executivo da UNN renunciaram hoje, alegando 'diferenças pessoais e profissionais em relação às atuais filosofias da rede.' Essa mudança foi seguida por mais de vinte demissões após a hierarquia da UNN passar pelo que um acionista chamou de 'reestruturação significativa'. O que isso significará para o gigante da mídia e suas estações subsidiárias é assunto de muita discussão."

Handy Anderson, *Jornal da Noite* para a UNN
Fevereiro de 2489

POLK'S PRIDE, NO PLANETA TURAXIS II

Polk's Pride já fora a segunda maior cidade em Turaxis II, com uma população de quatro milhões de habitantes e uma economia próspera. Antes das guerras, o lugar era famoso por centenas de canais artificiais que não só lhe davam um toque especial, mas também alimentava o tráfego de embarcações pelo rio, bastante utilizado como rota fluvial, que serpeava pelo centro da cidade. Na verdade, o Paddick corria por mais de mil quilômetros antes de desaguar no único oceano do planeta.

No presente, toda a população de Polk's Pride, à exceção de poucas centenas de milhares, fora escorraçada para o interior, onde dezenas de campos de refugiados foram estabelecidos para acomodá-los, e a cidade ficou dividida em duas. No momento, a área ao norte do rio Paddick estava em mãos kel-morianas — e a Confederação controlava toda a região ao sul. Mas isso estava prestes a mudar, à medida que a batalha pela cidade se espraiava de um ponto a outro.

Como resultado do conflito contínuo, uma faixa de terra de 1 quilômetro de largura em ambos os lados do rio permanecia em ruínas. Dos edifícios bombardeados restavam apenas pedregulhos; as ruas estavam repletas de escombros caídos, e os canais, antes pitorescos, agora estavam bloqueados por destroços semissubmersos.

Ao longo das margens do rio era possível ver os restos das pontes da cidade, outrora graciosas. Cada uma delas fora diferente, mas bela à sua própria maneira, sendo esse o motivo pelo qual eram conhecidas como "As Sete Irmãs".

Todas elas jaziam agora no leito do rio. O fluxo de água sempre fora menor naquela época do ano. Assim, com a estiagem no norte, o rio atingiu um nível baixo como nunca antes. Mas ocasionalmente uma pilha de destroços se acumulava por trás de um dos vãos, que depois tombava com o peso da água acumulada atrás dela, liberando, então, uma enchente momentânea. Lá, misturados com todo tipo de lixo, centenas de corpos semiapodrecidos eram encontrados pelas pessoas que viviam na jusante.

Aquilo havia se tornado um problema de saúde pública — sem mencionar a visão macabra que os corpos proporcionavam —, então a população tentou separá-los no começo. A ideia era enterrar kel-morianos com kel-morianos e confederados com confederados, pois se presumiu que era isso que os exércitos rivais quereriam; e também como uma espécie de apólice de seguro — não era claro que lado ganharia e assumiria o poder. Mas, do modo como as coisas aconteceram, havia corpos demais para os civis darem conta, e eles se viram forçados a sepultar os soldados mortos em valas comuns.

Essa era a paisagem enquanto o coronel Vanderspool guiava a tenente Sanchez e seu pelotão pelas ruas do sul de Polk's Pride, já não mais vibrantes como antes, até os limites da terra de ninguém. A torre de escritórios que assomava sobre eles ainda estava bastante intacta, apesar de os brucutus kel-morianos situados no lado mais distante do rio terem-na usado regularmente como alvo para prática de tiros.

As botas de Raynor esmagavam cacos de vidro; Harnack disse:

— Uau... Dê uma olhada naquilo. — Ele apontou para cima. A parte traseira de um Urutau podia ser vista saindo de um escritório devastado pelo fogo no vigésimo sexto andar. Raynor se perguntou se o piloto ainda estaria na cabine ou se fora removido pela equipe funerária.

Não havia energia no prédio, então tiveram que subir nove lances de escada para alcançar o objetivo de Vanderspool. Como o inimigo se encontrava no outro lado do rio, não precisavam vestir a armadura de combate completa — eles contavam com suas próprias forças. Tychus, que nunca vira Vanderspool fazer mais do que andar empertigado pelo Forte Howe, surpreendeu-se ao descobrir que o coronel era capaz de subir nove andares sem suar.

Finalmente, uma porta de incêndio com o número nove apareceu, e Vanderspool guiou o pelotão por um corredor até um escritório com lixo espalhado por toda parte. Ali, um esquadrão de fuzileiros esperava por eles. Quando o primeiro-sargento Rockwell gritou "Atençããão!", todos atenderam de pronto.

Rockwell era um homem com quem Raynor e Tychus estavam bem familiarizados. Como suboficial sênior do batalhão, Rockwell detinha bastante poder e gostava de usá-lo. E alguma coisa nos Demônios do Paraíso o irritava bastante, então seu hobby era inventar missões de merda para Tychus e o esquadrão resolverem.

Naquele momento, o esquadrão de Rockwell se postava em perfeito alinhamento com as colunas eretas como barras de ferro, e era como se estivessem aguardando uma inspeção. Aquilo era um exagero, até mesmo para fuzileiros, especialmente em uma zona de combate. E, à medida que Raynor os examinava mais de perto, podia ver que todos eles tinham o mesmo olhar esgazeado, o mesmo uniforme impecável e as mesmas botas engraxadas com esmero. Tudo aquilo o fazia sentir-se desconfortável.

— Descansar — disse Vanderspool, como se estivesse acostumado a ser recebido daquela maneira. Ele apontou para o cenário. — Vocês estão vendo aquela torre no topo do morro? Aquela alta e fina?

Raynor olhou pela janela e avistou a encosta no outro lado do rio — um aglomerado de prédios ermo e aparentemente deserto —, sobre a qual se encontrava uma torre rodeada de muros altos.

— Aquela estação comsat marca a localização do repositório de recursos estratégico dos kel-morianos — continuou Vanderspool. — Abaixo dela, há uma rede de túneis e cavernas onde estoques de minerais raros são armazenados. Se conseguirmos capturar ou destruir o repositório, os kel-morianos terão que desativar suas fábricas ao norte da cidade, suas unidades militares começarão a sofrer com a escassez de suprimentos críticos em questão de semanas, e poderemos escorraçar esses cachorros de Turaxis II! Então esta é uma investida importante.

As janelas despedaçadas proporcionavam a Raynor uma visão desobstruída da terra de ninguém, do rio castigado e da área norte de Polk's Pride. Assim como o céu, a área para além do rio tinha um tom completamente cinza. Poucos edifícios ainda estavam de pé. Pareciam lápides em um cemitério que se alastrava. Colunas filiformes de fumaça negra marcavam os pontos onde os soldados kel-morianos acampavam nas ruínas ou onde civis teimosos prolongavam suas existências melancólicas a despeito dos repetidos esforços de expulsá-los.

— Nosso alvo é o repositório — prosseguiu Vanderspool, sombrio. — Mas, como vocês podem imaginar, a estrutura é bem protegida. E é por isso que ela ainda está de pé, apesar das dezenas de ataques aéreos.

Naquele momento, o coronel entregou seus binóculos para Zander com a ordem de que fossem passados adiante.

— Notem que a estação comsat está cercada por muros anti-impacto e protegida por dezenas de torres de mísseis controladas por computador. Além disso, todos os acessos são guardados por Golias, por varreduras comsat constantes e por um esquadrão de guerrilheiros. Então entrar lá não será fácil. Alguma pergunta?

— Sim, senhor — respondeu Sanchez. — Qual o tamanho da força militar que enviaremos ao objetivo?

— Você não estará sozinha, é claro — continuou Vanderspool. — Além do batalhão inteiro, elementos de outras unidades participarão do ataque. Os homens do sargento Rockwell entrarão primeiro... Isso quer dizer que, provavelmente, a unidade sofrerá muitas baixas. Mas, se não há coragem, não há glória. Certo, sargento?

— Sim, senhor! — respondeu Rockwell enfaticamente. — Soldados, qual é a sua missão? — gritou.

Todos eles sabiam que as primeiras pessoas a ir teriam uma chance muito grande de serem mortas. Mas, se os fuzileiros se davam conta disso, não demonstravam qualquer sinal em seus rostos ao responder ao suboficial:

— Morrer pela Confederação!

Foi então que Raynor se lembrou do programa que Brucker mencionara e reparou algo... Julgando pelo que Tychus lhe dissera sobre Lassiter e vendo os fuzileiros diante dele, soube que o intendente kel-moriano estava certo. Algumas pessoas estavam sofrendo lavagem cerebral. Como é que chamavam mesmo aquilo? Alguma coisa "social"? Ressocializados. Era isso. Não, neurologicamente ressocializados, e eram em número considerável, também. Era por aquilo que Raynor devia lutar? Uma sociedade na qual os cidadãos eram transformados em robôs de carne e osso?

— Sanchez, você e seu pelotão avançarão imediatamente depois deles. É para isso que estão aqui. Como eu disse, não vai ser fácil, então por esse motivo convoquei os melhores dentre os melhores.

Raynor pôs-se a pensar. Quais eram as intenções de Vanderspool? Será que estava tentando vencer as guerras? Ou chegar ao posto de general em tempo recorde? Ou será que ele estava simplesmente determinado a dar uma bela surra nos kel-morianos? Não havia como ter certeza. A parte tática do resumo da missão estava começando. Havia muito que o pelotão deveria aprender — e somente poucos dias para fazê-lo. O tempo urgia.

Chovia. Uma chuva não muito forte, porém persistente. Raynor sentara-se na beira do terraço do prédio no qual o batalhão montara o quartel-general temporário, e o almoço que ele trouxera da cozinha improvisada estava ficando molhado. Mas ele não se importou. Porque, à exceção dos quatro vigias, das duas torres de mísseis e dos pássaros que queriam compartilhar de sua comida, a enorme extensão do terraço era um lugar onde ele podia ficar sozinho por alguns minutos. E até sentir saudades, se assim desejasse.

Trinta minutos antes ele tinha ligado para seus pais em Shiloh. Porém, quando o telefone começou a tocar, Raynor desligou. Porque, até aquele momento, ele jamais havia mentido para os pais. Nunca sobre algo importante, pelo menos. Então o que diria se sua mãe atendesse? Que ele já tinha perdido as contas de quantas pessoas havia matado? Que ele e seus amigos roubaram propriedade do governo e a revenderam? Que o dinheiro que ele lhes enviara não fora obtido jogando cartas? Que ele não confiava em seu comandante? Não, ele não poderia dizer aquelas coisas à mãe. E, se não dissesse, teria que inventar mentiras para encobrir a verdade. Então acabaria fazendo algo errado de um jeito ou de outro.

— O que diabos está fazendo aqui, seu idiota? — perguntou Tychus, e sua mão pesada pousou no ombro de Raynor. — A gente procurou por você em toda parte.

Raynor se virou e viu que Tychus estava com Kydd, Harnack, Ward e Zander.

Ele suspirou.

— Estou almoçando... ou, pelo menos, tentando.

Tychus virou o rosto para cima, piscou quando gotas de chuva caíram em seus olhos e voltou a olhar para baixo.

— Tá chovendo.

— É — respondeu Raynor, irritado —, percebi. Vocês estavam me procurando por algum motivo em particular?

— Sim. — disse Tychus, escolhendo o pedaço maior do sanduíche e dando uma mordida. Ele ainda mastigava quando falou. — A chefia esclareceu os detalhes da missão para todos os oficiais juniores e suboficiais.

— E?

— E essa investida vai ser uma merda — disse Tychus, de olho na outra metade do sanduíche. — Eles não dizem como vamos cruzar o rio, é segredo absoluto, mas parece que estão nos enviando em uma missão impossível. — Terminou o resto do sanduíche com apenas uma mordida. — Os fuzileiros do Rockwell vão ser massacrados em segundos, você sabe disso. E nós? Ah, sim, vamos logo atrás deles.

— Tem alguma coisa errada com o pessoal do Rockwell, eu sei que tem... — completou Kydd sombriamente. — Acho que alguém fez alguma coisa com a cabeça deles.

— É — disse Raynor —, também acho. Brucker ficou me perguntando sobre isso. Ele chamou de "ressocialização neural". Em algum lugar, tem gente realizando experimentos em criminosos; estão, tipo, apagando as tendências antissociais deles. Ele acha que esse pessoal está servindo nas nossas forças armadas.

— Puta merda — exclamou Harnack com animação. — Vocês se lembram daqueles doidos na *Hydrus*? Aqueles que tentaram enfiar a porrada na gente? Então, quando a gente cruzou com eles na noite anterior à graduação, eles pareciam um bando de menininhas. Aposto que foram ressocializados.

— E também tem Sam Lassiter — acrescentou Tychus. — Eles prenderam aquele lunático em uma caixa de aço na MCF-R-156 antes de ele cravar um garfo em um sargento! Depois, eu estava andando pelo Forte Howe e encontrei com ele lá! Estava uma gentileza só... e quando perguntei como ele tinha saído da unidade de correção, ele nem se lembrava de que havia estado lá.

— Pode crer — disse Zander sombriamente. — Tudo começa a fazer sentido.

Raynor franziu o cenho.

— O que vocês estão querendo dizer? Que vão usar as tropas do Rockwell como bucha de canhão?

— É exatamente isso que estou querendo dizer — respondeu Tychus. — Toda essa conversa mole só quer dizer que esses desgraçados vão acabar indo direto para um moedor de carne. E sabe como vamos nos tornar os grandes heróis de guerra da Confederação? Seguindo esses idiotas pro matadouro e doando nossos corpos para virar comida de peixe e fertilizante.

— É quase como se Vanderspool quisesse nos ver mortos — observou Ward.

Raynor abriu um pacote de batatas fritas e as espalhou pelo parapeito. À medida que os pássaros chegavam esvoaçando, ele recuou para observá-los bicando a inesperada recompensa.

— Então qual é a solução?

— Eu acho que a gente deve ficar para trás, deixar os ressocializados morrerem pela Confederação e sobreviver para lutar outro dia — respondeu Tychus.

— A cabeça deles pode ter sido fritada, mas eles não são cachorros — objetou Raynor. — Eles são pessoas, como eu e você.

— São, é? — inquiriu Tychus cinicamente. — Você viu os homens do Rockwell. Eu não tenho tanta certeza disso.

Raynor suspirou.

— Se você já terminou de comer meu almoço, vamos entrar. Tá chovendo aqui fora.

A cavernosa estação de metrô de alta velocidade fora a espinha dorsal do sul de Polk's Pride. Ela ostentava 12 estações paralelas de chegada e partida, e um número semelhante de trilhos, todas acessíveis por escadas rolantes e pontes. As paredes eram cobertas por murais coloridos, cada qual inspirado em uma paisagem de uma região diferente e remetendo a tempos anteriores à guerra. E, diferente do que a doutora vira mais cedo, as instalações subterrâneas permaneciam intocadas pelas guerras, à exceção do fato de mais de mil tropas estarem abrigadas no vasto saguão, nas arcadas localizadas em ambos os lados do lugar e nos próprios túneis.

Desabamentos, tanto acidentais como intencionais, significavam que os túneis subterrâneos, através dos quais trens lotados outrora rugiam, estavam silenciosos agora e não abrigavam mais que alguns poucos excêntricos destemidos e uma legião de ratos carnívoros — animais que engordaram devorando os cadáveres que se espalhavam pela área às margens do rio.

Cassidy teve arrepios ao pensar neles enquanto descia por uma escada rolante inerte para a plataforma dois e, dali, seguindo por uma ilha de concreto até um trem que estava estacionado ali perto.

Uma placa informava que ela estava prestes a viajar pela "Linha Amarela", que, se estivesse em operação, teria levado a Picket, Traverston, Oakland e aos subúrbios subsequentes.

Como a cidade era muito povoada, não havia área disponível para a construção de um centro de comando. Então Vanderspool foi forçado a estabelecer domicílio na estação de metrô.

Dois fuzileiros cumpriam suas funções de sentinela no lado de fora do trem onde o escritório se localizava. Cassidy os reconheceu imediatamente como o pelotão de "porta-bandeiras" recentemente criado pelo coronel. Embora, teoricamente, o pelotão tenha a missão de proteger as cores do batalhão durante a batalha, essa função é praticamente cerimonial e não mais é relevante devido ao modo como as lutas eram conduzidas.

Não, a verdadeira função daquela unidade do tamanho de um pelotão era servir como guarda-costas pessoais de Vanderspool, tanto no campo de batalha como fora dele. E, julgando pela intensidade com que os homens a cumprimentaram, os boatos eram verdadeiros. Eles não só haviam sido ressocializados, mas também eram convertidos voluntários — ou seja, fanáticos.

— Pare aí mesmo — disse um cabo com cara de fuinha e uma das mãos pronta para sacar a pistola. — Esta é uma área restrita.

— É — respondeu a doutora —, eu sei. Meu nome é Cassidy. O coronel Vanderspool pediu que me chamassem.

Aquilo era verdade e causava preocupação à médica, já que visitas constantes a Vanderspool seriam percebidas por Tychus e pelo resto. Mas apenas três dias haviam se passado desde a chegada do batalhão e não houvera oportunidades para bolarem um sistema alternativo.

— Faça uma vistoria nela — instruiu o sargento, enquanto examinava sua Unidade Pessoal Portátil de Navegação e Coleta de Informações, também conhecida como UPP.

O scanner piscou enquanto passava pelos olhos da doutora, e ela ouviu um bipe suave.

— O nome dela é Cassidy — disse o segundo fuzileiro —, e ela é médica.

— Entendido — respondeu o cabo calmamente. Então, após voltar sua atenção à doutora, ele apertou os olhos. — Está dois minutos atrasada, suboficial Cassidy. Você pode melhorar. A perfeição está ao nosso alcance.

A doutora fitou-o sem emoção.

— Vá pra casa do cacete e não enche, cabo.

O ressocializado meneou a cabeça com tristeza, aparentemente sem saber o motivo de tanta hostilidade, e postou-se em um dos lados. A médica passou abrindo caminho e entrou no vagão adiante.

O interior do vagão ainda se parecia muito com o aspecto que tinha antes das guerras, exceto pelo fato de que todos os assentos haviam sido removidos e substituídos por móveis de escritório desemparelhados, aproveitados dos edifícios das redondezas. A mesma cabo responsável pelo escritório de Vanderspool no Forte Howe estava sentada em sua escrivaninha bem-organizada. Ela levantou os olhos e balançou a cabeça com polidez.

— Sente-se... A reunião do coronel está demorando um pouco. Mas deve terminar a qualquer momento.

Cassidy lançou um sorriso falso à garota bonitinha com nariz arrebitado e sentou-se em uma das duas cadeiras. Diferentemente da última vez em que ela se encontrara com Vanderspool, seu estoque de craca era suficiente para satisfazê-la por alguns dias. Então, pensando na nova remessa que estava para receber, a doutora achou que poderia conseguir algum conforto. E aquilo seria bom.

— Você já pode entrar — disse a cabo, quando um civil bem vestido saiu.

— Obrigada — disse Cassidy, e seguiu pelo lado esquerdo do vagão. Mais da metade do vagão havia sido separado por divisórias a fim de criar um escritório para Vanderspool. A porta consistia em uma cortina que era puxada para o lado para dar passagem. A doutora bateu em uma janela lateral, ouviu Vanderspool dizer "Pode entrar!" e entrou por um espaço longo e estreito com uma escrivaninha executiva ao fundo.

Ela estava prestes a assumir a posição de sentido, mas Vanderspool dispensou as formalidades. Ele estava em seu modo militar, o que ficou aparente quando ele a chamou de "Cassidy" em vez de "querida".

— Sente-se, Cassidy — disse Vanderspool, enquanto apontava para uma cadeira. — Devo dizer que estava ansioso por este encontro. Depois de examinar todos os relatórios da operação, estou certo de que o supervisor Brucker foi morto durante a incursão ao CDK-36. O que não sei é como ele morreu. O coração dele parou? Foi isso que o sargento Findlay relatou. Ou a causa foi outra?

Cassidy respondeu a pergunta dando um testemunho minucioso da morte de Brucker, começando com o ferimento na perna e terminando com as palavras que ela sussurrara em seu ouvido.

— Cacete! — reagiu Vanderspool com alegria. — Excelente, adorei! Pensei que você tivesse dado um tiro nele. Dava pra ver que ele entendeu o que você disse?

A doutora consentiu com a cabeça.

— Não há dúvidas disso, senhor... Seus olhos arregalaram assim, e ele tentou dizer alguma coisa logo antes do coração pifar.

— Então foi um ataque cardíaco — exclamou Vanderspool. — Bom trabalho... Você viu os prisioneiros de guerra. O desgraçado mereceu.

Cassidy teve que concordar, embora a mensagem que ela entregou ao moribundo tivesse esclarecido os motivos de Vanderspool: não era um desejo de vingança pelos prisioneiros, mas por ele mesmo. *O quão podre esse cara é?*, ela se perguntou. Acordos comerciais com os kel-morianos, espionagem do próprio batalhão, fuzileiros ressocializados aparecendo em tudo quanto era lugar...

— Aqui está — disse Vanderspool, abrindo uma gaveta e sacando uma pequena caixa de metal. — Hoje é dia de pagamento. Mas tome cuidado — acrescentou o oficial, enquanto empurrava o contêiner pela superfície da escrivaninha. — Não quero que você morra de overdose.

— Obrigada, senhor — disse a doutora, secamente, aceitando a caixa e colocando-a no bolso. — Sua preocupação é muito comovente.

— Meça suas palavras, Cassidy — alertou Vanderspool. — E lembre-se de qual é o seu lugar. Você pode ser útil, mas não deixa de ser uma viciada em craca totalmente descartável. O que mais tem para me dizer?

Os lábios da doutora secaram repentinamente, e ela os umedeceu com a língua.

— É sobre o soldado Kydd, senhor.

Vanderspool franziu o cenho.

— O atirador de elite?

— Sim, senhor. Pelo que entendi, Kydd estava no treinamento básico com Raynor e Harnack. Naquela época, Kydd alegava ser um cara chamado Ark Bennet. De acordo com a história que contava, ele foi drogado e vendido para um recrutador do Corpo de Fuzileiros.

As sobrancelhas de Vanderspool se arquearam.

— Você disse Bennet? Das Indústrias Bennet?

— Sim, senhor. Não sei nada a respeito das Indústrias Bennet, mas tenho certeza de que o nome era Bennet. De qualquer forma, quando retornamos da incursão à base de Brucker, dois agentes da SSM estavam esperando para interrogar Kydd. Mais tarde, depois que voltou ao quartel, ele disse a Tychus que os agentes estavam conferindo se ele era mesmo Bennet.

— E?

— E ele disse aos agentes que não era — prosseguiu Cassidy. — Porque, em algum momento, mudou de ideia e resolveu que queria continuar nas forças armadas.

— Então ele é mesmo Bennet?

— É nisso que Findlay e Raynor acreditam — relatou a doutora. — Eu não tinha certeza se a situação de Kydd seria de seu interesse. Mas, por via das dúvidas, resolvi mencionar.

Ao dizer isso, Cassidy retirou uma lâmina plastificada de dentro do bolso da camisa e a colocou sobre a mesa.

Vanderspool deteve seu olhar no objeto enquanto a doutora o empurrava para perto dele.

— O que temos aqui?

— Uma amostra de DNA do Kydd — respondeu a médica. — Eu tive que coletar amostras de todo o esquadrão para consegui-la. Eles acham que foi parte de um exame médico de rotina.

— Você é uma vadiazinha bem esperta — disse Vanderspool, satisfeito. — Há mais alguma coisa?

— Notei que ele sente algo pela Sanchez... Ele a segue como um cachorrinho.

— OK. Essa história do Kydd é intrigante, embora não seja importante. De qualquer maneira, não comente com ninguém... — disse Vanderspool, brincando com o tubo de ensaio. — Dispensada.

A doutora se levantou, deu meia-volta e deixou o escritório. A reunião correra bem, apesar dos pesares, e ela se sentiu aliviada.

Ao sair do vagão, ficou chocada ao ver Tychus esperando por ela na plataforma! Será que ele suspeitava de alguma coisa? Julgando pelo grande sorriso que estampava seu rosto, não; ele tinha outras coisas em mente.

— Oi, meu amor — disse o brutamontes, enquanto passava o braço enorme ao redor dos ombros dela. — Me disseram que você estava aqui.

— Sim — respondeu a doutora. — Sabe como é o pessoal daqui... Tive que assinar uns formulários... uma encheção de saco.

— Era exatamente nisso que eu estava pensando — disse Tychus com um sorriso safado. — Na verdade, pensava em esvaziar o saco... se é que você me entende. O que acha de um jantarzinho de primeira classe no meu barraco? E um rala-e-rola depois?

Cassidy golpeou-o no abdome com o dorso da mão. Foi como atingir uma rocha. Aquela era uma das coisas que ela gostava em Tychus. Ele era musculoso, e, apesar do que se diz, tamanho é documento. Ou, pelo menos, tamanho era documento no que realmente importava para ela. Mesmo que seu relacionamento com Tychus não fosse inteiramente uma escolha sua, era frequentemente prazerosa e absolutamente necessária. Devido às guerras, havia se tornado praticamente impossível conseguir craca nas ruas. Ela sentiu um forte desejo de tocar a caixa de metal embaixo da roupa para confirmar que ela estava lá, mas conseguiu se controlar.

— Você não tem um barraco — objetou Cassidy. — Quero dizer, a não ser que esteja falando do seu saco de dormir.

— Ah, tenho, sim! — retrucou Tychus com animação. — O dinheiro compra tudo... Eu tenho um armário, meu bem. Completo, tem até uma pia.

— Bem, vamos ver como vai sair esse jantar — disse a doutora. — Quem sabe? Se você mastigar de boca fechada, talvez consiga se dar bem. E pare com isso... Quantas vezes já te falei? Não bata na minha bunda em público!

Tychus riu com alegria e a levou um andar acima por um confuso labirinto de corredores. Finalmente, após destrancar uma porta com uma etiqueta de "manutenção", ele parou ao lado dela. Quando a doutora entrou no aposento de concreto, completamente escuro, Tychus apontou uma lanterna para um colchonete que havia no chão.

— Tá vendo? — perguntou Tychus com orgulho antes de arrastá-la para a cama improvisada. — Todo o conforto de uma casa de verdade.

Quando a doutora se ajoelhou no colchão, viu que havia uma garrafa da bebida favorita de Tychus ali perto. Normalmente, ele não era muito de preliminares, mas, em vez de agarrá-la como costumava fazer, Tychus surpreendeu Cassidy ao revelar uma caixa e entregá-la a ela.

— Feliz aniversário, gostosa, espero que goste.

A doutora não acreditou no que via. Chocolate? Tychus não era o tipo de cara que comprava chocolate para uma garota. Será que ela estava completamente enganada quanto a ele? Quanto a tudo aquilo? Foi surpreendida por um turbilhão de emoções; de uma só vez, sentiu tristeza, culpa, e soube que não merecia nem um pouco da afeição de Tychus. Mesmo assim, laçou os braços ao redor do pescoço dele. Não porque quisesse fazer amor com ele naquele momento específico, mas pelas lágrimas que escorriam por sua face e pela oportunidade de esconder o rosto nos ombros dele.

CAPÍTULO
VINTE E SETE

"Ser médica não é muito diferente de ser um soldado. Eu mato, só que ao contrário."

Suboficial de terceira classe Lisa Cassidy, 321º Batalhão de Patrulheiros Coloniais, em entrevista no planeta Turaxis II
Março de 2489

POLK'S PRIDE, NO PLANETA TURAXIS II

A fábrica e a casa de máquinas acoplada foram montadas nas espaçosas instalações de manutenção onde os vagões do metrô eram reparados antes da guerra ter começado. Os trilhos levavam a baias abertas que, agora, eram ocupadas por Golias. As cabines dos Golias permaneciam abertas enquanto pilotos e técnicos realizavam as checagens finais. Ouvia-se o guincho de uma ferramenta elétrica e sentia-se o cheiro amargo de ozônio no ar.

Mais ao fundo, no aposento bem iluminado, outrora ocupado por bancadas de trabalho, viam-se fileiras e mais fileiras de trajes CFC-300 pendurados, cuidadosamente alinhados. Eram 2h14, e o ataque ao repositório kel-moriano deveria começar em menos de duas horas. Havia muita gozação e brincadeiras praticamente ininterruptas enquanto os homens e mulheres do 321º Batalhão de Patrulheiros Coloniais começaram a vedar seus trajes.

Enquanto Raynor entrava em sua armadura e começava a conectar as interfaces semelhantes a eletrodos em várias partes do corpo, ele sabia no que as pessoas ao seu redor estavam pensando.

Quantos de nós ficarão gravemente feridos? Quantos de nós morrerão? E, mais importante, será que eu vou sobreviver?

O traje de Raynor exalava o cheiro do suor de outra pessoa, mas, ao examinar as informações no visor de combate, todas elas estavam em ordem. E era aquilo que realmente importava. Após ter se metido em território kel-moriano trajando uma armadura experimental, Raynor passou a dar mais valor às coisas que haviam sido rigorosamente testadas.

O "experimento" fora considerado mais ou menos um fracasso, pois o Alto Comando descontinuou a armadura Trovoada devido a uma série de acidentes ocorridos em testes de campo. Embora ele nunca fosse admitir a Feek, que empregara incontáveis horas de trabalho na armadura, Raynor também questionava seriamente sua utilidade em uma batalha.

Não é preciso dizer que o projeto foi abandonado, à exceção da 230-XF, que estava sendo convertida em um traje "morcego de fogo" sem capacidade de salto. Desde que ele soubera disso, não se passava um dia sem que Harnack perguntasse a Feek quando seu novo traje ficaria pronto.

Depois de vedar o traje, Raynor dirigiu-se às prateleiras, escolheu o rifle Gauss de lado chato, que possuía o mesmo número que seu traje, e deu uma olhada no indicador de munição. Estava completamente carregado.

As prateleiras ficavam próximas à mesa onde um soldado distribuía munição extra. Depois de terminar todos os preparativos, Raynor se dirigiu à zona de reunião próxima à plataforma dois. Sanchez já estava lá, com o visor aberto e um rifle pendurado no ombro.

— Cadê o Findlay? — perguntou.

Antes que Raynor pudesse responder, Kydd se aproximou.

— Ele tá fazendo carinho na armadura dele. Acho que tá apaixonado por ela.

Sanchez riu e, quando Raynor olhou para o amigo, percebeu algo que o fez sorrir ainda mais abertamente. Kydd fitava a tenente Sanchez com um olhar de idolatria. Raynor não estava surpreso — ela era uma bela mulher. Até mesmo sua risada possuía um aspecto musical. Raynor desejou ter a chance de ouvi-la novamente. Max Speer, que trajava uma armadura amarela com a palavra "imprensa" gravada em estêncil no peito, estava lá para registrar o momento.

A batalha começou como a maioria das investidas terrestres começam: com um ataque aéreo realizado por um esquadrão de Vendetas, seguido de uma saraivada da artilharia de uma dezena de tanques de cerco. O tiroteio retumbava ameaçadoramente enquanto cruzavam o sul de Polk's Pride até atingir o território inimigo. E, quando as armas da Confederação abriram fogo, suas tripulações eram imediatamente atingidas pelo contrafogo vindo do lado kelmoriano do rio.

Quando a escuridão da madrugada foi inundada por raios de luz e trovões artificiais, a verdadeira carnificina começou.

O primeiro desafio enfrentado pelo coronel Vanderspool foi fazer com que suas tropas atravessassem o rio, uma tarefa em que dois outros oficiais haviam fracassado. Uma tentativa de se usarem barcos mostrou-se completamente infrutífera. No momento em que a embarcação foi lançada, as baterias de artilharia kel-morianas tinham-na a seu alcance e a trucidaram. Houve relatos de que o Paddick ficou vermelho-sangue devido ao batalhão de corpos que flutuavam rio abaixo e milhares de pássaros carniceiros compareceram ao banquete.

Outro plano, de se lançarem flutuadores em uma parte mais alta do rio, usá-los para navegar até a parte mais baixa e engachá-los no último momento para criar uma ponte, também se mostrou igualmente desastroso quando um dos módulos colidiu com os destroços de uma ponte, tornando inúteis todos os outros flutuadores. Foi um estrago colossal que deixou centenas de tropas da Confederação esperando para serem massacradas pela artilharia e por bombardeios inimigos.

Então Vanderspool teve que pensar em uma alternativa. Algo que nunca tivesse sido tentado antes. Uma estratégia que fosse calculada para tirar vantagem do fato de que o rio Paddick estava muito mais raso que de costume.

A primeira pessoa a testemunhar a genialidade de Vanderspool foi um intendente kel-moriano de baixo escalão chamado Evers, que estava em uma ronda rotineira com seu esquadrão de batedores quando os bombardeios e a artilharia pesada iniciaram os ataques. Lá estava ele, dentro de um depósito destruído à beira do rio, esperando que a terra parasse de tremer, quando duas formas que cintilavam suavemente se materializaram nas ruínas do outro lado do Paddick.

Evers pensou que seus tamanhos, assim como a quantidade de calor produzida por elas, coincidia com o que era produzido por Golias da Confederação, e seu visor de combate confirmou a hipótese.

OK, pensou o intendente, *tudo que eles podem fazer é andar para lá e para cá do lado de lá do rio e, de vez em quando, dar uns tiros às cegas em nossa direção. Que desperdício. Nossa artilharia vai acabar com eles em meio segundo.*

Se já fosse dia claro, Evers teria se dado conta. Mas foi só quando os primeiros Golias entraram no rio que ele percebeu que os robôs andarilhos especialmente modificados carregavam algo, e entendeu o que os confederados estavam fazendo. Os Golias carregavam entre eles segmentos de uma ponte de flutuadores e, devido à sua altura, conseguiriam cruzar o Paddick!

Depois de criada a plataforma por onde as tropas normais poderiam passar, os andarilhos de combate poderiam assumir uma postura ofensiva e abrir fogo contra qualquer um que se lhes opusesse, estabelecendo assim uma cabeça de praia que seria muito difícil de desestruturar. Aquilo era importante, e Evers estava prestes a comunicar a seus superiores a esse respeito quando uma bomba da artilharia kel-moriana caiu antes de acertar o alvo, aterrissando diretamente sobre o local onde ele estava. Ele e seu esquadrão foram dizimados.

O clarão resultante iluminou a superfície do rio e dois andarilhos puderam ser vistos, ambos quase completamente submersos, puxando uma seção da ponte entre eles. Três minutos depois, atingiram a outra margem, onde afixaram a seção designada por "plataforma um" aos pontos de ancoragem pré-selecionados. Depois, varreram as ruínas em busca de potenciais alvos e começaram a matar tudo que fosse quente o suficiente para produzir um sinal de calor. Enquanto isso, a dupla seguinte de Golias enganchava a plataforma dois à plataforma um.

Foi então que o supervisor kel-moriano responsável pelo norte de Polk's Pride foi despertado de um sono profundo e informado das novidades: os confederados tinham montado uma ponte através do Paddick, e andarilhos já estavam alcançando a margem norte do rio. Ele proferiu alguns palavrões e se perguntou como tal coisa seria possível, bem como em quem ele poderia jogar a culpa.

Além dos pilotos dos Golias e de Max Speer, que insistiu em correr à frente para filmar a chegada triunfal, um ressocializado chamado sargento Trent e seu esquadrão foram as primeiras pessoas a cruzar a ponte recém-criada. Sanchez, Raynor, Tychus, Harnack, Kydd, Ward, Zander e a doutora foram imediatamente em seguida, poucos momentos antes de uma comitiva completa de fuzileiros ressocializados. Eles seriam seguidos pelo resto do batalhão de patrulheiros, além de várias unidades auxiliares, inclusive um pelotão de VCEs.

A estação comsat e o repositório estavam logo adiante. Então, embora a rua que os levaria a seu destino estivesse fortemente defendida e protegida por meia dúzia de brucutus, Trent e seus fuzileiros ressocializados seguiram direto pelo meio dela. Bombas explodiam a seu redor, dois homens foram abatidos em questão de segundos, e o único motivo pelo qual o resto conseguiu prosseguir foi porque a artilharia cessou repentinamente e um esquadrão de guerrilheiros se meteu na briga.

Aquela era uma jogada desesperada. Uma jogada que tinha a intenção de estagnar os invasores por tempo bastante para que chegassem reforços a fim de bloquear definitivamente o seu avanço. Raynor sentiu a raiva aumentando quando os guerrilheiros mataram Trent e o resto dos fuzileiros em uma questão de segundos. Vanderspool sabia que isso aconteceria, o maldito, e sacrificou os ressocializados como peões em um jogo de xadrez.

A vingança não tardou, pois dois Golias apareceram para destruir os guerrilheiros. Ward lançou quatro de seus oito mísseis teleguiados, e uma série de explosões ofuscantes iluminou os prédios ao redor.

— Sigam-me! — gritou Sanchez pela frequência do pelotão, enquanto liderava o avanço das tropas.

Enquanto os Demônios pisavam sobre os fuzileiros mortos e se arrastavam rua acima atirando sem parar, mais fuzileiros ressocializados se lançavam à frente, aparentemente com grande disposição para entrar no moedor de carne. Raynor sentiu uma onda de adrenalina quando um guerrilheiro emergiu de uma rua paralela. Raynor levantou o rifle Gauss e abriu fogo, sabendo muito bem que aquele combate seria mais uma questão de sorte que de habilidade, já que ambos estavam equiparados.

E ele tinha razão, pois o cravo de 8mm que matou o kel-moriano não foi disparada por ele. Tinha ricocheteado no plasticimento em frente ao soldado inimigo, voltou-se para cima e atingiu um ponto fraco no capacete de sua armadura modificada.

Raynor passou por cima do corpo encouraçado e seguiu Sanchez até a rua tingida de sangue. Fuzileiros ressocializados estavam à sua volta quando um Golias kel-moriano emergiu de uma garagem para confrontá-los. Mas a máquina imponente foi transformada em um chafariz de sangue quando Ward disparou o resto de seus mísseis contra o andarilho e este explodiu.

Raynor sentiu pedaços da armadura de novoaço do monstro tamborilar às costas de sua própria enquanto os Demônios seguiam Sanchez para uma construção que já fora uma loja de departamentos. Eles andavam paralelo à calçada. A fachada do edifício deu aos Demônios uma proteção momentânea, e dois esquadrões de fuzileiros correram direto para o meio da rua, sendo feitos em pedaços.

Raynor viu o massacre apenas de relance através das janelas estraçalhadas da loja, mas aquele vislumbre fora suficiente para deixá-lo enojado. Era claro que, não fosse o sacrifício insensato dos ressocializados, a investida já teria sido interrompida. Os ressocializados eram como robôs prontos a arriscar o que nenhuma tropa normal arriscaria, a seguir adiante independentemente das chances de sucesso e a morrer sem reclamar.

Aquele foi um momento que ele nunca esqueceria: os Demônios viram-se obrigados a abandonar a relativa segurança da loja por uma janela e retornar à rua em frente à barricada. Os kel-morianos usaram veículos tombados, cabos resistentes e qualquer outra coisa que pudessem encontrar para bloquear toda a largura da rua. Cerca de vinte soldados kel-morianos estavam escondidos atrás do obstáculo disparando com armas automáticas enquanto os fuzileiros e os Demônios atacavam suas fortificações.

Mas havia lacunas entre os carros e buracos entre as placas de metal. Sanchez chamou por Harnack.

— Tá vendo aquele vão? — perguntou. — Aquele perto do ônibus? Tá na hora de você esquentar as coisas.

O traje de morcego de fogo de Harnack era impérvio às armas de baixo calibre. Então, com Raynor e Tychus protegendo ambos os flancos, ele pôde se aproximar da barricada e disparar uma língua de fogo pelo vão. O ônibus pegou fogo, a gasolina armazenada no tanque explodiu, e um buraco surgiu. Os fuzileiros ressocializados prosseguiram com abandono. Dois foram abatidos, e Tychus precisou pisar em um deles para conseguir chegar ao outro lado.

Infelizmente, o obstáculo seguinte era mais difícil de superar. Dois brucutus estavam posicionados a aproximadamente uma quadra de distância e, quando a primeira barreira ruiu, ambos abriram fogo.

— Por aqui! — gritou Sanchez, enquanto virava repentinamente à esquerda e levava o time por uma rampa de plasticimento até um estacionamento. Os tanques ainda disparavam contra fuzileiros e patrulheiros enquanto o grupo continuava subindo.

Depois que chegaram ao terraço, teria sido simples atravessá-lo e pular os menos de 4 metros até o próximo edifício, não fosse o módulo de transporte kel-moriano que se encontrava no topo da garagem!

Embora os confederados continuassem a avançar com o ataque, um grupo de soldados kel-morianos sem armadura saiu do módulo de transporte e abriu fogo. Raynor via suas armas brilharem e escutava o chocalhar insistente das balas de baixo calibre atingindo sua armadura, mas elas não o faziam sentir muita coisa.

Contudo, alguns dos soldados inimigos estavam armados com lança-foguetes, e Raynor viu um clarão brilhante pouco antes de um patrulheiro ter as pernas decepadas e cauterizadas por sua armadura. Ele gritou, mas um suboficial cortou-o da rede de comunicação para que novas ordens pudessem ser emitidas e ouvidas.

A doutora chegou lá poucos segundos depois, se ajoelhou na poça de sangue e verificou o scanner na palma de sua mão. Graças a uma conexão com a CPU da armadura, ela podia ter acesso aos sinais vitais dos pacientes. A doutora faz o melhor que pôde para reconfortar o soldado enquanto abria as travas de segurança e aplicava coberturas de plasticrosta no que sobrara das pernas. Como ela já havia tratado de ferimentos como aquele, sabia o que se passava na cabeça do soldado.

— Não se preocupe — disse a doutora com gentileza, enquanto balas voavam ao seu redor. — Eles erraram seu saco. A gente põe dois pinos eletromecânicos em você, reprograma parte do seu cérebro e *voilà*! Você vai ficar novinho em folha.

Quando parecia que o avanço estava prestes a estagnar, Tychus atirou em dois soldados kel-morianos e se aproximou o suficiente para arremessar uma granada dentro de uma das entradas de ar do módulo de transporte. A bomba explodiu dentro do motor de estibordo, e um tanque de combustível foi junto.

Sanchez gritou:

— Abaixem-se!

E muitos o fizeram. Uma bola de fogo se elevou aos céus, e os retrofoguetes do módulo de transporte queimaram pela última vez. Depois de atingir uma altura de quase 2 metros, a nave se espatifou no terraço e se quebrou em três grandes pedaços. Todos eles continuaram pegando fogo.

— Do jeito que o diabo gosta! — exclamou Ward, satisfeito. — Queimem, desgraçados!

Zander carregou os foguetes no lançador vazio que estava sobre os ombros de Ward.

— Estou sem recargas — disse. — Você só tem mais quatro foguetes. Pense bem antes de usá-los.

— Entendido — respondeu Ward, enquanto avaliava o canhão Gauss. — Pode me chamar de "Plano B"!

Os dois tombaram enquanto Sanchez corria em direção à beira do terraço.

— Aqui é Alfa-Um-Seis, venham comigo! — Ela estava acelerando e prestes a saltar sobre o vão que separava a garagem do edifício próximo quando um atirador de elite, escondido em algum lugar no meio dos aglomerados de prédios sobre o morro em frente, apertou o gatilho. A primeira bala atingiu o visor de Sanchez. A segunda passou através de seu olho direito. A oficial deu mais dois passos antes de tombar para a frente e cair direto no vão.

Tychus, que era o segundo comandante, esbravejou quando Sanchez desapareceu entre os dois edifícios.

— Kydd! — gritou, enquanto o resto dos Demônios procurava abrigo. — Encontre o desgraçado e acabe com ele!

Kydd já estava tentando fazer aquilo. Estava agachado atrás da mureta que rodeava o terraço e varria as paredes anti-impacto no morro. O sistema de mira acústica de seu traje fornecia informações ao visor de combate. O outro atirador de elite estava em algum lugar do morro, mas ele já sabia disso. O rifle, que normalmente era muito pesado, parecia bem mais leve agora que ele trajava uma armadura energizada.

O sol já começava a nascer, e a parte leste da estação comsat refletia a luz prateada enquanto uma sombra negra pairava a oeste. Em algum momento, a luz do dia iria ajudar. Mas, naquela hora, o nível geral de iluminação ainda era relativamente baixo, a eficácia do equipamento de visão noturna de Kydd começava a diminuir e havia tantos alvos na fortificação que era impossível saber em qual atirar. Isso se o atirador de elite estivesse visível, e eram grandes as chances de que ele fosse esperto demais para cometer tal estupidez.

O que tornava a situação ainda pior é que, quando Kydd atirasse em um dos kel-morianos, o resto buscaria proteção. Então o que ele precisava fazer era atrair o atirador de elite, fazer com que o filho da puta aparecesse e pegá-lo com um só tiro.

— Aqui é Alfa-Dois-Cinco — disse Kydd no comunicador. — Preciso que alguém atraia a atenção do atirador. Mas não se exponham por muito tempo... O cara é bom.

Raynor estava escondido atrás da estrutura de concreto que rematava um lance de escadas. Ele saiu de trás da proteção e se perguntou se sua armadura o deixara com um estúpido excesso de confiança. Sentiu uma enorme sensação de alívio quando nada aconteceu e resolveu contar até três antes de voltar para um local protegido. Foi quando estava no "dois" que sentiu algo como uma marreta atingir seu capacete. Raynor sentiu uma breve dor, seguida de uma longa queda até uma parada repentina quando sua armadura atingiu o chão. Ouviu Tychus gritar:

— Doutora! Jim foi atingido... Corre lá, porra!

E então apagou.

Kydd estava completamente alheio ao fato de que Raynor fora atingido. Todas as suas energias físicas e mentais estavam focadas na tarefa de localizar e matar o atirador kel-moriano que se escondia em algum lugar daquele morro à frente. Quando o inimigo atirou, Kydd viu o cintilar momentâneo que assinalava o disparo e entrou no mesmo estado de transe que experimentara pela primeira vez na linha de tiro do campo de treinamento. Para ele, aquilo era natural, como se tivesse entrado em uma realidade alternativa na qual o tempo fluía lentamente, permitindo que ele ajustasse a mira de sua visão telescópica 1 centímetro para a direita e levasse em consideração o vento cruzado que poderia desviar a bala de calibre .50 do alvo a que fora destinada. E ainda computando o atraso de uma fração de segundos criado por sua armadura, que podia desestabilizar sua mira.

O rifle possuía um guarda-mato ampliado para que os dedos da armadura coubessem nele. E aquela arma altamente especializada estava equipada com um gatilho bifásico. Isso significava que, uma vez ativado o gatilho e removida a folga inicial do mecanismo, bastaria um toque muito suave para que o percussor atingisse a espoleta do cartucho e lançasse um objeto rodopiante mortal pelo ar.

Quando o alvo começou sua retirada em câmera lenta, antecipando seu completo desaparecimento, Kydd imprimiu a quantidade necessária de força e sentiu o gatilho estalar quando a primeira fase foi liberada. Depois, inspirando profundamente e deixando o ar sair, ele fez o dedo indicador direito se contrair.

O ruído foi abafado pelo capacete, e o recuo foi desprezível graças à armadura de Kydd. Era seu dever matar aquele kel-moriano, mas aquilo também era pessoal, pois, mesmo que Samantha Sanchez fosse alguns anos mais velha que ele, Kydd tinha começando a sentir alguma coisa por ela.

Subitamente o tempo voltou a correr, o enorme projétil estourou o topo da cabeça do atirador, e Kydd sentiu uma exultação selvagem. Ela quase pôde ouvir Sanchez dizer:

— Bom tiro, soldado Kydd... Muito bem, o que vocês estão esperando? Uma intimação por escrito? A gente tem que subir aquele morro!

Enquanto imaginava a voz dela, um nó se formou em sua garganta. Ele desejou ter tido coragem para lhe dar os chocolates que comprara em vez de deixar que Tychus os surrupiasse para o aniversário da doutora. Ele se sentiu como um grande covarde.

— Belo tiro, Kydd — disse Tychus pela frequência do esquadrão. — OK, seus idiotas, o que estão esperando? Vamos saltar por cima desse vão!

Kydd saiu de trás da proteção e prosseguiu. Lágrimas escorriam por seu rosto, e ele ficou grato por ninguém poder vê-las.

CAPÍTULO VINTE E OITO

"Eles surpreenderam os kel-morianos e libertaram centenas de prisioneiros de guerra confederados e, agora, os valentes soldados conhecidos como Demônios do Paraíso foram enviados a uma nova localidade. As regulamentações de segurança me impedem de dizer onde eles estão, mas vocês podem ter certeza de uma coisa: os inimigos não ficarão nem um pouco satisfeitos!"

Max Speer, em uma mensagem enviada de algum lugar em Turaxis II

POLK'S PRIDE, NO PLANETA TURAXIS II

Enquanto Tychus liderava os Demônios do Paraíso para o terraço do segundo prédio e o resto da comitiva os seguia, a doutora se ajoelhou perto de Raynor. A bala cortara um sulco profundo na lateral do capacete, e um fio de sangue escorria dali. Por um instante, Cassidy pensou que Raynor estava morto.

Um atuador zumbiu quando a doutora apertou o botão de liberação do visor externo. O visor se retraiu e revelou a face pálida de Raynor. Parecia que ele havia virado a cabeça ou se mexido exatamente na hora do disparo, fazendo com que a bala ricocheteasse na curvatura do capacete sem que o penetrasse. Cassidy ativou o mecanismo de liberação da manopla direita para alcançar o interior do capacete do paciente; e pressionou o dedo contra um ponto localizado abaixo do lóbulo da orelha de Raynor, na parte de trás da mandíbula.

Raynor sentiu uma dor súbita, abriu os olhos e pôde ver a doutora observando-o.

— Porra. Eu tô vivo.

— Receio que sim — concordou Cassidy.

— É sério?

— Acho que você lacerou o couro cabeludo — respondeu a doutora, enquanto se levantava. — Mas sua pressão está normal, então o ferimento pode esperar. O que foi que deu em você?

Raynor segurou a mão de Cassidy.

— Eu estava pensando na sorte que tive do atirador não disparar contra mim — disse, pesaroso. — Porra, tá doendo.

— Quer analgésico?

— De jeito nenhum... na última vez que você me deu isso eu fiquei feliz *demais*. Vamos.

Depois de pularem para o outro terraço, os Demônios voltaram para a rua, atrás dos brucutus. Estes atiravam para o sul, na direção dos fuzileiros ressocializados e dos patrulheiros recém-chegados. Todos lutavam para conseguir subir a rua na direção do morro e do repositório.

— Ward! — chamou Tychus. — Dá um fim nesses desgraçados!

Ward se preparou, ajustou a pontaria cuidadosamente e disparou um foguete. Ele acertou embaixo do brucutu da direita, entre os trilhos. As explosões resultantes elevaram o veículo alguns centímetros no ar e cavaram um buraco em sua barriga vulnerável, desencadeando uma poderosa explosão secundária que estourou a torre de mísseis e lançou uma labareda para o alto.

A torre de mísseis do segundo brucutu começava a girar a fim de encontrar a nova ameaça e eliminá-la, mas isso abriu uma brecha para um ataque dos fuzileiros ressocializados. Eles se aglomeraram pela barricada na parte mais baixa da rua e subiram com tudo, disparando os próprios lança-foguetes. O brucutu balançou ao ser atingido por dois disparos, estremeceu convulsivamente e explodiu quando um dos ressocializados arremessou uma carga de D-6 sob sua barriga. O ressocializado morreu com a explosão resultante, mas isso não afetou seus companheiros, que continuaram em frente e rapidamente alcançaram os Demônios.

Naquele momento, a força militar combinada estava na base do morro e se aproximava do portão principal da fortificação, cujas defesas eram poderosas. O portão fora atingido por um tiro direto de um tanque de cerco e era pouco mais que uma cratera cercada por uma coroa de destroços. Uma perna ensanguentada podia ser vista em meio à terra e à poeira.

Mas aquilo não significava que os kel-morianos deixariam os invasores adentrar o repositório sem enfrentar resistência. Quando os Demônios e a força de ressocializados subiram o declive e contornaram a cratera por ambos os lados, um esquadrão de Guardas da Corporação apareceu para recepcioná-los. De repente, aquilo que fora um conflito meramente objetivo tornou-se algo extremamente pessoal quando os dois grupos se chocaram violentamente.

— Pra cá! — gritou Tychus pelo comunicador, enquanto disparava o rifle Gauss à queima-roupa. Era importante constituir uma frente para concentrar um grande poder de fogo e assegurar o território que haviam conquistado.

Os Demônios foram os primeiros a responder; Ward, Zander e Harnack se uniram para estabelecer uma frente sólida. Os patrulheiros e os fuzileiros não perderam tempo e se alinharam enquanto Ward preparava os mísseis restantes. As explosões, concentradas em uma pequena área, deixaram grandes lacunas nas fileiras de soldados inimigos, mas a batalha estava longe de ser unilateral. Um dos guardas acionou o lança-chamas, e um patrulheiro foi engolfado por labaredas.

A retaliação não tardou. Em vez de avançar em direção aos inimigos com os outros, Kydd recebera a ordem de ficar para trás e escolher seus alvos com cuidado. O homem com o lança-chamas explodiu quando um projétil atingiu um de seus tanques de combustível. Harnack, por sua vez, acionou a própria arma.

— Vocês querem brincar, seus desgraçados? — perguntou furiosamente, enquanto uma língua de fogo serpenteava pelos guardas na linha de frente kel-moriana. — Passa fogo!

Enquanto isso, Tychus encontrara um opositor. O intendente kel-moriano era tão alto quanto ele, embora não tivesse o peito tão largo, e suas armaduras emitiram um forte estrondo quando ambos colidiram. Estavam tão próximos um do outro que não podiam usar os rifles a não ser como porretes, então começaram a trocar bordoadas. Mas os golpes que davam eram bloqueados vez após vez; eles se viram forçados a abandonar as armas e lutar com suas próprias mãos.

Aquela situação favorecia os kel-morianos, pois os Guardas da Corporação se vangloriavam de suas habilidades no combate corpo a corpo, enquanto as forças militares da Confederação gastavam pouquíssimo tempo com esse tipo de treinamento. Tychus viu-se vítima de um golpe bem-executado que o arremessou de costas ao chão, seguido de uma forte pancada que amassou seu capacete. *Santa misericórdia,* pensou Tychus, *esse desgraçado tem que morrer.*

Mas matar aquele homem não seria uma tarefa fácil. Tychus tentou rolar para longe, mas o bojo traseiro do traje atrapalhava e o kel-moriano continuou a chutá-lo nas costelas metodicamente.

Tychus finalmente estabilizou com as costas no chão. O escapamento traseiro da armadura chamuscou o solo, e ele agarrou uma das enormes botas do kel-moriano e girou-a com força para a direita, fazendo com que seu oponente desabasse. Tychus rapidamente rolou para cima do capataz e montou sobre seu peito.

Tateou com uma das mãos até encontrar uma granada e, com a outra, ativou o botão de liberação do visor do kel-moriano. O visor abriu e revelou um rosto barbado e contorcido em uma careta assustada enquanto o kel-moriano lutava para se desvencilhar do oponente.

— Bons sonhos, palhaço — disse Tychus. Ele armou a granada, a arremessou dentro do capacete do intendente e rolou para longe imediatamente.

Se houvesse mais tempo para o intendente retirar as manoplas, talvez ele conseguisse passar a mão pela cavidade sob o queixo e remover a bomba antes que ela explodisse. Mas não foi esse o caso. Houve um forte clarão e um estrondo bem alto quando o capacete do kel-moriano estourou em pedaços.

— Para de dormir em serviço — disse Raynor ao se aproximar de Tychus, estendendo a mão para ajudar o amigo a se levantar.

— Achei que você tivesse morrido — disse Tychus ao ficar de pé, curvando-se para pegar seu rifle. — A gente ia dar uma festa e tudo o mais.

— Lamento decepcioná-lo — respondeu Raynor secamente, enquanto um fuzileiro guiava um pelotão de ressocializados pelo pátio de concreto repleto de corpos em direção à rampa que havia adiante. — Quem sabe na próxima?

— Vamos lá! — gritou Ward. — É hoje! Tô sentindo que é hoje!

— Esse maluco vai dar um jeito de morrer! — exclamou Raynor. — Vamos lá!

Max Speer sorriu e continuou a gravar toda a ação. Enquanto isso, os Demônios do Paraíso tentavam alcançar Ward rampa acima e seguiam para o moedor de carne mais à frente.

Raynor percorrera menos de 30 metros antes que suas botas começassem a escorregar na superfície coberta de sangue. Depois, tornou-se necessário escalar as pilhas de corpos. O canhão Gauss de cano duplo no patamar acima rugia, e os cravos abriam buracos por entre vivos e mortos. Uma das armaduras seriamente atingidas pertencia ao tenente que liderara o pelotão. Ele jazia com um braço esticado como se apontasse o caminho a seguir.

A investida poderia ter terminado naquele momento e ali mesmo. Mas os Demônios do Paraíso tinham um anjo da guarda olhando por eles — esse anjo se chamava Ryk Kydd. Quando Ward avançou pela inclinação, bramindo com toda fúria, houve uma intervenção divina. Essa intervenção assumiu a forma de um projétil que perfurou a armadura do artilheiro, atravessando seu visor. Quando ele tombou para trás, o canhão parou de atirar e girou para o alto.

Outro kel-moriano tentou assumir o posto, mas Ward já estava por lá e disparou o canhão Gauss a 2 metros de distância. Uma saraivada de cravos arrancou estilhaços da armadura do kel-moriano até que um projétil conseguiu entrar, ricocheteando dentro dela por um segundo antes de perder toda a energia cinética. Ward, surpreso por estar vivo, parou. Aquilo deu aos outros a chance de alcançá-lo e se reunirem ao seu redor.

Depois de atingir o patamar seguinte, Tychus e Raynor aproveitaram a oportunidade para observar o caminho adiante. Era um zigue-zague que seguia morro acima. Isso permitia que os defensores atirassem contra os atacantes não só diretamente, mas também de cima, o que era uma combinação letal. Naquele momento ouviu-se o pipocar de um rifle de alta potência. Lá de cima, uma figura ergueu as mãos e tombou morro baixo. Kydd ainda estava no serviço.

— Esse pessoal tá começando a me irritar — disse Tychus, deixando o rifle cair para soltar o canhão Gauss do tripé onde estava montado. Foi então que um novo pelotão de fuzileiros ressocializados apareceu, vindo da base do morro. Eles estavam sob o comando do primeiro-sargento Rockwell. Como de costume, ele seguia o pelotão, em vez de liderá-lo, e gritava com toda a força:

— É pra subir o morro, seus idiotas! Arregacem esses desgraçados!

Raynor ergueu uma das mãos e postou-se no caminho para bloqueá-lo.

— Esperem aí... Deve ter um canhão Gauss no próximo patamar. O sargento Findlay está encarregado de neutralizá-lo. Daí vocês passam.

— Ignorem esse comando — ordenou Rockwell severamente ao chegar à plataforma. — O pelotão tem que avançar! E isso é uma ordem.

E os fuzileiros passaram em torno de Tychus e correram rampa acima. Uma saraivada contínua de cravos começou a massacrá-los imediatamente.

— Parem! — gritou Raynor. — Espera aí, porra!

Mas era tarde demais. Por mais que tentassem, os fuzileiros não tinham nenhuma chance. Mas eles eram corajosos... ou loucos — não que a diferença importasse. Conforme as linhas de frente iam caindo, os que estavam atrás se esforçavam em prosseguir com as botas escorregando nos rios de sangue que escorriam morro abaixo, tentando desesperadamente atingir o objetivo designado.

Finalmente, após cerca de trinta segundos, o último fuzileiro caiu. E foi então que se ouviu a voz de Rockwell. Raynor percebeu que o suboficial ainda estava na plataforma!

— Bando de inúteis — disse Rockwell, enojado. — Faz você pensar a que ponto a Confederação está chegando.

O murro começou de baixo, perto dos joelhos de Raynor, reuniu força ao fazer a curva para cima e colidiu com a parte inferior do capacete de Rockwell. O soco foi forte o suficiente para elevar o suboficial alguns centímetros acima do pavimento e arremessá-lo para trás. O sargento caiu com um estrondo, deslizou por mais ou menos 1 metro e parou ao atingir uma mureta.

— Você vai pagar por isso! — gritou Rockwell, ainda no chão. — Seus superiores vão ficar sabendo!

— E eles também vão ficar sabendo que você é um cuzão — retrucou Raynor, enojado, ao se virar e seguir Tychus morro acima. — Além de covarde.

Como era de esperar, o supervisor do repositório enviara todos os homens com armadura para a base do morro na vã tentativa de conter os invasores no portão principal. Então, quando Tychus subiu a rampa atirando com o canhão Gauss, as tropas sem armadura que haviam restado no patamar seguinte não tiveram nenhuma chance. Especialmente porque, toda vez que alguém tentava usar a arma, Kydd entrava em ação.

Naquele momento, os Demônios eram como uma máquina em perfeito funcionamento, lançando-se de uma posição estratégica a outra, sempre dando cobertura um ao outro com toda a cautela antes de prosseguir. Assim, quando chegaram à área plana, não havia muito mais que uma pilha de cadáveres esperando por eles.

— Só falta mais um lance! — exclamou Raynor, enquanto outro esquadrão de fuzileiros ressocializados passava por ele.

— Pobres desgraçados — comentou Tychus ao trocar seu canhão Gauss por um fuzil de assalto kel-moriano. O motivo de seu desgosto tornou-se rapidamente evidente quando um Golias kel-moriano apareceu no topo da rampa. Era impossível que os Demônios atirassem sem acertar os ressocializados, e os fuzileiros pagaram um preço alto quando o Golias abriu fogo contra eles. As balas de canhão literalmente os fizeram em pedaços, borrifando sangue em ambos os lados da rampa.

— Recuar! — gritou Tychus. — Ward! Consegue derrubar ele?

— Não, sargento, estou sem mísseis — respondeu o soldado, sendo puxado por Zander.

— Porra — disse Tychus, enquanto o monstro descia na direção dos Demônios, obrigando-os a recuar.

Quando o andarilho chegou à plataforma e começou a girar na direção deles, parecia que a chacina seria inevitável, até que um dos cadáveres se levantou!

Raynor reconheceu imediatamente a armadura vermelha e os tanques de Harnack! O Demônio estava atrás do Golias e a cerca de 10 metros de distância quando anunciou: "SURPRESA!" — e ativou o lança-chamas. Ouviu-se uma pancada surda quando o fogo atingiu o gigante mecânico, encontrando o caminho até a fonte de alimentação, e seguiu um tubo de combustível até o tanque. O piloto do Golias apenas começara a reagir quando a máquina foi destruída e a explosão resultante ecoou por entre os prédios ao norte de Polk's Pride.

A doutora já estava a caminho, seguida de perto por Max Speer, e os destroços caíram do céu enquanto a fumaça negra se dissipava. Foi que então que puderam ver Harnack. A superfície da frente de sua armadura estava enegrecida, e a placa que cobria seu peito, rachada, mas ele ainda estava de pé.

— Cacete! — disse Harnack ao remover o capacete. — Isso foi muito maneiro!

— Você é completamente doido — comentou Tychus ao passar por ele. — Sai dessa armadura que ela tá toda queimada.

Depois que o Golias foi derrotado, a subida para além do ponto onde os ressocializados haviam sido dizimados se tornou relativamente fácil. Uma vez no topo, onde uma das pernas resistentes da estação comsat fornecia proteção, era possível se espalhar e ir atrás dos soldados na retaguarda que haviam recebido a ordem de participar dos últimos esforços de defesa.

— Tá na hora de usarmos nossa lábia, rapazes — anunciou Tychus. — A gente tem que convencer essas moças a saírem da toca.

Pelo comunicador, ouviram-se risadinhas, barulhinhos de beijo e frases como "vem aqui, gatinha" quando os Demônios começaram a caçar suas presas.

Os kel-morianos estavam abaixados atrás de pedaços de esculturas elegantes, que remetiam a tempos de paz, e atiravam em tudo que se movia. Kydd abateu parte deles com alguns disparos enquanto o resto dos Demônios escolhia seus alvos e os eliminava.

Foi só então que um tenente chegou ao local, seguido por alguns fuzileiros ressocializados. Ele acenou para que as tropas prosseguissem. Dois ou três deles foram abatidos após a explosão de algumas granadas, mas a maioria sobreviveu e matou os kel-morianos sobreviventes com implacável eficiência.

Aquilo bastou para limpar o caminho que levava ao saguão circular diretamente abaixo da torre da estação comsat. Os elevadores os conduziriam a um labirinto subterrâneo de túneis. Tychus fez sinal para que os Demônios prosseguissem, mas foi interrompido quando o tenente bloqueou sua passagem.

— Pare aí mesmo, sargento — disse o oficial calmamente. — Você só entrará no elevador quando eu ordenar.

Tychus franziu o cenho.

— Sem querer ofender, senhor, mas os desgraçados estão fugindo... A gente não tem que ir atrás deles?

Foi como conversar com uma pedra.

— Nós recebemos ordens e nossas ordens estão sempre corretas — respondeu o ressocializado.

— Ele é um dos porta-bandeiras de Vanderspool — disse Raynor em voz baixa. — Isso quer dizer que o chefão deve chegar a qualquer momento.

Como que para confirmar a teoria, um ruído estrondoso foi ouvido e um módulo de transporte pousou com pompa na praça que havia adiante. Quando a rampa baixou, o oficial emergiu. Sua armadura estava impecável. Depois de esperar que as redondezas estivessem seguras, Vanderspool veio para participar da investida final, mesmo que isso desse mais tempo para os kel-morianos se prepararem.

O motivo do atraso tornou-se evidente quando Speer correu para documentar a chegada do coronel.

— Que babaca — disse Tychus para ninguém em particular.

— O sargento deve empregar os procedimentos corretos de comunicação — disse o tenente, empertigado — e deve evitar o uso de baixo calão. Câmbio.

Raynor lembrou-se de Sanchez, dos fuzileiros ressocializados e de todos os outros cujos corpos estavam estirados como um tapete sangrento entre o rio e o repositório. Um importante objetivo fora conquistado. Mas a que preço?

CAPÍTULO
VINTE E NOVE

"... com o planeta tendo sido tão devastado pela guerra, é difícil dizer se os recursos naturais que, em um primeiro momento, atraíram os colonizadores para Turaxis II foram uma dádiva ou uma maldição."

Tannis Yard, historiador, trecho de *A Guerra das Corporações*

POLK'S PRIDE,
NO PLANETA TURAXIS II

Na tarde seguinte ao ataque ao repositório kel-moriano, os confederados ainda estavam no processo de assegurar o repositório e a área ao redor. Um batalhão de fuzileiros ressocializados fora trazido ao local para render os membros sobreviventes do 321º Batalhão. Alguns grupos ainda se encontravam na região ribeirinha, jogando conversa fora, enquanto aguardavam sua vez de cruzar a ponte de flutuadores para o sul de Polk's Pride.

A plataforma era muito estreita para acomodar tráfego em ambos os sentidos, de forma que, até que uma segunda ponte paralela à primeira fosse completada, era necessário esperar por até uma hora antes que a PM invertesse o sentido do fluxo.

Mas os Demônios do Paraíso não se importavam. Era início de tarde, o ar estava morno, e eles estavam contentes por ficar sentados sem fazer nada enquanto o tráfico atroava sobre a ponte. Os Demônios ocupavam o que havia sido o escritório do andar térreo de um depósito destruído, e a maioria deles se despira de seus trajes. A única exceção era Ward, que esperava Feek rodar um programa de diagnóstico em sua armadura. O resto dos Demônios descansava quando Speer adentrou a área.

Eles se cumprimentaram calorosamente, e todos se reuniram para recepcionar o civil, que era visto por alguns como membro extraoficial do esquadrão. Foi então que Speer insistiu que o grupo saísse do prédio despedaçado para uma videofoto em grupo.

Os Demônios saíram do prédio e se reuniram em formação irregular, apesar da insistência de Speer, que dizia: "Fiquem mais perto uns dos outros", "animação aí, pessoal" e "por favor, colaborem!". Eles estavam cansados, desgastados, e, apesar de estarem com o moral elevado, dois deles ainda não tinham paciência com o repórter. Ao virarem o rosto para a câmera, Harnack insistiu em segurar seu lança-chamas, Zander achou que seria engraçado acender um charuto com ele, e Kydd escondeu a maior parte do rosto sob um chapéu de selva e óculos escuros espelhados. Feek também estava lá, empoleirado no canhão Gauss de Ward, bem atrás de Raynor e de Tychus, cujo peito estava nu. A doutora, chapada de craca, sentou-se na lateral.

— Pronto! — disse Speer, animado, ao tirar a foto. — Eu a chamarei de "Os Demônios fazendo uma pausa". Nossos espectadores vão adorar. A propósito, para onde vocês vão agora? Ou essa informação é confidencial?

— Raynor provavelmente vai para um campo de trabalho forçado — disse Tychus —, já que o sargento Rockwell vai dar queixa.

— E o resto de vocês?

— Vai saber! — continuou Tychus. — Deve ter alguma missãozinha de merda que eles vão pedir pra gente fazer.

Speer fez uma careta.

— Bem, cuidem-se... Talvez nos encontremos novamente.

Feek se despediu, e os dois foram embora. Uma sirene disparou dez minutos depois, o tráfego pela ponte passou a seguir no sentido sul, e os Demônios puderam prosseguir. Para outros — milhões de outros —, a guerra continuava.

CÁRCERE MILITAR 7, OESTE DE POLK'S PRIDE, NO PLANETA TURAXIS II

Os ferros ao redor dos pulsos e pernas de Raynor chocalhavam ruidosamente enquanto ele mancava para fora da caserna Nº 2 e cruzava a aridez do pátio. O pátio era cercado por construções de apenas um andar, todas pintadas com o mesmo tom de verde-vômito e com as mesmas malhas de arame nas janelas. Cerca de outros quarenta prisioneiros tomavam sol, e alguns cumprimentaram Raynor quando ele passou. Ele respondeu acenando com as mãos atadas.

Os grilhões eram um procedimento padrão para todos que recebiam visitas. Não porque os funcionários do cárcere acreditassem que os prisioneiros fugiriam — a excelente segurança do centro de visitas tornava tal tarefa muito improvável. Não, o objetivo era humilhar os prisioneiros, como parte de sua punição.

Raynor podia imaginar o rosto da mãe, vendo o filho agrilhoado daquele jeito; o pai se perguntaria se fizera um desserviço ao filho ao ensiná-lo a sempre se defender dos valentões. Porque, no mundo real, as regras eram diferentes — ou, pelo menos, foi isso que Raynor descobrira. Não se tratava de algum moleque escroto dando uma cortada no trânsito. Não, aquilo era real — uma realidade repugnante e dolorosa.

Raynor se perguntou se o mal deveria seguir impune simplesmente por ter sido exercido por alguém no poder. Será que aquele momento era um daqueles que seu pai descrevera, quando era necessário discernir "a hora de se envolver e a hora de sair fora"? Muitas vezes durante o cumprimento de sua pena, ele se perguntou se bateria novamente em Rockwell, caso houvesse a chance de reviver aquele momento. A resposta sempre era a mesma, e não havia grilhões ou correntes que pudessem mudá-la.

Um fuzileiro ressocializado com o olhar severo levantou a mão quando Raynor se aproximou da porta.

— Espere aí, soldado... Vamos examinar os seus olhos.

Porra, pensou Raynor, *eles estão por toda parte*.

Além de ser condenado a trinta dias no cárcere por golpear o sargento Rockwell, Raynor fora rebaixado a soldado e seu salário também fora suspenso. Após 28 dias em cana, ele estava acostumado a ser escaneado e tomava cuidado para não piscar enquanto o guarda passava o mecanismo, semelhante a uma pistola, da esquerda para a direita. Porque piscar — e, possivelmente, interromper a varredura — significava desafiar o guarda. E isso poderia resultar na perda de privilégios, inclusive o de receber visitas.

— Pode passar — disse o fuzileiro, alegremente, saindo do caminho.

As correntes chocalharam quando Raynor se viu forçado a pular três degraus; ele abriu a porta de metal com as mãos atadas e entrou. Mancou por um chão tão brilhante quanto um espelho polido, seguindo para a cabine de verificação, onde um cabo com uma aparência entediada o escaneou novamente.

Depois de ser liberado, Raynor foi enviado à cabine número 3, onde Feek esperava por ele. Todos os Demônios haviam-no visitado em diversos momentos, mas as visitas de Feek foram as mais frequentes, pois civis podiam gozar do direito de ir e vir como quisessem.

— Como é que você tá? — perguntou Feek.

Uma barreira de plastiaço os separava e, como de costume, Feek teve que se ajoelhar sobre a cadeira para conseguir falar através da grade de metal.

— Bem — mentiu Raynor. — Muito bem. Mas claro que louco para voltar.

— Aposto que sim — concordou Feek. — Todo o esquadrão estará em Darby dentro de dois dias. E Tychus convenceu o novo líder do seu pelotão a deixar você ir também. O nome dele é Tyson, e ele também odeia Rockwell. Então não vai ter problema aí.

— Isso é ótimo — disse Raynor com entusiasmo. — Estou precisando de descanso. E como.

Feek sorriu, compreensivo.

— Eu queria poder me juntar a vocês. Mas vou ter que fazer hora extra. Chegou um novo carregamento de armaduras, e eu tenho que agilizar as coisas.

— E a minha armadura?

— É preta — respondeu Feek —, exatamente como você pediu, com uma caveira no visor. Ela é muito foda, cara. O tenente Tyson vai ter um ataque do coração, mas isso é problema seu.

— Entendi — concordou Raynor. — Tá na hora desses kel-morianos desgraçados saberem que a morte chegou.

— Talvez — respondeu Feek, duvidoso. — Enquanto isso, tem mais uma coisa que preciso te contar. Uma coisa que você vai ter que repassar a Tychus.

— É? O quê?

Feek olhou para os lados como se estivesse querendo garantir a si mesmo que nenhum dos outros visitantes estava perto o bastante para ouvi-lo, antes de estabelecer contato visual com Raynor.

— Vanderspool mandou um técnico que eu nunca tinha visto antes para fazer verificações de manutenção em umas quarenta armaduras, inclusive os trajes de todos vocês.

— E daí?

— Esse é o meu trabalho. Por que ele mandaria outro cara? A não ser que alguém não confie em mim. Quando o técnico foi embora, passei um pente fino nas armaduras. E sabe o que descobri? O filho da puta instalou chaves de desligamento em todas elas.

Raynor franziu o cenho.

— Chaves de desligamento?

— É — respondeu Feek. — Interruptores operados remotamente que permitem a ele acionar uma trava de segurança e imobilizar as armaduras.

Raynor soltou um assobio baixo.

— Mas que filho da puta!

— Pois é — concordou o outro homem. — Mas eu cortei os circuitos de entrada, então o Vanderspool pode ficar o dia inteiro apertando o botão que nada vai acontecer.

Raynor permitiu-se um sorriso irônico.

— E quantas cervejas a gente te deve por essa?

Feek riu.

— O suficiente pra eu nadar em cerveja! Olha, Jim, você tem que ficar de olho nesse desgraçado. E prestar bastante atenção. Não tenho dúvida de que ele está tramando alguma coisa.

O restante da visita de quinze minutos foi gasto com trivialidades, mas, quando chegou a hora de Raynor arrastar os pés de volta pelo pátio da prisão, seus pensamentos voltaram àquilo que Feek lhe contara. Vanderspool estava tramando alguma coisa... mas o quê?

DARBY, NO PLANETA TURAXIS II

A cidade de Darby estava localizada a cem quilômetros ao sul de Polk's Pride e, por quase não ter valor estratégico, permanecia praticamente intocada pelas batalhas. Era um lugar pitoresco que ocupava as margens ocidentais de um belo lago. Nele, desaguava o rio Paddick, o que significava que cadáveres eram ocasionalmente capturados por redes de pesca, mas, fora isso, a cidade era vibrante e alegre — mesmo à noite, quando os cidadãos utilizavam lanternas para enfrentar o apagão costumeiro.

Depois de encarar uma viagem de caminhão desconfortável desde Polk's Pride e chegar ao dito "hotel militar", os Demônios concordaram em se separar durante a primeira noite e, durante a segunda, se reunir. Tychus, a doutora e Harnack saíram para conhecer a vida noturna da cidade, enquanto Ward optou por horas extras de sono e Kydd decidiu-se a encontrar aquilo que chamara de "comida de verdade". Zander se ofereceu para acompanhar o atirador.

Depois de conseguirem o nome de um bom restaurante, Kydd e Zander se aventuraram por uma rua agitada. Ambos estavam à paisana, mas ninguém que conhecesse a região os confundiria com nativos.

Duas luas ainda pairavam no céu, então havia luz suficiente para enxergar quando os dois saíram do hotel. O recepcionista lhes dera um mapa e lanternas para a hora do apagão, mas, antes de seguirem caminho, Kydd e Zander fizeram uma pausa para contemplar a vista do lago. A maioria das casas de Darby era construída em terraços esculpidos na encosta de um grande morro, mas pelo menos mil delas eram construídas sobre palafitas e ficavam diretamente sobre a água. Essas estruturas, bem como alguns dos comércios que serviam aos moradores, eram conectadas por um labirinto de pontes elevadas, passarelas e, em alguns casos, simples tábuas. Isso significava que os visitantes tinham que ter muito cuidado para não se perder ou cair nas águas geladas do lago.

Essa era uma possibilidade que Kydd manteve firme em seus pensamentos enquanto ele e Zander seguiam o mapa pela orla, e por uma calçada só para pedestres, até chegar ao bairro da Morada do Lago. Casas encantadoras jaziam lado a lado, além de lojas e prédios utilitários que serviam à indústria pesqueira, de extrema importância para a cidade.

E, mais ao longe, de onde era possível desfrutar de vistas desobstruídas da superfície d'água, uma fileira de restaurantes esperava para ser explorada. Era para lá que os rapazes queriam ir, a fim de se deliciar com uma culinária com fama das melhores. Ao mesmo tempo, havia belas mulheres a serem contempladas, soldados a serem sistematicamente ignorados e lojas que vendiam coisas que não eram pornografia, tatuagens ou roupas bregas. Tudo aquilo era uma grande mudança para Zander, que crescera em uma favela e tinha uma boa consciência de suas origens humildes.

Kydd sabia que muitos de seus amigos de infância veriam Zander como uma pessoa de "classe baixa", mas, após alguns meses no serviço militar, ele parou de se importar com tais distinções. Zander era um membro dos Demônios do Paraíso — e esse era o único tipo de *pedigree* que o interessava.

Mesmo assim, Zander sentiu os primeiros sinais de desconforto quando chegaram à frente do restaurante chamado Ondine.

— Não sei, não, Ryk — disse Zander, hesitando ao ver um casal bem-vestido adentrar o estabelecimento na frente deles. — Você tem certeza? E se eu usar o garfo errado ou alguma coisa assim?

— É só fazer o que eu fizer — respondeu Kydd com confiança. — Mas, mesmo que você cometa algum erro, quem se importa?

Você é um Demônio do Paraíso! E disso, ninguém aqui nesse restaurante pode se gabar.

Os comentários de Kydd fizeram com que Zander se sentisse melhor, e ele manteve a cabeça erguida e os ombros para trás ao entrar no restaurante. O lugar possuía dezenas de mesas cobertas por toalhas de linho, todas com uma vista maravilhosa para a paisagem de fora. Milhares de peixes-joia subiam à superfície no início da noite, e as pessoas não se cansavam de ver a maravilhosa aquarela de cores composta pelas antenas vermelhas e verdes, com as pontas azuis.

As melhores mesas estavam localizadas em frente a uma enorme janela com vista para o lago. Mas eram reservadas aos clientes VIPs ou àqueles que se dispusessem a pagar um dinheiro extra ao *maître*. Então Kydd e Zander foram acomodados em uma pequena mesa para duas pessoas na segunda fileira próxima à parede sul. Mas, ainda assim, a vista era incrível e, quando Zander se sentou, ele soube que fizera a escolha certa ao decidir acompanhar Kydd. Zander estivera em um monte de espeluncas, mas algo ali era completamente diferente — e muito especial.

Nenhum dos dois estava familiarizado com a culinária local, então pediram "Rodízio de Petiscos Ondine" achando que gostariam de, pelo menos, parte do que o restaurante tinha a oferecer. E, com base nos aperitivos fritos de *kitza*, que chegaram em dez minutos, o jantar seria delicioso.

Lá estavam eles, deleitando-se com canecas de cerveja local e com uma comida de civil deliciosa, quando dois homens entraram e foram conduzidos à melhor mesa do restaurante. Um lugar diante da enorme janela e iluminado do alto. Como Kydd estava distraído com a vista, Zander foi quem reconheceu os recém-chegados.

— Puta merda, Ryk... O coronel Vanderspool acabou de entrar!

Kydd redirecionou o olhar, notou Vanderspool e, quando estava prestes a dizer algo sarcástico, viu o rosto do outro homem. Foi então que os olhos de Kydd se arregalaram e seu queixo caiu. Não era possível! Entretanto, lá estava ele, sentado a menos de 8 metros de distância! Imediatamente, Kydd abaixou o olhar, apoiou um cotovelo na mesa e ergueu uma das mãos à testa.

Zander percebeu a reação de Kydd e pareceu preocupado.

— Ryk? Tá tudo bem? O que houve?

— Eu conheço o outro homem — disse Kydd, tenso —, embora esteja surpreso em vê-lo aqui.

— É? — perguntou Zander. — E quem é ele?

— Seu nome é Errol Bennet — respondeu Kydd —, e ele é meu pai.

O segundo prato chegou, mas os dois soldados não perceberam. Zander olhou para o homem em questão e depois retornou a seu parceiro.

— Não acredito! Isso é incrível! Você não vai até lá para dar um oi?

— Não — respondeu Kydd, resoluto. — Parte de mim quer ir... Eu admito. Mas tem outra parte que quer saber a resposta para uma pergunta muito importante.

As sobrancelhas de Zander se arquearam.

— Que pergunta?

— Por que meu pai está em Turaxis II, jantando com o coronel Vanderspool, que é um cretino arrogante e quase certamente um ladrão?

Zander deu de ombros, exibindo um ar filosófico.

— Hum, lembra do Forte Howe? E o carregamento de inibidores? A gente nem terminou de gastar esse dinheiro ainda.

Kydd sabia que Zander estava certo. Era hipócrita acusar Vanderspool — e, por implicação, seu pai — de crimes que ele mesmo cometera. Mas, mesmo assim, ele não foi capaz de se levantar e atravessar o que parecia ser um extenso abismo. Ele estava vivendo uma mentira havia meses, mas, em algum lugar no meio de tudo aquilo, a mentira se tornara realidade. E Vanderspool precisava ser levado em consideração. O que aconteceria se Kydd fosse até eles naquele exato momento? Seria catastrófico! A verdade sobre sua identidade viria à tona, e seu pai insistiria para que ele saísse das forças armadas.

Kydd percebeu que um plano vago se formava em sua mente. Um esquema realmente infantil que envolvia seguir seu pai até onde quer que ele estivesse hospedado e ter uma possível reunião sem a presença de Vanderspool. Ele avisou o companheiro sobre seu plano e deu a ele a chance de se retirar, mas Zander balançou a cabeça.

— Você tá de brincadeira! De jeito nenhum... Eu tomo conta da retaguarda.

Ambos conseguiram aproveitar o resto do jantar, mas Kydd não conseguiu tirar os olhos dos outros dois.

Já tendo pagado a conta exorbitante, Kydd estava preparado quando os dois homens se levantaram da mesa. Eles fizeram uma pausa para dizer algo ao *maître*, vestido em trajes formais, e saíram. Foi fácil segui-los para fora do restaurante e por uma passarela escura.

Mas, em vez de se dirigirem pela calçada, beirando a orla, Vanderspool e Bennet viraram na direção oposta. Kydd ficou surpreso ao ver que nenhum dos dois estava acompanhado por guarda-costas, mas supôs que esse fato era indicativo de onde eles estavam e da natureza de sua relação.

Apesar de não estarem nos caminhos mais usuais, ainda havia certo tráfego de pedestres. Assim, Kydd e Zander conseguiram permanecer escondidos enquanto seguiam os dois homens até uma construção rebaixada com o nome CIA DE PESCA pintado em grandes caracteres pretos em uma das laterais. Havia um estaleiro imediatamente ao lado. Podia-se ver o brilho do que pareciam ser holofotes localizados na parte da estrutura voltada para o lago e, com base no som intermitente de ferramentas elétricas, parecia que aquele trabalho seguiria noite adentro.

Quando a porta do prédio da Cia. de Pesca abriu para que os homens entrassem, um facho de luz iluminou a calçada. Kydd pôde ver dois serviçais da família Bennet e outros dois homens que poderiam ser fuzileiros ressocializados à paisana.

O que aquilo poderia significar? Era o que Kydd se perguntava enquanto ele e Zander faziam uma pausa na beira do calçadão e fingiam apreciar a vista. Um som grave ecoou pela água, e uma lancha surgiu no meio da escuridão. Ela desacelerou enquanto passava por eles, e Kydd pôde ouvir as ondas baterem contra as palafitas quando o motor foi desligado.

Será que estavam chegando mais pessoas para encontrar com Vanderspool e seu pai? Ou seria simplesmente um barco pesqueiro? Kydd não tinha como saber, mas estava muito curioso.

— Espere aqui — disse ele ao se virar para Zander. — Eu vou descobrir o que está acontecendo lá dentro.

— Pode esquecer — respondeu Zander. — Eu vou com você! Lembra da Base Zulu? Eu te dei cobertura lá e vou fazer o mesmo agora.

Kydd bateu no ombro de Zander e sorriu.

— Você é tão maluco quanto o Harnack, sabia disso?

Zander retribuiu o sorriso. Ele se viu forçado a falar mais alto para que Kydd pudesse escutá-lo em meio ao barulho de uma ferramenta elétrica.

— Olha quem está falando! Como é que nós vamos entrar?

— Por ali — respondeu Kydd. — Tá vendo aquela escada externa que leva ao segundo andar? Talvez a porta esteja destrancada.

Parecia improvável, mas Zander não tinha uma ideia melhor, e, segundos depois, ele estava a apenas alguns passos atrás do atirador, subindo, pé ante pé, pela escada de madeira até chegar a um patamar com uma porta surrada. Conforme as expectativas de Zander, estava trancada.

— Droga! — sussurrou Kydd. — Estamos ferrados.

— Tive uma ideia — respondeu Zander. — Me dá um impulso... Talvez a gente consiga entrar pelo telhado.

Kydd olhou para cima, avaliou que o telhado era plano o suficiente para que eles pudessem ficar de pé e concordou.

— Boa ideia... mas cuidado. Eu sei que o pessoal do meu pai vai estar armado, e há grandes chances de que os guarda-costas do Vanderspool também estejam.

Zander meneou a cabeça, colocou o pé direito entre as mãos de Kydd e estava pronto quando este o lançou para cima. Ouviu-se um baque surdo quando Zander se agarrou ao telhado. Então, depois de erguer e passar a perna, ele desapareceu de vista.

Passaram-se três longos minutos e Kydd se sentiu excessivamente exposto naquelas escadas enquanto Zander fazia o que quer que estivesse fazendo. Finalmente, depois do que pareceu ser uma eternidade, o outro Demônio retornou e projetou a cabeça pela beira do telhado.

— Ryk... tem algumas claraboias aqui. Metade delas está aberta. Eu consegui ouvir a conversa. Aqui... segura no meu cinto.

A faixa de couro não era longa o suficiente, mas Kydd estava em boa forma e, uma vez tendo agarrado o cinto, ele se içou até conseguir se segurar no telhado. Então, com a ajuda de Zander, rolou até a superfície inclinada. Graças a um feixe de luz vindo do estaleiro, ele conseguia enxergar bem o suficiente.

Zander fez um sinal aproximando um dedo aos lábios, depois indicou para que Kydd prosseguisse e o levou pelo telhado termoabsorvente até uma fileira de claraboias parcialmente abertas. Alguém martelava peças de metal no estaleiro, e as chances de que eles fossem ouvidos eram mínimas.

O interior do vidro era pintado em respeito às regulamentações de energia, mas triângulos de luz amarela podiam ser vistos pelas laterais e Kydd ouvia o leve murmúrio de uma conversa que emanava do interior. Ou pelo menos parte dela, pois uma talha chocalhou momentaneamente, fazendo barulho e encobrindo os outros sons.

Ele se ajoelhou próximo a uma das aberturas, espreitou pelo vão e percebeu que, à exceção de algumas galerias laterais, o segundo andar era aberto. Julgando pelos ganchos que ficavam à vista, além de uma rede esticada de um lado ao outro, o espaço era utilizado para o conserto de equipamentos de pesca. Três homens estavam reunidos diretamente abaixo dele, incluindo seu pai, Vanderspool e um homem que Kydd nunca vira antes. E era este que estava falando. Ele tinha uma voz rouca e profunda.

— Estou falando de uma quantidade de cristais de ardeão no valor de cerca de um bilhão de créditos, todos a caminho do Porto Horthra — disse ele. — É lá que eles serão carregados em transportadores e enviados para um planeta mais seguro, onde ficarão protegidos.

— Só que nós vamos interceptá-los — disse Vanderspool suavemente —, e é aí que entram as Indústrias Bennet. Uma força-tarefa da Confederação deve entrar em órbita dentro de três dias. Isso vai obrigar os seus transportadores de minérios e cargueiros couraçados a se retirarem por alguns dias. Nesse momento, um navio de intermediários, contratado pelas Indústrias Bennet, ficará responsável por uma carga de alta prioridade do governo. E serão as minhas tropas que farão a guarda dessa carga.

Outra coisa foi dita, mas as palavras ficaram perdidas quando algo foi anunciado através de um sistema de comunicação do prédio vizinho.

Kydd sentiu-se enojado. Ele se lembrou do discurso que seu pai fizera na universidade na última vez em que Kydd o vira. Fora sobre como as guerras eram lucrativas para a Confederação. Agora ele sabia o motivo.

— Isso levanta uma questão muito importante — interpôs o oficial kel-moriano. — Depois que suas tropas se apossarem dos cristais... o que as impedirá de dar com a língua nos dentes?

— Tenho um plano para lidar com essa questão — garantiu Vanderspool. — A incursão será conduzida pelo 1º pelotão, Companhia Alfa, do 321º Batalhão de Patrulheiros Coloniais. Isso inclui o esquadrão que a imprensa chama de "Demônios do Paraíso". Uma vez terminada a operação, eu enviarei os sobreviventes para serem ressocializados.

O kel-moriano soltou uma risadinha em apreciação.

— Perfeito... nada de pendências. Gostei.

Kydd sentiu um enorme peso atingir seu estômago. Ressocializado! Esse era o tipo de coisa que acontecia com os outros, apenas. Como contrair uma terrível doença — ou ser atingido por um tiro na cabeça.

— Então — continuou o kel-moriano —, nós ainda temos que discutir uma última coisa. Como vamos dividir o prêmio?

Vanderspool disse algo que não se pôde ouvir, pois uma sirene soou no mesmo instante, e Bennet deu de ombros.

— Que tal um terço para cada um? Você faz a entrega dos cristais, o coronel os apreende durante o que vai parecer ser uma investida da Confederação, e eu tiro eles do planeta.

Kydd olhou para Zander por um instante e depois voltou a olhar pela claraboia. Ver a forma trivial com que seu pai e os outros dois homens se preparavam para roubar uma carga valiosa e, depois, fazer a lavagem cerebral de soldados inocentes deixou-o profundamente enojado.

— Acho que pode ser — consentiu Vanderspool, pensativo. Ele olhou diretamente para Bennet. — Mas e se eu pudesse oferecer outro tipo de compensação?

Bennet pareceu cético.

— Por exemplo...?

Vanderspool sorriu devagar.

— Sei onde está o seu filho, Ark, e, em troca de metade da sua parte, posso colocar você em contato com ele.

Kydd ficou em choque. Como Vanderspool sabia?

A oferta foi seguida por um longo momento de silêncio. Conforme os segundos iam se passando, Kydd sentia um aperto cada vez maior no peito, tão forte que mal conseguia respirar, enquanto o chefe da família Bennet demorava-se considerando a proposta de Vanderspool.

Kydd não podia ver nenhuma expressão de onde estava, mas podia imaginar o discreto arregalar de olhos do pai e seu rosto caracteristicamente impassível. Um semblante que até mesmo sua mãe admitira não ser capaz de interpretar com clareza.

— Então ele está nas forças armadas — concluiu Bennet. — Em algum lugar em Turaxis II.

— Eu não disse isso — retrucou Vanderspool. — E, na verdade, não importa. A questão é: você quer o seu filho ou prefere o dinheiro?

Kydd franziu o cenho e mordeu os lábios enquanto o pai respondia.

— Meu filho Ark poderia ter entrado em contato conosco, mas ele optou por não fazê-lo. Fica claro que não liga para nós da mesma forma que nos importamos com ele. Então, onde quer que esteja, vai ter que aprender a virar homem sozinho. Você não tem nada a me oferecer. A minha parte continuará sendo de trinta e três por cento.

Kydd proferiu um lamento tal como de um animal engasgado, mas o som foi abafado por um ruído de engrenagem vindo do estaleiro e Zander se apressou em cobrir a boca do amigo com uma de suas mãos. Kydd tentou se desvencilhar, mas Zander passou os braços ao redor do amigo, e ambos rolaram juntos para longe da claraboia. Após quatro rotações eles caíram na escuridão. Ao cair, Kydd bateu a cabeça em uma viga de suporte protuberante e ouviu o rugido de um barco que passava quando ele caiu no lago. A água estava muito fria, e, enquanto Kydd afundava, desejou que o fundo do lago se abrisse para engoli-lo.

CAPÍTULO TRINTA

"*Citando a passagem do tempo e a falta de novas informações a respeito do trágico desaparecimento do filho, Errol Bennet e sua esposa, Lisa, realizaram um funeral particular em memória de Ark, que se presume ter sido assassinado durante um passeio na cidade de Tarsonis.*"

Handy Anderson, *Jornal da Noite* para a UNN
Março de 2489

DARBY, NO PLANETA TURAXIS II

A doutora estava nua e montada sobre Tychus quando bateram à porta. Eles haviam acabado de voltar de um passeio noturno pela cidade e estavam um tanto chapados.

— Vão embora! — ordenou Tychus, com o tom ríspido de um instrutor em dia de parada militar, enquanto apalpava os seios de Cassidy.

— Aqui é Zander — disse uma voz abafada vinda do corredor. — Estamos com problemas, sargento... problemas sérios.

— Mas que inferno! — exclamou Tychus, irritado, enquanto a doutora passava a perna por cima do seu tronco. — O que eles pensam que eu sou? Babá?

Cassidy fez beicinho ao se cobrir com um lençol. Deixou o pé escapar das cobertas para brincar com ele pela coxa de Tychus enquanto ele se curvava para vestir a cueca samba-canção. Com a velocidade de um relâmpago, ele se virou e prendeu os calcanhares de Cassidy com uma das mãos e começou a fazer cócegas em seus pés

— a parte do corpo dela de que ele mais gostava. Em meio a um ataque de gritos e risadinhas, ela se contorceu pela cama e esperneou até que ele a soltasse.

— Fique aí — avisou Tychus, apontando para a doutora. — Ainda não terminei com a senhora.

Cassidy se retorceu de volta para debaixo do lençol e virou de lado, mordendo os lábios enquanto sorria para Tychus. Os olhos dela estavam vidrados devido às drogas e pareciam cintilar.

— Acho bom que seja importante — disse Tychus ao caminhar em direção à porta. — Porque, se não for, vou arrancar sua cabeça e usar de penico. — Tychus manuseou a fechadura e abriu a porta com uma careta.

Zander não apenas estava encharcado, como também sustentava Kydd, que tinha um corte profundo na lateral da cabeça.

— Que diabos aconteceu com vocês dois?

— Sinto muito, sargento — desculpou-se Zander, enquanto olhava a escassez de roupa de Tychus e a cama desarrumada atrás dele. — Oi, doutora — cumprimentou-a com um aceno discreto. A médica sorriu e saudou-o sem muito entusiasmo.

— A coisa está feia, Tychus — continuou Zander com a voz abafada. — A gente ouviu uma conversa do Vanderspool com o pai do Ryk. Estou falando do Errol Bennet, o chefe de uma Família Antiga. Eles estão planejando um grande roubo, e a gente está no meio da encrenca.

Tychus rapidamente fez com que os dois entrassem no quarto, olhando para os dois lados para ter certeza de que não havia ninguém no corredor, e, em seguida, trancou a porta. Zander não era o tipo de pessoa que costumava exagerar, então Tychus sabia que a coisa era mesmo séria.

— Nós caímos no lago — prosseguiu Zander. — Kydd sofreu esse corte enorme na cabeça... Está sangrando, como vocês podem ver, e eu não sabia aonde levá-lo. Não sei quem mais está metido nesta história.

Tychus olhou para Kydd, que estava tremendo e muito pálido, além de parecer completamente desligado da realidade.

— Ei, doutora! Levanta — chamou Tychus rispidamente. — Tem um corte aqui para você tratar.

A doutora estava perdida em pensamentos. Zander observou-a escorregar para fora da cama e gostou do que viu. Mas Tychus estava bem ali, então ele teve que desviar o olhar enquanto Cassidy rearrumava o lençol. Depois ela foi até o canto do quarto onde remexeu em uma pilha de equipamentos.

— Tirem as roupas molhadas dele — ordenou. — E peçam café quente.

Cinco minutos depois, lá estava Cassidy, quase completamente vestida, limpando o ferimento de Kydd e aplicando um curativo de plasticrosta.

— Sinto lhe informar, sua cicatriz não será tão feia quanto a do Tychus — brincou —, mas você pode tentar de novo depois.

Os olhos de Kydd ainda estavam um pouco baços, mas ele não estava mais tremendo, graças à colcha em que se enrolara. O serviço de quarto chegou alguns instantes depois, e, se o funcionário ficou surpreso com a cena incomum, certamente disfarçou muito bem quando Zander lhe deu uma generosa gorjeta.

Depois que Zander e Kydd já estavam tomando suas bebidas quentes, era hora de contarem sua história. Zander iniciou a narrativa, mas, segundos depois, Kydd tomou as rédeas, com o coração pesaroso. Tychus alcançou uma garrafa de uísque e despejou uma quantia considerável na bebida de Kydd; o álcool fez efeito rapidamente, e a história sombria de Kydd logo se tornou um discurso explosivo e furioso sobre seu pai.

— O desgraçado me renegou — vociferou Kydd com amargura. — E abriu mão de mim por dinheiro! E tem mais, está metido num esquema para fazer a gente roubar cristais de ardeão no valor de um bilhão de dólares, e, depois, vão ressocializar a gente! Meu pai não passa de um canalha ganancioso! E vou desertar enquanto ainda posso.

Tychus se esparramou na cadeira reclinada, ainda apenas de cueca.

— Vai o caramba! — disse, removendo o charuto da boca por um tempo longo o suficiente para assoprar para longe algumas cinzas do peito enorme. — Você quer ferrar com o seu velho? Então a melhor maneira de conseguir isso é tirar dele a coisa que ele mais valoriza: dinheiro. — Ele tomou um longo gole da garrafa.

Kydd precisou de algum tempo para compreender o que Tychus dissera, mas, quando finalmente entendeu, um sorriso brotou em seu rosto.

— Gostei, sargento! — disse. — Gostei mesmo!

— Ótimo — disse Tychus sombriamente. — Quando é que Jim vai chegar aqui?

— Amanhã de manhã — respondeu Kydd. — E quanto ao resto do esquadrão?

— Eu consigo imaginar Harnack topando quase qualquer parada — respondeu Zander —, e Ward também vai concordar, contanto que ele possa matar alguns kel-morianos.

— Certo, Zander, então você fica responsável por reunir todo mundo. Quando Jim chegar, a gente bola um plano — disse Tychus. — Vai ser fantástico! Vanderspool nem vai saber o que houve, e o seu pai vai chorar que nem criança enquanto a gente some com o dinheiro dele. — Ele voltou a olhar para a doutora, que estava apoiada contra a cabeceira, com os joelhos flexionados e o olhar perdido. Ele se virou para Zander e Kydd. — Agora, se vocês nos dão licença, cavalheiros, por favor, caiam fora daqui.

DARBY, NO PLANETA TURAXIS II

Eram aproximadamente nove horas da manhã, e uma chuva fina caía. A doutora saiu sorrateiramente do hotel e entrou em um gravitáxi. Tomou uma dose de craca para acalmar os nervos.

O Hotel Mondoro se localizava no topo do morro socalcado, de onde os hóspedes podiam contemplar a vista ampla do lago. Assim, levou um tempo até que o táxi chegasse ao alto, onde parou sob um pórtico. Um recepcionista se apressou em cumprimentar Cassidy.

Cerca de vinte passos a levaram por portas corrediças de vidro até um saguão suntuoso. Ele era decorado com mármore talvariano e com móveis estofados, todos posicionados ao redor de um chafariz e de uma piscina ladrilhada.

Havia telefones posicionados em alguns lugares. A doutora escolheu um próximo a uma cadeira confortável e aproximou o receptor do ouvido. Quando o operador atendeu, ela pediu uma ligação para o quarto do coronel Vanderspool e, alguns segundos depois, o telefone começou a chamar. Seu coração estava palpitando. O coronel levou um longo tempo para atender e, quando finalmente o fez, soava letárgico.

— Pois não?

— Aqui é a suboficial de terceira classe Cassidy — identificou-se. — Estou no saguão.

Houve um momento de silêncio antes que Vanderspool respondesse. Ele estava claramente nervoso.

— Como é que você me encontrou aqui?

— Não foi difícil — respondeu Cassidy honestamente. — Fui até o balcão da recepção onde estou hospedada e perguntei qual era o nome do hotel mais caro em Darby.

Vanderspool praguejou.

— OK, que se dane... O que você quer? Se está sem craca, sinto muito. Talvez possa roubar algum dinheiro do Findlay.

— Não — retrucou a doutora com firmeza. — Não estou sem craca. E não pretendo ficar sem nunca mais na vida. Tenho informações muito valiosas e espero ser paga por elas.

— Ah, é? — respondeu Vanderspool com sarcasmo. — O que é? Descobriu onde Findlay guarda os charutos?

— Eu sei com quem você se encontrou ontem à noite — redarguiu a doutora, sentindo uma súbita falta de ar. — E também sei o que você planeja roubar... e *como* pretende fazê-lo.

Houve uma longa pausa antes que Vanderspool falasse. Já não havia mais sinais de letargia.

— Estou no quarto 804. Venha até aqui. — Ouviu-se um alto estalido, e a ligação se interrompeu.

A doutora sorriu discretamente ao se levantar, fazendo uma pausa para se olhar em um espelho de corpo inteiro e endireitar as roupas. Depois de passar um pouco de brilho labial, trêmula, prosseguiu para o elevador. Sentia os joelhos fraquejarem, mas conseguiu manter um passo firme.

Enquanto andava, a imagem que tentara evitar invadia seus pensamentos: Tychus — morto, desfigurado ou, pior ainda, ressocializado. Quando entrou no elevador, conseguiu se desvencilhar da imagem e tomou uma dose generosa de craca. Lamentava muito por Tychus, mas de uma maneira primitiva e egoísta — no fim das contas, estar perto dele era bom e a fazia se sentir menos sozinha.

Mas ela sabia que, cedo ou tarde, Tychus a trocaria por outra; eles sempre acabavam fazendo isso, e ele, mais que qualquer outro, não era o tipo de cara que quereria um compromisso sério. Ela precisava pensar em si mesma naquele momento e queria estar no time vencedor. Vanderspool tinha o aparato militar para garantir a vitória e podia pagar uma quantia alta o suficiente para que ela pudesse manter um estoque maciço de craca capaz de durar por muito tempo.

Mas o resto dos rapazes... Eles eram companheiros da doutora, e doía-lhe pensar que estava selando seus destinos. Então, enquanto a droga inundava seu cérebro, ela fechou os olhos e sentiu-se grata por não ter que pensar.

ALGUM LUGAR EM TERRITÓRIO DOMINADO PELOS KEL-MORIANOS, NO PLANETA TURAXIS II

O módulo de transporte zumbiu, e, ao entrar no espaço aéreo kel moriano, sua grande sombra negra acariciou o solo. Três dias tinham passado desde que Raynor fora libertado, seguindo logo depois até Darby para se encontrar com os amigos. A notícia de que Vanderspool planejava usar os Demônios do Paraíso para roubar uma carga de cristais de ardeão e, depois, ressocializá-los, deveria ter sido um tremendo choque. Mas depois de tudo pelo que passara e sabendo dos esforços de Vanderspool para instalar travas nas armaduras da unidade, Raynor não se surpreendeu nem um pouco.

Tampouco objetou ao plano proposto por Tychus. Porque, à exceção de poucos oficiais, como Sanchez, era óbvio que toda a estrutura de comando era composta por ladrões que trabalhavam para ladrões. E isso era verdade para ambos os lados naquele conflito. Se houvesse uma chance de roubar dos ladrões, então Raynor ficaria feliz em participar. E, no processo, deixaria as forças armadas para trás.

Todos os módulos de transporte foram pintados para se parecerem com transportadores kel-morianos e equipados com transcodificadores e códigos fornecidos pelo amigo kel-moriano de Vanderspool. Raynor sabia que deveria estar preocupado, pois Tychus alegava que o plano era infalível, e Tychus era mais conhecido por reações impulsivas que por planos cautelosamente arquitetados. Mas Raynor teve que admitir que o cenário era bem simples, e planos simples costumavam funcionar melhor.

Como haviam usado um contato de Tychus para garantir a venda dos cristais de ardeão, tudo que os Demônios tinham que fazer era intervir no momento exato e carregar os despojos em um dos módulos de transporte. Depois, em vez de voar de volta para o território controlado pela Confederação, eles se dirigiriam para Porto Livre, uma cidade de governo fraco, que se situava na fronteira entre os territórios da Confederação e kel-moriano. Seria lá que ocorreria a transação final.

Uma vez em Porto Livre — e cheios de dinheiro — seria possível assumir novas identidades e reservar uma passagem para fora do planeta. Não em um avião comercial, que já não operavam em Turaxis II, mas em um cargueiro. De acordo com Tychus, era fácil encontrar capitães dispostos a levar clandestinos por algum dinheiro extra, sem que os donos das embarcações soubessem.

Os pensamentos de Raynor foram interrompidos quando Tychus veio aos trancos pelo corredor central. O sargento trajava o que parecia ser uma armadura kel-moriana e estampava um sorriso, visível através da abertura no visor.

— Então, soldado — disse ele, tentando imitar um oficial entusiasmado, nos moldes de Quigby. — Pronto para dar sua vida pela Confederação?

— Sim, estou pronto — chiou Raynor. — Mas só depois que eu der a sua.

Isso provocou uma gargalhada nos que estavam próximos o suficiente para ouvir.

— É esse o espírito! — disse Tychus, contente. — Seus pais ficariam orgulhosos.

Não, não ficariam, pensou Raynor, enquanto o módulo de transporte continuava zumbindo. Eles nem mesmo reconheceriam a pessoa que seu filho se tornara.

Os fuzileiros ressocializados estavam sentados, um de frente para o outro, olhando adiante e com as costas apoiadas nos anteparos quando a segunda nave deslizou em direção ao campo abaixo. Vanderspool estava sentado exatamente atrás da cabine do piloto. Era uma sensação boa saber que os fuzileiros fariam o que quer que lhes ordenassem sem sequer questionar. E não importava se isso os levaria à morte, pois eles eram criminosos e sociopatas para os quais não havia lugar na sociedade.

A voz do piloto soou em seu capacete, e a nave começou circundar o pequeno estaleiro sideral de Korsy. Vanderspool não tinha ilusões. Ele e suas tropas teriam que lutar para assumir o controle tanto da cidade como da estação de trem. Felizmente, Korsy não era muito grande, e a oposição que enfrentariam consistiria de guardas kel-morianos que eram pagos para manter os trabalhadores locais na linha. Os habitantes eram, em sua grande maioria, cidadãos da Confederação, que haviam sido capturados quando os kel-morianos assumiram o controle da região, e eram obrigados a trabalhar em fábricas e usinas de processamento de alimentos.

Mas Vanderspool sabia que seria um erro subestimar os kel-morianos, que, provavelmente, estariam armados até os dentes. A chave para o sucesso da missão era aparecer de forma inesperada, eliminar os líderes o mais rápido possível e, depois, ir atrás do resto com força total.

Esses eram os pensamentos de Vanderspool quando a nave aterrissou e a rampa desceu. Ele fez contato visual com o tenente Fitz, o oficial em comando dos fuzileiros ressocializados, e este acenou com a cabeça. Seus homens estavam prontos. Todos equipados com armaduras negras para que quem os visse pensasse que eram parte de uma tropa kel-moriana.

Confiante de que tudo corria de acordo com o plano e de que não havia tropas hostis esperando por ele, Vanderspool desceu pela rampa até o asfalto. Seu visor estava aberto, e ele podia ver o céu cinza-chumbo, os tanques de combustível localizados a algumas dezenas de metros além do estaleiro sideral e as fábricas mais além. Enquanto isso, outros módulos de transporte aterrissavam no local.

Um ônibus partia do terminal e vinha em sua direção. Aquilo era de se esperar, dadas as circunstâncias, e Vanderspool esperou pacientemente enquanto o veículo se aproximava e dois homens desembarcaram. Eles usavam boinas pretas, uniformes descombinados e insígnias de patente que Vanderspool nunca vira antes. Seriam mercenários? Ou o equivalente a carcereiros?

O homem da esquerda era alto e magro. Tinha sobrancelhas densas, olhos semicerrados e malares proeminentes. O outro era um homem de estatura mediana com nariz em formato de bulbo coberto por um rendilhado de varizes. E, julgando por sua expressão, ele estava irritado.

— Quem é você? — perguntou com agressividade, enquanto seus olhos percorriam a armadura de Vanderspool, procurando por alguma insígnia da unidade kel-moriana à qual o visitante pertencia. — Por que não me avisaram que viria?

— Meu nome é Stokes — mentiu o oficial confederado. — E o senhor é?

— Supervisor Dankin — respondeu o homem. — Sou responsável tanto pelo estaleiro sideral quanto pela cidade de Korsy.

— Excelente — disse Vanderspool, contente, antes de sacar a pistola Gauss que trazia às costas e acertar um tiro entre os olhos de Dankin. — Exatamente quem eu estava procurando.

O segundo kel-moriano vacilou. Um olhar surpreso brotou no rosto de Dankin, e ele caiu para trás. O estalo surdo espantou os pássaros na torre de comando, em volta da qual rodearam por algum tempo antes de retornarem. O cartucho vazio tilintou ao quicar no asfalto.

Naquele momento, a pistola de Vanderspool estava apontada para o outro homem. Os lábios do kel-moriano se moviam, mas não produziam qualquer tipo de som. Vanderspool sorriu de maneira cativante.

— Eu preciso de um guia... O trabalho interessa?

O segurança consentiu com a cabeça de forma brusca.

— Perfeito — disse Vanderspool. — Eu lhe peço a gentileza de me entregar sua arma e me contar tudo sobre a cidade de Korsy.

CAPÍTULO
TRINTA E UM

"Às vezes, um míssil não é o bastante para resolver um problema. É por isso que eu sempre carrego oito."

Soldado Connor Ward, artilharia pesada, 321º Batalhão de Patrulheiros Coloniais, em entrevista no planeta Turaxis II

Março de 2489

KORSY, NO PLANETA TURAXIS II

Logo após a morte da tenente Sanchez, Tychus fora nomeado o líder interino do pelotão. Esse era um cargo incomum para alguém de sua patente, mas ele ficou feliz, pois conhecia os planos de Vanderspool para os Demônios do Paraíso. Mas Tychus tinha seu próprio plano. Um plano que liquidaria com a Operação Aposentadoria Antecipada de uma vez por todas!

O sargento Pinkham estava no comando do segundo esquadrão. Ele e Tychus tinham, aproximadamente, a mesma idade, a mesma inclinação para o latrocínio, e mantinham um longo caso de amor com Scotty Bolger's Old No. 8. Assim, quando o outro sargento ouviu a história de Kydd e Zander, não perdeu tempo em colocar seus homens a serviço da contraconspiração, em vez de encarar a ressocialização.

Enquanto o 1º pelotão desembarcava do módulo de transporte em direção ao asfalto, Tychus foi até a frente da nave. O piloto estava sem o capacete e se virou para olhar quando o sargento enfiou a cabeça dentro da cabine.

— Estamos saindo. Agora, pra garantir que você vai estar aqui quando voltarmos, por favor, remova a trava de segurança debaixo do quadro de bordo e a entregue para mim.

O rosto do piloto enrubesceu, e ele quase explodiu para cima do sargento, mas Tychus franziu o cenho em desaprovação.

— Foi mal, mas não tenho tempo pra ficar de nhém-nhém-nhém. Me dê logo a trava ou eu te mato aqui mesmo. E não tente me enrolar porque sei o que estou fazendo.

O rosto do piloto empalideceu. Ele passou a mão sob a beirada inferior do quadro de bordo e tateou até encontrar o cilindro. Sem ele, seria impossível ativar os motores. Depois de encontrar a trava, ele a girou para a direita, e ela caiu em sua mão. Ao se virar, uma enorme manopla esperava por ele.

— Não vá perdê-la — alertou o piloto. — Porque, se o senhor a perder, todos nós ficaremos presos aqui.

— Entendido — concordou Tychus ao guardar o mecanismo. — Agora, a não ser que eu chame, não é pra chegar perto do comunicador, entendeu? O soldado Haster vai ficar aqui e te fazer companhia. Me dê sua arma.

— Isso é totalmente desnecessário — objetou o piloto, obedecendo às instruções do sargento.

— Fico feliz em saber disso — respondeu Tychus. — Vejo você daqui a duas horas.

Tychus deu a pistola a Haster, advertiu ao soldado que permanecesse alerta e desceu pela rampa, onde o resto do pelotão esperava. Vanderspool chegou alguns segundos depois em um dos sabres descarregados do terceiro módulo de transporte. Vanderspool saltou para o asfalto.

— O tenente Fitz e eu levaremos os fuzileiros até a estação de trem — disse o coronel. — O trabalho de vocês é varrer a região oeste da cidade, enfrentar quaisquer kel-morianos que encontrarem e se certificar de que a área está segura. Vocês me encontrarão na estação de trem às 13h30 e nem um segundo mais tarde. Entendido?

— Sim, senhor! — respondeu Tychus.

— Ótimo. Você tem um comunicador em sua armadura... Use-o se precisar. Podem começar!

Tychus bateu continência na vã esperança de que um atirador de elite inimigo visse o gesto e disparasse uma bala na cabeça de Vanderspool. Mas nada aconteceu e ele se virou para se reunir ao seu pelotão.

Depois de designar todos os veículos aos fuzileiros ressocializados, Vanderspool, o guia kel-moriano e o tenente Fitz deixaram o estaleiro sideral alguns minutos depois, seguidos a certa distância por uma fileira de ressocializados em marcha puxada, todos equipados com suas armaduras.

Tychus prestou continência — dessa vez com um dedo só — quando eles partiram, acenou para que o pelotão começasse a marchar e os levou no sentido oeste, na direção das usinas rebaixadas onde se processavam alimentos. Havia um conjunto de sensores no topo da torre de comunicação do estaleiro sideral, assim como nas antenas de metal dispostas em intervalos regulares. Dessa forma, Tychus soube que alguém os observava ao cruzar o estacionamento. Será que eles enviariam uma tropa de soldados para interceptá-los? Ou será que a perda de seu comandante deixara os kel-morianos em um estado de total confusão?

A resposta não tardou, pois uma porta se abriu e meia dúzia de soldados sem armaduras saíram para o estacionamento, disparando. Tychus sequer desacelerou enquanto as balas tilintavam em sua armadura. Ele simplesmente atropelou dois dos kel-morianos, certo de que os homens atrás dele dariam conta do resto, e passou impetuosamente pela porta aberta, entrando na usina.

O interior era iluminado por claraboias, e ali, sob o cinza da luz fria, centenas de trabalhadores podiam ser vistos de pé, em frente a longas mesas sobre as quais toda sorte de produtos era avaliada e separada. Seus rostos eram esqueléticos, e eles se vestiam com pouco mais que alguns farrapos. Então, eles viraram o olhar na direção dos invasores.

— Vocês estão livres! — anunciou Tychus, através de seus alto-falantes externos, sabendo que, uma vez que os trabalhadores inundassem as ruas, seria muito mais difícil para os kel-morianos reassumirem o controle da cidade.

Mas os trabalhadores já eram escravos havia muito tempo e, em vez de correrem para as saídas, ficaram parados onde estavam. Então Tychus atirou contra uma das claraboias, viu-os vacilar quando os estilhaços de vidro choveram sobre eles e sentiu certa satisfação quando a correria desenfreada começou.

Depois de esvaziar as usinas de processamento, Tychus conduziu o pelotão para o sul, margeando a cerca de segurança ocidental e planejando seguir para o leste a fim de se encontrarem com Vanderspool na estação de trem. De vez em quando, era necessário fazer uma pausa para lidar com alguns bolsões de resistência inimiga, mas as tropas kel-morianas não estavam bem equipadas o bastante para lidar com soldados de combate com armaduras e foram rapidamente liquidados. Tychus nem mesmo chegou a suar.

— Mantenham o espaçamento entre os grupos — disse. — Não se aglomerem.

Ele deu uma guinada para a esquerda e começou a seguir por uma das ruas principais no sentido leste, na direção dos trilhos de trem. Foi então que três soldados correram para o meio da rua. Dois deles dispararam suas armas de assalto; o outro, um lança-foguetes. O míssil teleguiado pareceu sacudir um pouco quando saiu do cano. Então ele focou em um alvo, traçou uma linha reta até o sargento Pinkham e explodiu ao atingi-lo. A explosão resultante ecoou por entre os prédios ao redor e lançou pedaços de armadura e carne ensanguentada em todas as direções. Graças à distância entre eles, nenhum dos outros soldados sofreu mais que pequenos danos em suas armaduras.

— Atirem neles, porra! — rugiu Tychus. — O que tão esperando?

O homem com o lança-foguetes teve menos de três segundos para comemorar, pois Kydd logo o abateu. Depois, Zander disparou, e um segundo kel-moriano foi ao chão. Mas o terceiro se virou, subiu correndo por um pequeno lance de escadas e conseguiu entrar por uma porta.

Zander verificou seu indicador de munição, viu que ainda tinha 357 cravos e seguiu o soldado pela escada, passando por uma porta até chegar a um saguão. Duas jovens estavam encolhidas em um canto, soluçando, quando Zander apareceu. Mesmo que Zander fosse pequeno em comparação a seus amigos, ele parecia enorme na armadura e elas ficaram aterrorizadas quando o gigante azul parou para olhá-las. Um atuador zumbiu quando o visor se retraiu. Ele sorriu, tentando tranquilizá-las.

— Não chorem... Eu não vou machucá-las. Que lugar é este?

— É... é... é uma creche. — Soluçou a mais alta das duas mulheres.

— Vocês precisam sair daqui — disse Zander, com gentileza. — Eu vou matar o homem que acabou de entrar.

Elas desceram correndo pelas escadas.

Ward estava logo atrás de Zander, pronto para lhe dar cobertura.

— O desgraçado vai estar preparado, esperando você aparecer.

— É — disse Zander —, eu sei. — Ele se virou e empurrou a porta. Uma bala de baixo calibre atingiu Zander bem no meio do peito quando ele entrou no escritório. O soldado estava de pé, em frente a uma escrivaninha, segurando uma criança com uma das mãos e, com a outra, uma pistola. Seu rifle estava pendurado às costas. Ele apontou a arma para a criança. — Sai daqui! — rosnou. — Cai fora ou a criança morre.

Sem hesitar um segundo, Zander apertou o gatilho, e o rifle Gauss balançou. Ele estava apontado para baixo, mas não totalmente, e o guarda gritou quando sua perna esquerda desapareceu. O kel-moriano disparou a arma por reflexo, mas a bala errou a cabeça da criança por uma fração de centímetro e Zander a pegou enquanto o soldado caía. O soldado rolou pelo chão tentando estancar a hemorragia com as próprias mãos.

Preocupado com a cena que a criança veria, Zander segurou o rosto dela próximo ao seu, e eles se encararam através do visor aberto. Zander foi recompensado com um grande sorriso.

Os gritos cessaram quando Ward deu um chute na cabeça do soldado.

— Vamos lá, Max... A gente tem que ir.

— É — concordou Zander, enquanto brincava com a criança, sacudindo-a levemente para cima e para baixo. — Pode ir na frente... Essa gente tem que correr enquanto ainda pode. Eu cresci em um lugar assim, então sei como levar crianças de um lugar para outro. Vou ajudá-los a partir na direção certa e alcanço vocês em alguns minutos.

Ward começou a objetar e a dizer que Tychus ficaria irritado, mas as palavras morreram em sua garganta. Ele não pôde evitar a lembrança de seus próprios filhos e do ataque que os matara.

— Tá bom, mas não demore... ouviu?

Quando Ward se virou para ir embora, a criança deu um soquinho na cabeça de Zander com seu punho diminuto e riu.

Alguns dos kel-morianos ainda estavam à solta. Raynor sabia disso. Mas pelo menos uns vinte desgraçados foram liquidados — e ele achou que aquele era um desempenho até bom, considerando que o serviço no exército era tecnicamente funcionalismo público. Então, lembrando do horário, ele e Tychus conduziram o restante do comando, já reduzido, para leste, na direção da estação de trem.

Metade estava em um lado da rua, metade no outro. Seus olhos vasculhavam as fachadas das lojas no lado oposto, procurando por sinais de resistência inimiga, mas não os encontraram. Eles deixaram uma zona comercial e entraram em uma área industrial. A cidade estava estranhamente silenciosa, como se prendesse a respiração para ver o que aconteceria em seguida. E essa era uma boa pergunta. O que aconteceria em seguida? O trem chegaria na hora? Eles conseguiriam uma vantagem sobre Vanderspool e seus fuzileiros de miolos fritos? Se não conseguissem, uma grande quantidade de pessoas morreria.

Dois ressocializados estavam na plataforma em frente à estação de trem, agindo como vigias. Seus visores estavam abertos, e Raynor viu um deles murmurar alguma coisa em seu comunicador antes de abrir um sorriso genérico de ressocializado, dirigido a Tychus.

— Bom dia, sargento.

Enquanto Tychus conduzia os outros adiante, Raynor se perguntava como o fuzileiro fora capaz de dizer algo pelo comunicador sem que fosse ouvido na frequência da comitiva. A não ser que os ressocializados estivessem se comunicando com Vanderspool por uma frequência particular! E por que eles quereriam fazer isso, a menos que...?

Raynor quis dizer algo para alertar Tychus, mas já era tarde demais. O sargento abrira a porta e adentrava a estação de trem. O teto era baixo, fileiras de bancos ocupavam a maior parte da sala de espera e podia-se ver a plataforma de carga mais adiante.

— Bom trabalho — disse Vanderspool ao caminhar na direção deles. — O trem deve chegar em dez minutos, e estamos prontos para recebê-lo. Tenente Fitz, por favor, posicione o sargento Findlay e suas tropas onde você achar que serão mais úteis.

Raynor não pôde deixar de notar que Fitz posicionou cada um dos Demônios do Paraíso próximo à linha de frente, onde eles não apenas seriam os primeiros a entrar em contato com os kel-morianos, mas também seriam pegos no fogo cruzado se os ressocializados decidissem atirar da retaguarda.

Mas, quando o trem apareceu vindo do norte e começou a desacelerar, não havia nada que ele pudesse fazer, a não ser verificar seu rifle e suar dentro da armadura. O roubo seria muito mais difícil do que ele pensara.

O supervisor Aaron Pax olhou o visor enquanto o maglev fazia uma curva sutil e começava a desacelerar. Graças ao contador localizado no canto esquerdo do visor, ele sabia que o trem chegaria em um minuto e trinta segundos.

Naquele momento, supondo-se que tudo corresse bem, Vanderspool e suas tropas teriam o controle total da cidade e estariam aguardando a chegada do supervisor. Quando as portas se abrissem, eles esperavam embarcar no trem sem enfrentar nenhuma resistência inimiga, exceto uns vinte soldados sem armaduras, e roubar quarenta caixas de cristais de ardeão no valor de um bilhão de créditos. Cristais que valeriam mais — muito mais — depois que a guerra acabasse, e ela acabaria em breve.

Era por isso que Vanderspool e suas tropas esperavam. O que realmente aconteceu foi um tanto diferente. Pax ainda estava furioso quanto ao caminhão que desaparecera durante o desastre em Forte Howe. Vanderspool jurou não ter sido ele a roubá-lo, mas Pax nunca chegou a acreditar. O kel-moriano estava fervendo de entusiasmo. A vingança seria doce.

Quando o maglev parasse e os confederados viessem a seu encontro, um pelotão de guerrilheiros escolhidos a dedo os atacaria. Assim, pegos de surpresa, os ladrões seriam aniquilados.

Depois que a batalha terminasse, Pax alegaria que um pequeno grupo de Confederados conseguira escapar com os cristais. Ele seria promovido à vista de uma perda tão grande? Não, mas tampouco seria punido, pois quem poderia imaginar que o inimigo tentaria uma investida tão ousada?

Depois que a investigação terminasse, Pax regressaria a Korsy e buscaria os cristais em um esconderijo, que já havia sido preparado. Apenas dois guerrilheiros sabiam a seu respeito, e, uma vez que o tesouro fosse escondido com segurança, os dois morreriam. Em troca de uma parcela maior dos despojos, Errol Bennet concordara em fazer o tesouro desaparecer quando chegasse a hora.

Era um bom plano — aliás, um plano excelente. O que fora pouco mais que um borrão tornou-se uma cerca de segurança à medida que o trem desacelerava, e podiam-se ver tanques de combustível esféricos adiante, além de uma sucessão de edifícios lúgubres. A cidade de Korsy podia não parecer, mas era um lugar especial — ou, pelo menos, o seria em breve. Aquele pensamento fez brotar um sorriso nos lábios de Pax.

Vanderspool estava tenso quando o trem apareceu e começou a desacelerar. Tudo estava de acordo com o plano, e ele estava prestes a ficar muito rico.

— OK — disse ele pela frequência do comando. — Liberem as travas de segurança e preparem-se. Lembrem-se: não queremos prisioneiros. Câmbio.

Ouviu-se uma série de cliques quando os Demônios do Paraíso e os fuzileiros ressocializados acusaram o recebimento da ordem. O trem emitiu um sibilo alto ao parar completamente. As portas deslizaram, guerrilheiros se lançaram na plataforma e deu-se início à matança.

— Desgraçados! — Vanderspool soube que fora traído no momento em que o primeiro guerrilheiro apareceu e Ward lançou um foguete contra ele. Mas Vanderspool não estava disposto a desistir. O soldado inimigo explodiu, regando a plataforma com confetes de sangue. Vanderspool não abria mão tão fácil de um bilhão de créditos.

— Atirem! — gritou Vanderspool, disparando seu rifle e sendo atingido por uma série de disparos. Alarmes internos soaram quando cravos penetraram a camada externa de sua armadura e ele cambaleou para trás.

Dois ou três guerrilheiros vacilaram quando Tychus e um fuzileiro ressocializado dispararam uma rajada de cravos com seus rifles Gauss. A armadura remendada dos kel-morianos aguentou por um instante, mas logo cedeu a uma segunda saraivada que os liquidou.

— Matem todos! — bradou Vanderspool. — Matem todos eles!

Sabendo que entrariam em combate de curta distância, cerca de um terço dos kel-morianos se preparara com armas de alto calibre. As tropas da Confederação cambalearam com o impacto do ataque kel-moriano e se viram forçadas a ceder terreno.

Poderia ter sido uma derrota. Aliás, teria sido uma derrota. Porém, foi ali que Harnack deu um passo adiante e, sem companheiros à frente, puxou o gatilho do lança-chamas. Ouviu-se um baque alto, e uma onda de fogo lambeu os guerrilheiros que se aproximavam. Dois deles começaram a se bater, na tentativa de apagar as chamas, e o resto dos kel-morianos ficou entalado atrás deles.

Aquilo bastou para o maquinista. Ele desligou os computadores e assumiu o controle do maglev. Soltou os freios, empurrou o acelerador e o trem, gravemente queimado, se afastou da estação.

Assim, Pax e um grupo de guerrilheiros foram deixados na plataforma. Mas não por muito tempo, pois Ward lançou seus foguetes, que arremessaram o grupo para trás, além da plataforma. Como o trem não estava mais lá, eles caíram nos trilhos.

— Não! — gritou Vanderspool, mas o trem continuou a acelerar.
— Pare! — Mas era tarde demais. Os cristais de ardeão, no valor de um bilhão de créditos, ainda estavam a bordo. Seu plano perfeito tornara-se um desastre, e era provável que reforços kel-morianos estivessem a caminho para impedir seu acesso ao estaleiro sideral. Pela primeira vez em muito tempo, Vanderspool estava realmente com medo.

CAPÍTULO
TRINTA E DOIS

"Em surpreendente demonstração de solidariedade, representantes da Confederação concordaram em discutir a possibilidade de um cessar-fogo com os rivais kel-morianos, como o primeiro passo de um processo que pode levar às negociações de paz."

Max Speer, *Jornal da Noite Especial*, direto da Linha de Frente, para a UNN
Abril de 2489

CIDADE DE KORSY, NO PLANETA TURAXIS II

Os pensamentos de Vanderspool estavam a todo vapor. A ideia de abrir mão dos cristais e do estilo de vida que ele imaginara para si era difícil, mas Vanderspool era realista. Ele sabia a importância de mudar os planos e se recuperar da melhor maneira possível.

Precisava alcançar o estaleiro sideral antes que os reforços kel-morianos chegassem — mas antes, tinha que lidar com os Demônios do Paraíso. Depois de perder um número grande de fuzileiros, já não achava que conseguiria levar aqueles nós-cegos como prisioneiros, portanto ressocialização estava fora de questão. A solução óbvia era matá-los. E como ele havia tomado certas precauções, aquilo seria fácil.

Assim, quando Vanderspool virou as costas aos trilhos e começou a caminhar na direção das tropas na plataforma, ele sacou o controle remoto especial e apontou-o para Tychus. Havia apenas um botão no controle, grande o suficiente para acomodar um enorme polegar. Vanderspool apertou-o e viu a luz indicativa brilhar em verde enquanto todas as armaduras paralisavam.

Pelo menos era assim que o mecanismo deveria funcionar. Mas Tychus sorriu diabolicamente e balançou a cabeça com sarcástica complacência. Seu visor estava aberto.

— Qual é o problema, coronel? Algo errado com seu novo brinquedinho?

Vanderspool praguejou. Tychus sabia sobre as travas! Mas não importava, pois o coronel tinha um plano B. Ele fez contato visual com Fitz, que passou um braço ao redor do corpo de Cassidy enquanto um cabo apontava uma arma em seu rosto. Ela trajava armadura, mas a pistola estava a poucos centímetros de distância e seria capaz de fazer o serviço.

Tychus, que estava prestes a levantar seu rifle Gauss, parou. Vanderspool deu um sorriso discreto.

— Então — disse o coronel severamente. — Há honra entre os ladrões. Mas, caso você não tenha certeza do quão valiosa a vida da doutora Cassidy é para você, olhe ao redor.

Os Demônios do Paraíso e vários outros membros do segundo esquadrão estavam de costas para a porta de entrada e estavam cercados por um semicírculo de fuzileiros. Aquilo significava que os ressocializados podiam atirar sem atingir uns aos outros — e que tudo fora planejado com antecedência. Mas como? Só se Vanderspool soubesse sobre o plano...

Vanderspool viu a expressão no rosto de Tychus e riu.

— Ah! Se você pudesse ver sua cara agora! É isso mesmo, sargento Findlay... A suboficial Cassidy gosta mais de craca que de você!

Tychus ficou completamente inerte por dois segundos excruciantes. Então, ao mesmo tempo em que urrava de raiva, ergueu o rifle e disparou contra Cassidy. Mas o cravo passou longe e Raynor puxou o amigo para trás, na direção da porta, gritando:

— Taca fogo, Hank!

Harnack puxou o gatilho do lança-chamas, e a labareda varreu de um lado para o outro, criando uma parede de fogo que não apenas impedia o avanço dos fuzileiros, como também dificultava a visão. Eles dispararam, mas de maneira errática, e os Demônios fugiram pela porta. Harnack foi o último a sair, mas, mesmo depois que ele passou, Tychus continuou atirando pela abertura até Raynor gritar seu nome. Então, disparando rajadas curtas e controladas, ele saiu da estação, na direção de onde os veículos esperavam por eles.

Harnack, Kydd e alguns membros do segundo esquadrão estavam com o primeiro sabre. O veículo jazia sobre pneus enormes e nodosos, e era grande o bastante para transportar quatro soldados com armaduras, mas não muito mais que isso. Eles tinham um canhão Gauss apontado para a porta da estação de trem e o utilizavam para manter Vanderspool e seus fuzileiros ressocializados encurralados lá dentro.

Raynor estava ao volante do segundo sabre, esperando por Tychus e vários outros homens enquanto eles subiam. Zander chegou e se livrou de sua armadura, bastante danificada, antes de se dirigir ao terceiro sabre. Ele tomou o volante, e Ward se sentou a seu lado.

Ouviram-se pneus derrapando quando Harnack partiu.

Raynor estava logo atrás dele, com Tychus no banco do carona e um patrulheiro cuidando do canhão Gauss do sabre.

Quando Harnack se preparou para virar à direita em uma rua que levava ao estaleiro sideral, ouviu-se o som agudo de uma bomba que passou sobre suas cabeças e aterrissou ao norte de onde estavam. A explosão resultante ergueu uma coluna de destroços no ar e estilhaçou janelas ao redor. Kydd identificou a natureza da ameaça e compartilhou a origem da bomba com os amigos:

— Brucutus kel-morianos! São dois! Ao sul!

Raynor praguejou; ele freou, derrapou na interseção e virou à esquerda. Foi então que viu os dois brucutus, bem como uma multidão de kel-morianos sem armadura, enviados como apoio. Será que os brucutus haviam sido enviados para impedi-los de chegar ao estaleiro sideral? Dada a localização de onde as bombas caíam, parecia ser o caso.

— Vão pra cima deles — ordenou Tychus severamente. — Os canhões não vão prestar pra nada quando a gente chegar perto.

Raynor não tinha tanta certeza, já que os guerrilheiros haviam sido enviados para evitar exatamente essa tática, mas, assim mesmo, acionou o motor, fazendo com que o sabre avançasse. Naquele momento, um dos homens de trás atirava com o canhão Gauss. A arma era inútil contra os brucutus, porém, extremamente eficaz contra as tropas kel-morianas terrestres. Meia dúzia deles foi feita em pedaços quando os cravos de artilharia pesada cortaram por entre as tropas.

— Presta atenção no seu campo de tiro! — alertou Tychus, quando o veículo de Harnack fez um desvio na frente deles e chegou perto de ser atingido pelo feixe de traçantes mortais.

Logo os Demônios estavam próximos aos brucutus, usando todas as armas de que dispunham, enquanto os pneus nodosos dos sabres quicavam por cima de cadáveres e kel-morianos caíam em um tumulto sangrento.

Ambos os brucutus estavam equipados com armas secundárias, e todas elas disparavam, mas era difícil acertar os sabres velozes enquanto eles circundavam os veículos pesados e lentos procurando alguma abertura. Mas não havia nenhuma, e os sabres foram forçados a recuar enquanto os brucutus continuavam seu avanço inexorável.

Enquanto Zander freava para evitar a cratera fumegante de uma bomba, Ward falou pela frequência do esquadrão:

— Pare o carro e me deixe sair... Talvez eu possa dar um jeito nessas coisas.

— OK — concordou Zander. — Mas não fique tempo demais por aí contando quantos matou. Vou esperar você voltar.

— Talvez eu que tenha que te esperar — retrucou Ward, enquanto o sabre derrapava, até parar. Então, antes que Zander pudesse responder, Ward estava na calçada e se dirigia para o meio da rua.

Raynor manobrou o sabre, de modo que este fizesse uma curva brusca e freasse, e viu o que Ward estava prestes a fazer.

— Não! — gritou ele.

Um brucutu disparou e um projétil passou a menos de 1 metro da cabeça de Ward.

Mas era tarde demais. Ward plantou os pés no chão, direcionou toda a concentração para a imagem no visor de combate e percebeu que o primeiro brucutu estava servindo de escudo para o segundo. Isso significava que ele não poderia atirar contra ambos. Mas ele com certeza poderia lançar todo seu carregamento de foguetes contra a primeira máquina e mandar a tripulação em uma viagem sem escalas para o inferno!

Os tubos da arma de Ward já haviam sido recarregados. Ele se preparou e disparou todos os oito foguetes de uma só vez e, começou a atirar com o canhão Gauss quando seis projéteis atingiram o alvo. A parte da frente do primeiro brucutu foi momentaneamente obscurecida quando uma série de explosões pipocou pela proa do veículo. Mas esta era exatamente a parte do brucutu onde a blindagem era mais espessa. Havia uma grande probabilidade de que a máquina sobrevivesse a todos os impactos, não fosse por um belo golpe de sorte.

Porque, quando Ward atirou contra o brucutu, este atirava de volta. E, quando os projéteis colidiram a poucos centímetros à frente do canhão do veículo, a força das explosões combinadas foi suficiente para explodir a máquina. Uma coluna de chamas alaranjadas enviaram a torre de mísseis pelos ares, uma parte dos trilhos voou para longe, e uma explosão secundária calcinou a cabine da tripulação.

Sem o primeiro brucutu para protegê-lo do segundo, Ward estava perigosamente exposto. Raynor viu o canhão do segundo brucutu começar a girar.

— Corre! — gritou Raynor. — Corre, cacete!

Mas Ward não planejava correr — em vez disso, ele abriu fogo com seu canhão Gauss. O tempo pareceu desacelerar e ele escutou o riso dos seus filhos enquanto via o cano da arma se iluminar. Ward se foi quando uma bala de canhão atingiu seu peito e seu mundo explodiu.

Infelizmente, não havia tempo para lamentar a morte de Ward A voz de Kydd estalou no comunicador.

— Tychus! Jim! A gente está sendo atacado por tropas no leste! Câmbio.

Raynor tirou o pé dos freios, fez uma curva com o sabre e viu que o atirador estava correto. Vanderspool e seus fuzileiros avançavam pela rua, buscando proteção onde quer que pudessem encontrar, e aproveitavam todas as oportunidades para disparar contra seus alvos.

— A gente tem que chegar no estaleiro sideral antes deles — disse Tychus pelo comunicador. — Sigam a gente!

Raynor arrancou e, enquanto Harnack posicionava seu veículo atrás do sabre que encabeçava o comboio, ele manobrou em ziguezague enquanto balas de canhão lançavam colunas de destroços pelos ares. Seu para-brisa se estilhaçou, ouviu-se um tinido metálico quando algo atingiu o compartimento de carga e Harnack praguejou.

Zander estava no último veículo e ainda tentava processar a morte repentina de Ward quando viu uma das duas jovens que ele encontrara antes. Ela estava sozinha e apavorada, e seu vestido estava manchado de sangue — sem mencionar o fato de que se encontrava na linha de tiro. Zander praguejou, pisou no freio e virou para um dos homens na parte da trás do sabre.

— Assuma o volante! — gritou. — Eu alcanço vocês depois!

O patrulheiro era membro do segundo esquadrão. Ele assentiu com a cabeça, pulou para fora, e, quando estava prestes a se sentar ao volante, uma bomba atingiu o sabre diretamente, lançando estilhaços por toda a parte. Corpos em armaduras voaram pelos ares e caíram como bonecos quebrados.

Naquele instante Zander já estava a uns 20 metros de distância e havia levado a mulher para longe da rua. Ele queria deixá-la em segurança, mas, com os brucutus passando e as tropas de Vanderspool se aproximando, ele sabia que seus amigos precisavam dele.

— Vá para o portão oeste. Siga para o interior e se esconda. É sua única chance. Vai, vai!

Ela resmungou algo incompreensível e partiu erraticamente na direção que ele indicara.

Zander se voltou novamente para a rua. Infelizmente, era tarde demais. Vanderspool estava lá, de carabina erguida. Zander estava completamente vulnerável — sem a armadura, o soldado contava apenas com suas roupas camufladas encharcadas de suor.

Cassidy também estava lá. Assim como Vanderspool, ela também tivera de remover a armadura e levava a bolsa médica pendurada no ombro. Ela tentou fazer contato visual com Zander, mas não conseguiu. Sentia-se vazia por dentro, como se o que restava de seu ser tivesse sido abandonado na estação de trem, onde a traição final ocorrera. Naquele momento, completamente consciente do que estava por vir, Cassidy começou a tremer. Era como uma crise de abstinência, porém pior, pois ela sabia que não havia quantidade de craca que a fizesse se sentir melhor.

— Ora, ora — disse Vanderspool ao ver o homem à sua frente. — Veja só o que temos aqui.

Zander começou a girar a arma para a esquerda, já sabendo que não havia tempo. E Vanderspool atirou. A primeira bala empurrou Zander para trás, a segunda perfurou sua testa, e a terceira foi totalmente desnecessária.

Ouviu-se uma explosão retumbante quando um projétil perdido atingiu um dos tanques de combustível esféricos a uma quadra a leste da rua onde os Demônios estavam. Mas, em vez de explodir como deveria, o projétil cavou um buraco no contêiner de quase 2 milhões de litros, do qual começou a fluir uma coluna de combustível róseo. O portrenol de alta octanagem escorreu pela zona de contenção ao redor dos tanques e um lago começou a se formar.

Enquanto isso, o capitão do brucutu corrigia sua mira e lançava um projétil sibilante na direção do estaleiro sideral. Tychus falou pelo comunicador:

— A gente tem que parar essa coisa antes que ela destrua os módulos de transporte. O que você acha, Hank? Acha que consegue pôr fogo nesse desgraçado? Câmbio.

— Afirmativo — respondeu Harnack, freando seu sabre aos trancos.

Na tentativa de distrair o capitão do brucutu e ganhar tempo para Harnack, Raynor lançou seu sabre rugindo para a frente enquanto um dos passageiros disparava o canhão Gauss. A arma pipocou metodicamente, faíscas luminosas assinalaram uma série de impactos, e os cravos desenharam uma linha pontilhada no casco do brucutu. Mas não adiantou muito.

O sabre passou a menos de 3 metros da proa quadrangulada do brucutu e derrapou ao fazer uma curva. Mas aquilo não impediu que o brucutu disparasse outro projétil na direção do estaleiro sideral. E acertasse em cheio.

Viu-se um clarão ofuscante quando o módulo de transporte de número três explodiu, lançando pedaços de fuselagem da nave para o alto, onde elas pareceram fazer uma breve pausa antes de rodopiarem até o chão.

— O filho da puta já tá no alcance de tiro — disse Tychus sombriamente. — Isso não é bom.

E não era mesmo. Harnack tinha isso em mente ao avançar impetuosamente. Será que a tripulação do brucutu perceberia seu ataque pela lateral? Talvez... mas Harnack descobriu que eles estavam focados no estaleiro sideral ao se aproximar da montanha metálica.

Foi então que Kydd viu o combustível vazando para fora da zona de contenção e inundando as ruas. Ou a vala era muito rasa ou alguém havia deixado um dos portões de controle de vazão aberto. Não que isso fizesse muita diferença, pois o resultado era o mesmo.

— Harnack! — gritou Kydd. — Não dispare!

Mas naquele momento o brucutu já se aproximava de Harnack, que estava completamente alheio ao combustível que escorria em sua direção. Ouviu-se o estalo familiar quando ele puxou o gatilho e o lança-chamas produziu uma fagulha, a qual foi seguida por um baque alto, e uma labareda sapecou a pintura do brucutu.

Isso chamou a atenção da tripulação e um dos trilhos parou, enquanto o outro continuava a avançar. Então, Harnack lançou uma língua de fogo por baixo do monstro — aquela era sua parte mais vulnerável. Conforme o veículo girava, ele era obrigado a acompanhá-lo para não ser aniquilado pelos projéteis, que eram disparados da frente do brucutu.

Kydd abriu a boca para gritar novamente, mas o rio de combustível já cercara as botas de Harnack e o resultado foi inevitável. Ouviu-se um baque quando o líquido de alta octanagem pegou fogo, envolvendo tanto Harnack quanto o brucutu em um inferno de chamas vermelho-alaranjadas.

Harnack tentou correr, mas não conseguiu ir longe. Seu grito consistiu em um som longo que esvaziou seus pulmões. Kydd soube que jamais se esqueceria daquele som enquanto erguia o rifle. O tempo desacelerou. Embora parecesse uma eternidade, menos de dois segundos se passaram até a mira travar no alvo. O percutor foi acionado. A coronha empurrou o ombro de Kydd para trás, a bala atingiu a cabeça de Harnack e grande parte de seu cérebro voou para os lados.

Como uma estátua de cera exposta ao calor, Harnack começou a derreter, o brucutu rolou sobre ele, e seus tanques traseiros explodiram. O resultado foi um estrondo estupendo, e o monstro de 60 toneladas transformou-se em milhões de confetes metálicos que silvavam ao cair no lago de fogo.

Kydd sentiu um nó se formar na parte de trás da garganta enquanto imagens de Harnack passavam por sua mente. Havia muitas delas. Harnack gargalhando como um maníaco enquanto rolava pela grama em frente à delegacia de polícia. Harnack atacando os guerrilheiros em Forte Howe. E, mais intensa que todas as outras, Harnack parado em frente ao Golias abatido, logo abaixo do repositório em Polk's Pride. Ele fora como um irmão. Um irmão maluco, que não ligava a mínima para nada e que fora valente até o fim. E ele se fora como queria: fazendo estardalhaço.

De repente, Kydd soube o que dizer. Soube o que seria mais importante para seu irmão.

— Isso foi foda, Hank... Foi foda pra caralho.

— Sargento! — chamou uma voz pela frequência do esquadrão. — Aqui é o Haster. O transportador três foi atingido em cheio... O que diabos está acontecendo? Um caminhão de civis encostou lá fora e eu pude ver o coronel Vanderspool.

— Eles devem ter capturado o caminhão e dado a volta ao leste dos tanques de combustível — observou Raynor.

— Levante a rampa — ordenou Tychus de forma sucinta. — E não deixe que ninguém entre. Nem Vanderspool nem Cassidy. Você me entendeu? Câmbio.

— Alto e claro, sargento. Câmbio.

— Ótimo. Estamos a caminho. Câmbio.

Naquele momento restavam apenas dois sabres: o que Raynor dirigia e um segundo veículo, com Kydd ao volante. O terceiro transportador ainda queimava e uma coluna de fumaça apontava para o céu quando os sabres passaram por um portão aberto.

— Prepare-se, Jim — disse Tychus ao recarregar sua arma. — A gente pode estar em desvantagem.

Raynor viu a carreta, bem como as pessoas que saíam de trás dela, e percebeu que a situação era séria. Ele sabia que Vanderspool certamente destruiria o primeiro transportador, se pudesse, e fugiria no segundo. Assim, sem ninguém vivo para contradizê-lo, ele ficaria à vontade para inventar qualquer história que desejasse.

Quando Raynor freou o sabre, a cena que o aguardava era bastante diferente da que ele esperava. Vanderspool estava presente, e também a doutora — mas ambos eram prisioneiros.

Pax estava sem o capacete, havia uma atadura manchada de sangue enrolada em sua cabeça e os dois guerrilheiros atrás dele estavam em um estado igualmente lamentável. Mas os kel-morianos estavam de pé, bem armados e definitivamente no controle da situação. Em algum momento eles haviam capturado Vanderspool e Cassidy, colocado os dois em um caminhão de civis e feito a volta por trás dos tanques de armazenamento.

— Parados aí — disse Pax, quando Tychus colocou sua enorme perna para fora do sabre e ficou de pé. — Larguem as armas ou dou um tiro na cabeça do coronel Vanderspool.

Naquele momento, Raynor dera a volta até a frente do sabre. Tanto ele como Tychus começaram a rir, e Vanderspool fez uma careta. O som das risadas foi amplificado e trovejou pelos alto-falantes externos.

— Fique à vontade — disse Tychus friamente. — Faça um favor a todos nós e estoure os miolos desse desgraçado.

Pax olhou para Tychus, viu a fria determinação em seu rosto e percebeu que o sargento falava sério.

— Suas tropas não são muito fiéis, hein? — disse o oficial kel-moriano, enojado. — Eu deveria ter imaginado.

Tendo estacionado o sabre a cerca de 500 metros de distância, Kydd estava de pé ao lado do veículo, usando o capô como apoio para o rifle. Daquele ângulo, a maior parte do corpo de Pax estava escondida pelo de Vanderspool. Havia, porém, outra opção. Kydd ajustou ligeiramente sua mira, seu dedo puxou o gatilho até o final, e o rifle disparou. O corpo de Vanderspool estremeceu espasmodicamente quando o enorme projétil atravessou seu ombro e atingiu o homem atrás dele.

Sangue se espraiou pela área quando a bala rasgou a garganta de Pax e os outros kel-morianos abriram fogo. O resultado quase instantâneo foi que Tychus e Raynor fizeram chover uma rajada de cravos Gauss.

Os soldados inimigos tentaram se manter firmes, mas um deles foi abatido por um disparo de Kydd e o outro cambaleou ao ter a armadura perfurada por diversos cravos Gauss. Então ele tombou para trás e deslizou por uma pequena distância até parar.

Foi então que Tychus percebeu que Cassidy fora atingida por um cravo durante a troca de tiros e estava deitava de costas para o asfalto, olhando para o céu. Ele correu, se ajoelhou e colocou uma de suas mãos sob a cabeça da doutora. O líquido em sua garganta emitiu um som de gargarejo quando ela falou.

— Não foi nada pessoal... Nunca. Você sabe, né?

— É — respondeu Tychus sobriamente. — Eu sei.

A doutora forçou um sorriso e esteve prestes a falar mais alguma coisa quando seus olhos saíram de foco. Estava morta.

Tychus praguejou, forçou-se a se levantar e olhou ao redor. Foi então que seus olhos encontraram Vanderspool. O oficial estava de joelhos, segurando os pedaços sangrentos que tinham sido seu ombro, e soluçava bem alto.

— Por favor! — implorou Vanderspool, enquanto olhava para cima. — Preciso de um médico! Eu pago!

— A doutora está morta — disse Tychus categoricamente. — Você a matou.

Aquilo não era verdade. Mas não importava. Raynor se aproximou de Tychus, desceu os olhos até Vanderspool e um sentimento de raiva começou a crescer dentro dele. Porque, ali, ajoelhado à sua frente, estava a personificação de tudo que ele odiava. Quantas pessoas haviam dado suas vidas para que Vanderspool pudesse encher os bolsos de dinheiro? Centenas? Milhares? Era impossível dizer. Mas uma coisa era certa: aquilo nunca aconteceria novamente.

Kydd se juntou a seus camaradas, com o rifle a tiracolo, e os três homens assistiram enquanto o coronel se contorcia em agonia. Sua fachada de força e poder fora estilhaçada pela própria ganância.

— Seu pai quer ver você — implorou Vanderspool, dirigindo-se a Kydd. — Eu sei onde ele está. Eu te levo até lá. Por favor, estou com muita dor.

Kydd fungou e balançou a cabeça.

A pistola de Pax estava largada no asfalto. Vanderspool tentou alcançá-la, mas Raynor pisou em sua mão. A carne cedeu, os ossos quebraram, e Vanderspool gritou.

— Eu posso acabar com a sua dor, seu monte de lixo — rosnou Raynor. A caveira impressa em seu visor tremeu e zumbiu quando o visor se ergueu, revelando seu rosto. Sua voz estava estranhamente fria e gutural. Fervilhando de raiva, Raynor ergueu o rifle Gauss.

— Adeus, seu cuzão.

Os olhos de Vanderspool se arregalaram, ele abriu a boca para dizer "Não" e um único cravo perfurou seu peito. Enquanto o oficial tombava para o lado, Raynor sentia sua raiva se esvair e ser substituída por outra coisa. De alguma forma — e sem que percebesse —, ele se tornara parte daquilo que mais abominava. Um universo onde as Famílias Antigas podiam conseguir o que quisessem: enviar cidadãos que sofreram lavagem cerebral para lutar em guerras interestelares; matar com impunidade. Essa compreensão foi seguida por um profundo sentimento de vergonha — e pela determinação de se tornar quem ele queria ser. Ou, nas palavras de seu pai, o homem que ele escolhera ser.

Os três homens ficaram parados por um momento. A área estava completamente silenciosa, exceto pelo crepitar das chamas que continuavam a devorar a cidade — e pelo repentino ronco dos motores do módulo de transporte de Vanderspool, que se preparava para partir sem ele. Tychus foi o primeiro a quebrar o silêncio.

— Os Urutaus vão chegar aqui em breve. É melhor a gente seguir nosso caminho.

Eles se voltaram para o módulo de transporte restante. Haster abaixara a rampa e esperava por eles no interior da nave quando os três começaram a embarcar. Tychus liderou o grupou; Kydd vinha logo atrás. Raynor parou um pouco para contemplar, pela última vez, a cidade onde muitos de seus amigos haviam perdido suas vidas. Nós não éramos anjos, pensou Raynor, nós éramos os Demônios do Paraíso. Os melhores dentre os piores.

Aquele pensamento fez brotar um sorriso nostálgico nos lábios de Raynor, que perdurou mesmo depois que o módulo de transporte levantou voo e deixou para trás toda aquela carnificina. Raynor iria desertar, pois sua guerra estava acabada, mas nunca se esqueceria dos amigos que pereceram na cidade de Korsy. Jamais.

AGRADECIMENTOS

Gostaria de agradecer à equipe da Blizzard por criar jogos maravilhosos, personagens profundos e por me permitir brincar no universo de StarCraft.

LINHA DO TEMPO

c. 1500

Um grupo de rebeldes protoss é exilado de Aiur, seu mundo natal, por se recusarem a participarem do Khala, uma ligação telepática compartilhada por toda a raça. Esses rebeldes, conhecidos como templários das trevas, acabam colonizando o planeta Shakuras. A cisão entre as facções protoss ficou conhecida como a Discórdia.
(*StarCraft: Shadow Hunters*, livro dois de *The Dark Templar Saga*, por Christie Golden)
(*StarCraft: Twilight*, livro três de *The Dark Templar Saga*, por Christie Golden)

1865

Nasce o templário das trevas Zeratul. Mais tarde, ele será essencial na reconciliação das duas metades da sociedade protoss.
(*StarCraft: Twilight*, livro três de *The Dark Templar Saga*, por Christie Golden)
(*StarCraft: Queen of Blades*, por Aaron Rosenberg)

2143

Nasce Tassadar. No futuro, ele se torna um executor dos protoss de Aiur.
(*StarCraft: Twilight*, livro três de *The Dark Templar Saga*, por Christie Golden)
(*StarCraft: Queen of Blades*, por Aaron Rosenberg)

c. 2259

Quatro supertransportadoras, a *Argo*, a *Sarengo*, a *Reagan* e a *Nagglfar*, transportando condenados da Terra, se desviam para muito longe da rota inicial e caem em planetas do setor Koprulu. Os sobreviventes colonizam os planetas Moria, Umoja e Tarsonis, criando novas sociedades que acabam englobando outros planetas.

2323

Tendo estabelecido colônias em outros planetas, Tarsonis se torna a capital da Confederação Terrana, um governo poderoso e paulatinamente mais opressor.

2460

Nasce Arcturus Mengsk. Ele é um membro de uma das famílias antigas da elite da Confederação.
(*StarCraft: I, Mengsk*, por Graham McNeill)
(*StarCraft: Liberty's Crusade*, por Jeff Grubb)
(*StarCraft: Uprising*, por Micky Neilson)

2464

Nasce Tychus Findlay. Mais tarde, ele se tornará um grande amigo de Jim Raynor durante a Guerra das Corporações.
(*StarCraft: Demônios do Paraíso*, por William C. Dietz)

2470

Nasce Jim Raynor. Seus pais são Trace e Karol Raynor, fazendeiros do planeta Shiloh, na fronteira.

(*StarCraft: Demônios do Paraíso*, por William C. Dietz)
(*StarCraft: Liberty's Crusade*, por Jeff Grubb)
(*StarCraft: Queen of Blades*, por Aaron Rosenberg)
(*StarCraft: Frontline* volume 4, "*Homecoming*", por Chris Metzen e Hector Sevilla)
(Quadrinhos mensais de StarCraft, #5-7 por Simon Furman e Federico Dallocchio)

2473

Nasce Sarah Kerrigan, uma terrana dotada de poderosas habilidades psiônicas.
(*StarCraft: Liberty's Crusade*, por Jeff Grubb)
(*StarCraft: Uprising*, por Micky Neilson)
(*StarCraft: Queen of Blades*, por Aaron Rosenberg)
(*StarCraft: The Dark Templar Saga*, por Christie Golden)

2478

Arcturus Mengsk se forma na Academia Styrling e se junta ao Exército Confederado, contra a vontade de seus pais.
(*StarCraft: I, Mengsk*, por Graham McNeill)

2485

Aumentam as tensões entre a Confederação e a União Kel-Moriana, uma parceria corporativa sinistra criada pela Coalizão de Mineração Moriana e a Corporação de Transporte Kelanis, para proteger seus interesses de mineração contra a opressão da Confederação. Após uma emboscada dos Kel-Morianos contra forças da Confederação que estavam cercando a mina de vespeno do Glaciar Noranda, começa a guerra aberta. Este conflito fica conhecido como a Guerra das Corporações.
(*StarCraft: Demônios do Paraíso*, por William C. Dietz)
(*StarCraft: I, Mengsk*, por Graham McNeill)

2488-2489

Jim Raynor se alista no Exército Confederado e conhece Tychus Findlay. Nas batalhas finais entre a Confederação e a

União Kel-Moriana, o 321º Batalhão de Patrulheiros Coloniais (de que Raynor e Findlay são membros) fica famoso por sua perícia e bravura, recebendo o apelido de "Demônios do Paraíso".
(*StarCraft:Demônios do Paraíso* por William C. Dietz)

Jim Raynor conhece outro soldado confederado chamado Cole Hickson em um campo de prisioneiros Kel-Moriano. Neste encontro, Hickson ensina Raynor a resistir e sobreviver às táticas de tortura brutais dos Kel-Morianos.
(*StarCraft: Demônios do Paraíso*, por William C. Dietz)
(Quadrinhos mensais de StarCraft, #6, por Simon Furman e Federico Dallocchio)

No final da Guerra das Corporações, Jim Raynor e Tychus Findlay desertam do Exército Confederado.
Arcturus Mengsk pede baixa do Exército Confederado ao chegar à patente de coronel. Depois, ele se torna um prospector de sucesso na fronteira galáctica.
(*StarCraft: I, Mengsk*, por Graham McNeill)

Após quase quatro anos de guerra, a Confederação "negocia" a paz com a União Kel-Moriana, anexando quase todas as corporações de mineração que dão apoio aos Kel-Morianos. Apesar do golpe poderoso, a União Kel-Moriana tem permissão de continuar existindo e mantendo sua autonomia.
O pai de Arcturus Mengsk, senador da Confederação Angus Mengsk, declara a independência de Korhal IV, um mundo do núcleo da Confederação que passou muitos anos em conflito com o governo. Em resposta, três fantasmas Confederados (agentes secretos terranos com poderes psiônicos sobre-humanos amplificados por tecnologia de ponta) assassinam Angus, sua esposa e sua filha mais nova. Furioso pelo assassinato de sua família, Arcturus toma a frente da rebelião em Korhal e começa uma guerra de guerrilha contra a Confederação.
(*StarCraft: I, Mengsk*, por Graham McNeill)

2491

Como um aviso aos separatistas em potencial, a Confederação cria um holocausto nuclear em Korhal IV, matando milhões de pessoas. Em retaliação, Arcturus Mengsk batiza seu grupo de rebeldes de Filhos de Korhal e intensifica a guerra contra a Confederação. Nesta época, Arcturus liberta uma fantasma confederada chamada Sarah Kerrigan, que mais tarde se torna sua imediata.
(*StarCraft: Uprising*, por Micky Neilson)

2495

Jim Raynor termina seus anos de fora da lei quando seu parceiro de crimes, Tychus Findlay, é preso. Raynor começa uma nova vida como xerife Confederado no planeta Mar Sara.

2499-2500

Duas ameaças alienígenas aparecem no setor Koprulu: os implacáveis e adaptáveis zergs, e os enigmáticos protoss. Em um ataque aparentemente não provocado, os protoss incineram o planeta terrano de Chau Sara, atraindo a ira da Confederação. A maioria dos terranos desconhecia a informação de que Chau Sara estava infestado de zergs e que os protoss realizaram o ataque para destruir a infestação. Outros mundos, incluindo o planeta vizinho Mar Sara, também descobrem estar infestados pelos zerg.
(*StarCraft: Liberty's Crusade* por Jeff Grubb)
(*StarCraft: Twilight*, livro três de *The Dark Templar Saga*, por Christie Golden)

Em Mar Sara, a Confederação prende Jim Raynor por destruir a Estação Backwater, um posto avançado terrano infestado pelos zergs. Ele é libertado logo depois pelo grupo rebelde de Mengsk, os Filhos de Korhal.
(*StarCraft: Liberty's Crusade*, por Jeff Grubb)

Um soldado confederado chamado Ardo Melnikov encontra-se envolvido no conflito de Mar Sara. Ele sofre com dolorosas memórias de sua antiga vida no planeta Bountiful, mas logo descobre que existe uma verdade mais obscura em seu passado.
(*StarCraft: Speed of Darkness*, por Tracy Hickman)

Mar Sara tem o mesmo destino de Chau Sara e é incinerado pelos protoss. Jim Raynor, Arcturus Mengsk, os Filhos de Korhal e alguns dos habitantes conseguem escapar da destruição.
(*StarCraft: Liberty's Crusade*, por Jeff Grubb)

Sentindo-se traído pela Confederação, Jim Raynor se junta aos Filhos de Korhal e conhece Sarah Kerrigan. Um repórter da Universal News Network (UNN) chamado Michael Liberty acompanha o grupo de rebeldes para fazer reportagens sobre o caos e combater a propaganda confederada.
(*StarCraft: Liberty's Crusade*, por Jeff Grubb)

Um político da Confederação chamado Tamsen Cauley ordena aos Porcos de Guerra (uma unidade militar secreta criada para conduzir os trabalhos mais sujos da Confederação), que assassinem Arcturus Mengsk. O atentado falha.
(Quadrinhos mensais de StarCraft, #1, por Simon Furman e Federico Dallocchio)

November "Nova" Terra, filha de uma das poderosas famílias antigas de Tarsonis, libera suas habilidades psiônicas latentes ao sentir o assassinato de seus pais e seu irmão. Ao descobrirem seu poder aterrorizante, a confederação a caça, para tirar proveito de seu talento.
(*StarCraft: Ghost: Nova*, por Keith R.A. DeCandido)

Arcturus Mengsk lança uma arma devastadora, o emissor psi, na capital confederada, Tarsonis. O aparelho emite si-

nais psiônicos amplificados e atrai uma quantidade enorme de zergs para o planeta. Tarsonis cai logo depois, e a queda da capital é um golpe mortal para a Confederação.
(*StarCraft: Liberty's Crusade*, por Jeff Grubb)

Arcturus Mengsk trai Sarah Kerrigan e a abandona em Tarsonis, que está sendo invadida por zergs. Jim Raynor, que havia criado um vínculo profundo com Kerrigan, abandona os Filhos de Korhal, furioso, e forma um grupo conhecido como Saqueadores de Raynor. Logo depois, ele descobre o verdadeiro destino de Kerrigan: em vez de ser morta pelos zergs, ela é transformada em uma criatura poderosa conhecida apenas como a Rainha das Lâminas.
(*StarCraft: Liberty's Crusade*, por Jeff Grubb)
(*StarCraft: Queen of Blades*, por Aaron Rosenberg)

Michael Liberty deixa os Filhos de Korhal junto com Raynor, após testemunhar a brutalidade de Mengsk. Sem querer se tornar uma ferramenta de propaganda, o repórter começa a transmitir notícias por uma rede pirata, falando sobre as táticas opressoras de Mengsk.
(*StarCraft: Liberty's Crusade*, por Jeff Grubb)
(*StarCraft: Queen of Blades*, por Aaron Rosenberg)

Arcturus Mengsk se declara imperador da Supremacia Terrana, um novo governo que domina vários planetas terranos no setor Koprulu.
(*StarCraft: I, Mengsk*, por Graham McNeill)

O senador Corbin Phash, da Supremacia, descobre que seu filho mais novo, Colin, é capaz de atrair hordas de zergs com sua habilidade psiônica, uma arma que a Supremacia julga muito útil.
(*StarCraft: Frontline* volume 1, "*Weapon of War*", por Paul Benjamin, David Shramek e Hector Sevilla)

Em um planeta da fronteira chamado Bhekar Ro, terranos, protoss e zergs lutam para possuir uma construção recentemente desencavada que pertenceu aos xel'naga, uma antiga raça alienígena que aparentemente influenciou a evolução dos zergs e protoss.
(*StarCraft: Shadow of the Xel'Naga*, por Gabriel Mesta)

O líder supremo dos zerg, a Supermente, descobre a localização do mundo natal dos protoss, Aiur, e lança uma invasão. O alto templário Tassadar, em um ato heroico, se sacrifica para destruir a Supermente. Porém, boa parte de Aiur fica em ruínas. Os protoss remanescentes de Aiur fogem por um portal de transdobra criado pelos xel'naga, uma raça alienígena ancestral que, acredita-se, teria influenciado a evolução dos zergs e protoss, e são transportados para o planeta dos templários das trevas, Shakuras. Pela primeira vez desde a cisão, as duas sociedades protoss são reunidas.
(*StarCraft: Frontline* volume 3, "*Twilight Archon*", por Ren Zatopek e Noel Rodriguez)
(*StarCraft: Queen of Blades*, por Aaron Rosenberg)
(*StarCraft: Twilight*, livro três de *The Dark Templar Saga*, por Christie Golden)

Os zergs perseguem os refugiados pelo portal de transdobra em Shakuras. Jim Raynor e suas forças, que se aliaram a Tassadar e ao templário das trevas Zeratul, permanecem em Aiur para fechar o portal. Enquanto isso, Zeratul e o executor protoss Artanis utilizam o poder de um antigo tempo xel'naga em Shakuras para expurgar os zergs que já haviam invadido o planeta.

A Congregação da Terra Unificada (CTU), tendo observado o conflito entre terranos, zergs e protoss, despachou uma força expedicionária da Terra para o setor Koprulu, com a intenção de assumir o controle da situação. Com esse intuito, a CTU captura uma Supermente jovem no planeta zerg de Char. A Rainha das Lâminas, Mengsk, Raynor e os protoss deixam de lado as diferenças e cooperam para derrotar a CTU e a nova Supermente. Os improváveis aliados obtêm sucesso e após a morte da segunda Supermente, a Rainha das Lâminas conquista o controle de todos os zergs do setor Koprulu.

Em uma lua deserta próxima a Char, Zeratul encontra o terrano Samir Duran, antigo aliado da Rainha das Lâminas. Zeratul descobre que Duran conseguiu juntar o DNA de protoss e zergs para criar um híbrido, uma criatura que — Duran profetiza — mudará o universo para sempre.

Arcturus Mengsk extermina metade de seus agentes fantasmas para garantir a lealdade entre os antigos agentes confederados integrados no programa fantasma da Supremacia. Além disso, ele estabelece uma nova Academia Fantasma em Ursa, uma das luas de Korhal IV.
(*StarCraft: Shadow Hunters*, livro dois de *The Dark Templar Saga*, por Christie Golden)

Corbin Phash esconde seu filho, Colin, dos agentes da Supremacia que querem capturar o garoto e usar suas habilidades psiônicas. Corbin foge para o Protetorado Umojano, um governo terrano independente da Supremacia.
(*StarCraft: Frontline* volume 3, "*War-Torn*", por Paul Benjamin, David Shramek e Hector Sevilla)

O jovem Colin Phash é capturado pela Supremacia e enviado para a Academia Fantasma. Enquanto isso, seu pai, Corbin, age como uma voz dissidente contra a Supremacia, no Protetorado Umojano. Por sua oposição declarada, Corbin se torna alvo de uma tentativa de assassinato.
(*StarCraft: Frontline* volume 4, "*Orientation*", por Paul Benjamin, David Shramek e Mel Joy San Juan)

2501

Nova Terra, tendo escapado da destruição de seu mundo natal, Tarsonis, treina ao lado de outros terranos dotados e aprimora seus talentos psiônicos na Academia Fantasma.
(*StarCraft: Ghost: Nova*, por Keith R.A. DeCandido)
(*StarCraft: Ghost Academy* volume 1, por Keith R.A. DeCandido e Fernando Heinz Furukawa)

2502

Arcturus Mengsk tenta se aproximar de seu filho, Valerian, que cresceu com um pai relativamente ausente. Com a intenção de que Valerian continue a dinastia Mengsk, Arcturus relembra seu progresso, de adolescente apático a imperador.
(*StarCraft: I, Mengsk* por Graham McNeill)

A repórter Kate Lockwell embarca junto com as tropas da Supremacia com a missão de fazer transmissões patrióticas, pró-Supremacia pela Universal News Network. Durante sua estada com os soldados, ela encontra o antigo repórter da UNN Michael Liberty e descobre algumas verdades obscuras sob a superfície da Supremacia.
(*StarCraft: Frontline* volume 2, "*Newsworthy*", por Grace Randolph e Nam Kim)

Tamsen Cauley planeja exterminar os Porcos de Guerra, que agora estão debandados, para cobrir sua antiga tentativa de assassinar Mengsk. Antes de conseguir realizar seu plano, Cauley junta os Porcos de Guerra em uma missão para matar Jim Raynor, um ato que Cauley acredita que vá ganhar a aprovação de Mengsk. Um dos Porcos de Guerra mandados na missão, Cole Hickson, é o ex-confederado que ajudou Raynor a sobreviver no brutal campo de prisioneiros Kel-Moriano.
(Quadrinhos mensais de StarCraft, #1 por Simon Furman e Federico Dallocchio)

Guerreiros das três facções do setor Koprulu, terranos, protoss e zergs, lutam para controlar um templo xel'naga no

planeta Artika. Em meio à violência, os combatentes refletem sobre as motivações individuais de cada um para estarem na batalha caótica.
(*StarCraft: Frontline* volume 1, "*Why We Fight*", por Josh Elder e Ramanda Kamarga)

A tripulação Kel-Moriana da *Lucro Farto* chega a um planeta desolado esperando encontrar algo que valha a pena coletar. Ao investigarem as ruínas, os membros da tripulação descobrem uma verdade aterrorizante por trás do sumiço da população do planeta.
(*StarCraft: Frontline* volume 2, "*A Ghost Story*", por Kieron Gillen e Hector Sevilla)

Uma equipe de cientistas protoss faz experiências com a gosma zerg, o biomaterial que nutre as estruturas zerg. Porém, a substância começa a afetar estranhamente os cientistas, que acabam enlouquecendo.
(*StarCraft: Frontline* volume 2, "*Creep*", por Simon Furman e Tomás Aira)

Um psicótico piloto de Vikings, Capitão Jon Dyre, ataca colonos inocentes de Ursa durante uma demonstração de armas. Seu antigo pupilo, Wes Carter, confronta Dyre na tentativa de acabar com a matança.
(*StarCraft: Frontline* volume 1, "*Heavy Armor, Part 1*", por Simon Furman e Jesse Elliott)
(*StarCraft: Frontline* volume 2, "*Heavy Armor, Part 2*", por Simon Furman e Jesse Elliott)

Sandin Forst, um habilidoso piloto de Thor, desbrava, junto com dois companheiros leais, as ruínas de uma instalação terrana em Mar Sara na tentativa de invadir um cofre escondido. Ao entrarem nas instalações, Forst conclui que os tesouros que ele esperava encontrar nunca deveriam ser encontrados.
(*StarCraft: Frontline* volume 1, "*Thundergod*", por Richard A. Knaak e Naohiro Washio)

2503

Cientistas da Supremacia capturam o pretor Muadun e realizam experimentos para entender melhor os poderes psiônicos da coletividade protoss, o Khala. Liderados pelo perverso Dr. Stanley Burgess, as pesquisas violam todos os códigos de ética em busca de poder.
(*StarCraft: Frontline* volume 3, "*Do No Harm*", por Josh Elder e Ramanda Kamarga)

O arqueólogo Jake Ramsey investiga um templo xel'naga, mas as coisas rapidamente saem do controle quando um místico protoss conhecido como Conservador se funde com sua mente. Depois disso, Jake recebe um fluxo de memórias que contam a história dos protoss.
(*StarCraft: Firstborn*, livro um de *The Dark Templar Saga*, por Christie Golden)

A aventura de Jake Ramsey continua no planeta Aiur. Sob as instruções do Conservador protoss em sua mente, Jake explora os labirintos sombrios sob a superfície do planeta para localizar um cristal sagrado que pode ser a salvação do universo.
(*StarCraft: Shadow Hunters*, livro dois de *The Dark Templar Saga*, por Christie Golden)

Misteriosamente, alguns dos fantasmas mais bem treinados da Supremacia começam a desaparecer. Nova Terra, agora graduada pela Academia Fantasma, inicia uma investigação a respeito do destino dos agentes desaparecidos e descobre um segredo terrível.
(*StarCraft: Ghost: Spectres*, por Nate Kenyon)

Jake Ramsey é separado de sua guarda-costas, Rosemary Dahl, depois de fugirem de Aiur por um portal de transdobra xel'naga. Rosemary acaba encontrando os refugiados protoss

em Shakuras, mas Jake desaparece. Sozinho e com seu tempo se esgotando, Jake procura um meio de arrancar o Conservador protoss de sua mente antes que os dois morram.
(*StarCraft: Twilight*, livro três de *The Dark Templar Saga*, por Christie Golden)

Uma equipe da fundação Moebius, uma organização terrana misteriosa interessada em artefatos alienígenas, investiga uma estrutura xel'naga nos confins do setor Koprulu. Durante as pesquisas, os cientistas descobrem uma força obscura rondando as ruínas.
(*StarCraft: Frontline* volume 4, "*Voice in the Darkness*", por Josh Elder e Ramanda Kamarga)

Kern tenta começar uma nova vida após uma carreira como ceifador da Supremacia (uma tropa de choque altamente móvel, quimicamente alterada para ser mais agressiva). Mas seu passado atormentado se mostra mais difícil de escapar do que ele pensa quando um antigo companheiro chega à sua casa.
(*StarCraft: Frontline* volume 4, "*Fear the Reaper*", por David Gerrold e Ruben de Vela)

Uma cantora de boate chamada Starry Lace se encontra no centro de uma intriga diplomática entre oficiais da Supremacia e de Kel-Moria.
(*StarCraft: Frontline* volume 3, "*Last Call*", por Grace Randolph e Seung-hui Kye)

2504

Um Jim Raynor cansado e desanimado retorna a Mar Sara e luta contra suas próprias desilusões.
(*StarCraft: Frontline* volume 4, "*Homecoming*", por Chris Metzen e Hector Sevilla)

Este livro foi composto na tipologia Palatino LT Std,
em corpo 11/15,1, e impresso em papel off-white,
no Sistema Cameron da Divisão Gráfica
da Distribuidora Record.